大鳄

3 决胜华尔街

仇晓慧 著

中信出版集团 · 北京

图书在版编目（CIP）数据

大鳄 . 3, 决胜华尔街 / 仇晓慧著 -- 北京：中信出版社，2018.8

ISBN 978-7-5086-8775-9

Ⅰ . ①大… Ⅱ . ①仇… Ⅲ . ①长篇小说 – 中国 – 当代 Ⅳ . ① I247.5

中国版本图书馆 CIP 数据核字（2018）第 054346 号

大鳄 3　决胜华尔街
著　　者：仇晓慧
出版发行：中信出版集团股份有限公司
（北京市朝阳区惠新东街甲 4 号富盛大厦 2 座　邮编　100029）
承 印 者：北京诚信伟业印刷有限公司

开　　本：787mm × 1092mm　1/16　　印　　张：27.5　　字　　数：320 千字
版　　次：2018 年 8 月第 1 版　　印　　次：2018 年 8 月第 1 次印刷
广告经营许可证：京朝工商广字第 8087 号
书　　号：ISBN 978-7-5086-8775-9
定　　价：68.00 元

给我个英雄，我就能为你写出个悲剧。

——F·斯科特·菲茨杰拉德

目录

第一章　奥马哈狂欢

诸天的国是强力夺取的，强力的人就夺得了。

——《圣经》(*Bible*)

一

每年5月第一周前后，都是全球价值投资者尽情狂欢的日子。

2015年上半年已经过了大半，全球资本市场风平浪静，中国的A股市场在暗自喧嚣。

与往年一样，伯克希尔-哈撒韦公司（Berkshire Hathaway Cooperation）将召开每年一度的股东大会。

这个日子，这一年定在4月28日。

投资圈的人都知道，伯克希尔-哈撒韦表面上是一家普普通通的上市公司，其实是全球顶级投资家巴菲特（Buffett）的资本运作平台。

每到此时，全球各路投资者、商界大佬、价值投资爱好者，都会慕名而来，相聚在奥马哈这个貌不惊人的美国中部城市。

这个小城平淡无奇，却有着盛大派对不可或缺的要素——魅力无限的主人、精良的商务配套、投资主题有趣的景点，当然，最重要的是那种远离尘嚣、隐于林的氛围。

2015年，正好是伯克希尔-哈撒韦公司上市50周年，黑色与白色相间的周年纪念版股东大会手册，这些天投资人都在翻阅。

这一年，与会人数破天荒地达到了4.4万，相当于这个城市1/10的人口。

4月26日，奥马哈各个角落，开始出现形形色色的投资人。

他们中有不少上了年纪的白发老人，这些伯克希尔-哈撒韦公司股票的早期投资者，这么多年，跟着巴菲特，获得了将近每年20%的复利，他们结伴而行，脸上洋溢着幸福的笑容。对于他们而言，这些天算是难得的悠闲假期。

当然，更多的是精力充沛的年轻人，他们眼里充满渴望，渴望得到奥马哈的圣杯。他们很多人早就是某价值投资者网站上的积极分子，早在几个月前，就约好了各种投资聚会。

奥马哈城的每一处，都有巴菲特的形象展示。

最直接的展示莫过于世纪之交中心（Century Link Center）的一楼展销厅——巴菲特投资的上市公司汇聚在那里，喜诗糖果、布鲁克斯运动装、冰雪皇后（DQ）冰激凌等，为了狂欢，公司不遗余力地给出最大折扣，股东们也非常高兴，感觉置身于集市，能淘到不少便宜货。

4月28日中午，奥马哈城云淡风轻，一辆黑色运动型多用途车（SUV）缓缓开过《奥马哈世界先驱报》的帆船大楼。

从车上下来四个年轻人，三男一女。

走在前面微胖的男人指了指前方，确定地说："果然跟帆船一样，就是这里，到了。"

"我说，丁总，你不会真的是来朝圣的吧？"一个打扮入时的高大男子问道。这个男子二十七八岁，体魄强健，看起来像是个运动员。他的确是运动好手，曾拿过几个全国网球比赛的名次，他叫陈啸，是海元证券自营部的天才交易员。

"我真的很不像价值投资者吗？"丁喜戏谑着。

"不像！"另外三个人齐声笑着说。

"丁总，看在我们两天后有许多重要的事情做的份儿上，今天我们就私下好好转转？我看地图上的老街挺有意思。"那个女孩也说了话。她叫冉想，是个身材颀长的美女，头发飘逸，双眼皮，鼻子小巧挺拔。

冉想也在海元证券自营部，不参与直接交易，是个宏观分析师，她身上有种让人莫名想靠近，却恰到好处地让你保持最舒服距离的神奇魅力。

陈啸一听这个建议不错，马上心有灵犀地与冉想眨巴了下眼睛："那我们就去老街逛，丁总、韩哥辛苦。"

两人快速叫了一辆出租车，很快就出发了。

丁喜与韩鉴只好面面相觑。

这时，有个胖胖的印度男人从他们身边经过，嘴里念叨着什么。

丁喜英文不是很好，不由得问身边的韩鉴，那人说了什么。

韩鉴中等身材，30多岁，气质沉稳，板刷头，穿着黑色T恤与外套，他也是海元证券自营部员工。

韩鉴是海元证券公认的最聪明的男人之一：一来像百晓生，什么事情都知道点儿；二来精通多种语言，除英语外，俄语、法语、日语等也精通；三来他的本职工作是主观交易员，但私下爱编程，时不时把策略灵感变成程序交易，并乐此不疲，公司量化部也经常找他帮忙。

韩鉴说："他说，我们的车费油，如果是同样的租金，他会租一个经济型轿车。"

丁喜心领神会："我终于感觉到，为什么这里是价值投资之都了，好——实——惠啊。"

海元证券自营部，一直是金融圈传奇般的存在，谁也不知道，自营部里有哪些人，但他们做的交易，都如神来之笔。

事实上，这次来奥马哈的四人，是自营部的所有成员。

丁喜与韩鉴走进帆船大楼，门口摆放着巴菲特与老搭档芒格（Munger）夸张醒目的卡通人物像。

这里是股东大会手册主推的参观地之一，巴菲特本人也是《奥马哈世界先驱报》的东家之一，巴菲特每年在会场做的"扔报纸"传统游戏，用的报纸就是这家的。尽管报业并不景气，可这家报纸的发行量一直稳居奥马哈当地第一。

一楼放着一台巨大的影音机，做得极其精巧。影音机前方，一个高瘦的男人在不厌其烦地向参观者讲述当时印刷技术如何提高生产力的往事，他手里拿着有多年历史的胶片，仿佛正在带你见证一场惊险的投资之旅。

韩鉴、丁喜对这类常规演示有些厌倦。

这是丁喜第一次来美国。

他初来对美国最深的印象是，美国的天空特别蓝，空气干净得有些不太真实，就好像一个一直戴深度眼镜的人，忽然视力神奇恢复了，眼前的世界那么清晰，像瞬间提高了像素。

这里的一切都让丁喜感到新鲜，暂时让他忘掉了A股的疯狂。

不过，即使来了这么多宾客，奥马哈仍是一个人烟稀少的小城，走在路上，经常见不到一个行人。

丁喜路过一家中介公司，看了看橱窗，发现不少不错的独栋别墅在售卖，只要约15万美元，奥马哈与很多典型的美国中部小城一样，质朴、简单。

丁喜不由得说："索性我们搬过来算了。"

"得，四处都那么荒凉，你肯定待不住。你看，我们订的民居，除了这几天，其余日子都是闲置的，他们也就指望这几天的股东大会热闹一下。"

不过，虽说是小城，奥马哈的建筑倒是一点儿都不陈旧，完全与大都市一样，隔几个街区就能看到一些标新立异的大师级建筑。

一些小路上，坐落着布置陈旧的意大利、埃塞俄比亚饭店，挂着西部片里那样的霓虹大招牌。他们品尝菜后却是股不伦不类的味道，仿佛提醒人们，这是个小城，想品尝米其林（Michelin），还是得拐向纽约。

吃了两次不满意后，丁喜他们还是乖乖听从巴菲特手册上的推荐，去了哥拉特（Gorat's）牛排店。

二

这间叫作哥拉特的牛排店，孤零零地坐落在一条偏僻的小路上，像沙漠里一个孤单的餐厅，一根大柱子高高地挂着宣传画，是20世纪70年代电影里经常看到的西部风格，画风粗犷，色彩大胆，感染力算到位。

店面倒是比想象的大，入口是一条长长的走廊，一边是酒吧的吧台，另一边是一些地中海古典风的桌椅。特别的是，这条走廊两旁砖墙只有半身高，每块区域之间，用类似门廊的半弧形门框隔开。走廊尽头，是一块很大的就餐区。

一个胖乎乎的白人女服务员很快拿来一本菜单。与很多餐厅不同的是，这家牛排店的菜单竟然还挺厚——要知道，美国大多数餐厅的菜单都是一两面而已。

丁喜叫了一份肋眼牛排，韩鉴点了一份西冷牛排。

他们以为会是烤得外表又焦又硬的那种。

没想到，这家的牛排非常清淡，活脱脱跟清蒸大排似的，还有水汪汪的感觉。

“我们是不是来错地方了？”丁喜尝了一口，眉头一皱，肉质是软软的，没什么嚼劲。

韩鉴猜测说：“日本拉面有四种，盐拉面、酱油拉面、味噌拉面与豚骨拉面，可能牛排也是这样，你就当你本来想吃酱油拉面，结果吃到了盐拉面……”

“你这么一说，我感觉好多了。”丁喜切着肉说。

“你说，我们能遇到他们吗？”韩鉴问道。

“怎么说呢，就像投资一样，不去预测，只对随时发生的信号做决策。”

韩鉴看了看丁喜，他记得多年前，他要去海元报到，很多人一听他在丁喜手下，就奉劝他赶紧离开。他与丁喜相处后，知道他完全不是外界传的那样木讷，除了胖一点儿，平日里不修边幅，其实算是聪慧过人。

丁喜曾经的自闭，反而成为他独处时逆向思考的优势。与丁喜相处久的人会发现，丁喜思考的事总是很多，形成拥挤的状态，表达出来费劲儿，就很容易结巴。

不过，现在丁喜的结巴不明显了，他待在监狱时，监狱长喜欢绕口令，谁绕口令完成得好，就多得到一些食物。那段时间，丁喜可是在发育阶段，为了在一大堆人中争取到更多食物，他只好不断练习绕口令，口吃不知不觉被治好了。

这一趟海元精锐部队的美国之行，表面上看是为了躲避投资者的责问，顺便做团队建设——因为自2014年下半年以来，A股突然爆发大牛市，海元对此布局已久，把握住了大行情。然而，自2015年4月底以来，海元开始渐渐回收仓位。这让与海元自营部关系密切的大客户，尤其是此前大时代资产管理公司积累的大客户非常不满，但海元依旧我行我素。

只有丁喜知道，这趟出行绝不是远离疯狂的投资者那么简单。

三

陈啸、冉想上了出租车，车开到一半，冉想忽然觉得不对劲：“我说，陈啸，我们不是去老街吗？我怎么看全球定位系统（GPS）显示的不是那个方向？”

“本来想给你一个意外惊喜，带你去看看巴菲特住了50多年的老别墅。当年他花了31 500美元买的，后来就一直没有换过。”

“好吧，不过，这也是他的独特之处，那他为什么不再去买房子呢？”

“因为他是股神啊。美国这么多年，房子年涨幅大约是2%，然而，巴菲特的年化收益大约是20%，你说，巴菲特为什么还要买房呢？”

陈啸忽然夸张地张开双臂：“冉想，平时我与你说话，你对我都爱理不理，现在，在几千千米之外的美国，我终于有与你独处的时间了。你不觉得这一切很美妙吗？”

“美妙？你别逼我说实话。”

“那就偷偷地，先藏着，等到夜深人静的时候再说出来。”说着，陈啸凑近了。

冉想立马推开陈啸：“我们去巴菲特手册上说的珠宝市场玩玩

吧，那边今晚不是有鸡尾酒会吗？”

“好，就按你说的，鸡尾酒会……哈哈，冉想，我就知道……”

其实，冉想心里想的是，好歹那边人多。

他们打开应用程序（App），发现出租车价格已经飙升，只有抢单价，他们面面相觑，只好选择了支付两倍的车费。

“真没想到，这里已经是一车难求。”

很快，他们就到了位于奥马哈的珠宝之城波仙（Borsheims）。

他们一下车，就看到门口站着不少警卫，还有一层层栅栏围着。透过栅栏，依稀可以看见里面是综合购物中心，最醒目的自然是波仙珠宝城——目前巴菲特是这家珠宝城运营商的大股东，波仙这个主建筑像浅色系的小城堡，在“城堡”四周是裙楼，出售形形色色的商品，与“城堡”隔一条小街，是酒吧休闲区，最前方的是一家热气腾腾的烧烤店。

不过，最吸引人的还是“城堡”外的那块大草坪上很大的集会帐篷，帐篷里聚满了游客，他们手里拿着食物托盘与鸡尾酒，谈笑甚欢。

陈啸与冉想经过安检，走进大帐篷，里面对称地摆放着两张自助餐长桌，帐篷投影上，是巴菲特在商场游逛的宣传片。

帐篷进口处，自助的鸡尾酒装在简易的透明塑料杯里，挂着柠檬，口味多是果汁加金酒，比如威士忌里掺点儿柠檬汁……

“这里与其说是价值投资者的天堂，不如说是巴菲特小城。很多人过来，觉得自己与股神的距离近了一些，好像距离投资真理更近了，但说不定更远了，因为并不是所有人都适合吃榴梿。”

“榴梿？你竟然把价值投资比作榴梿，还真够损的。”

“哈哈，只是说喜欢的人很喜欢，比如我就不是那一路的，我是地道的技术派，那些基本面主义最后想证明的东西，技术指标里都能体现出来，他们没看到的，技术中也能体现出来。再说了，即使你喜欢吃榴梿，也未必适合你，有些人吃的时候很欢，结果吃完就拉肚子。”

“那也得先吃了才知道。不过我挺佩服‘老巴’一点的，当时，巴菲特读研究生可是在哥伦比亚大学商学院，热闹的纽约可是好玩者的天堂，估计当时很多同学都会选择在纽约工作，但他还是回到了这个小城，专心投资，这就说明他与大多数人是不一样的。”

“他成功了。提到这个小城，人们不仅想到巴菲特，还有价值投资，理念才最无敌啊。”

“没错，他给你的是一种文化。不管是跑步，还是牛排，或是远离尘嚣那种闲适的小城生活，无不展现一种生活方式……”

“我就知道你懂我。”陈啸眨了下眼睛，“你说，一个人如果走在街上，看到最大的连锁冰激凌店是自己的，零售银行是自己的，就连面包上涂的芥末也是自己的，是一种什么感觉呢？”

“大概与我每天照镜子的时候，被自己美瞎差不多吧。”冉想笑起来，“或许，到后来，你很难分辨，是巴菲特让这些东西变得流行，还是它本身就这么流行。”

“至少是有流行的基础吧，价值投资嘛。”

“但我觉得巴菲特一定是个很抠门儿的人。”

“为什么？”

“因为他不肯离婚。哈哈。你去读读他的传记就知道了。”

“哈哈，原来你也读过那个传记啊！”

他们边吃边聊，天色渐渐暗下来。

“我再去拿杯饮料。”

陈啸回来时，发现一个金色短发男人正与冉想快活地闲聊，他走近之后，短发男人有点儿不甘心地看了他一眼，走开了。

“不会吧，才这么一会儿，就有帅哥过来搭讪，你怎么这么受欢迎！”

“他邀请我参加晚上一个与投资有关的活动。”

“你拒绝了？”

“没有啊。我说我能不能与我朋友一起参加。他说可以，还告诉了我地址。”

“难怪他怨怒地看了我一眼，都怪我长得太帅了。话说具体是什么活动?”

“好像是一个对冲基金经理的演讲晚宴。你有兴趣吗?”

“你靠姿色换来的宝贵信息，怎么能不珍惜呢？走啊！”

四

这里是逸林酒店（DoubleTree）的一个宴会厅。

“能进去吗?”

“你们运气不错，还有几个预留位置。50美元一人，只收现金。”

“与你在一起，总是运气不错。”陈啸很开心，“真心便宜。在美国，随便吃个饭都要上百美元呢。”

他们任意选了个桌子坐下，上面满满的饭菜，跟中餐似的。

这时，一个相貌英俊的男人走上台。

陈啸问：“这是谁？怎么看着有些眼熟。”

冉想歪了一下头：“如果我没猜错，应该是比尔·阿克曼（Bill Ackman），鱼总好像提过这个人。”

“嘿，鱼总怎么评价比尔·阿克曼的?”

“他说，他是一个主动管理者。打明牌比暗牌难很多。不过，鱼总为什么让我们来这里啊？他又不是价值投资者。”

“冉想，你那么聪明，这里对于大多数人来说，是价值投资者的聚会；但对于少数人而言，是一场顶尖的投资名流聚会；对一些女生来说，还是顶级富豪的钓鱼大会。”

“你说得可真直接！”

冉想不由得想起自己当初来海元的情形。

那是在2010年10月——当时市场低迷，如一潭死水。

冉想父亲是国内一家大银行的副行长，她原本一直在美国读书，她的父亲希望她能回国，但冉想与大多数同学一样，还是想先在美国找份工作。

然而，就在那个暑假，一件事情改变了冉想的想法，或许也改变了她的命运。

当时，她的父母和其他父母一样，在女儿毕业之际，到宾大参加女儿的毕业典礼。

在红色圆形的沃顿商学院门前，她与父母合影。

这时，一个路过她身边的同学说，学校正好有一个宣讲会。

冉想父亲说："走，去看看。"

于是，他们就到了会场。

照理说，这是个极其普通的工作宣讲会。

每年这个时候，除了美国顶级公司，也会有一些中国的大型金融公司在这里做宣讲。

这一次与很多宣讲会一样，先由高盛（Goldman Sachs）一个漂亮的女代表做宣讲，然后，她引出了中国的一个金融公司的代表。

然而，这个中国金融公司代表，一下子吸引了冉想。

这个代表30多岁的样子，留着圆寸头，高大健壮，整个人不像其他金融高管那样沉闷，举手投足之间有种不羁的帅气，聪明却不浮夸。

他穿着白色剪裁合身的衬衫，搭配了一条细长领带，一只手插在裤兜里，侃侃而谈。

代表说的是中文，照理说，冉想会觉得这家公司派出的人非常不专业，毕竟，大金融公司到美国做宣讲，都会入乡随俗。所幸这场活动主要面向的是中国学生，说中文也没违和感。

他先在黑板上画了一条鱼。

"你们可以叫我英文名——Fish（鱼）。我是海元证券的首席执行官（CEO）。我一般不这么介绍自己，因为在我们公司，也没太多人真把我当首席执行官，他们只是把我当作一个解决麻烦的人。不过呢，我也喜欢处理麻烦的事，就好像投资。投资是什么？就是你处理不确定性投资机会的能力……"

下面的人嘀咕着："怎么不像金融公司的首席执行官？"

台上人继续说："原本，我不会站在这里。我的朋友，就是刚才那个代表，说带我去一个好玩的地方。她一般说的好玩的地方，就是指有好吃的地方。我是个吃货，就跟她一起来了。不过我想，来到这里，就是机缘，你们可以把我当作朋友……不把我当首席执行官。不过，这些年，金融市场将面临重大改变，有些公司肯定还没察觉到，到时候它们未必有能力跟上这个节奏，海元一定会在最前面，你们想加入海元一起玩吗？"

冉想见过很多言行夸张的人，但她对这个人一点儿也不反感。他从那个男人坚毅自信的眼神中，看到的不是浮夸，而是隐含在巨大力量背后的不动声色。

这类人绝对不是靠一两次运气，而是慢慢积累的，是靠每一次精准的概率胜出，即使最后像是赌博的梭哈（在赌博中全部下注），也是大概率地锁定了胜局。

怎么说呢，冉想很想跟着他去冒险，她预感会很辛苦，但肯定有趣而不平凡。

"爸爸，你认识这个人吗？"

冉想父亲身为银行高管，原本是想到这里感受一下氛围，没想到遇到了金融圈里的"鬼才"："知道，他叫袁得鱼，人称金融少帅。"

冉父心里想，如果没记错，袁得鱼应是 1978 年生人，今年 32 岁。然而，他整个人比实际年龄看起来年轻很多，顶多也就二十七八岁的样子，初看还像一个大男孩，谁也想象不到，这个眼睛里时常含着笑意，活力十足的男人，会是国内第一梯队上市券商的首席执行官。

"爸爸，我决定回国。"冉想看着父亲。

父亲困惑地看着女儿，只见女儿脸庞带着绯红，似乎猜出了什么。

"人家有女朋友了。"

"爸，你怎么那么八卦，不像你的风格啊。"

冉父笑了笑，在金融圈行走，不知道这事也不可能。袁得鱼与金融管理局局长邵冲的千金在一起，很多财经媒体都称赞他们是天生的一对。当然，这间接也为海元证券开拓业务提供了便利，毕竟圈内的人都知道，邵冲在金融行业掌握着实权。

袁得鱼在台上问道："你们有什么问题吗？刚才主持人告诉我，现在距离这场会议的收盘时间，只剩下5分零3秒，给你们两分钟提问时间，收盘前3分钟内挂单可就无效啦。"

台下一阵笑。

冉想举起了手："对了，能否问一下，你喜欢什么类型的女生？"

看到台下一阵起哄，冉想马上辩解道："我是在侧面了解鱼总的投资风格。"

这是袁得鱼第一次见到冉想。

这是一个漂亮的长发女生，双眼皮，眼睛灵动，身材颀长，穿着贴身的深绿色小西装，手臂上是几个古驰手环，看似随意，却显出不错的家境。

这其实是个很难回答的问题。

袁得鱼给了她一个满意的答案，尽管有些官方，倒也说到了冉想的心里。

"擅长把握自己未来的女孩。"他顿了一下，"比如，到海元来。"

台下又一阵笑。

冉想就这么加入了海元，当然，她也很努力，顺利进入了王牌自营团队。

面对活动上这个少年成名的基金经理比尔·阿克曼，她记得袁得鱼是这么提这类价值投资者的："要成为真正优秀的价值投资者，除了自己发现价值外，还需有影响别人的能力。让更多人从心底接受这个公司的重估价值，并不是容易的事。10%是发现价值，90%是让别人发现价值。"

等到比尔·阿克曼演讲完，很多人如同见到偶像一样，纷纷上去合影，毕竟比尔·阿克曼是一个公认的大帅哥，气质非凡。

冉想记得商学院里学房产的同学曾经提过，在纽约参观比尔·

阿克曼所在的那栋知名的天际豪宅——One 57 的事。

那同学也算是见过世面，却对纽约的 One 57 赞不绝口。在曼哈顿，57 街是唯一能建造无限高的大楼的大道，又地处中心，被称为“亿万富翁街”。

他们参观的是一层在售的空房，景观足以让他们震惊，放眼望去是郁郁葱葱的中央公园，俯瞰曼哈顿两边深蓝色的海水，公园与海水之间，正是大半个曼哈顿的繁华所在，是纽约难得的天际线，整个人仿佛置身于都市森林。

这恐怕是纽约最高的大楼之一，根据很多年流传下来的“地规”，就算你拿下 57 街地皮，你还必须有足够的空气权——这是一层层往上造楼的权利。

这才是顶级有钱人的游戏，因为光有钱还不行，要达成一件事情，必须得花时间、精力，才能拥有稀缺的权利。很多专家磨破嘴皮子，花了不知多少力气、多少年，才收集到几份空气权。高楼，在曼哈顿不仅格外稀缺，甚至值得尊重，空气权让人不禁觉得，像 One 57 这类摩天大楼的每一寸空间，都饱含了稀缺的价值。

冉想走出大门，发现走廊处，一男一女坐在沙发上聊天，都气质不凡。她惊讶地发现，那个女的是美国全球性财经有线电视卫星新闻台（CNBC）的一名知名女主播，那个男的正是她大学时很喜欢的一个财经作家。

此时此刻，冉想才刚刚开始有点儿兴奋起来。

被一群投资爱好者簇拥着的比尔·阿克曼，看到了 CNBC 女主播与那个财经作家后，与他们打了招呼。稍后，他们一起进入一辆加长宾利，消失在夜色中。

冉想心想，他们怎么一块儿走了呢？他们会去什么地方呢？

五

正在冉想发愣的时候，陈啸接到电话，且立即严肃起来：“啊，丁总，我们现在在逸林酒店，要我们马上过来？好的，我们很快就到。”

陈啸马上转头对冉想说：“丁总让我们赶紧回去，有重要的事情要说。”

冉想一下子像注满能量一样：“走吧。”

陈啸一副无精打采的模样：“你真是一个事业狂，我为什么一想到开会，就压力好大！”

他们赶到宾馆大堂，只见丁喜与韩鉴坐在咖啡厅，咖啡已喝了一半。

他们坐定，丁喜开门见山地说道：“明天下午 4 点半，希尔顿 219 有一场闭门会议，我们得‘绑架’一次邵冲。”

“什么，绑架？就凭我们这几个人？还是大名鼎鼎的邵局？”陈啸看着丁喜，“丁总，你一定是在开玩笑吧？”

“说绑架是开玩笑啦，就是把邵冲关起来一会儿。”

“你说的邵冲，就是江湖上说的鱼总女朋友的爸爸？”冉想好奇地问。

陈啸：“你看你，对我一副高冷的样子，一提与鱼总有关的事就热情起来。”

“你不服？”

“我服。”

“究竟是什么情况？给我们一点儿提示。”陈啸问。

“你以为是打游戏通关？还给你线索？”韩鉴嚼了一下腰果。

丁喜摇摇头，他只清楚，这个闭门会议与袁得鱼下一步的动作息息相关，他能清晰地感觉到袁得鱼的口气——这个闭门会议，直接涉及近期将爆发的金融大事件。

他们晚上在希尔顿酒店逛了一圈后，就有了主意。

“我想鱼总一定会很满意的。”

“哈哈，是的。”

六

此时此刻的纽约，气候宜人。

哥伦比亚大学商学院三楼，一个高大的中国男人站在自动售卖机旁，塞了一张 5 美元纸币，一会儿，一个易拉罐，“咚”一声落下。

他穿着深灰色卫衣，故意压低帽檐，找了个座位坐下。

这个会议室正在进行一场演讲。

演讲嘉宾叫金羽中，是哥伦比亚大学最年轻的经济系助理教授之一，她演讲的主题是“中国经济如何改变”。

这是个很大的主题，她倒是讲得很生动。

终于到了提问时间。

男人在第一时间举起了手。

金羽中点了他。

“你认为，目前中国的经济动力是什么？如何去改变？”

金羽中微微一笑：“我先回答后面一个，也是我演讲中提到的制度改革。经济新动力现在可能还无法断言，因为它还在发展变化中。可以确定的是，过去依靠三驾马车的模式，必须改变……”

演讲完毕，金羽中收拾东西，男人快步上前，直截了当地问：“我能有你的微信吗？”

“对不起，若你有什么问题，可以发邮件给我。我留在黑板上了。”

“好吧，那你能否告诉我，成立亚投行的主要用意是什么？”

金羽中望了望眼前的男人——他看起来 30 多岁的样子，有张异常俊朗的脸庞，眼神不羁，声音纯净，笑起来牙齿闪亮。谈吐不凡，甚至耐人寻味，眉宇之间透出一股聪明劲儿。

“如果是别人问我，我可能会说是金融新秩序。如果是你，我就先问你，亚投行想最先实现什么？”

“不知道。”

“金融新秩序靠什么？”

男人如获至宝：“多谢你了！”

男人心想，有时候答案竟如此简单。但如果是这样的话，留给他的时间不多了：“嘿，金教授，能请你到外面喝饮料吗？”

金羽中又仔细打量了男人一下，摇了摇头。

“那请收下我的名片吧。”男人快速递上。

金羽中礼貌性地接过，扫了一眼，这是一张非常简洁的白色名片，正面只有几个字——“海元证券，袁得鱼”。背面，是手机号与邮箱地址，字体简洁有力。

金羽中隐约觉得这个名字哪里见过，忽然想起：“啊，你就是袁得鱼？我听爸爸提到过你。”

“好意外。他怎么说我的？”

“不告诉你。”金羽中淡淡一笑，两人之间仿佛轻松了不少。

正在这时，袁得鱼接到丁喜的电话：“鱼总，我们差不多搞定了。”

“不错。”

“你在哪里？到奥马哈了吗？”

“还在纽约呢！”

金羽中看他在听电话，便与他挥了挥手。

袁得鱼也礼貌地与金羽中挥手道别。

袁得鱼见没什么人，很快说：“我们之前判断的方向可能都是错的，要赶紧行动了，对手比我们想的深入得多……”

“是什么呢？”丁喜非常惊讶。

“回头告诉你，我约的人到了。”袁得鱼放下电话。

在袁得鱼面前出现的人，颀长曼妙的身材，精致的五官，头发还是时髦的短发，语气如春日小鹿般活泼：“袁得鱼，你终于肯出现了。”

“这地方我选得如何？对你的母校……有没有一点儿思念的

感觉?”

“你以为我不知道刚才这里有个美女教授演讲?只是我故意晚点儿到，让你有搭讪的时间，如何，搭讪成功没?”

“我宁可与世界第一投行的董事总经理（MD）好好叙旧……”

袁得鱼与邵小曼在校园里漫步，夏天的风，吹在脸上，清爽宜人。

他们走过图书馆前的草坪时，一对坐在草坪上的情侣正在投入地弹着吉他，好听的曲子时不时传来。另一边，几个年轻学生在玩飞盘，醒目的黄色飞盘在黑暗中移动。

图书馆与对面大礼堂前的楼梯，大对称结构显得工整壮观，智慧女神雕像、青铜色的喷泉，都恰到好处地点缀其间，灵动而有活力。

邵小曼说：“有一次，我与几个同事在屋顶上聚餐，你猜我们见到了什么?”

“什么?”

“泰勒·斯威夫特（Taylor Swift）在对面屋顶唱歌。”

“哈哈，我怎么就没碰上呢!”

邵小曼问：“话说，我们多久没见了?”

“好像也有一年半了，多谢你一直替我做挡箭牌。很多人以为我们在一起。”

“上次我带你去宾大招人，正好被一些人认出来，还说我们成双入对！你也知道，我是故意不辟谣的……”

“小曼……”

春季，无疑是纽约最好的季节之一了，纽约总是那么四季分明，冬天又是那么漫长。此时此刻，不冷不热，空气清新极了。

邵小曼与袁得鱼肩并肩走着，尽管很久没见，却没任何距离感，尤其是邵小曼竟然发现自己与袁得鱼在一起的时候，心底透出快乐。她很久没这么快乐了。

尽管过去了这么多日子，袁得鱼看起来没太大改变，眉宇间俨然还是少年，笑起来让人如沐春风，舒坦到人的心里去。

这个位于西北部晨边高地的哥伦比亚大学校园，是美国历史最悠久的校园之一，主校区是大方形，面积不大，很多学院分散在周围各个街区，如巴纳德女子学院、教师学院、国际关系学院等，也都是全美一等一的学院，它们与周围的百老汇大道（Broadway）、阿姆斯特丹马路（Amsterdam Avenue）、120 街、116 街等结合在一起。

袁得鱼最喜欢校园里错落的建筑结构，走过 Mud 校区时，有一条小路可以穿过，走下楼梯，才发现是通往外面的街道……法律学院与国际关系学院，空中走廊将它们衔接在一起，整个校园就像一座随性而又错落的迷宫……

“你当时读的是商学院吧？”

“对的，就是这栋南楼（South Hall）后面的尤利斯大楼（Uris Hall），是我们经常上课的地方，在阿姆斯特丹马路另一边，是商学院与法学院的大楼——沃伦大楼（Warren Hall），我们也常去那儿听课。你猜猜我们商学院的口号是什么？”

“是什么？”

“In the very center of business（在商业中心）！谁让纽约是大宇宙金融中心呢？”

“哈哈。我只知道‘借汝之光，得见光明’。”

“这是哥大的校训，你知道的还挺多。”

“恭喜你成为高盛纽约最年轻的董事总经理。”

“是一种安排，也可能是我爸爸与美国这边来往较多的缘故。”

正在这时，袁得鱼发现，眼前走过一个熟悉的女生。

“金羽中？”

这个女生好像在想什么心事，见到他后，冲他微笑了一下。

“介绍一下，我朋友，小曼；这是金羽中教授……”

“你好。”

等金羽中走远，邵小曼禁不住说：“原来这个就是美女教授啊，果然名不虚传。”

“挺年轻的吧？也就30岁出头的样子，很多年前从哈佛毕业……”

“她不会就是那个……新的亚投行行长的千金吧？”

“没错。”袁得鱼点了一下头。

“不错啊，你喜欢她吗？”

“喜欢没有，倒是有一点儿欣赏。”

邵小曼不知为何，有一点儿慌张，虽然是一丁点儿。她为自己觉得好笑，为什么那么不淡定，自己究竟怎么了？

“你这次住在哪里？”邵小曼问道，“还是在57街上的凯悦（Hyatt）酒店吗？”

“对，那边距离中央公园不远，晚上跑跑步也不错。”

“对了，你这次来主要是为了……”

“是这样，你爸爸今晚会到奥马哈。我想，明天能否找个时间与他单独聊聊……”

“你知道他一直不愿意见你吧？他对你一直有成见。自从听外面传我们在一起之后，更是打了好几个电话痛斥我，不过我与他解释了。”邵小曼叹了口气，“更何况，我爸每次来美国，从来不提工作上的事，除了到我公司来，让我预约……”

“确实是他的作风。”袁得鱼点点头，只是，必须想办法多了解对手的信息，哪怕是多一个线索也好，毕竟大战就在眼前了。

“他好像无意间提到过什么，大计划……反正也搞不懂他。”

“大计划？”袁得鱼内心一震，这与自己的想法几乎是不谋而合。

邵小曼忽然转移话题：“别讨论无聊的工作了！对了，想不想找个屋顶酒吧玩？”

“好啊！”

邵小曼与袁得鱼来到云雀（Skylark）屋顶酒吧，这里风景怡人，可以轻易地眺望到不远处的哈得孙河（Hudson River），眼前尽是洛克菲勒中心（Rockefeller Center）等城市风光，黑暗中影影绰绰的建筑天际线尽收眼底。

袁得鱼点了简单的咖啡酒，邵小曼要了一个清凉爽口的莫吉托

（Mojito，鸡尾酒的一种）。

在邵小曼眼中，莫吉托是鸡尾酒的神作，原料看似简单，黄柠檬与青柠檬各一个，酸而清香的汁水滴入薄荷叶与冰块中，只要加上些许朗姆酒、一点苏打，就格外清冽爽口，朗姆的后味也勾勒分明。

这个开放式的屋顶，簇拥着许多人，一些意乱情迷的男女抱在一起喝酒。

邵小曼喝着酒，与袁得鱼一起靠着围栏，眺望曼哈顿繁华的都市夜景。

"嘿，你还记得我们第一次相遇的情景吗？"

"就好像发生在昨天。"袁得鱼笑着说，"你当时站在一个舞台上，不过说实话，那个舞台是很简陋的，幸好有你出现，让所有人眼前一亮，瞬间让其他美女都暗淡无光。我也饶有兴致地看得出神，想着，怎么会有长得如此精致的美女。"

"你那时候心里只有你妹妹，哪有闲工夫看我啊！"

"那你太不了解我了。"

邵小曼忍不住说："对了，这么久了，你不觉得寂寞吗？"

"你怎么知道我寂寞呢？"

"我身边有一些朋友经常遇到你，你还是单身吧？"

"你不用太担心我啊，男人总是有办法的……"

"啊，难道你也像一些华尔街男人那样，去找最高级的……"邵小曼故意不去想象。

"我是说，我有很多重要的事情要做啊，比如与朋友一起打球啊、钓鱼啊……"

"那你后来就没遇到心动的女生吗？"

遇到过吗？袁得鱼心想。

邵小曼踮起脚，轻吻了一下袁得鱼的脸庞。

袁得鱼低下头看着她："邵小曼……我们是最好的朋友，不是吗？"

"如果你觉得是，就是吧。"邵小曼继续喝酒。

屋顶酒吧的音乐依然动感十足，四周喧闹依旧，邵小曼此刻却觉得异常孤独。

袁得鱼喝得迷迷糊糊，邵小曼将他带回了酒店。

邵小曼望着酒店的窗外，这个角度正好可以俯瞰中央公园的美景，视野开阔，一整片的公园树林尽收眼底。

袁得鱼醒来，蒙眬地望着邵小曼，她的侧脸小而精致，岁月仿佛没有留下任何痕迹。

对袁得鱼而言，一直在不停地战斗。支撑他的，是越来越近的梦想，或许，用不了太久，煎熬的日子就快结束了。

只是，结束也往往意味着新生。当下的自己，完全没有办法对任何女孩承诺什么。

“再喝点儿酒吗?”邵小曼打开冰箱，“我就知道这里会有鸡尾酒。”

不一会儿，水果的甜香味与金酒的酒味飘散在整个套房里。

袁得鱼就这样静静地望着她：“嘿，小曼，听说你快结婚了?”

“谁说的?”

“我知道，其实你已经结婚了，只是没有戴戒指。”

“原来你是试探我啊? 我，确实，差点儿结婚，但……”

“难道你逃婚了?”

“你怎么知道?”

“这比较像你的风格。”袁得鱼故意装作想起什么，“啊，我知道了，不会是因为快结婚的时候想到我了吧?”

“你怎么可以这么自恋，不过这才比较像你……”

“你当时想，对不起，未婚夫，你先等一下，还有一个人，我要先打他一顿才能回来与你结婚。”

“神经。”邵小曼笑了笑，“真的很久了。”

“什么很久?”

“你的战斗，自从你从泰达夺回海元后，你进行了新能源大战、中概股大战，最近的创业板热潮与你也有关……”

“哈哈哈，没想到你一直在关注我的动向。不过，真正的风暴即将来临。”

“真正的风暴？”

“在倒计时……记得我在次贷危机前曾说过，那次好像一个掉落的靴子吗？现在，不只是靴子，裤子也要掉了！”

“袁得鱼，你们现在在做什么？”

“不说那些了……再喝一瓶？”

“袁得鱼，我总是在不断等待，我原本以为等待是一件很容易也很美好的事，因为心里有信仰啊，有坚持的东西，不断保持着它的完美。但等待，并不是一件那么简单的事。”

正在这时，曼哈顿忽然“哗哗”地下起大雨来，窗玻璃上尽是雨水。

邵小曼坐在窗户旁，望着窗外，她薄如纱的白色上衣领口，随意地耷拉下来，肩膀若隐若现。她靠在窗户旁，身形就像一幅剪影，曼妙多姿。她白嫩纤细的手指顺着雨水划了几下，像一个小孩子。

袁得鱼静静地看着。

邵小曼回过头，轻轻地说：“你不要再躲我了，好吗？”

袁得鱼默不作声：“可我不能向你承诺未来，你知道，这次的对手，可能是你父亲……”

邵小曼的眼睛暗淡下来：“再给我一瓶酒……”

袁得鱼娴熟地用手打开瓶盖，走上前，递给她。

正在袁得鱼靠近的时候，邵小曼一下子搂住袁得鱼，用嘴封住袁得鱼的嘴。

袁得鱼情不自禁地回吻她，比她更为炽烈，接着控制不住地搂住了她。

今天的遇见，仿佛是在将自己藏住的欲望延伸。他有些恍惚，这是久违的感觉，心里构筑的拒人于千里之外的冰，正在一片一片瓦解。

他们亲吻着，邵小曼紧紧抱住袁得鱼健硕的肩膀，她喜欢袁得鱼充满力量的身体，她想与他很近很近，永远不要分离。

恰此一刻，意乱情迷。

“不要再逃避了，好吗？”她呢喃道。

袁得鱼将她放到床上，邵小曼闭起眼睛……

第二天，袁得鱼醒来，发现这一觉睡得很沉很长。

他望着躺在身边的邵小曼，清晨的阳光映照在她脸上，是那么美好。

他有时也希望这样的美好永久延续下去，与斗争、内心的挣扎永远分离。

他有些痛苦，因为他做不到，命运就像一辆惯性的罪恶火车，将他承载，一直向前。

邵小曼醒来时，看了看周围，发现袁得鱼已经离开。

袁得鱼乘坐的是飞往奥马哈最早的班机。飞机上，他想起昨晚邵小曼在他怀里睡着的样子，睫毛微动，眉眼如画。

他依旧有些恍惚，与投资不同，在爱情面前，他永远是个长不大的小男孩。

然而，自己却一直在伤害她，不是吗？

第二章　小白楼重逢

人能弘道，无如命何。孔子罕称命，盖难言之也。

——《史记》

一

2015 年 4 月 29 日，伯克希尔 - 哈撒韦一年一度的股东大会在世纪之交中心正式开始了。

举办过很多次的哈撒韦年会，似乎只是一场平淡无奇的例会。

作为内布拉斯加州最大的工商业城市奥马哈，这一天到来的游客最多，比前两天到的人还多。

9 点半开始的股东大会，很多投资人六七点就开始排队了，整个会场，没有提前的座位安排，凭借吊牌一样的黑色股东卡就可以进入。

丁喜一群人 8 点多入场，此时正是人最多的时候，他们与一些股东一样，随着一圈又一圈的队伍慢慢进场。

入场后，坐在三楼一个中场区域。

9 点左右，正方向的大屏幕上，开始播放一系列广告。这些广告都是巴菲特投资的公司，人们看的时候不时发出笑声。

很快就放到最后一个广告，巴菲特像袋鼠一样跳出来，还穿着拳击战袍，在他面前的，正是世界拳王决赛挑战者——弗洛伊德 · 梅威瑟（Floyd Mayweather），他也戴着大拳套跃跃欲试，他们之间像是要大干一场。

这段时间，正逢得州（得克萨斯州的简称）举办拳王争霸赛的决赛。很多人戏谑，这个时候，富豪们如果不是在奥马哈股东大会贵宾（VIP）席，也不在得州拳王争霸赛现场，都不能算得上真正入流的富豪。

拳王弗洛伊德 · 梅威瑟向巴菲特一拳挥去的时候，屏幕瞬间黑了，周遭也完全暗下来。这时，会场最前方的灯亮了起来，一块白色幕布降下来，一下子有了画面——两个熟悉的老人笑嘻嘻的样子投影在白幕上，这两个人年纪加起来都快200岁了。

幕布前方的台中央，人们看到，巴菲特与他的好搭档芒格坐在一张大长桌后，年龄虽然一大把，但精神看起来着实不错，都戴着大黑框眼镜。

“大家好。我是沃伦·巴菲特。”

“我是你们的好朋友，芒格。”

台下一下子爆发出热烈的掌声，全场欢呼起来。

丁喜注意到，坐在第一层内场的有不少中国人。看来他们很早就开始排队了。

大部分美国人坐在一圈又一圈的体育场座位上，整个会场大概有六层高，最上方是媒体区。

人们放松地坐着，一边看着主席台，一边往嘴里塞爆米花。

主席台上，芒格一边嚼着零食，一边谈笑风生，聊着与财富有关的话题，不时妙语连珠。

巴菲特简单介绍了过去一年公司的运营情况后，问答环节就开始了。

整个股东大会，基本都是问答形式，这种自由的形式，有点儿像古希腊的朝圣之地。

与过去不同的是，台上多了两名媒体人士，同步看着官网，选出推特（Twitter，一家美国社交网络）上的问题，与场外投资者进行互动。

正式的提问者，事先在各个区域抽签，选出代表。每当工作人员报出一个位置，会场就有一个区域的灯亮起来，这个区域的代表，就开始发问。

有个观众问：“财富对你而言意味着什么？”

芒格不假思索地说：“好像变得更受欢迎了。”

台下爆发出笑声。

丁喜对机智的问答并不太感兴趣，他始终觉得，总有一些人以为能从这些巨富身上学到经验，事实上，失望只会增多。打鸡血的智慧时间一过，人们还是会回到从前的样子，没有丝毫改变。

丁喜密切地观察内场的观众，寻找他要找的人。

他进场时了解到，今年大会有少量的贵宾席。他猜测，邵冲他们应该在贵宾席上。尽管在内场，但他并没有看到他们。

大约10点半，一个身形高大的男人出现了，透出与生俱来的学者气质。丁喜确认，这应该是他正在找的人。

毕竟，邵冲会时不时在电视上出现，是当前的金融红人。据传，这两年他除了是佑海金融“大臣”外，还经常向上提供决策，也算是最核心的经济智囊团成员之一。

丁喜很快发现了另一个眼熟的人，他看了好多次，终于对她的身份确认无疑。

这是一个白头发的女人，皮肤白皙，从动作、气色可以判断，她顶多40岁出头，眼神不失凌厉，散发出一种温柔的霸气，身材曲线尤其惊人。

该女人正是泰达集团的实际控制人——杨茗。

多数如她年龄的女人，如果遭遇变故，像她那样变成了白发，肯定就会把头发染回黑色，竭尽全力变成原来的样子。然而，杨茗却选择了激烈的方式抵抗，完全不在乎别人的目光，这么一来，突兀的白发反倒成了她个性的一部分。

丁喜发现，邵冲与杨茗像是非常熟悉，坐在一起时，不时地说悄悄话。

二

下午4点，股东大会临近尾声，丁喜与韩鉴耳语了一下，韩鉴招呼了陈啸与冉想，他们便提前离场了。

他们飞快地来到希尔顿酒店——这里与会场仅一条马路之隔，尽管那边簇拥着很多人，但丁喜隐约感觉到，这里此时此刻才更像奥马哈的财富中心。

果然，那边的主会场还没结束，希尔顿酒店早已是热闹一片。

一进酒店大堂，就看到一群年轻男女，围聚在一楼酒吧长廊，简直要把酒吧挤爆了。

他们大部分是商学院的学生，一些靓丽的妹子与商学院的帅哥，有一搭没一搭地闲聊，好像很希望遇到几个未来的投资大咖。

他们沿着旋转楼梯来到二楼，转角有块哥伦比亚商学院鸡尾酒聚会的告示牌——看来楼下有一部分学生来自哥伦比亚大学商学院。他们每年都会组织学生前来，价值投资之父格雷厄姆（Graham）当年在哥伦比亚大学任教，他们乐意将巴菲特看作是早年价值投资派的师兄。

果然是闭门会议，并没有 219 的指示牌。希尔顿的二楼是会议层，切分成很多大大小小的会议厅。他们把整个楼层绕了一圈，有些是金融机构举办的投资人年会，有些是商学院的包场，进门还有个会议厅，是世纪大战拳王争霸赛直播专场……

219 在二楼走廊深处倒数第二个房间。

韩鉴看了一下时间：“对面的股东大会就要结束了。”

他们来到 219，发现会场就两个工作人员，正忙着安排座位。

这个会议室约有 50 平方米大小，中间一张大会议桌，放着一些甜点，正前方是大的投影幕布。这是一个再平常不过的大会议室。

一个穿着黑色西装的金发女人看到了他们，朝他们瞅了一会儿。很明显，他们并没有离开的意思，她径直走过来，抛下一句“这里是闭门会议”，示意他们出去。

韩鉴沉稳地说：“我们是邵总的助理。”

“他并没有说他要带什么助理，还有，为什么这么多人？”女人显然不相信，再一看，就只有韩鉴一人了。

“等他来了，你就知道了。”韩鉴笑着说。

他走出来时，另外三个人在门口冲他大笑。

“你好能撑哦。”陈啸说。

走廊的窗户对着巴菲特股东大会的会议中心，可以看到渐渐有人走了出来。

“嘿，股东大会结束了。”

大多数投资者心满意足地走出来，他们兴奋地开始讨论第二天的长跑活动。

没多久，果然有人陆陆续续走进这个尽头的房间。在走廊上佯装读报纸的丁喜发现，这群人是和邵冲一起坐在贵宾席上的同一群人。

没过多久，重要的宾客都渐次入席。

门就快合上了。

正在这时，一只手快速抵住即将合上的大门，是个意气风发的年轻中国男人。

还是那个金发女人，看到眼前男人，立马笑逐颜开地欢迎他进来。

“真是不同的待遇啊。”在房间外的陈啸不由得说道。

旁边的冉想歪着头一副花痴样子：“你说，鱼总怎么可以这么帅呢？”

三

就在两小时前，袁得鱼心里还揣摩是否来得及。

袁得鱼的出现，并没有让邵冲他们惊讶，因为作为资本市场最活跃的他们，经常有机会相逢。

只是，在美国这样的相聚倒是第一次。

桌上都有名牌，组织者殷勤地招待着，似乎知道来宾身份非同一般。

杨茗如今是泰达系的实际掌权人，尽管泰达系没有当年胜景，可好歹瘦死的骆驼比马大，泰达系在房地产、基金等领域开辟了一条新路，粗略统计，资产管理规模在500亿元以上。

坐在杨茗对面的是一个浓眉大眼的光头男人，看得出是个利落的商人。

袁得鱼认识他，他是曾被称为新加坡“海油大王”的孟挺。

他曾经买下的石油期权交易衍生品，相当于5 200万桶的期权交易量，结果因为油价大跌，大输5.5亿美元。如今，他在一家公司做股权投资，同样拥有巨大的财富。

另外一个戴眼镜的斯文男人，曾身处互联网泡沫旋涡中心，第一批赴纳斯达克股票市场上市的公司离不开他的运作。此人叫汪非，如今活跃于中美两地资本市场，最近他的一家新公司在新三板挂牌。

一个瘦小、脸特别方正的人叫费基，袁得鱼也认识，不仅认识，袁得鱼还曾为他解决过一个难题。他的公司道乐科技已经成为全球最大的互联网公司之一。费基还邀请他参加后一天的一个活动。

这些人，除了学者模样的邵冲，个个都是在金融一线叱咤风云的猛士，当然，如果把他们放在三国，高智谋的邵冲在这群沙场的大将中间，综合战斗力也不会差。

刚在美国纳斯达克上市的第三方财富管理公司——星火财富的首席执行官曲梅是主持人，她先是将大家介绍了一遍，然后一边自我介绍，一边分享自己工作中的趣事。

曲梅说，即将有重量级的嘉宾登场，在此空隙，她顺便提了邵冲对他们公司的帮助——当时邵冲正好去纽约交易所与当事人交流中国A股如何编入美国明晟公司（MSCI，著名指数编制公司）、中国金融市场国际化的一些规则问题。当时，星火财富刚刚上市，股价竟然一下子跌了20%。

邵冲让纽约的几个朋友帮曲女士的公司做市。

除了在场的几个中国人外，还有几个美国人，袁得鱼都认识，有美国芝加哥最大的对冲基金塞特尔（Setal）的纽约代表吉恩（Jin），全美最大高频交易公司之一塔夫（Taff）的代表特罗伊（Troy）。

欧美宾客做了自我介绍，有美联储经济顾问，还有个叫丹（Dan）的中年人说自己是索罗斯（Soros）在香港的助手。另外一个是大宗商品行业的寡头——嘉可尔（Gecore）的交易主管里姆（Rim）。

塞特尔的代表对邵冲说："今年中国股市的钱太好赚了，我们设在金家嘴的公司，三四个人，已经帮我们赚了将近5倍的钱。"

"用股指期货？"里姆忍不住问道，"这得多谢当年邵总对股指期货的大力推进……"

邵冲只是笑了笑，没有接话。

正在这时，巴菲特与芒格出现了。

见过大世面的曲梅、杨茗也忍不住与他们签名合影，见到大腕，似乎谁都无法免俗。

"你怎么看索罗斯？"索罗斯助手丹问道。前不久，很多人发现索罗斯搬到了香港。毕竟索罗斯一直以大空头著称，人们都觉得这不是一个令人愉快的信号。

"我想，你不是真的在问我的看法吧？每个人的赢利方式不同，我与索罗斯就完全不同。"巴菲特说。

他们交流的话题预示着当前一些投资机会，整个闭门会议散发出浓郁的金钱气息。

巴菲特和芒格与他们交流了约10分钟后，就匆忙离开了。

这是曲梅的安排，这可花了不少美元。她这么做，主要是为了能在中国市场赢得更多投资者，尤其是顶级投资者的信任。

对于邵冲而言，他只关心能调动的资金规模，接到曲梅的邀请后，他列了想见的人名单。

只是，他没想到，在这些想见的人名单里，有嘉宾把袁得鱼列入其中，这个人并不是他想见的。

在巴菲特与芒格离开之后，袁得鱼悄悄对邵冲说："单独聊聊？"

邵冲不搭理，只是看了看腕上的手表。

门外，丁喜观察着里面的动静："你们怎么看这些人？"

“他们这些人有的还挺熟悉的，应该合作不止一次了吧。”冉想分析着。

“那些老外大部分都是做期货出身。那几个中国人，股权背景较多，有什么规律吗？”陈啸分析说。

韩鉴说：“这两者之间倒并没什么关系，只是，中国过去几年的财富积累，股权比重非常大。而在美国，真正的对冲基金大佬，市场里的真玩家，期货是必要的对冲与赢利工具。或许，他们只是代表了不同金融市场上最会赚钱的人。”

“中国市场过去几年确实够熊的，除了今年……”陈啸点点头。

正在这时，门打开了，出来的是邵冲，他的神情略显不自然。

他刚要走进最近的一个洗手间，然而，这个洗手间被黄带子拦住了。

他刚想叫人，旁边一个人对他说：“去楼上那个吧，很近。”

邵冲想不起自己吃了什么会拉肚子。

他洗手的时候，惊讶地发现袁得鱼站在他身边。

他立即朝门的方向走去，却发现门怎么也打不开。

邵冲与袁得鱼对视了一会儿，他反应过来：“原来是你！”他意识到自己在这里是被设计的。

“这里不好吗？简单聊聊？”

“我打电话叫人来。”

邵冲刚拿起电话，就被袁得鱼握住。

海元那群人在外面笑得不行。

“韩鉴，你可真能安排地方啊，简单，粗暴！”

韩鉴谦虚道：“少不了冉想那么精准的泻药。”

“我可是在果盘旁蹲了很久呢。”

“要说指引路线的技巧，谁也比不上丁总的沉着冷静。”

“哈哈，拉上黄带子，增加了逼真效果。”

在洗手间，袁得鱼先开口了：“如果没说错，你将发动一场不亚于

2008 年的大空头交易，我出现在这里，是要告诉你，不要再继续了。”

“不知道你在说什么。”

“百密一疏啊，邵总，万一出现了不可控的局面怎么办？”

“不可控？”邵冲冷冷地说，“那我问你，次贷可控吗？你看现在美国如何？最后痛苦的又是什么国家与地区？”

“如果发生了灾难，对你有什么好处？你不是也处在危险之中吗？”

“这不是你可以理解的。你就去赚你能赚的钱就行了，小子。”邵冲试图推开他。

“不给我完整的答案前，你是无法离开这里的。”

“哼，我不知道你现在知道什么，以我对海元证券近期的了解，你们能够安身立命就已经很不错了。你也不要口口声声说，很多危机是我造成的，我可没那么大能耐。不要忘了，如今金融市场变成现在这个鬼样子，你们海元也没少煽风点火。也谢谢你们出局早，别再火上浇油了。”

袁得鱼不得不承认他的判断是对的，直到前一晚，他才幡然醒悟，邵冲他们为了今年夏天即将爆发的战争，已经密谋很久了。

邵冲笑了笑：“袁得鱼，我也不知道你为什么那么自信。你不是都提前离开了吗？你还希望我与你聊什么？”

袁得鱼也笑了一下，眼神忽然变得犀利：“你这么做与当年有什么区别呢？当初最早倒戈的就是你吧！他们都已经同意站在我爸爸那边。你才是害死我爸爸的罪魁祸首！”

“你说的这些，都太可笑了。我只有一句奉劝，只有活下去才有意义。如果执迷不悟，执着于过去的事，拖累的也只有自己。”

“你错了，对死者最好的缅怀，就是去继承他的遗志！”

邵冲冷笑了一下：“那，战场上见！我可是好心劝你，既然你已经离开火炉了，就别再回来，小心烫得面目全非。”

袁得鱼说：“还不知谁粉身碎骨！”

“可笑，你以为我是你曾经的那些对手吗？不过有一点我不得不说，你爸爸是个出色的人，他眼里看到的都是长远之事，在国内，我还真没见过第二个……”邵冲看了他一眼，“看在你爸爸的面子上，我现在正式回答你的问题，我绝不会放手的，你也看到了，我这次来，主要就是见我谈好的资方，我要调动更大规模的资金，除了国内资本，海外的资金我也要一起调动，我说完了。现在，我可以出去了吗?”

“你觉得我会放你走吗？你知道我还要什么？我们之间的沟通太难了。”

“好吧!”邵冲抽出衣袋里的钢笔，写下一串数字，“这个电话号码是专线，你可以打进来，后面这个数字，是我给你的私人专线密码。”

袁得鱼静静地看着他，将手机还给他，对着门框，重重地捶了三下。

门锁“啪”的一下松开了，邵冲推门而出。

四

袁得鱼走出来，坐在休息区的沙发上。他寻思，如果按邵冲希望的方向发展，这次战争的破坏性极大。

从邵冲的话推测，他们应该准备了很久，若是如此，接下来这个夏天爆发的战役，将是一场旷日持久的恶战。

只是，海元并不是邵冲所说的那样，没有这场赌局的资格。

目前的海元，已是证券行业的翘楚，这当然离不开这些年袁得鱼的精心运营。

在袁得鱼拿下海元证券后，第一件事就是将自己的大时代资产管理公司并入海元证券，旧部成了海元证券控股的资产管理公司的主干。

他同时成立了海元最精干的自营部，由他直接管理，这个部门每年都平稳地给公司创造充足的利润，让公司可以做一些突破性动作——比如设立战略投行部与海外业务部，这吸引了不少海外银行家，大大提升了资源层次，让海元证券原本以经纪业务为主的券商模式向国际化投行业务模式过渡。

因为找到了一二级市场联动的模式，海元承销的投行业务越来越多，其客户有的甚至只花了两个月就借壳上市。在首次公开募股（IPO）停发期间，因为壳资源稀缺，有时前后上市相差一个月，成本相差巨大，有客户称赞海元一个月为自己省下十几亿元。

因为重视海外与宏观研究，海元证券多次在资本市场避险，连之前的债灾也安全避过。股指期货市场成熟过程中，海元成立了量化投资部，这在圈内是首创。

在2015年牛市中，海元的利润又迅速提高。

如果说这样的海元连参战的门票也没有，那邵冲他们，究竟玩的是什么游戏呢？

这几个月，面对正在疯狂向上挺进的股市，快速赢利的最简单方法，就是放大杠杆做股指，但接下来会怎么演绎呢？

他回想起，2008年至2009年全球股市一直往下跌，全球资本市场一副萎靡的样子，然而，约翰·保尔森（John Paulson）却大赚50亿美元。

这时，在一旁的韩鉴忽然说："我发现，这几个海外对冲基金有共同的特征，它们其实是天生的空头，最擅长做空头市场……"

做空，是当下最穷凶极恶的抢钱方式，收集大量做空筹码，甚至所有股票融券——目前做空个股的工具几乎无人问津，因为大空头对冲基金几乎有实力把市场所有融券完全承包下来。

这个方向确实与袁得鱼猜测的不谋而合。

邵冲他们接下去选择的，应当是做空的方式。但他更关心的是，他们将以什么方式刺破这个牛市泡沫。更何况，通过与邵冲的正面交锋，袁得鱼感到，这个刺破还仅仅是"十里长征"的第一步。

"走，下楼去。"

袁得鱼在一楼咖啡厅，将丁喜他们四人叫到跟前："你们赶紧梳理下，闭门会议这几家公司的情况与关联。”

他们马上摆好随身携带的电脑，快速联网，紧张地搜索起来。

陈啸说：“我收集了泰达集团的海外动作，好像并不明显，这些年一直在做地产基金，但与泰达集团关系紧密的一家对冲基金平台是唐煜做的基金中的基金（FOF，一种专门投资于其他证券投资基金的基金），倒是与香港的很多对冲基金合作紧密。这也意味着，泰达系的资金，可以直接通过这个对冲基金平台，进行海外布局。”

“这次参会的塞特尔，是芝加哥最大的对冲基金，我查到，它 2014 年就在佑海自贸区注册了办事处，在国内已经有交易，公开资料里查不到具体情况。”

“塔夫是全球知名的高频机构，它在中国取得了合格境内有限合伙人（QDLP）的资质，所以可以直接用募集到的人民币投资海外，目前拥有这一资质的海外机构只有 15 家。”

丁喜说：“我刚才看了下邵冲的信息，与日本来往过度密切，他的一举一动，都是明牌，并不让人担心，倒是有一些我们看不见的人难以捉摸……”

袁得鱼知道他说的是小白楼里那个躲在暗处的人。

“好的，与我想象的差不多，这注定会是一场恶战，大家随时做好准备，先研究下国内现有的做空工具以及可以合作的机构。”

尽管他们有一些困惑，逆势而为是压力极大的事，毕竟当前还是如日中天的 A 股市场，看不出一点儿掉头的迹象，可他们无不坚定地点点头。

袁得鱼意识到，邵冲他们布局的时间可能比自己之前想象的更早。

这场拉开序幕的金融大战，是从什么时候开始的？

对袁得鱼而言，记忆的起点，过于煎熬，也过于漫长。

脑海恍然闪现出一道白光，把他带回 2008 年那个清晨。

袁得鱼推开洋滩边上那座小白楼重重的铜门。

这里是一场场血光四起的大战开端——从最早惊动全国的帝王医药，到后来他重回佑海滩的申强高速……到不久前，他与泰达证券的可分离债的对赌协议，重创了金融航母的掌门人唐子风，重夺父亲的海元证券……

这里的确发生过太多往事。

他一直忘不了推开那厚重的铜门时的感受，就像开启了一个全新的世界。这个世界，对他而言是如此熟悉，就像在那里一直等待着他一样。

他之前付出了那么多的努力，好几次整个人都要彻底垮掉了。但现在对袁得鱼而言，他已经快忘了那种快垮掉的滋味，只记得在一直继续向前。

那时的他，尽管刚击败泰达证券的唐子风，变成了小白楼的新主人，却并没有多兴奋，可能还有一些未解之谜横亘在他心里。

他冥冥之中预感到，即使夺回了原先属于父亲的证券公司，但还无法停息，此时此刻，或许是另一个艰难的开始。

他走进父亲原先的办公室，摩挲着放在古董柜里的物品，他惊讶地看到一本本熟悉的书，甚至简单地挂在墙上的画，虽然过去了很多年，但仍然是过去的布置。

这个坐落在洋滩的小白楼，已经换了三个主人。这个屋子，后来者可能为了寻找原始的秘密，被异常珍贵地完整保留了下来。

从最早被很多人尊奉为“证券教父”的父亲，到后来刚毅的证券老总杨帷幄——袁得鱼最早的除了父亲之外的另一个引路人，再到之后，金融海啸中决然从窗口一跃而下，带着秘密的唐子风，每个人都几乎是当时最强大的金融力量之一。

站在小白楼里的他，就像经历了一场轮回，回到了原点，摇身一变，成了继承一切的少主人。

然而，他发现，在“七牌梭哈”参与人的交割单上，还剩下邵冲一人，不，还有另一个人，那个看不清名字的未知人。

他从父亲原来书桌上方的天花板上，如愿找到了那本红册子，谁也没想到，竟然是在这么容易发现的地方——表面上看，是为了不让天花板的吸顶翘起，上面压了一个小孩玩的木盒。

他打开那个折叠起来的红册子，很多人初看可能以为是魔术牌之类的东西——他拉开后，有些吃惊，这难道就是他们一直在找的东西？

他马上把红册子放在自己衣服的内侧口袋里。

那么，还剩下的那个人是谁？按常理推算，那个人应该与拼图的最后一块有关。

当然，那个人，一定在暗中一直看着自己。

他应当不是邵冲，他是公众人物——只要稍微留意近期的报纸，就能掌握他的大致动向。这个神秘人，一直潜伏着，让人无法猜测他的实力。

除了邵冲，那份交割单上的每个人在临死之前，袁得鱼都与他们有过一次推心置腹的交流，尽管这些人中间，有些人颇有城府，袁得鱼还是愿意相信，“人之将死，其言也善”。

然而，尽管他们每个人都道出了些细节，袁得鱼至今仍然拼凑不出一个完整的真相。

比如，父亲分明是赢的，到底为何而亡？

还有，当年的33亿元究竟在哪里？

这两个从始至终困扰他的问题，就一直没有解开过。目前只是在接近真相，证实了一些自己的猜测。比如他知道，唐子风的确在寻找红册子，但寻找的原因，依旧无从知晓，就好像有什么东西故意阻挡了他一样。

正在此时，一阵阵狂笑犹如一阵阴风，从他背后袭来。

这个笑声在空旷的小白楼里回荡。

这个人似乎距离自己越来越近了。

“你爸爸设了一个局，就像当年的鬼谷子，埋伏下四大弟子——苏秦、张仪、庞涓、孙膑……最终成就了秦始皇。今天死去的人，是为了明天的不死！”

袁得鱼转过身，但他还是没有看到任何人，他四处寻找，也高声问道：“这究竟跟我爸爸的死有什么关系？”

“我们即将面临的危机，是一场足以改变整个世界经济格局的危机，关系我们是否能在这场金融混战中真正崛起……袁得鱼，你愿不愿意接受这场挑战？”

对方始终躲在暗处。

一个念头划过袁得鱼的脑际，贾琳这个女人，连自己都能过这个美人计，难道……

难道是他？袁得鱼想到这个答案时还是怔了怔。

“出来吧！我知道你是谁了！”

阵阵诡谲的笑声回荡在楼中。

就在袁得鱼意识到这个人最可能是谁的时候，只觉浑身无力，晕倒在地上，不省人事。

“啊，鱼哥，你醒了！”

袁得鱼转过头，发现丁喜在床边看着他，眼神中透露出一丝惊喜。

袁得鱼惊讶地看着他：“你怎么在这里？”

如果没记错，这时候的丁喜应当在监狱中，难道是错觉？

丁喜慢慢地说：“我，我前两天，接到通知，说我可以出来了。他，他们说，有人在帮我申诉，还替我保释，后来成功了。原来申诉的人，不是你啊？”

袁得鱼摇摇头。

丁喜用双手捧了一下自己的头，像不理解：“我，我还以为是你，所以，我一出来，就来你住的地方找你。我看到了你击败唐子风的新闻。我找到原来大时代资产的同事，他们说你这几天会去海元办理并入手续。我马上跑到海元，发现你躺在地上……”

袁得鱼一下子坐起来，抓了下头发。袁得鱼想了想发生了什么，他拼命回忆，却什么也想不起来，只记得那个神秘声音的只言片语。

袁得鱼忽然想起什么，马上在口袋里找寻一翻，红册子竟然不见了。

袁得鱼问道："你有没有翻过我的衣服口袋？"

"没有啊。"

袁得鱼点点头，心想自己还是幸运的，尽管丢了红册子，但自己没受到太大的伤害。

但他又觉得有些蹊跷："这太巧了，你不早不晚，正好放出来了？"

"鱼哥，如果不是你，那，那你知道是谁救我的吗？"

袁得鱼看了一眼丁喜："你把监狱给你的资料给我看一下。"

他翻找了一下，很快就看到了一个陌生的名字，写的是代理人，这线索很难发现什么。

不知是不是一年多的监狱生活，让丁喜变得敏锐起来。

他问道："鱼哥，你拿下海元证券，接下来打算怎么做？你还记得当时发生了什么吗？为什么倒在地上？"

"我想到海元转转，没想到，忽然被人从背后偷袭，到现在头还很疼。"

"那你去小白楼，有没有什么收获？"

"拿到了红册子。"

"红册子？"

"看起来不大，是重合折叠起来的，打开的时候，上面其实看不到任何东西。但我知道，很多人名都在上面。可能有人也看到过，但打开看没有任何东西，就没有拿走。"

丁喜问："这是什么册子？为什么很多人都在找这个？"

袁得鱼说："目前具体情况不知道，只知道与帝王医药大战前，那两个造访我父亲的日本不速之客有关。我甚至觉得，那个在暗中的人，应该与日本人也有关……唐子风之前也一直在找这个。"

"记得你说过，尽管大家约好做多，然而，你父亲明知道他们会临时倒戈，在帝王医药决战的那天，还是选择坚持做多，还将空单逼出了历史规模。”

“我父亲一意孤行，选择了与大多数人完全相反的自毁式战斗方式。”袁得鱼继续说，“父亲有一个神秘账户，那个账户却以大力做空的方式，赚足了33亿元，然而，那笔钱至今还不知道在哪里。他们应该也知道这笔资金的存在。”

“你父亲，那么拼命做多，让做空者变得更加疯狂，是不是意味着，你父亲为了让神秘账户赚更多的钱？”

袁得鱼点头：“不排除这个可能，照理说，最后的结果应当是父亲乐意见到的，因为他并不是负债累累的失败者——他做多账户输光的钱，完全可以通过这个做空账户赚回来。但既然如此，他为何选择自杀？”

“难道还有其他用意？”

袁得鱼躺在床上，用冰块敷着昏沉沉的头，回想着小白楼当时的神秘人。

他确信，强烈的直觉已经告诉了他那个人是谁。

但现在想想还是有点儿蹊跷，因为那个人不是明明已经……怎么可能呢？那究竟是相信自己的直觉，还是正确的推论呢？

袁得鱼相信推论。按照推论，那个人是他，并不是完全没有可能。

他回忆起最后一次见到那个人的那天晚上，他身上都是血，但没注意是否伤到致命处。

袁得鱼需要更多线索。

现在想来，那个神秘人在小白楼与他说了一些像是线索的话，给了他启示。

“什么鬼谷子四大弟子？尽管父亲当年读古文，但怎么与鬼谷子扯上了呢？什么今天死去的人，是为了明天的不死？”袁得鱼一头雾水，心想，真是太诡异了。

他想了想，如果要知道真相，最直接的办法就是与最确定的那个人——邵冲接近。

只是，邵冲太强大了，尽管袁得鱼曾想过很多办法，比如那个照片门事件，原本足以让邵冲陷入困境，但他还是轻易地化险为夷了。而交割单上的其他人，基本都如袁得鱼计划的，在棋盘上逐一倒下。

袁得鱼在床上翻个身，继续思考着。想了一会儿，他索性爬起来。

按照一定规律，归类组合，袁得鱼总能整理出一些线索。

邵冲的信息太庞杂，公开信息每隔几天就会在各种新闻网站上发布出来。

袁得鱼觉得很奇怪，为什么至今无法梳理出一个说得过去的来龙去脉。

邵冲跳跃度太大了，到底是什么阻挡了他的发现?

此前，邵冲是一个民族企业家的小儿子，但这个家族很快家道中落，他顺着潮流，去贵州插队落户，后来考上名校的航空专业，又跑回贵远的航空基地工作。也就是至少从30岁以前看，都没发现，这家伙与金融能扯上什么关系。

后来一个偶然的公务员招募机会，邵冲回了佑海。

从此，他开始了奋斗与奇迹般的飞黄腾达之路。

他先做小科员，倒也算勤奋，一边工作，一边在社科院读完了金融学博士，这段时间，他发表了很多论文。通过国家的委派留学计划，他在美国学习了一年，回来后在证监会做官员……有关他的很多资料都找不到，无法追忆全部的往事，可能是当事人自己为之。

现在的关键是如何发现邵冲的软肋。

邵冲可能是最可怕的对手，几乎看不到什么破绽，关键是越了解他，越觉得他是一个典型的改良派，事事干劲十足，有大批拥趸是必然的。

只是最近关于邵冲的信息，让袁得鱼有些吃惊。

自2008年全球金融危机爆发后，邵冲出国特别频繁，尤其去日本。

尽管袁得鱼一直想与邵冲接近，但一直没有机会，即使在同一会场也仅是擦身而过。

后来，袁得鱼一心一意重振新海元，无心寻找契机。

五

希尔顿酒店里，丁喜他们与袁得鱼交流完能找到的所有信息后，袁得鱼就开始陷入沉思。

丁喜他们没好意思打扰，只好到另一张桌上，悄悄喝起酒聊起天来。

他们喝着喝着，冉想不由得八卦起来："丁总，鱼总有女朋友吗？那个邵冲千金应该不是吧？她一直在美国呢！"

丁喜不知道该怎么说。

冉想心领神会："那他有喜欢的女孩吗？"

喜欢的女孩？那是袁得鱼心中的一个秘密。

但不知为何，丁喜脑海里最早跳出的是那个爱笑的女孩，她乐观、清新的样子，很清晰地浮现在脑中。

记得袁得鱼刚回海元证券的时候，那段时间他一直很忙碌，然而有天晚上，他们刚吃完夜宵，袁得鱼突然对丁喜说："我查到她了。"

丁喜还以为是让袁得鱼昏迷的人："是交割单上那个未知的人？"

"你想什么呢？就是那个好不容易将你保释出来的人。"

"啊？"

"她真的费了很大劲儿。"

"是谁？我认识吗？"

"明天收盘后，我开车带你去见她。"袁得鱼故意卖了一个关子。

第二天，他们的车开到佑海一个近郊的游乐场。

"走！"

“鱼哥，你没搞错吧，游乐场？”

他们慢慢走到游乐场中心，只见那里是各式各样的餐饮。

丁喜一眼就发现了那个清瘦的女孩，穿着格子围兜，正对顾客甜美地微笑。她头发自然向后拢起，还有几缕调皮的头发跑了出来。

一旁的喇叭重复播放着熟悉的声音：“全佑海最香辣可口的鲜鱼烤串，价廉物美，所有品种，一元一串！”

她身边挤满了顾客。

几个烤串的小帮工，都忙不过来。

她忙不迭地将冰箱里准备好的烤串分成一堆一堆，再细心地摆入小钢盆中，交给那些小帮工。

袁得鱼远远站着，出神地看着她。

丁喜有些惊喜：“鱼哥，你怎么找到她的？”

“我要来了保释人的联系方式，没想到是游乐场的电话。普通人会想这或许是个玩笑，但我觉得游乐场倒是她的风格……”

丁喜眼睛一亮，极为赞同：“许诺还是老样子呢。我们要不要上去打个招呼？”

袁得鱼摆了一下手：“先不要打扰她。我是第一次来，看着她就好。”

临近傍晚，游乐场关门了，人们逐渐散去。

许诺娴熟地整理摊位。

几个帮手忙完手中的活，与她告别。

她在拉卷帘门的时候，发现冰柜还有一截在外面。

她刚想用力，外面有人帮她把冰柜往里推了推。

“谢……”许诺一个“谢”字刚出口，就认出了眼前的男人，她不动声色，继续收拾其他东西。

“许诺！”袁得鱼叫她。

“对不起，这位客人，你没看到吗？我们收摊了！”

袁得鱼也不说话，只好看着许诺忙活。

“许诺，是你把我保释出来的吧，多谢你了。”丁喜走上前向她鞠躬。

“好吧，我真傻……”许诺起身就要离开。

“我必须得好好谢谢你！我们让鱼哥请客吧！他如果不请，我把他绑到海盗船上。”

许诺绷着的脸稍微松了一下。

这时，游乐场恰好在放周杰伦的《园游会》，歌词飘扬在空中，有点儿甜：“琥珀色黄昏像糖在很美的远方/你的脸没有化妆我却疯狂爱上/思念跟影子在傍晚一起被拉长/我手中那张入场券陪我数羊/薄荷色草地芬芳像风没有形状/我却能够牢记你的气质跟脸庞/冷空气跟琉璃在清晨很有透明感/像我的喜欢被你看穿/摊位上一朵艳阳/我悄悄出现你身旁/你慌乱的模样/我微笑安静欣赏……”

谁也没动，他们静静地伫立在微风中。

袁得鱼打破平静：“我这次来，是想谢谢你对丁喜的帮助。还有，我知道分手后，你一直没有真正离开过大时代资产。现在的王牌交易员们，还告诉我，你上周还请他们吃了饭，在我忙着与唐子风交手的时候，你聚拢了大家的心……”

许诺不说话，心里好像有什么东西解开了一样。

她嘴唇翕动了一下，终于开口了：“我该说什么呢？我要说恭喜你吗？我看到关于你击败泰达的所有新闻……我上周，请他们吃饭，是因为我听说泰达的人在挖他们……”

“许诺，能回来吗？继续做我们的运营总监，没有比你更合适的人选，我真的需要你。”

“袁得鱼，这个世界上，没有太多人像你那样有禀赋，而这也不是你可以一直任性与好运的理由。”

“许诺……如果我可以选择，我宁可什么都不要，只和你在一起……”袁得鱼终于说出了那天分手时没有说出的话。

他原本以为许诺会一走了之，就像上次一样。

然而，许诺怔住了，像是有什么暖流流入心底。

分手后的许诺，也在反思自己。

当她看到袁得鱼打败泰达后，意识到或许真有使命这玩意儿，或许正因为如此，上天才赐予袁得鱼那些禀赋。

他们分手后，许诺也考虑过接受新的人，但她发现自己没办法做到，她唯一知道的是自己心里始终放不下袁得鱼。她想忘记他，但是真的很难，经过一段时间的忙碌，一些思绪会沉淀下来，然而它们始终还在那里，只要一有波澜，或触碰什么场景，就自动浮现，一次又一次。

不管今后会如何，现在是该放下怨结了。

“那就一起吃点儿东西吧！”许诺说。

她的回应让袁得鱼有些惊喜。

他们不知不觉走到了街边的一个大排档，烟气缭绕，不少人围坐在小桌子旁。

这让袁得鱼想起很多年前的美好时光。刚工作时，他们一群人坐在大排档说说笑笑。

“说真的，许诺，你如果也在这里摆大排档，生意肯定比他们好。”丁喜说道，“不过，你都进了金融行业，为什么又去做餐饮呢？”

“丁喜，我怎么觉得你说话越来越溜了？这不大像你！”

“在监狱里，说话太慢就没有饭吃。”丁喜笑笑。

他们在大排档坐下，袁得鱼点了一打啤酒，还有一盘辣炒螺蛳。

许诺还是老样子，才喝了两瓶啤酒，就打开了话匣子：“离开公司后，我就用之前赚的钱，在菜场买了几个铺子，专门做海产生意。我觉得，卖鱼让我踏实，那边稳定后，我就到这里做烧烤，等这边差不多了，我就再扩大……”

“你是说开新店吗？”

“是的。你还不了解，我以前不仅卖鱼，还卖生蚝、扇贝……你看，我是不是很厉害，从生鲜做到了烧烤。我真是一个仗义的人，对这些海鲜负责到底！”

袁得鱼忍不住笑起来。

丁喜也配合着做出一副“好厉害”的表情。

许诺很是开心。

“现在市场并不好啊，鱼总，你不如把丁喜派到我这里做壮丁吧。你们不要把我想得那么好，去帮丁喜保释。其实是我当时缺人手，就想到了丁喜。可丁喜不是在监狱吗？我就在吃客中找了一个律师，就一直争取。那个律师果然很厉害，你猜最后怎么着。我对律师说，他可以终身免费吃烤墨鱼串，那律师乐坏了，他可最爱吃墨鱼串了，于是帮了大忙。当然，我也给了不少钱……”

袁得鱼发现，酒后的许诺更正常一些。在看到许诺的一瞬间，他觉得如果能与许诺复合，上天让他做任何事情，他都会赴汤蹈火，只要许诺能回来，什么都可以。

他一直看着她，有点儿出神。

许诺看袁得鱼这样，似恨铁不成钢地故意说：“这位先生，你是不是爱上我了？请你有点儿金融才子的样子，好吗？”

“啊，我在想，这位老板娘好像在哪里见过？怎么如此貌美呢？”

“这位客官，也不要净说鬼话啦！对了，你们想不想看看我刚刚盘下的一个店面，现在还在装修，我告诉你们，什么叫‘拓展版图’，什么叫事业……”

袁得鱼和丁喜欣然答应。

许诺打了一辆车，他们很快就到了那个店铺。

袁得鱼看着餐厅，没说一句话。

这个餐厅在他们初次相遇的静安寺后面的马路上。店门口有一个木质鱼形的挂牌，上面写着店名——“鱼之味”，店里的一切都是崭新的。

袁得鱼站在门口想着，如果没记错，这个位置正是他们初次相见的十字路口。

尽管只是试运营，但这家店简直像一个海鲜集市，因为它经营的是自助餐。

店里有四个大的回转长桌，长桌边沿是玻璃展柜，里面是各种海鲜。

回转长桌中间，站着三四个厨师，他们根据食客的需求，现场加工橱窗里的海鲜，吃客围坐在回转长桌旁，吃得不亦乐乎。

店门口颇有许诺的风格，一块巨大的黑板上写着每道重要的菜式，每天都有一款优惠的大菜。黑板上还画着一只活灵活现的龙虾，看得出是许诺的画风。

袁得鱼想起多年前，他去菜场找许诺的时候，许诺黑板上的海鲜价格会根据股价的变化而调整。

他见到龙虾的加工处是几个眼熟的大哥，才想起在菜场见过。

当年许诺在菜场颇受欢迎，如果许诺被欺负，这些菜场大哥会冲上去帮许诺出头，如今他们成了许诺的帮手，也是一种奇妙的缘分。

“哎呀，我怎么会把你们带到这里来，我没有藏身之处啦。”许诺一边说，一边醉醺醺地靠着袁得鱼的肩膀睡着了。

袁得鱼不禁想起一些往事。

当年，他在战斗时，许诺总是会准时送来一杯热牛奶，还有剥好的茶叶蛋。人处在美好之中时常会浑然不觉，以为本如此，然而，失去的时候才发现点滴美好才是相处的美妙，却再也不在。

“说真的，我以为再也见不到你了。”袁得鱼低着头，不小心说出一句心里话。他的眼睛里闪过一道光，被刚刚苏醒的许诺用眼角余光捕捉到了。

许诺想，这个男人伤害过她，全身心投入他自己的复仇游戏中，她以为离开他时自己是坚决的。然而，她却疯狂地思念他，真的再见到他时，一点儿都不恨他。她原以为自己这么忙碌，早该放下了，可今天看到他时，深藏的感情都泛滥出来，终究是无法放下。之前的努力就好像在玻璃上哈气，水雾似乎让玻璃模糊，但轻拂拭去，就会比原来更清晰透亮。

那天的记忆，都是啤酒的味道。

只有丁喜清晰地记得，袁得鱼在车里一边喝啤酒，一边看着许诺的痴情模样。他们共事后，他很少看到袁得鱼如此放松的样子。

“嘿，丁总，你在想什么呢？你有什么不愿告诉我们的？”

丁喜一下子被拉回奥马哈，他看着冉想，还真不知该如何回答。

第三章　山口再现

光来到世间，世人因自己的行为是恶的，不爱光，倒爱黑暗，定他们的罪就是在此。凡作恶的便恨光，并不来就光，恐怕他的行为受责备。但行真理的必来就光，要显明他所行的是靠神而行。

——《圣经》

一

奥马哈中心的老街上，有不少特色小店。

老街的小路深处，有一家地道的日本怀石料理餐馆。

邵冲坐在竹席上，静静地品味着这里的特色煎茶。

这里看起来像是一个古朴的宅院，大门进来，是流水淙淙的水池，曲径通幽的道路两旁，是密密的竹林，往里走便是精致的餐馆。

这时，传来屏风拉开的声音，一个身材颀长的灰发年轻男子出现在邵冲面前，他鼻子高挺，面容清癯俊秀，肤色极白，脸上鲜有血色，刘海略长，几乎是遮住了整个眼睛，嘴角自信地微微上扬，生出几分威严。

他轻声吩咐店员，声音有些低沉。

店员很快上了清酒。

男子娴熟地为邵冲斟酒，手指瘦长却有力，随后将酒倒入自己杯中，利落停下，刚好满杯。

“邵先生，很久不见。”他敬邵冲。

邵冲喝了一口，醇厚的酒香扑鼻而来。

服务员端上一个木架子，上面盛放的是这家料理店的招牌菜之一——河豚刺身。

架子上的河豚被分为两部分：滑嫩的鱼皮与透明的鱼肉。

灰发男子娴熟地将一块鱼肉放入口中，他细细感受，鱼肉的鲜味渐次漾开，好食材的味道是有层次的，鲜得恰到好处。

男子看了一眼邵冲，说道：“如今，这里有六大财团，你猜猜，我们山口处在哪个位置?”

邵冲轻轻一笑："这六大财团背后，哪一家没有你们山口的翻云覆雨之手，如果说是第一大也不为过。"

"邵先生厉害。"男子笑着说，"有你这样杰出的金融人才，真是难得。幸好，你选择与我们合作，不然，你的才华就可惜了。"

他们已经不是第一次见面了，然而，彼此之间还是保持着恭敬的礼仪。

邵冲看着眼前年轻的男子，总觉得他的五官像他的父亲——山口直木。

他记得第一次见山口直木，还是1995年。

邵冲当时已经是重要官员，山口直木通过一个叫乔（Joe）的年轻人，找到了他。

邵冲对陌生人不感兴趣。

但当时，乔见到邵冲的秘书后，就托秘书转交给了他一封信。

邵冲疑惑地打开，发现这个信封里装的是他多年前写的论文。

论文上有几处用红笔勾画了，那几处标注的位置，正是邵冲最想表达的观点，还有一些隐藏较深的想法，也被找了出来，并做了探索性的注释。看得出，读论文的人费了一番功夫。

然而，其中一个批注指出这篇论文有一个很大的错误，因为有些事情邵冲并不了解，造成了认知偏差。

这样的激将法果然吸引了有"学术洁癖"的邵冲，尽管他已经游走在政商之间，但骨子里仍有一种学者的清高，只是这种纯粹，深藏在他日常八面玲珑的处事风格之下。

他们当年约见的地方，是一处幽静的茶室。

见他的人，正是山口直木。

山口直木介绍说，他们原本是做实业的家族，目前正渐渐朝金融转型，他自己对金融一直有浓厚的兴趣。

山口直木先是对邵冲的论文大大赞扬一番，随即说："我们过来自然不单单是探讨论文的，因为这篇论文只是理论化的构想。简单来说，我们拥有非同一般的经济实力，如果您有兴趣与我们合作，就有希望将您年轻时在论文里提到的构想，变为现实。”

邵冲完全没有想到对方会说这些，他内心又惊又喜，同时也充满疑惑。

“我们虽然曾经做过很长时间的实业，但最终放弃了。你看，经济本可以按规律运行，但这么多年运行下来，到一个时间点，终会死路一条。这是经济学中最简单的原理，因为生产力可以提高，需求相对有限。事实上，引发矛盾的往往是其他力量。比如，生产产品明明很顺利，需求也算较大，按资源情况，需求也能自然延伸到其他国家。然而，一旦损害了别国生产商的利益，自然会遭遇类似反倾销的本国保护……就算在最后的听证会上可以义正词严，但到最后还是输家，这正是残酷的地方，也是经济世界有趣的地方。因为每个人都在维护自己的利益，真正的利己主义，在我们看来，不是市场规律在一定时间点失效，而是更多的不可抗拒的利己这样的生存本能，构成了经济规律里的矛盾……我们想寻找另一种竞争力的可能性。我们发现，金融是最好的出路，能突破边界的局限，实现最高效。”

“你们的实力到什么地步？”邵冲并不相信他们。

“你是否留意了帝王医药？”

“为什么对帝王医药感兴趣？”

“因为我们想洗盘，我们需要找到中国最强大的金融实力，并依托它完成我们的，也是你的梦想。这个实力的形成，并不是一个人可以完成的，需要一群最优秀的人，甚至几代人完成……”

“那么我？”

“欢迎你加入这个计划。”

邵冲还是想推托，然而，后面发生的事仿佛不是邵冲可以控制的。

对方拿出一样东西，显然这是个有效果的东西——看起来不起眼儿的红色小册子，翻开却是层层叠叠，邵冲瞥了一眼，只扫到几个名字，就不由得心头一惊，这果然代表了非凡的财力，不，绝不只是财力。

后来，对方又帮了邵冲一个小忙，那件事让邵冲感触很深。

不知不觉，邵冲参加了那场七牌梭哈的聚会，直到那时他才知道，聚会中的这群人，将帝王医药推向白热化的状况，已经准备了很长时间。

从他抽牌的那一刹那，他就清楚地意识到，自己已经不小心成了帝王医药的参与者，甚至是核心人物。

有关帝王医药，当时的邵冲想想都觉得好笑——其实市场的讨论是正确的，袁观潮的判断也精准无误，在当时看来，被收购是必然的结局。

记得他们这群人打算做多帝王医药时，还小心翼翼地与邵冲再三确认："确定没有资金做补贴？"

尽管邵冲心里清楚，这群人看似在问，其实是想从他那里得到万无一失的答案的慰藉，毕竟他们没有回头箭，这群人都是拿的身家性命在做赌注。

邵冲点了头。

这群人像吃了定心丸一样，没有补贴，意味着收购帝王医药是铁板钉钉了。收购方提出的对价回报又异常可观，股价飙升成为必然。似乎是为了回馈，也或许是为了更有保障，他们给邵冲的那部分回馈是惊人的。邵冲没有出资金，回报却如此之高，甚至超过了他们其他任何一个人。他们希望邵冲参与进来背书，事后看来，给他那么高的回报是极其正确的——他绝对是关键棋子，甚至是计划最终成功的核心人物。

然而，在帝王医药大战前的深夜，他们接到了倒戈的通知书——而这一切，正是邵冲亲口通知的，他们信任当时的召集人唐子风。他介绍的这个官员给的消息，一定是最精准的。

这群人只好铤而走险，愈发疯狂，他们知道袁观潮原来根本不想参与其中，要不是七牌梭哈聚会时，大家统一商量如何做多，袁观潮也不会坐下来。即使是符合他想法的做多，他也像勉强的局外人，机械地计算与记录分成比例。尽管他们都知道，袁观潮的交易实力有多雄厚。

不过，正是由于大战时的激烈对峙，帝王医药才创下了中国资本市场的交易天量的奇迹。谁最后赢，回报都将是此前预计的数倍。他们不得不佩服邵冲他们下达的操作安排。因为，他们这几个人已经是市场上最大的交易盘，他们联手做多，原本对手只是做空的散户。然而，只有一直做多，且在公众心中颇具影响力的“证券教父”成为他们的真正对手，这场世纪交易才能变成一场盛宴。

只是，他们没想到原本一直都不太愿意参与的袁观潮竟然疯狂做多到极点，差点儿将他们那么多人的联手空盘打爆，整个计划差点儿毁于一旦。

所幸，邵冲发挥了最关键的作用。“贴现依旧”的宣布让多头一下子失去了做多的理由。

即便如此，这些人也差点儿被袁观潮打得灰飞烟灭。

幸亏邵冲宣布最后的交易时间作废，并发布了处罚令，声称袁观潮有违法的透支行为——动用的资金量，早就超过了他能承担的上限，才有了空头的胜局。

尽管这群人都知道，盘中交易时极限透支是当时惯用的手法，只要赢了还上杠杆资金的成本就可以。然而，因为废止最后 9 分钟的交易时间，袁观潮只能承担巨亏，杠杆交易的损失，自然成为一个大窟窿。

只是他们谁也没想到，袁观潮会以这样极端的方式结束自己的生命。

邵冲知道袁观潮的死讯时，也震惊了。

邵冲想到自己的软弱，如果他当时没有将袁观潮推入这个局，会不会是另一种结局？

他记得，在帝王医药大战的前一周，他出差回到佑海，山口直木见了他。

山口直木非常直白，他说，他想反其道而行。

邵冲预感到很残酷，不由得问道：“多少人会反其道而行？”

“我现在只与你和另一个人提了……我现在只想确保袁观潮作为做空实力加入进来，因为我们需要一个强大的对手盘，袁观潮是最佳人选……”

“但袁观潮不是一直看多吗？他会不会同意？”邵冲这时候才意识到，这群人的相聚是迷惑袁观潮的一部分。让袁观潮成为对手盘，才是山口直木的真正目的。

“我们不知道袁观潮的想法，他确实比我们想象的还要聪明。但是，在这次帝王医药的博弈中，如果没有大的对手盘，就会失败！我知道，你现在还不相信我，这正好也是我们向你展示的一次机会。”

邵冲猜测，没有什么人比山口直木更有说服力了，因为山口可以承诺袁观潮，一旦收购成功，将给他巨大的回馈，但醉翁之意不在酒。

之后，邵冲眼睁睁地看着原本置身事外的袁观潮加入其中，疯狂做多，最终成为整个事件最大的牺牲品，尽管与山口设计的方向不同，但殊途同旧，参与者都获得暴利。

而邵冲自己也渐渐走入山口精心设计的全球金融棋局中。

表面看，邵冲得到的直接好处是，他的个人财富在快速膨胀。事实上，邵冲是在完成一个想法。

一直以来，他都希望自己成为一个伟大的谋士。如果在战争时期，他估计自己会成为参谋长这样的角色。然而，如今他掌控的力量，已经超出国界，难道这不比做一个国家的政治家更振奋人心吗？

邵冲承认，正是山口他们将他一步步推向了金融军师的宝座。

当时，邵冲顺势而为，通过帝王医药，他变相获得了他的第一份政治资本。

他如愿看到账户上到位的那笔资金，整整20多亿。他会心一笑。

那天下午，深入市场激战的邵冲，看到账户出现5亿“预付款”时，就立即与相关部门打了电话。所以当天，相关部门看到预付款时也傻了眼，之前邵冲与他们信誓旦旦地说补贴资金问题他会想办法解决，他们其实也根本没真当一回事，毕竟当时很多人都在为恶性通货膨胀操心，没人愿意做白衣骑士。他们当即就痛快地发布公告，理直气壮地说贴现依旧。

这不正是一场乾坤大挪移之战？

当相关部门在宣布“贴现依旧”的时候，资金并没真正到位。

不过，后来自然有人会把资金给他，邵冲清楚谁在操作这件事。

最终，这场奇袭尽管以袁观潮的失败告终，然而宣告最后9分钟交易作废的魄力，以及大局上的“围魏救赵”，让邵冲深得高层赏识，奠定了他日后平步青云的基础。

只是邵冲没想到，山口直木自己竟然出现了意外。

他至今都不知道是谁在车上做了手脚，好像有人提前知道了计划，或是一个民族主义的极端人士，不希望帝王医药被日方的神秘资金收购，或是有人想故意阻拦袁观潮进入市场。

肇事者可能以为，袁观潮与山口直木有什么内在配合，因为袁观潮一直是市场主张派，认为贴现资金不可能到位。从逻辑上看，确实是站在收购帝王医药的山口这一边。

之后发生的事情，是邵冲佩服山口家族的地方。

尽管山口直木出了车祸，但这个家族依旧对邵冲鼎力相助。山口家族在帝王医药上做了一个引子，如他们预想的，将中国金融势力做了两极分化。他们迅速介入中国金融主流势力中。

而当时，才16岁的早慧少年山口正彦，把所有的负担扛了下来，将整个家族安排得有条不紊，似乎缺了谁，都不会影响山口家族的运转机制。

他记得自己第二次见山口家族的人时，意外见到了当年异常聪慧的少年。

正彦用很平静的口吻说：“你看，现在这个世界一片混乱，一轮又一轮的宽松货币政策，我们国家如此，全球都如此，整个世界都在进行‘印钞大赛’。”

“是这样，每次危机之后人们只有印钞票进行洗牌。”

“这是好事，当人们开始讨厌这个体系，那我们这么多年准备的计划马上就要成为现实。你上次谈的合作会议进展如何?”

“非常顺利。他们很喜欢亚元这个事物。尽管蒙代尔（Mundell）提出这个构想后，大部分人都觉得不太现实，他们只看到了表面。”

“真是很有意思，邵先生。”

“是的，每一次衰退都是最大机会的酝酿，意味着新一轮周期的开始。现在很少人会看出来，未来几年，将引发第三轮影响整个世界格局的大周期……”

“哈哈哈。”山口正彦有些兴奋，“你觉得这一切美妙吗？我们都会成为见证者，不，是真正的幕后操作者。”

如今，当山口正彦与邵冲重新相聚在奥马哈的时候，他们都已经心照不宣，大战将真正开始。

山口正彦举起杯子，与他干杯：“这场 A 股大泡沫吹得太漂亮了，我都不忍心捅破……”

邵冲浅笑，心想他也是别无选择：“泡沫、洗牌，不正是维持经济动力的必要方式吗？尤其是制定规则的人，在他们眼里，这些更是无法抗拒的巨大机会。”

“大多数人都不喜欢灾难，因为他们无法预测也无法控制。真正的高手，却会在灾难中获得更多财富。”

邵冲知道，这个年轻人的野心，远远不只是赚钱那么简单——金钱早就掌握在这些打通全球资源的少数权贵手中，这个人更想成为传奇。

邵冲故意提醒道：“最近，有人在研究我们的动向……”

“我知道你说的是谁，当年我爸爸见过那小子一次，还在我面前说他是天才，真是太可笑了。他参与进来也好，就像他爸爸那样，成为可怜的炮灰。”正彦得意地笑了一下，“这次估计谁也不会想到，毁灭性的 2015 年只是一个起点。来，为胜利干杯！”

“为了你 2018 年即将实现的大计划，干杯！”

“谦虚了，邵先生，是我们!”

二

中午时分，海元证券一群人聚在希尔顿一楼的餐厅。

没多久，袁得鱼等待的客人来了。

丁喜他们吃惊地望着出人意料的来客，这不是前一天与邵冲他们开会的孟挺吗？这个曾经叱咤风云的“海油大王”。

孟挺与袁得鱼握了手，也与其他小伙伴打了招呼。

他们聊了两句，大家发现，孟挺似乎是商圈隐藏最深的大佬之一，他虽然做股权管理，但一聊到期货，对现阶段资源类商品的价格与交易策略却如数家珍，可见他从未真正离开。

与孟挺交流时，大家不免会想起那场惊世骇俗的石油大战。

孟挺可以说是最早的石油衍生品的实战玩家。

早在2003年，孟挺在新加坡做一家大型石油贸易公司——“新海油”，没想到做得特别出色，“新海油”很快在新加坡独立上市，他也成了“海油大王”。

有一家叫JR的全球商品交易商到孟挺那里游说，向他推荐了一些套期保值的衍生品工具，重点推荐了一款石油期权。

大胆激进的孟挺被期权这类衍生品吸引，发现很有趣。

孟挺没有在JR那边表露兴趣，回去后他研究了国际油价的历史数据，决定提前布局进行做空。

他问询JR的建议，建议是做空石油，这正好符合孟挺的想法。

他招募了几个交易员，自己亲自上阵，短时间内就将空单筹码拉到200万桶。

孟挺下注后，将自己的投资组合告诉了JR，希望对方以多年的交易经验，将自己的投资组合构建得更为细致。

没想到，孟挺买入做空期权一个季度，就出现了580万美元的账面亏损。

继续投机，还是改变策略?

新海油内部开了会，JR 的代表作为投资顾问也参与了那次会议，最后的结论是——展期。

展期意味着继续捂盘，因为合约换月会涉及挪盘，孟挺索性用更大的杠杆买入原先的筹码，杠杆倍数越来越大。

一个季度过去后，账面亏损迅速扩大到 3 000 万美元。

这一次，孟挺开始不安起来。

他很快发现，让他不安的是，与他做对手盘的是一家日本机构，而这家机构是日本的大财团之一——新崛起的山口财团。

孟挺为了安全起见，继续求助 JR。

JR 从孟挺的现状出发，做了一系列专业建议。总体来说就是，继续重组期权进行死扛。理由是，目前是历史极端情况，价格总会回归，只是时间问题。

有了专业机构的支持，孟挺继续信心十足地加大仓位，不知不觉，拥有的期权交易量已经超过 5 200 万桶，然而，孟挺所在的新海油公司，一年进口量也不过 1 500 万桶。

更可怕的是，这天量石油期权合约尽管分散在 2005 年、2006 年两年，然而，2006 年的持有量将近达到总盘的 80% 。

原本，孟挺这么做只是为了拉长战线，让油价恢复到合理价的胜算更大。

没想到的是，油价冲破 50 美元后，完全没有掉头的迹象。此后的两年，更是一路飙升。

油价一路上涨，孟挺只好一直加保证金，拉低成本。他相信，只要价格在 45 美元左右，他们就可以反转，他想再赌一把。

然而，油价还是一直升。

账面亏损达到了 1.8 亿美元，这已经严重影响了新海油的其他业务发展。

发现自己撑不过去的孟挺，只好飞到帝北，向总部大哭，希望得到援助。

此时，公司被逼无奈，只好计划与其他国际石油机构一起联手，集体将油价做低。

然而，油价已经提高了，谁也不想冒这个风险。

而 JR 的风控部门也正式向新海油发出期权合约违约函，让它必须在到期前支付保证金。

新海油在万般无奈之下，挥泪斩仓，总共亏损 5.5 亿美元，公司不得不申请破产。

孟挺回家祭祖，在坟前哭得像一个孩子。没过多久，他进了监狱。

5 年后，他终于出狱了。

他发誓远离这个市场。

然而，山口财团给他留下了巨大的创伤。

他无意间发现，他信任的 JR 竟与他最大的对手盘——山口财团有密切的关系。

他顿时觉得自己被欺骗了。

他不仅毁了自己，还毁了一家前途良好的国际石油公司。

这个仇，孟挺一直想报。

袁得鱼与孟挺是在美国的机构会议上认识的，他们在聚会上一见如故，孟挺知道一些袁得鱼的故事。

这些年，孟挺边做私募股权（Private Equity，简称 PE）投资生意，边私下里帮中国一些期货巨头在海外发展。

“他也来奥马哈了，我给你写个地址，你直接过去找他就行了。”孟挺说。

“多谢，我们接下来就去找他。”袁得鱼顿了一会儿，继续说道，“你知道邵冲他们接下来会怎么做吗?”

孟挺摇摇头：“你在人脉上需要什么帮助，我会尽全力。而他们会做什么，我没有参与，所以真不知道。但我知道的是，这次山口会参与其中。”

袁得鱼心想，又是山口，这家机构在金融领域越来越活跃。他一直在跟踪他们的动向，毕竟，山口集团对自己而言有特殊的意义。

“另外，你一定要提防一家机构。”

“哪家?”

“JR……”孟挺慢慢地说，“就是它，在那次期权巨亏中，让我入了套，我曾经一度那么相信它。我不知道它这次会不会参与，但它经常身处暗处，比山口更可怕。”

三

袁得鱼不禁想起新海油事件、钢铁期货的闪电崩盘，要不是他早有准备，也可能是孟挺同样的命运。

不过要不是那次，他也无法与一群全球顶尖的期货高手结缘，更不会认识那个传说中的——黑杰克（Black Jack）。

那是一个混沌的黑夜。

那天的夕阳，出奇美好。

海元证券当时看中了钢铁股的机会，与几个市场上相熟的大玩家一起买了几家大钢铁公司的股票。

果然，低迷很久的市场，钢铁股“嗖嗖”往上涨，甚至超级大盘钢铁股出现了集体涨停的现象。

海元自营部决定集中持有莱宝钢铁，袁得鱼觉得，这家钢铁公司规模不算大，还是难得的全流通股，有很多重组的潜在机会。

当然，袁得鱼以多年的市场经验，发现了盘面上有一些异动。

于是，海元证券就一直慢慢吸筹莱宝钢铁，没想到，不知不觉就到了5%的举牌边缘。

那时候自营部还只有丁喜与韩鉴。

丁喜问袁得鱼，是否要继续买入，袁得鱼觉得没问题，便继续加仓。

当时正好遇到钢铁股那段时间的第一次大调整，海元趁机加仓不少，股份一下子跃到5%以上，直接举牌——这下全市场都知道，海元证券进入了前十大流通股股东。

袁得鱼起初并不在意，直到他的一个高级客户打电话来：“鱼总，不够意思啊，你早就知道莱宝钢铁要并购的消息吧?”

这时，袁得鱼他们才知道，原来相关部门一直在秘密策划莱宝钢铁与南风钢铁合并，一旦合并成功，莱宝钢铁就将成为市场上第一大钢铁公司。

这条消息很快传出，莱宝钢铁的股价直线飙升。

袁得鱼他们信心大增，觉得自己把握住了这次机会。

身为公司天才交易员的韩鉴提出，既然钢铁是大宗商品，就可以在期货市场上做一些尝试，回报也更高，他很快给出了一个交易模型，胜率非常高。

袁得鱼觉得这个想法不错，于是调了一些头寸给韩鉴进行期货交易。

奇怪的是，像是有人意识到了这个机会，瞬间，期货市场的黑色金属板块出现暴涨。

就在海元证券沉浸在胜利的喜悦中时，有个不速之客来到了海元证券。

说实话，在这之前，袁得鱼还没与老外打过交道，除了那次去高盛设计产品，可那次也基本是邵小曼包揽了多数交流的工作。

然而，此时此刻，坐在他面前的这个不速之客，竟然是欧洲最大钢铁公司之一阿罗的代表，这家跨国钢铁巨头在美国、南美、欧洲都有强大的钢铁实体子公司。

这样一家公司的代表，居然跑到了海元证券的办公室，让袁得鱼吃惊不小。

更让袁得鱼吃惊的是，这个代表明明是英国人，竟然会说一口流利的中文。

“袁先生，我们知道，你们在不断增持莱宝钢铁的股份，冒昧地问一句，能否将你手上所有莱宝钢铁的股份，转让给我们?”

袁得鱼这才明白，这家钢铁巨头希望入股中国的钢铁公司，分享中国的钢铁市场，而且并购、扩张，是他们最喜欢的发展路线。

此前，这家钢铁公司通过收购美国的一家钢铁公司而跻身全球一线钢铁公司之列，之后就像一匹飞奔的野马，又收购了法国最大的钢铁公司，让产业界为之一振。如今，他们来到中国，依旧希望用收购的方式进行扩张。

这个代表说：“其实，我们也知道，现在全球经济都在复苏，国家保护主义非常强烈。如果中国的钢铁公司与我们合作，至少在美国、西欧，还有俄罗斯市场上，不会遭到遏制与反倾销，这对你们也是好事啊。”

“你说的很有道理，让我很难拒绝。”袁得鱼笑着说，“但是，你也知道，我们现在有利好政策，你们也看好了相关补贴吧？对你们来说，这真是一笔稳赚不赔的生意。”

“哈哈，袁先生，你果然聪明。不知你是否会成人之美呢？我们不会少给你回报的。”

“我奇怪的是，你们为什么不直接去二级市场收集筹码，要找我这个无名小卒呢？”

这个代表直截了当地说：“若我们在二级市场买股票，超过一定程度，相关部门肯定会察觉我们的收购意图，并征询你们这些大流动股股东的意见，试图通过你们来遏制我们。既然如此，为什么我们不直接来找你们呢？再说，你证券公司自营部买莱宝钢铁的股份，不就是为了实现差价，而我们是为了做真正全球化的钢铁公司，我们直接兑现你们想要的差价，各取所需，不是更好？”

“我有个疑问，你们当年怎么收购法国最大的钢铁公司的？它当时在全球钢铁界的地位远远高于你们，你们也是通过这一战让全球震惊，我很好奇，你们怎么成功的？”

“其实不难，就是去解决掉所有的障碍。当时我们提出，新成立的钢铁公司的控制权仍在它手里，工厂还是保留在卢森堡。要知道，就业、税收是当地政府最关心的，解除了后顾之忧，所有股东身价又大幅增加，谁有理由拒绝呢？”

袁得鱼想起，该公司在收购法国钢铁公司后，又快速并购俄罗斯北方钢铁公司，再加上此前美国的部分，便成了一家真正的全球钢铁大鳄。

然而，这些并购并不是简单的事，毕竟钢铁是传统支柱行业，更何况还需巨额的资金作为收购杠杆。

可见这家公司运作的实力，绝对不容小觑。

“让我先想想吧。”袁得鱼将客人送出。

袁得鱼也知道，这个英国人之后未必再来。至少，他已经达成了他最初的目标，就是发出一个信号，希望袁得鱼不要阻拦他们的动作，就这么简单。

如果是一般人知道了这个消息，无疑会庆幸自己买对了股票。因为，如果这家公司真的入主莱宝钢铁，显然会刺激股价。

袁得鱼更想知道，这家公司背后到底是哪位高人。

一条新闻一下子吸引了袁得鱼的注意——当年收购时，有家机构一次性拿出 100 亿欧元并购资金做支援，出手的是一家叫作亚瑟（Arthur）的美国对冲基金公司。

亚瑟？

袁得鱼发现这家基金公司后来成了阿罗钢铁的大股东之一，拥有公司 7.4% 的股份。

有意思的是，这家公司在公开媒体上积极支持《美国复兴与再投资法案》（American Recovery and Reinvestment Act）立场，这个法案规定，所有在美国使用的钢铁必须是美国制造的，除非遇到特殊情况。

这到底是一家什么样的公司？

当时，袁得鱼几乎没想太多，就一个人直接飞去了美国。

这家亚瑟公司并不难找，就在美国洛杉矶的金融区。

袁得鱼通过邵小曼预约了这家公司，它是高盛的客户之一。

公司在洛杉矶的一个山麓上，办公室是独立的半山别墅。

他走进公司，全透明的隔间，落地窗外是山间的美景，“好莱坞”标志性的大牌子在山坡上若隐若现。

公司并不拥挤，十几人，他们对着大型电脑，工作认真。

接待袁得鱼的是公司的投资关系主管，因为邵小曼在邮件里引荐时说，来的是中国的投资者。

才聊没多久，袁得鱼就了解到这家公司是做垃圾债起家的，大约在1995年就开始做困境债券，后来债券业务有所拓展，也投资了可分离债、信用债等产品。

2006年10月，一家叫JR的公司以2.5亿美元收购了亚瑟资本15%的股份，之后股份就没有再变动过，JR一直是这家公司最大的财务投资者。

JR？袁得鱼觉得在哪里听说过，他好像记得新海油巨亏事件里，有这家公司。

亚瑟公司的亚洲投资业务在1999年就开始了。

创始人是一对兄妹。听投资关系主管说，公司的第一桶金是一个非常大的家族企业给的，后来公司习惯与富可敌国的大家族合作。

"为什么会让JR入股？难道JR是一家富可敌国的家族公司吗？"

"不清楚……"投资关系主管欲言又止。

正在这时，创始人之一拉里（Larry）正好经过会议室，他与袁得鱼打了招呼，便坐了下来。

袁得鱼听他分享投资经验，然后赞许道："过去一年，所有机构都在亏钱，而你们赚的却一点儿都不比往年少。"

"我总是能够想到资产最好的处置方法，我妹妹丽塔（Rita），总是知道便宜的资产'埋'在哪里。所以，我们是一对好搭档。"

他说，过去一年最大的收益是购买了雷曼兄弟（Lehman Brothers）的高收益债。

在次贷危机加剧的形势下，雷曼兄弟最终丢盔弃甲，宣布申请破产保护。然而，当时很多机构出于资金流动性的考虑，不得已卖出了雷曼高收益债券。

亚瑟公司却看中了这次机会，因为抛的价格太低了，只要最终不出现违约，就有15%～20%的内部收益率。市场之所以给出超低价，因为市场过于恐慌了，危机时代人人都奉行现金为王的理念。

亚瑟斥资 12 亿美元，参与收购，非常便宜地以 50% 面值的价格抄底投资雷曼高收益债等“不良资产”。

果然，没过多久，这批资产的平均年化投资回报在 25% 以上。因为是长期债券，这笔资产还在持续为基金创造收益。

“所以，谁说危机就不能赚钱？金钱就像能量守恒定律一样，在这里消亡，又会从另一个地方展露锋芒。”拉里颇有信心地说。

“对了，听说你们在 2006 年参与收购了法国最大的钢铁公司？”

“那主要是我们财务大股东 JR 主导的……”拉里忽然意识到自己说多了，也没继续往下说，“结果皆大欢喜，不是吗？”

“说实话，我真的很佩服。因为，原本阿罗钢铁并不是一家一流的钢铁公司，但是，它却成功地蛇吞象似的收购了那么多钢铁巨头……”

“这很常见吧！”拉里笑了笑，又若有所思地重复说了一遍，“这真的很常见。”

袁得鱼点点头：“我们一直缺少在危机中获得持续收益的方法，受教了。”

袁得鱼觉得自己了解得差不多了，知道那场收购果然是 JR 主导的，也知道了在这些困境债券策略类型的对冲基金公司眼中，购买高收益债券可以解决危机中的收益问题。当然，这也有很大的风险。

就在袁得鱼走出门的时候，拉里突然叫住他。

袁得鱼转过头。

“你不是想知道 JR 吗？我介绍一个人给你认识。”

袁得鱼有些意外。

“你太低调了，刚才同事告诉我，你们是莱宝钢铁的最大流通股股东之一，我知道 JR 参与得也很深入。你与这个人聊聊，或许会有新的想法……”

“好的。”袁得鱼接过他递来的地址与电话的便利贴。

“再见，祝你好运！”

袁得鱼按地址驱车前往，看到一片树木掩映的天然庄园，白色大字的名字很醒目——“比弗利山庄”。这是个绵延起伏的山岭地带，有不少精美的别墅，每栋别墅似是一件精美的工艺品。

很多别墅的草坪上，有邮递员投递的《比弗利山庄日报》（*Beverly Hills Daily*）。这里的一个社区就像一个城市。

袁得鱼知道，比弗利山庄是美国最知名的富人区之一。

他在一座别墅前停下。

下车后，袁得鱼走到别墅门口，看到一个低调的字牌——米尔顿研究中心会所（Milton Institute Center Club）。

“米尔顿?”袁得鱼一下子睁大了眼睛。

袁得鱼忽然想到什么，他之前听拉里提到收购雷曼高收益债的时候，总觉得一起参与收购的那些对冲基金名字很熟悉。

表面上看，这些对冲基金凑巧都来自加州（加利福尼亚州的简称），实际上，它们都隐藏了一个共同身份——“垃圾债之王”迈克尔·米尔顿（Michael Milton）的门徒。

袁得鱼兴奋起来，一提米尔顿，时光自动映现20世纪七八十年代最疯狂的世界。

关键是，袁得鱼好像明白，为何作为门徒的拉里可以成为这家疯狂进行全球收购的钢铁公司最大的并购技术协助者了。

如果把公司放到20世纪七八十年代，的确仅是个常见的杠杆收购，因为那时充斥着太多蛇吞象式的杠杆收购。

当年，米尔顿站在科尔伯格-克拉维斯集团（KKR，杠杆收购天王，私募股权投资机构之一）背后，用垃圾债券作为撬动的支点，以250亿美元获得了雷诺兹-纳贝斯克公司（RJR Nabisco）的最终控制权时，整个金融世界彻底震动了。

在此之前，米尔顿更是完成了无数在别人眼中不可能完成的交易。

米尔顿与他所在的德雷克斯公司（Drexel）令当年那些所有接

到恶意收购邀约的大公司闻风丧胆。

米尔顿和德雷克斯公司最早发现了“垃圾债券”的价值，进而成为垃圾债券的垄断者。

1982 年开始，公司就以“垃圾债券”形式发放较大比例的贷款兼并企业。

1985 年，公司垄断垃圾债发行，随着公司后来的私有化，当年很多员工的奖金收入超过了 1 亿美元。

然而，天下没有不散的宴席，尤其是这么夸张狂妄的盛宴。

后来，所有人知道米尔顿进了监狱，在那里整整待了 11 年。

所有人都以为米尔顿就此退出江湖了，而他的门徒们依旧在美国资本市场上作为活跃的一群力量，开创了新的对冲基金门类——困境债券策略。

袁得鱼也早就听说，在米尔顿研究中心，每年都有全球会议，这里是股权圈最知名的学习盛宴之一。

米尔顿研究中心管理的米尔顿家族基金，规模有 800 亿美元。

袁得鱼刚在门口站了一会儿，几个黑西服就“唰唰”朝他走来。

最高大的人说：“我们老板在等你。”

袁得鱼有些意外。

他们指引他走到别墅的另一头儿。

穿过的走廊富丽堂皇，墙上挂着一些后现代的画作。

袁得鱼从一道门走进花园，茂密的植物散发出浓郁的芳香，中央有一个玻璃顶棚的小咖啡座，有一个人正坐在皮艺沙发上抽着雪茄。

这个人脸瘦削，皱纹很深，褐色头发稍微卷曲，鹰一样的眼神，嗓音低沉，说话时气息甚至有些不连贯，完全没有《华尔街》（*Wall Street*）迈克尔·道格拉斯（Michael Douglas）演的角色那么锐气逼人。

如果没有猜错，此人正是赫赫有名的米尔顿。

米尔顿抬起头：“你好，拉里告诉我，你会来。”

袁得鱼接过咖啡杯：“很高兴认识您。”

米尔顿陷入沉默，他似乎是那种并不爱说话的人。

袁得鱼说：“可能有些冒昧，请问，您知道 JR 这家公司吗？”

米尔顿看了他一眼，脸部肌肉显得有些僵硬，法令纹明显，看起来有些严肃：“你是想问，我是不是 JR 的实际控制人？答案是，不是。”

袁得鱼有些困惑，心想那为什么拉里要我找米尔顿呢？尽管米尔顿过去在金融圈红极一时，可究竟是什么用意？

袁得鱼继续问道：“那么，JR 与您有什么关系吗？”

“实不相瞒，我是 JR 最大的对手。当年，JR 背后的人不想看我垄断垃圾债市场，就想办法让我进了监狱，这一点他们的确得逞了。他们还趁机把我的手法学得炉火纯青。”

“介绍人可能与您提过，我们是莱宝钢铁最大的流通股股东之一。您与 JR 有敌对关系，而 JR 买下了亚瑟的 15% 的股份。如果没有猜错，JR 这次收购会让亚瑟出头，因为它们是一队的。那亚瑟的拉里为何把我介绍给您呢？”

米尔顿沉默了一会儿，开口说道：“很简单，拉里原本是我们公司的保安，是我打开了他的财富之路。不过，拉里也非常勤奋，经常加班到很晚。我从监狱出来后，拉里是米尔顿家族基金的第一批投资者。我当时刚出来不知情，后来才意识到拉里给我这笔钱似有愧意，因为他们有段时间撑不下去，就接受 JR 的资金合作了。JR 也看中了他们的技术，想全方位垄断困境债券市场。其实拉里大可不必如此。我当然能理解，哪个机构没有生存不下去的时候？尽管他是我最好的门徒之一，但他在 JR 入主前一年，因为恶劣的市场环境，差点儿赔光所有的钱。JR 虽是大股东，但拉里他们其实一直想把股份买回来。他们有次谈判，遭到 JR 的拒绝。等亚瑟做完莱宝钢铁之后，他们应该会重新谈一次。”

袁得鱼好像有些理解了，拉里是想把袁得鱼介绍给米尔顿，让他判断是否有机会报复 JR，或者制衡 JR。

袁得鱼想起，拉里说起米尔顿的时候一对眼睛发光的样子：“米尔顿说，世界上没有绝对无价值的东西，关键是你是否能运用好它……”

这个眼神总让袁得鱼觉得似曾相识。

可是，米尔顿似乎对江湖上的事没有太大兴趣。也可能，JR 对于米尔顿来说，可能过于强大了，至少目前是如此。

米尔顿懒洋洋地说：“我有什么可以帮助你的呢?”

“我不希望莱宝被对方公司收购或两者合并。换句话说，我不想让 JR 操纵太多……”袁得鱼吐露心声。

“现在早已是金融侵略的世界，看似和平，却处在一个更凶险的无形战场……”米尔顿像是在自言自语。

“请您务必帮助我，您看，如果 JR 做成这一单，它会掌控更多资源。”

米尔顿想了想：“目前，中国最大的钢铁公司是?”

“大江钢铁。”

“我的提示就这些了。”米尔顿依旧是那副似笑非笑的表情，“我想说，你最好早点儿放弃这个想法！不过，我挺欣赏你的态度。”

四

袁得鱼回到佑海，发现莱宝钢铁的股价经过短短一周，又上涨了 13%。

果然，正如袁得鱼预料的那样，阿罗钢铁并没有真心想要海元证券手上莱宝钢铁的股票，那次会面确实只是为了告知袁得鱼不要插手罢了。

它在二级市场疯狂吸筹，造成了莱宝钢铁股价的强势。

袁得鱼又看了一下期货市场，黑色金属板块热度不减。

毕竟，“大刺激”政策是最好的炒作由头。

电视里，海元证券的黑色金属分析师成了判断精准的红人，分析师在电视里唾沫横飞，说市场供不应求，价格势头强劲。从全球看，黑色金属上涨是大趋势，螺纹钢经历了2008年大跌之后，迎来了超级反弹，3 500元不到半年时间，一举冲到5 000元，也带动铁矿石价格的上扬……所以，他坚定看好黑色金属板块的股票上涨。

中国的“大刺激”政策，确实在刺激各地的基础设施发展。

各地对钢铁的大量需求，让钢贸企业生意红火到每天都断货，库存天天叫急。

袁得鱼有些莫名地担心，尽管他也不知道这其中有什么问题。

莱宝钢铁股份，作为钢铁板块的热门股，市场上越来越多资金涌入，且都看好阿罗钢铁对莱宝钢铁的并购，毕竟阿罗钢铁是全球最大的钢铁集团之一，在莱宝钢铁之前，它完成了数起看似无法完成的收购。

也有一些人不敢下重注，他们认为中国市场与那些曾经被阿罗席卷过的市场不太一样，钢铁毕竟是中国工业的支柱产业之一，绝不会轻易将控制权拱手让人。

创了新高后，莱宝钢铁股价开始出现震荡。

丁喜问袁得鱼，手上那些莱宝钢铁的股份怎么办。

袁得鱼说：“你怎么看?”

“如果阿罗钢铁对莱宝钢铁收购成功，股价还可能会上涨。然而，收购失败，之前预期性的上涨就成了泡沫，股价可能会回到正常的钢铁股价位。”

眼下，莱宝钢铁的股价是9.2元，海元证券持有的平均成本在8元左右。

袁得鱼说：“有亚瑟这样的对冲基金在背后运作，肯定能收购成功。唯一的变数是莱宝钢铁此前刚刚进行过国内重组。”

“这应当影响不大，那我们要加仓吗?”丁喜眼睛一亮。

袁得鱼说：“先不动声色吧。”

钢铁股的季报纷纷推出，基本都实现了比上一年净利超出30%的增长。很多钢铁公司的生产线纷纷开足马力，达到了近些年的产能上限。

即使如此，钢铁公司的产能总会被疯狂的钢贸公司一抢而空。

袁得鱼想到了什么，带着丁喜与韩鉴，说去个地方看看。

他们到的地方是大柏树，这是位于佑海旧城区的一个钢贸批发市场集中地。

钢贸市场上卡车来来回回，尘土飞扬。

袁得鱼见到一个黑黝黝的中年人，一边指挥卡车，一边抽烟。一个西装革履的男人一直站在他旁边，手里拿着一份文件。

那个黑黝黝的中年人一副很不耐烦的样子："这样，我这周先抵押 500 万，但我这批货已经抵押给另一家银行了，你们系统会查出来吧？"

"没事，没事，你们周末货一清，款子不就回来了？"西装男一副感恩戴德的样子，"多谢周总，也希望你能理解我们，这个月银行里的放贷指标还差一半没完成呢。现在还哪里能找到你们钢贸这么高效的回报。"

袁得鱼笑着说："真有意思，什么时候银行的人求人贷款了？"

韩鉴说："不过还别说，钢贸确实是门好生意。你看这来来往往拉货的卡车，货流特别快，这些上游钢贸公司将货周一从钢铁公司批出来，基本周五就清完了。而它们也只需要留一些此前购买的货做抵押，然后用抵押的钱再从钢铁公司那里批货。每笔货少说赚 10%，这样的周转率、这样的高收益，谁都求之不得啊。"

丁喜点头："是的，我也听说自从'大刺激'政策以来，贷款额度特别高。假如上头说放了 5 万亿，到下面一层层还会继续扩大倍数。"

韩鉴说："不过，如果这个货本身就是银行贷款买来的，并从钢铁厂走货，只要保证金到位，其中一部分货重新成了银行抵押，这种反复质押，不是杠杆更大吗？"

丁喜说："这是一门好生意，人们相信在刺激下，需求还是会继续上涨。再说，如果真的哪天饱和了，运输卡车少了，钢贸商也都

‘春江水暖鸭先知’，银行贷款自然也会降温吧。杠杆高，不是可以有更多利润吗?”

韩鉴是个技术派，他一般只坐在交易室，不由得好奇地问：“鱼总，你怎么想跑到这里来的?”

袁得鱼脑海中不知不觉浮现出那位恩师。当年，那位恩师正是通过勘察这样的草根调研，把大多数人一直蒙在鼓里的项目给轻松破解了。

“鱼总有各种路数，你以后会发现更多。”丁喜不由得说。

自那一周后，他们几乎每周都会到市场看看，了解一下供需基本情况。

韩鉴发现，这样一来，他对期货操作心里也更有底了。

幸运的是，至少从钢贸中心来看，目前还没有什么大腕垄断螺纹钢这个市场。一旦有人垄断，市场就会出现一些超出常规的走法，从盘感上就会有偏差。

似乎在一切平静的时候，美国忽然出了一个与钢铁行业进出口相关的特别法条。

美国开始严令禁止海外公司进口钢铁到美国。

说实话，这对中国钢铁公司是绝杀，毕竟美国一直是中国最大的进口商。美国甚至对中国现有的进口单，进行了反倾销调查。

袁得鱼他们会心一笑，看来阿罗钢铁出招了。

这个法条，对阿罗钢铁倒是完全的利好。阿罗果然趁机大力宣传，如果两家公司顺利实现合并，莱宝钢铁将有资格进口到美国。

因为美国禁止的海外公司，是持股90%以上的海外股份公司，如果阿罗合并莱宝钢铁，就拥有美国公司持股的条件，可以巧妙地避开这条禁令，将货物继续送往美国。

阿罗尽管经历了多次重组，但有多少美国股份令人怀疑，据公司公布的数据，除了个人股东，阿罗最大的股东方是内陆钢铁公司与阿赛洛公司（Arcelor）的合资公司，正好注册在美国的特拉华州。

这对于莱宝钢铁而言是相当大的诱惑，因为莱宝钢铁产量的30%以上都是运往美国。

丁喜与韩鉴还是如往常一样，每个周末都去袁得鱼上次带他们去的钢贸市场走走。除了大柏树，他们还去了另外几个集市。

不过，眼前发生的事情让他们有些吃惊。

袁得鱼接到电话后迅速赶到现场。

丁喜喘着气说："鱼总，你是否还记得，上次我们遇到的被银行员工求贷款的那个周老板……我路过钢贸市场的时候，发现那家钢贸交易公司出资合并了佑海一家小的房地产公司，做起了房地产生意。这个周末有块地皮，被一家从没听说过的黑马地产商竞得，这家开发商正是这个钢贸老板一手合并的新地产公司。"

"你怎么知道的？"

丁喜说："底层员工说的，他们说老板还做房地产生意，我就去打听了。今年房价涨那么多，尤其是豪宅价格，有一部分是被他们推动的。"

袁得鱼的眼睛盯着一个半敞开式的仓库，看了好一会儿："如果我没记错，这个仓库的这批货就是我们第一次看到的在卡车上的那一批。"

丁喜与韩鉴同时大跌眼镜："鱼总，这都是差不多的钢铁，怎么看得出是同一批？"

"钢铁上有标签，这些标签上都有一串数字，我记得其中三个，11027、11258、11893。"袁得鱼走进仓库，"我已经看到一个了，再核实一下。"

"我找到了11258。"

"天哪，准确无误，11893。"

"完全对得上。"袁得鱼摇了下头，"天哪，难道说……"

袁得鱼说："美国的反倾销对国内钢铁行业打击不小，这些钢材商为了争取更多的贷款，制造了虚假繁荣……"

丁喜与韩鉴同时倒吸了一口凉气。

"太危险了，如果逢行业供需拐点，就应进行市场调整。但他们将从银行贷来的钱，放到其他地方进行投资，相当于国家好不容易省出的振兴经济的钱，彻底进了他们的口袋。”

“看来我们得尽快行动。”韩鉴不由得说。

“什么人?”正在这时，有人大声喊道。

“有人赶我们了。”

他们三人赶紧走出仓库。

这时，袁得鱼看到门外站着两个人，都是40多岁的中年人，一个他们认识，是这个现场的控制人周总；另一个人气质不凡，穿着简单的中山装，留着一撮小胡须——这是袁得鱼熟悉的面孔。

“你好，盖瑞（Gary）。”袁得鱼知道，此人正是经历过大大小小期货大战的期货大佬葛纵横。

“这不是鼎鼎大名的鱼总吗?”那个小胡须也早已认出他，借势一笑。

那个周总看他们认识，也并不多言，仅与盖瑞轻声说了几句话就走了。

这个盖瑞饶有兴致地望着他们。盖瑞是中国人，因为曾好几次“打”得美国人叫苦不迭，圈内更乐意叫他的英文名——Gary。

袁得鱼此前就听说，葛纵横之所以能从各种期货大战中屡屡获胜，秘诀在于他擅长做非常细致的基本面研究，通过大量真实数据，分析出正在形成中的趋势。他经常说，有涟漪终激荡起。更绝的是，他的资金量相当庞大，必要时还能加速趋势发展，这么一来，几乎无往不胜。

这也意味着，就算一些人看到机会，也未必有他的行动力与速度。况且，盖瑞还经常使出奇招，这大概就是投资者与投资家的区别。

用盖瑞的话来说，如果只顺势而为，那就太无趣了。

有时，他想做多，却用最快的速度做空，并不断加速扩大做空优势，直到把多单完全打掉，然后再飞速转手做多，实现收益的最大化。就好像大海中的水浪，如果只是顺着水浪取水，确实能取到，然而，大浪与大浪冲击的那一刻，水浪才最高。

一些人就算知道盖瑞的投资理念——顺势而为，也知道他当前的方向，但处在市场某一个节点，依旧不知如何下手。就像面对迷踪拳，完全看不清对手什么时候会变幻。很多高手与他过招时，都在“黎明”前倒下，他到了“假亦真时真亦假”的境界。

盖瑞见到袁得鱼并不惊讶，似乎知道袁得鱼在这里出现的原因。

毕竟当年，袁得鱼一举打爆期货高手韩昊仓位的时候，引起了期货圈极大震动，韩昊好歹是期货圈一等一的高手，竟然被一个期货圈初出茅庐的小子干掉了。

袁得鱼心想，盖瑞都亲自调研来了，看来真有大战爆发。以前，每逢重要的战役，盖瑞会偷偷“微服私访”。这次，他们竟然在这个尘土飞扬的钢贸市场遇到了。

盖瑞走过来，轻轻在袁得鱼耳边说：“我发现的事，你应该也发现了，你的莱宝钢铁股份能否借我一用?”

“告诉我一个借你的理由。”袁得鱼婉言谢绝。

五

周一到了，期货市场开盘，螺纹钢开盘仍是上周五的 3 200. 15 元。

韩鉴担心的事情没有发生，螺纹钢还是保持着此前强劲的趋势。

市场上还没太多人发现市场基本面的悄然变化。

按原本“大刺激”政策的预判，阿罗对于莱宝钢铁是可有可无的投资者。

然而，袁得鱼相信，像他们这种外行都看得出来的拐点，莱宝钢铁自己肯定也心知肚明。现阶段，保持平稳业绩的关键就是争取海外的出口利益。

海元自营部这些天集中在交易室，密切关注价格变化。

从网上看到消息的韩鉴，转过头看了一眼袁得鱼：“我们是否再买入一些莱宝钢铁?”

只见袁得鱼若有所思，旋即眼神透出光来，立马下了一个指令：

"快速卖出莱宝钢铁。"

韩鉴诧异地望着袁得鱼："我没听错吧，你是说卖出莱宝钢铁?"

"是的，卖出莱宝钢铁。"

"可是，他们开始第二轮谈判了，合并应该是大概率事件。"

"合并的确是大概率事件。"

"我知道了，你是觉得利空出尽……"

"不是利空出尽。如果收购成功，对投资者来说是所谓的持续利好。"

"那为什么要卖?"

"不要多问。赶紧分批出货，今天全部出完!"

"好的。"尽管心中怀有疑问，接到指令的韩鉴还是飞快地操作着键盘，设定好了价位区间与节奏，只见程序逐量自动卖出。屏幕上慢慢呈现出一条条卖单的成交记录。

受到流通股大股东抛盘的影响，莱宝钢铁股份的股价掉头直下。不过，这时也出现了非常多的跟风盘，一下子又将价格顶了上去。

"太好了，趁着谈判热度，我们最好再快一点儿出货。"

仅一小时，所有的货都出了，韩鉴感觉自己做了剧烈运动，有些精疲力竭。

在他们出完货的时候，股价下跌约2.3%，到中午11点半收盘之时，股价停落在9.2元。

这比袁得鱼想象的好太多，像这样的巨量出货，在一般市况下，肯定就直接被打趴在地板价上。然而，价格在中间就拉升回去，盘中最大跌幅也不过是5.7%。

他不由得想，这个莱宝钢铁，是有多少投资者在接盘?

谈判的消息，海外媒体也在报道，影响不小。

大多数人以为莱宝钢铁只是正常调整，毕竟此前，股价涨得太快了。

没承想一到下午开盘，莱宝钢铁就直线下跌，直接跌落3.5%。

这在莱宝钢铁的"股吧"讨论区引起了一片不小的震动。

下午2点20分，有消息传出，阿罗方主动提出将终止与莱宝钢铁的合作。

他们的理由是，刚刚进行过内资整合的莱宝钢铁不适合国际资本进行再度大规模重组。莱宝钢铁多个部门群龙无首，内部还在进行新一轮洗牌。如果此时资方进入混乱的管理层，不会有很高的执行效率，甚至找不到真正的拍板人，不利于外方进行有效合作推进。

消息一出，莱宝钢铁股价直接砸到跌停板上。

盘面上，全是卖单，明知跌停板上难以交易，仍以惊人速度累积——一分钟时间，竟然破天荒地积累了10亿多元卖单。

韩鉴看到这场面，不禁呼出一口气："太危险了，我们今天差点儿也被套在里面了。按这种跌法，三个跌停板都未必开板。如果我们早盘没出来，同样会死得很惨。"

韩鉴想到什么，向袁得鱼投去钦佩的眼神："鱼总，你早上怎么那么坚定要抛货，难道有什么确切消息？"

"哪有什么消息。"袁得鱼熟练地打开另一只钢铁股的行情，是大江钢铁，"醉翁之意不在酒，这分明玩的是声东击西。"

韩鉴与丁喜同时凑近屏幕看，发现这只股票不像其他钢铁股或多或少受到莱宝钢铁股价暴跌的影响，而是走出了独立行情，在其他钢铁股都在调整的情况下，还小幅上涨了0.8%。

韩鉴打开他编写的读盘软件，又叠加了过去一个月的数据，不由得冒冷汗："这只股票在一个多月前，就有几个固定座席一直在偷偷加仓，目前已经掌握了大概7%的筹码，且一大半都是通过大宗平台交易的，所以不受举牌的限制。"

丁喜惊讶道："为什么你能判断出是同一家？这显示的不是分散在不同地区的券商座席吗？是大宗平台透露是同一家吗？"

韩鉴边看边分析："大宗平台也是分散的信息，关键是我的读盘系统有图像识别模块，能更清晰地辨识他们的下单节奏与手法。就像比照手印一样，这完全是同一个团队所为，进出频率与头寸交易习惯位置完全一样，这也就意味着，阿罗真正并购的是……"

袁得鱼坚定地说："大江钢铁……"

丁喜不由得问道："它之前哪有那么多资金？它的钱不是很多集中在莱宝钢铁吗？如果撤出，为什么没什么痕迹？再说，如果真的撤出，又以什么名义与相关部门谈呢？"

"丁喜，你是否还记得曾经的新赛棉花？太阳底下没有新鲜事。"

"你是说，股票与期货市场的联动？"

丁喜马上看期货盘口——果然，上午10点左右，有人先是做多。大约11点多，开始反转做空。近期钢铁价格波动起伏一直很大，没有太多人觉得奇怪。

然而，钢铁期货这次掉头往下后，一直迅速向下，再也没有反弹，最后尾盘稍有收敛，但其间的波幅达到惊人的15%。若以12%的保证金计算，保守计算——放5倍杠杆，15%振幅吃到10%左右；那么，短短一天，这个行情就足以让"神机妙算"的大庄家获利50%以上。半天时间，它就比袁得鱼海元自营部埋伏一个多月的收益还高出两倍。

"测一下资金量。"

测算完后，韩鉴露出一副不可思议的表情："如果没有算错，这笔资金大约是5亿元，非常精准地接近极限容量，也差不多占到流通市值的1/10。"

此时，大概距离收盘还有最后5分钟。

奇迹发生了，大江钢铁在短短两分钟内，直接拉升至涨停板。

在行情软件下，可以清晰地看见，在2点55分左右，有两笔超级大单，加起来正好约是5亿元。

丁喜说："看来它们根本不在乎在莱宝钢铁中的损失，期货市场早就补回来了，这一单突袭拉得实在出其不意……"

韩鉴若有所思，转头问袁得鱼："鱼总，既然你看得那么清楚，为什么你没有做空螺纹钢期货呢？我们虽然也布局了钢铁期货头寸，还是按常规做套保对锁头寸了。有这么好的单边行情，我们错过岂不是很可惜……"

“韩鉴，其实你的期货头寸早就被我另做他用了。”

韩鉴马上打开软件查看起来：“啊？你解释了我的唯一困惑。因为这第一个单子，手法与此前的单子是完全不同的。难道，这第一大单……”

韩鉴一直看着袁得鱼，心服口服地说出来：“鱼总，你简直不是人，而是神一样的存在。”

“天哪，是我们的人直接拉到涨停，对方估计有人一直盯着，也马上跟进，但后进的那单量不大，这5亿资金中主要是我们的资金量，估计对方最多只跟进了几千万，已经算反应快的了。”

“你的反应也很快嘛。”袁得鱼赞了下韩鉴，“我来介绍一下我们新加入的交易员——陈啸。”

袁得鱼打开手机上的视频通话软件（FaceTime）。

视频的另一头儿，一个帅气的男生坐在佑海证券交易所的席位上，戴着黑框眼镜，挂着大耳麦，微笑着与袁得鱼他们打招呼。

“太伤心了，我竟然不是你的御用交易员。”韩鉴故作伤心，“我做了那么多交易，都是做taker（跟随者）。鱼总，你一回来，就让我见识了什么叫maker（造局者）。可你为什么要瞒着我们？”

“你们都是御用交易员。只是，这是两笔完全不同想法的单子，我不想对方像你这个程序一样，读出盘面上的破绽，警惕起来而已。”

丁喜思绪还停留在大江钢铁上：“这标的转得也太快了，不过说来也对，比起莱宝钢铁，大江钢铁的技术含量以及市场占有量都更胜一筹。”

韩鉴感慨道：“对了，我怎么忘了，上周大江钢铁做了一个高收益债的发行，我们还是主力承销商，我倒没把这两件事放在一起想过……看来，交易果然不能只坐在电脑前……”

丁喜说：“不过，如果有人发现，阿罗的真正目标是大江钢铁，那么，不仅大江钢铁股份会出现暴涨，今天国内钢价的暴跌也可能拉回来，因为有进口到美国的预期……如果最终大江钢铁谈成的话。”

“这无疑将是一场激烈的交易。”

韩鉴感到一阵虚脱，这样跌宕的经历，多少有些紧张与疲惫，头脑却兴奋异常。

第四章　黑杰克初现

事实上，金本位已经是野蛮人的遗迹。

——凯恩斯 (Keynes)

一

在那起激烈的钢铁交易中，孟挺不是最先主动出场的人。

在期货大跌后，第一个出现在袁得鱼眼前的当事人，是阿罗钢铁的代表。

阿罗钢铁的代表，约见面的地方是洋滩夫妇餐厅，而且只能袁得鱼一人赴约。

袁得鱼按照对方的要求，穿着西装来到精美的餐厅。这是一个米其林法式餐厅。

袁得鱼选了一个靠窗的双人座。

“你好，请问，是袁先生吗？”

他听到声音，抬起头，非常惊诧，这个代表并不是上次见的呆板男人，而是一个气质脱俗的美女。

“我是袁得鱼，电话里不是……”

“你是问肯（Ken）吧？是他帮我约的。”这个女人笑起来眼睛眯成一条缝，落落大方地介绍，“你可以叫我艾尔莎（Elsa）。肯是我的搭档，不过具体来说，肯是阿罗钢铁的代表，我是 JR 公司的代表。”

“JR？”袁得鱼来了兴致，“你们才是这个事件最关键的推手吧。看起来，阿罗钢铁所有的资本运作是亚瑟，但它都是被你们授意的吧。”

“哈哈，如果你真这么想，我并不想否认。”艾尔莎大方地说。她这么一来，反而显得虚虚实实。

“对了，你们 JR 老大是谁？”

艾尔莎盯着袁得鱼看了一会儿："这个问题，就好比有人问我，海元证券的首席执行官是谁……"

"人人皆知吗？我怎么就不知道呢？"袁得鱼故意打击艾尔莎。

"黑——杰——克——"艾尔莎故意拖长声音说。

黑杰克？袁得鱼心里一惊，他听说这个人一直躲在JR背后，可又觉得无处不在。

艾尔莎忽然反应过来："我明白了，你是在问我黑杰克的背景啊……"

袁得鱼知道，黑杰克是高盛大老板的好朋友。现任高盛的大老板曾在JR工作过一段时间。很多人说，高盛当前的一些做法，对JR来说是小菜一碟。

当时，这个大老板在JR时，通过搅乱世界期货市场获得巨利。因为展露了过人才华，被高盛收归门下。他很快借各种机会，成了高盛总部的首席执行官。

很多人以为高盛是很多金融事件的幕后推手之一，比如次贷危机，高盛的风控系统早有提示，可它还是把高风险产品卖给客户，自己在大危机中幸免于难。事实上，高盛只是高调，真正的幕后公司深藏不露。

在高盛不是上市公司，而是一家合伙人公司的时候，它已经掌握全球金融秩序的圣经。

而JR可能是与高盛有密切联系的合作者中最有实力的一个，也是最可怕的一个，它在很多领域的实际控制力甚至是高盛的数倍。

不过，袁得鱼很想听艾尔莎说说她的老板。

没想到，艾尔莎只字不提，反倒夸起袁得鱼来："鱼总，我可一直很欣赏你哦。这么多年，我大多数时间在国外，可身边总有朋友提到你。他们说，如果有一天回到国内，一定要去见见这个金融才子。你猜怎么着，让我想起《蝉翼传奇》里的苏小魂。在钟玉双斗剑胜出可以行走江湖时，她姐姐说，这下钟玉双可以见江湖第一少侠苏小魂了。"

“你还有武侠情结？你在国外也看这个？”

“我是高中出国的，在高中之前，我把能看到的武侠书都翻了一遍。”

“飞雪连天射白鹿，笑书神侠倚碧鸳？”

“金庸的是主流，我倒对一些小众武侠更感兴趣。”

“那黑杰克主流吗？”

“哈哈，他很另类，这或许是我在这里工作的原因。既然你对他那么感兴趣，那先帮我一个忙？”

“介绍你老板还吞吞吐吐？你先说吧。”

“我直说吧，我们想入股大江钢铁，成为它最大的外资方股东，拥有董事会投票权。我知道，它此前与你们合作过，你们为它发行了大批高收益债，目前手上还有一些，能否把这些全卖给我们？还有大江钢铁以可转债形式在你们这里做的质押物，我们也想一并拿下。”

“巧了，我也很想要。”

“你为什么对钢铁公司那么感兴趣？”

“你们为什么那么感兴趣呢？”

“我们有全球最大的钢铁公司啊。”

“在中国，我们有自己都无法想象的大江钢铁股权数量。”

艾尔莎看着袁得鱼，想了想说：“为什么大江钢铁选择你们做承销？它需要资金的话，完全可以做增发股。我猜，做高收益债是你们的提议吧？”

“因为价廉物美，定向增发有太多附加条件。高收益债两年后到期，公司只需要到时候兑付 4% 的利息。你看，我们设计的高收益债，还真与普通债券的利息差不多了。”

大江钢铁之前也经历了钢铁寒冬，太过担心好的价格只是昙花一现，看到有人兜底，自然什么条件都答应。

而且，大江钢铁市值巨大，大股东地位都非常稳定，还真看不出有什么机构能拿出 100 亿元揽下公司 10% 以上的股份。

艾尔莎对钢铁股这类资源类上市公司的玩法当然心知肚明。

对于资本玩家来说，在拥有一家钢铁股公司的灵活股份的同时，还在期货市场有一定的操纵能力，可以随时倒逼这家钢铁公司，且基本是把这家公司捏得死死的。

“袁得鱼，我猜想，玩到这个阶段，你也在找期货合作者吧？为什么不考虑我们呢？还有，如果中国多几个你这样的聪明人，我们JR公司派到中国的人手，就不是现在这样了，至少要增加一打。”

“一打有用吗？”袁得鱼笑着说。

“这样吧，把你们手上闲置的份额卖给我们。我们知道，你们手里还有30%可转债。你们留着这些基础额度，不就等着好机会卖出个好价格吗？你看，机会来了，我们给你一个满意的价格。”

“看起来是个不错的交易。”袁得鱼顿了一下，“让我猜猜，30%可转债如果转成股份，大约有30亿，加上你们此前在大宗平台购买的额度，距离10%的门槛就很近了。但我卖给你们，达不到我的预期收益啊。”

“预期收益？”艾尔莎发现自己的长处有用处了，终于等到这句话了，她就担心对方不提，只要对方提到钱，在她此前做过的交易中，没有不满意的，这下好办多了。

她在手机的计算器上，打出了一个“天文数字”。

没想到，袁得鱼只是微微一笑：“你以为这表面的溢价率就能满足我吗？你说，如果我炒期货可以赚多少？如果很多人知道我们在做这么大公司的联动交易，我们公司的股价又可以上涨多少？现在多少投行可以在一个产业链中抓得起那么多环节？”

艾尔莎第一次在给出“预期收益”这个回合被拒绝。

她看着袁得鱼，发现他与自己之前见的那些金融机构高管非常不同。他把一切都想得太清晰了，他自己也确实在扎扎实实地布局。况且支撑他的海元证券也确实颇具实力，借泰达证券上市后，一直是优质券商股，市值这些年一直在飞速增长。

海元证券是一个真正属于袁得鱼的公司，有袁得鱼锐意进取的气质，稳健与锐气之间的平衡掌握得恰到好处。

很多证券公司的高管，是以自己个人利益的最大化为主的。袁得鱼好像不是这样，他所做的，仿佛与个人利益没什么直接关系。他究竟要什么？艾尔莎猜不出，她只是依稀觉得，想象起来可以没有边界。然而，如果不从袁得鱼这里买到足够的额度，公司还有什么其他办法呢？

"我知道你的难点。你到我这里买额度，主要的原因是暂时不想让别人知道你们对大江钢铁虎视眈眈。因为一旦市场知道你们其实有意收购的是大江钢铁，肯定会提升大江钢铁的股价，而你们距离投票权10%的比例，至少还需要在二级市场购买大约2%的额度，但这无疑会大大增加你们的风险。一旦在没有落地之前公开消息，说你们醉翁之意不在酒，你们在期货上注定会遭到夹击。"

艾尔莎不得不承认被看穿了，她索性反问道："如果你是我们，你有什么建议？"

"你还是去问问黑杰克吧，我随时等他。"

艾尔莎颇尴尬地离开了。

二

正如艾尔莎推测的那样，袁得鱼是期货市场上最得力的伙伴。

袁得鱼觉得，若要把握大江钢铁的命运，必须得在期货市场上拥有绝对优势。

让袁得鱼没想到的是，就在这时，他遇到了一个在期货市场上销声匿迹一段时间的人——孟挺。

孟挺可以说是黑色金属期货异动后，出现在袁得鱼眼前的第二个人。也正是孟挺，让他意识到，真正的黑杰克是什么样子。

孟挺一直没有从期货市场离开，袁得鱼就是从那时候知道的。

很多人以为，孟挺在那次石油衍生品交易大败后，会彻底远离期货市场。然而，孟挺却在一直关注着期货市场大大小小的交易大战。

孟挺的思路与原先不同，当初他对期货市场不了解，也对风险认识不够，所以当时将 JR 作为最信任的伙伴。然而，在失败后，他痛定思痛，决心找到最有实力的中国人作为盟友。

嗅觉灵敏的孟挺也看出了钢铁公司的一些端倪。

袁得鱼记得，那天他在开车，一辆迈巴赫霸道地堵在了他前面。

后座的戴墨镜男子，有种盛气凌人的感觉。

“袁先生，我们老板想见你。”

这是袁得鱼第一次见孟挺。

孟挺是农民的儿子，然而，自从他毕业去了中国最大的石油公司之后，从此平步青云，可巅峰的日子也没过几年，激进的心态让他打下了江山，也让他在金融世界转瞬覆灭。

孟挺对袁得鱼说的话，让袁得鱼醍醐灌顶。

孟挺直接说：“我等这一天，真的等了很久了。”

袁得鱼诧异地望着他。尽管孟挺也算是一个饱经风霜的中年人，可举手投足之间，仍有年轻人的生气，这或许也是当年他成为中国最大石油公司第一家海外子公司——新海油最年轻掌门人的原因之一。

“它毁了新海油，给了中国石油界一记重拳。原本，我们是全球最活跃的进出口商之一。如今，它用同样的金融方式，毁灭我们的钢铁行业。”

袁得鱼有些吃惊：“你说的它是谁?”

“JR……你肯定已经了解到了，不是吗?”孟挺苦笑了一下，“我现在每次做噩梦还都会梦到这家公司，太残忍了。但却一点儿办法也没有，输就是输了。你可能还不够了解 JR。有个故事你听过吗?当时，金融大鳄索罗斯知道在金融海啸中保尔森做空大赚了 50 亿美元，打破了他的盈利纪录，就特意约他吃饭。后来，索罗斯悻悻而归，说这个人远不如自己当初的那番能耐，肯定不是他一个人干的。”

“你是说高盛？”

“是的，这个事大家都知道了。在2007年1月的时候，高盛内部已经有文件显示，它已经知道次贷危机即将爆发，然而，它并没有把这个消息透露给投资者。事实上，它和约翰·保尔森勾结在一起，成立了一个债务基金，专门挑评级为BBB的次级债券，共选了123个次级债。约翰·保尔森觉得风险不够大，还从123家中挑出63家更大风险的债券做组合，交给高盛去卖。”

“高盛卖给谁呢？”

“高盛曾推销给德国的银行，它找到一家保险公司提供担保。德国人看到卖方是高盛，又有国际知名度非常高的保险公司提供保险，完全放心地买了约1.5亿美元的保证金价值。在金融海啸爆发时，德国那家银行负债累累。不只德国，荷兰的一家银行也买了，出现了同样的危机，后来被苏格兰一家银行收购。明明美国这边的机构是始作俑者，却把欧洲搞得一团糟。”孟挺越说越激动，“高盛是表面动作，可怕的是那些躲在高盛背后深不可测的力量……”

袁得鱼沉默了。

“有个消息没公开，就是大江钢铁已任命我为这起反重组方案的临时负责人。公司高管们本来浑然不觉，是我提醒他们的，他们听我分析完，一下子就很紧张，并让我负责这个事。”

“但是，JR不是还没收集完筹码吗？你怎么就察觉了？”

“在我看来，这次JR太明显了，它对莱宝钢铁根本不感兴趣，真正目标是并购大江钢铁。大江高管一开始还不信，在JR如我预期的放弃莱宝钢铁之后，他们就紧张起来，我当天就正式被任命了。”

“你当时怎么会想到它会并购大江钢铁？”

“这就是你可以相信我的原因。这是从那场经历告诉我的，一个经历过真正痛苦的人，才会真正了解伤害他的人。”

“那你找我……”

孟挺像是下了很大决心似的深深吸了一口气，说：“我希望你能打败它。我检索了一下所有直接或间接参与其中的机构，你们是唯

——一个实力与头脑兼备的机构，国内很多机构只知道赚眼前的钱。我在监狱中待了很多年，他们还能继续重用我，是因为他们知道，我与大多数平庸之辈是有差别的。他们也深知，我是背黑锅的，当时我中计，外人看起来很可笑，但你们没经历过，不知道骗局都是一环一环的精妙设计。就算某个环节被识破，或者你幸运从圈套里跳出来了，它还有无数个备选方案，把你拉回到原来的轨道中。所以，大江钢铁希望凭借我的经验，直接与 JR 正面交锋。"

"万一大江钢铁转变思路，希望能与 JR 合作，打开目前正在搞封闭的美国市场呢？"

"这就是我一直努力并争取这个机会最大的原因。我与大江钢铁说，如果它们合并，我们失去的东西会更多，损失会更大。我把新海油的事又说了一遍，他们也听得头皮发麻。"孟挺忽然严肃起来，"兄弟，这是我最后一次机会了，懂吗？这么多年，我就像一具行尸走肉，我在等待这一天，你要知道，我能争取到这个位置，有多么不容易！"

袁得鱼点点头，他理解一个边缘人在一个相对保守的体制下，重新回到主战场担任主将是铤而走险的。

他相信，孟挺肯定做了很大的付出与努力，并用自己的真诚与胆识说服了每一个重要的人。

这些当事人一开始并没有把他的话当一回事，当逐渐应验的时候，才答应他的。对于大江股份来说，的确缺少能处理这类并购局面的能手。

当然，最关键的还是他已经背过一次黑锅了，再多背一次也无所谓。况且任用他，也是有背书之用——孟挺掌管的股权机构，资金量非常大，利润足以赔偿可能发生的损失。

那么难的一件事情，被孟挺做成了。

更难的，显然在后面。

毕竟，对手可以说是全球范围内最狡猾可怕的敌人。

"你想过怎么做吗？"

“对付 JR？”

“是啊，我的消息很灵敏，你不是拒绝了 JR 吗？这太难得了。”

“你可能误解了，我并不想对付 JR，我只是不想让它收购大江。”

“不管你的真实用意是什么，我们现在很多利益点是共同的，你直接说吧，你需要我提供什么帮助。”

袁得鱼想到在钢贸市场邂逅的葛纵横，他现在最想要的，是期货市场重量级的搭档。

无奈葛纵横人如其名，经常“神龙见首不见尾”，袁得鱼后来就再也没见过他，而找他也是一件困难的事。

袁得鱼倒也不含糊：“方便引荐盖瑞吗？”

孟挺眼睛一亮：“你算问对人了，我与江湖上那些期货大佬是真正的哥们。毕竟，他们从零起步的时候，我没少帮他们，他们大部分都是靠石油与农产品起家的，当时石油行情的机会太多了……我发现，我没找错你，你的路数是对的，你也很清楚，他这次也参与很深。只是，他每次参加大战前，都会去海外钓鱼，前两天，又去钓鱼了……”

孟挺打了个电话后说：“他现在不在海边了，又去买古董了。”

三

此刻，孟挺点了一根雪茄，他看了看距离袁得鱼不远处的女孩冉想，忽然轻声问：“你现在与邵小曼如何？”

“孟总怎么想到问这个？”

孟挺忽然咧开嘴笑了下：“你们两地也挺辛苦的，要我看，这个女孩也不错啊。”

袁得鱼看了一眼冉想，心想，我是什么时候认识冉想的？对了，也是在那次钢铁大战时。

袁得鱼得到盖瑞买古董的消息后，马上飞往了纽约。

他到达纽约时，明显感觉与第一次有许多不同。

这是袁得鱼第二次去美国，上一次还是在击败泰达证券之前。

那次袁得鱼行色匆匆，在美国东部仅仅待了10多天，去了波士顿、纽黑文、费城与纽约。当时太过匆忙，与邵小曼设计完击败唐子风的金融产品后，就匆匆离去，连街上的鸽子也没多看一眼。

他只记得当时，美国市场不大景气。

然而，这次来美国，像是经济复苏了，尽管街上仍有不少无家可归者，但更多人正快节奏地工作着。

这次他是来找人的，他希望自己能从容淡定一些。

他走在大街上，第一次认认真真地看纽约这个城市。

在袁得鱼眼里，纽约最有趣的地方在于，永远不缺全球最顶尖的资源：众多金融有才之士构成了华尔街的纸醉金迷……众多艺术家在林肯中心、卡内基音乐厅等场所精彩演出，全球数一数二的艺人在这些舞台上疯狂表演。

尽管，他在路上经常能看到无家可归的人坐在地上乞讨，有的人还很年轻，但衣衫褴褛，眼神落寞。纽约那些错综复杂的地铁站，常年有猫尿味，尽管一些重要站点有Wi-Fi覆盖，可只要一进到地铁里，信号就自动中断。

地铁站也是一个自由舞台。有人在站台上拉着小提琴，站台转换处有模样似朋克乐队的一群人。地铁站时不时传来一段即兴的吉他演奏，在扶手上翻跟斗也是常见的表演节目。他们的水准与专业表演者看起来不相上下。

这里，你仿佛能看到各种人：赤膊的标枪运动员、三五成群笑眯眯的韩国女生、带着古董眼镜的老太太、随时可以来一段说唱乐（Rap）的黑人……

尽管遭遇次贷危机，美国还是充满生气，街上的抗议者似乎比平常多了一些。或许，这也是一种调整——一些懒惰者本来就不该住大房子，他们靠着不断借新还旧，超前高消费。

奥巴马的竞选口号还在大街上，简明而直接——“Change”（改变）。

袁得鱼觉得，奥巴马这个口号很打动人心，因为大多数人可能觉得自己过得并不如意，都期盼一场改变，就好像在等待洗牌。

真正的华尔街所在地早就失去了早年的荣光。

华尔街不远处，大约只有纽约广场1号因为有高盛的存在，还有一些神威。曼哈顿下城，对很多纽约人来说，并不具备什么吸引力，那里并没有太多商品，不像上东区的第五大道蔓延开去的奢靡，一栋栋精美别墅与中央公园交织出小资情调；也不像西城区有精致的奢侈品与博物馆生活的知性浪漫。更何况，可怕的飓风时常席卷这块曼哈顿下城的三角，有时候足足一周，被洪水反复肆虐。

袁得鱼住在42街地铁站附近，有些嘈杂，总有各种各样扮演美国经典人物造型的街头艺人，游客开心地与这些“超人”“蜘蛛侠”合影。

透过窗户，可以看见纳斯达克大厦的光影闪动，每天几乎至少有一家公司在这里上市。

有一个现象，让袁得鱼觉得奇怪——近一年，中国很多新兴科技公司在美国纳斯达克上市，感觉就好像有绿色通道一样。

袁得鱼每次在纽约，总会约那个自己一直想见的人。

这次相聚，他故意穿起汤姆·福特（Tom Ford）的瘦身浮夸的蓝西服。他穿过时代广场到百老汇时，一两个穿着礼服的女孩对他频频抛媚眼。

他不知道邵小曼怎么想到约他到这里，这里灯火通明，簇拥着各种人，是纽约繁华之处。

邵小曼出现了，一袭绛红色的贴身小礼裙，依旧精致耐看的五官、飘逸的长发，荡漾着星穗的耳环，比例完美的修长双腿，从任何角度都是无可挑剔的美女。她与很多单是长得好看的美女不同，她像是一股清风，永远神采飞扬。

袁得鱼虽是金融圈的知名才子，但嘴角轻扬时还是有玩世不恭的感觉。

她看到袁得鱼的时候，眼睛一亮：“嘿，你怎么穿成这样？搞什么鬼？还是背心、拖鞋适合你。”

“你不是说看演出吗？所以正式一点儿。”

“你还挺识时务。”

他们那晚在百老汇看的戏是《悲惨世界》。

袁得鱼看到冉·阿让（Jean Valjean）悲惨的命运，沉浸在剧情中。

冉·阿让为了亲人、孩子吃上面包，偷面包后一直深受冤屈。在仇恨社会时，被一个善良的教主感化，隐姓埋名。凭借卓越的才能，他变成了市长，就算一直在做善事，也无法摆脱警长沙威（Javert）对他的追捕。芳汀（Fantine）是无辜的女子，遭遇感情的欺骗后，被其他同样处在底层的人嘲笑与排斥，渐渐走上绝路……一切都如此令人绝望。

最后，冉·阿让以为自己会孤苦终身，却在忏悔中得到了原谅，在悲凉中有一丝慰藉……在每一次绝望至极时，他都能让人感到人性美好的点点暖意。

袁得鱼与邵小曼看得津津有味。

有一出戏，帷幕一拉开，脏兮兮、衣衫褴褛的小女孩珂赛特（Casette）在独自忧伤地歌唱，她的头发乱蓬蓬的，像很多天没有洗澡的邋遢样。

她唱的是那首《云中城堡》（*Castle On A Cloud*），忧伤的旋律传来，她的声音甜美、忧伤，似是黑暗中的亮光：“在那云端有一座城堡/我想去那里好好睡一觉……那里有一个穿白衣的女子/她把我抱在怀里唱着摇篮曲/她的目光温暖，她的抚摸温柔/她说，‘珂赛特，我非常爱你’/我知道一个地方，那里没有人会迷失/我知道一个地方，那里没有人会哭泣/哭泣在那里不会被允许/在我云端的城堡，不允许。”

袁得鱼明显感觉到，有泪水在他肩膀上漫开。

邵小曼的头不知什么时候已靠在袁得鱼肩上。

“怎么啦?”袁得鱼发现挂着闪闪泪痕的邵小曼还挺好看。

邵小曼摇摇头，不说话。

这一幕似曾相识，敲击着袁得鱼的心，将他拉向很遥远的时光——那是他们初次见面，他听着夜光下光鲜女孩向自己说着《天空之城》与思念母亲的故事，如今这一幕让袁得鱼恍惚。

他们走出帝国剧院，看到很大的珂赛特蜡笔画风格的巨幅海报。帝国剧院在纽约44街，不像百老汇主街霓虹灯闪烁，这里的光影仿佛能一下子把人拉回19世纪的摩登时代。

“我没想到，我不是在《一厢情愿》（*On my own*）那段哭，而是那个小女孩一唱我就受不了了。”邵小曼有些不好意思道，“没想到，自己泪腺那么发达。”

“你说的《一厢情愿》是艾潘妮（Eponine）在雨中失恋的那段吧。”

“很多女生会在那段哭。”

“你不大能代入那段吧。那么多男生捧着你、爱慕你。艾潘妮却不一样。”

“可那段也有点儿难过。在爱的人面前，都是卑微的。”邵小曼有点儿伤感地说，“她的爱，直到最后，还是在成全，她真的是全心全意地爱着马吕斯（Marius），支持马吕斯的革命信仰，还不惜牺牲自己的一切，包括成全他与珂赛特。唯一让人欣慰的是，艾潘妮在他的怀中死去，她应该认为，能让自己心爱的人理解自己，哪怕是一秒钟，也足够了。”

“你看，这部戏里所有人都那么痛苦，珂赛特或许是最幸福的人，遇到了王子，又没有那么辛苦地战斗。一些人的痛苦，或许就是为了另一些人不那么痛苦，这是他们表达爱的一种方式吧。这样的结局还挺给人希望。就好像一见钟情，就好像集万千宠爱于一身，因为难得，而更令人神往？”袁得鱼轻轻松松地说。

“袁得鱼，那你表达爱意的方式是什么？”邵小曼直截了当地问。

袁得鱼笑了一下：“我的爱就是不去爱，因为不忍心女孩跟我受苦。”

“你这是自大，还是没完没了的使命感？我觉得自己还挺像艾潘妮，我可以为了心爱的人成全一切的！”

“你还是那么多情，邵小曼，投行的执行董事（ED）怎么没有把你磨炼得残酷无情？”袁得鱼有点儿好奇地问，“话说，名花有没有主？”

邵小曼突然停顿了一下：“你不一定猜得到哦。我倒是听说了你一件事，不知真假？”

“哦？”袁得鱼多少有些意外，他不记得自己有什么事可以传到海外邵小曼的耳朵里。

“大概是说，你刚回到海元的时候，在一家银行看报纸。你发现，当时是新西兰移民潮。你看了下银行板上的纽币行情，发现近期没什么变化，还随口问了银行的朋友，他们那边有多少纽币，银行朋友大概说了一个数字。然后你就说，这样吧，银行总共有多少，你全部拿下。”

袁得鱼笑了起来，配合她做了一个霸气的动作。

“哈哈，后来，这个朋友惊讶地看着你，于是你就与银行签订了一个短期持有这些货币权利的协议——这对于那家银行来说是新鲜买卖，因为它可以得到一笔不菲的佣金，也有安全抵押，所以同意这么做。听说，你当时交了一笔定金，折合成人民币约1 000万元，其实也就是账上做个抵押，就拿下了这家银行大约20亿元价值的纽币短期买卖权利。没想到，大约一周，纽币果然就飙升了1%，你就直接转手，把20亿元价值纽币全部卖了，一下子就进账2 000万元……”

袁得鱼点点头：“还算靠谱，只不过，进账的数字再多一倍。”

“一周4 000万元！这样的事，怎么没传遍整个金融圈？”

“运气罢了！”袁得鱼挠了下头。他想起，当时的交易确实也带动了他在海外的人脉，随着来往增多，他顺势恶补了一下英文，从小就在贵族学校学习，底子还算不错。

“袁得鱼，我有个建议，趁着美国就业形势比较差，可以招聘一些这里的优秀学生去你那边工作，如果你真觉得未来面临的市场是全球的话。”

“这个建议不错。不是未来，而是现在。”袁得鱼苦笑了一下。

“我正好周末会去参加常春藤校友分享的开放日，这次安排的地方是宾大，你就做我的临时嘉宾吧！我正愁没搭档呢！”

“好啊！”

他们在车上开心地聊着天。

邵小曼想到什么：“话说，我前阵子遇到唐煜了。”

“在什么地方？”

“一个对冲基金的论坛上，我是陪我们部门老板过去的，我们老板是座谈嘉宾。当时，我看到一个很眼熟的人与我的老板交换名片，我刚想与他打招呼，他就被另一个人叫走了。但我觉得还挺不可思议的，因为唐煜原先就自己做交易，这么主动认识人的样子，我还是头一次见。”

“那你知道他现在做什么吗？”

“我从老板那里拿来名片看了下，他在一家叫满堂红（Full House）的对冲基金做首席执行官，不可思议吧？”

“满堂红？不是德州扑克吗？这名字还真有唐煜的风格。”

邵小曼轻轻摇了摇头：“我后来才知道，我爸爸其实与唐煜一直联系频繁。我能感觉到，他是在为我爸爸做事。我爸爸通过这个平台，在整合美国对冲基金的资源。”

袁得鱼不由得好奇起来，心想邵冲看来真与唐煜联手了，但他们到底想做什么呢？

邵小曼突然想起什么：“对了，你说，如果唐煜约我，我是不是要去呢？其实，自从那件事情后，我也一直有愧疚。毕竟，他爸爸是因为我们设计的产品，让泰达证券陷入绝境的。你说，他会不会对我怀恨在心呢？”

“哈哈，你放心，他只会把所有的仇恨放我身上。”

邵小曼低下头：“那……你们没法和好了吗？毕竟，那是一次意外……”

袁得鱼摸了摸她的头发，对她笑了笑，他心里也不清楚。

没想到，此时有人对着他们拍了照。

两人没注意，第二天一些网络媒体就传出了袁得鱼与邵小曼的绯闻。

在网上看到消息的袁得鱼，才第一次意识到，自己已经不知不觉是个公众人物了。

就在那次周末的开放日活动上，袁得鱼招到了冉想。

四

那次在孟挺的安排下，袁得鱼见到了在纽约参加苏富比拍卖会的盖瑞。

盖瑞与他约在纽约苏富比大门口见。

苏富比是全球最大的艺术品拍卖公司。它起源于欧洲，不过纽约拍卖中心似乎影响力更大——因为那里是全球顶级富豪的会聚中心。

苏富比每年有两次大型的拍卖活动，分别是多数人所称的春拍、秋拍。

盖瑞有不少收藏，在自己会所里还放了不少镇所之宝。曾有一张某位皇后睡过的床，从法国运回来的时候，运费就花了300多万。后来，他索性在东江边造了一座博物馆，将藏品都放在了里面。

盖瑞的收藏爱好业内皆知。据说有一回，盖瑞拍下一只明代成化鸡缸杯，一只杯子就要2亿元。当他将杯子转运到保税仓时，忽然一时兴起，用它倒了茶，端起就喝，吓得身边人不敢呼吸。

他说：“这杯子是御用杯子，600多年来也就皇室用过，我沾点儿仙气。”

媒体评论趁机发挥，说他不愧是天才投资家，对什么都可以举重若轻。

盖瑞平日里，胡子拉碴，头发稍长，看起来更像一位艺术家。

袁得鱼见到盖瑞从门口出来，与身边同行人聊着什么，手里还拿着一本当季的拍卖说明册。

盖瑞一出现，一辆久等的豪华版林肯就慢慢驶来，停在他面前。

袁得鱼上前与他打招呼："盖瑞，您好。"

他看到袁得鱼走过来，几乎没正眼看他，对他说："我看到你了，直接上车聊吧。"

司机熟练地打开车门，盖瑞与袁得鱼进了车。

盖瑞对袁得鱼说："孟挺说你一定要见我。但你们晚了，有人比你先找到我。"

"如果按时间说诚意的话，我们早在钢贸市场就见过……"

盖瑞拍了一下他的肩："兄弟，我知道你们是很早发现机会的人。不过，有人捷足先登了，你们也可以试试找其他人，比如杭城八卦田的'叶大户'、佑海香然会的'林野人'……"

"我们统计过，你现在有 3 400 万张螺纹钢多头头寸，大江钢铁当前是国内市场最大的现货商，而我是大江钢铁最大的流动股股东……"

"我说过了，我对这些并不感兴趣。"

"葛总，你买了这么多艺术品，相信一定很有鉴别能力。我不清楚具体是谁与你先谈的，但是，你还记得黑杰克吧？"

身经百战的盖瑞听到"黑杰克"这三个字的时候，还是震了一下，这个名字勾起了他痛苦的回忆。

当年，盖瑞在国内做得顺风顺水后，就跑到更宽阔的海外市场试手，玩的也是最熟悉的品种——石油期货。孰料，他一进场就爆仓。这时，他才意识到，国际期货市场的玩法并不是当年国内那些大庄家的联手逼仓的伎俩，背后必须得关注全局经济形势与地缘格局。

他还记得 JR 代表游说时的真诚模样，尽管 JR 号称自己也没想到石油期货会下跌如此剧烈，但让盖瑞不淡定的不是石油期货本身——毕竟盖瑞在国内亲历红小豆创下连续10个跌停板纪录的人，而是盖瑞发现，JR当时有力量牵动无数主权基金。

中国原本在国际上锐意开拓的新海油，在海外开拓新的业务，马上就要形成自己的能源销售网络，然而，在那次战役后，也偃旗息鼓，远比一时的损失更加惨重。

他无法忘记JR欺骗新海油时的那些话，JR甚至声称自己也在做多。

事后看来，真正把他带入沟里的就是JR，当时逼仓之犀利，作风之狡猾，是他在国内从未见过的。

原本，盖瑞比一般国内期货高手高明之处即在于精准，以及头寸之间的对冲机制。然而，黑杰克就利用这一点，将盖瑞的多空头寸反复摔打。比如，盖瑞习惯10%止损，他们就非在他们止损后的10.1%跌幅时迅速反弹；盖瑞在上涨5%形成趋势时加头寸，他们就非在4.99%时掉转直下到新的深处，这就好像一个已经在空中坠楼接近死亡的人，在下跌过程中还在被人反复用鞭子抽打。

那次惨痛的经历，是盖瑞与孟挺惺惺相惜的原因。

不过后来，盖瑞吸取了教训，做了几笔短平快的交易，算是挣回了一些面子，也让一些国际炒手认识了盖瑞，然而此后，他一直没有与JR的黑杰克正面交锋过。

盖瑞早上接到电话，孟挺说给他介绍一个人，这个人有实力与黑杰克决一高下。盖瑞心里压根儿就不信，他完全没想到，这个人还是自己曾在钢贸市场见到的年轻男人。

他想到自己在拍卖会现场和一个压低帽檐的年轻人有过一次交流。

当时还在拍卖一幅名作。

那人幽幽地说："这画会不会是假的？"

盖瑞顺口说："只要别人都认为它是真的就是真的，与假的有什么区别吗？"

"我也这么想，就算是赝品，那也分三六九等，这个场子来拍卖的至少是见过真迹的人。比看过赝品模仿的，近了一层。距离核心最近的，本身就是价值。”

这个想法，与盖瑞正好不谋而合。

当前，艺术品市场进入了“亿时代”，金钱堆砌的地方就是金融的世界，也正是他们这些炒手熟悉的地方。

他看到袁得鱼手里拿着帽子，意识到拍卖会现场那个戴帽子的年轻人就是袁得鱼。

“我想一下吧，你先下车。”

袁得鱼目送他的车远去。

袁得鱼知道，等重要的回复总是需要时间的。

袁得鱼决定回去，这次来美国也算是有些收获：看了音乐剧，逛了拍卖会，与盖瑞有了一次正式的接触，这可比交易轻松多了。

五

袁得鱼一回到海元证券，丁喜就马上向他汇报了一个情况。在袁得鱼那里碰壁的 JR，从其他可转债客户那里疯狂收集筹码。

毕竟，袁得鱼他们设计的可转债，对外销售的数量是总量的 70% 。

“目前他们掌握了多少筹码?”

“因为当时大江钢铁并不是什么热门项目，卖得比较分散，这增加了他们的收集难度。但是，初步估计，20%~30% 还是有的。”

袁得鱼发现，大部分投资者看到短时间里有翻倍收益，果然都纷纷抛出筹码。毕竟，这类资产原本是作为低风险低收益的配置，投资者们对这部分头寸没太多收益要求，权当买了更高收益的债券。而目前 JR 给的回报，已经够让投资者们惊喜的了。

袁得鱼在 2008 年金融危机中，通过做高收益债券类产品，实现了不少惊人的收益，所以在销售这类产品时，他募集资金的能力变得非常强大。

说实话，如果袁得鱼真要募集资金，他留在手上30%的筹码早就可以转手给投资者。他只是冥冥之中觉得，这单生意恐怕不简单。

袁得鱼重新看了看盘面，大江钢铁价格果然一直被压着，这让很多追涨者叫苦不迭。自大江钢铁那次涨停后，很多资金闻风而来，以为这只股票会有异动。

然而，这两周股价在一个劲儿地往下掉。

毕竟，对于收购筹码的一方来说，需要一直压低股价才能避免对方抬价。

袁得鱼说："过一会儿，有新的同事过来，我们一起开个会。"

"是不是上次在上海证券交易所现场交易的那个?"韩鉴对那次盘中阻击事件印象深刻。

"没错，除了他以外，还有一个新人。"

陈啸来了，他自我介绍说，自己曾在芝加哥做过两年交易员，应家人要求回国了。

同时，袁得鱼带回来的还有这次的意外收获——冉想。

这是冉想与陈啸第一次到海元证券自营本部，他们自高中起就去了美国，对国内金融公司充满了好奇。

陈啸惊喜的是，这个看起来弱不禁风的女生也进了自营部。

"原先陈啸一直在做交易，我就不多做介绍了。你们肯定很奇怪，为什么我会招聘一个对咱们这行一无所知的女孩到自营部。因为她长得好看!"

韩鉴对这个理由无力反驳。

"开玩笑啦! 我们将有很多交易与海外联动，冉想有非常强的数据与宏观分析功底。她在大学期间，参加了三次CNBC电视台主办的宏观分析比赛，蝉联了三次冠军。海元自营部的交易，需要这样的才能。"

陈啸第一次看到冉想，就有很强烈的亲切感。他一直喜欢冉想这种类型的女生，长发披肩、身材颀长、眼睛明亮，看起来真诚善良。虽是学霸，却与很多呆板的学霸不同，她开朗活泼、青春时尚。

陈啸悄悄凑近："很高兴认识你，我是陈啸，陈述的陈，海啸的啸。"

"冉想，冉冉升起的冉，理想的想。"

"好听的名字。"陈啸跷起大拇指。

提到他们海外背景的时候，丁喜就猜到，海元证券正在做海外布局。

"这次我迫不及待地邀请二位加入海元自营部，是希望你们也快速参与我们目前正在进行的一场交易，这是我们海元第一次面对强劲的海外对手。陈啸在实习时做得非常出色。冉想抓紧时间学习，快速适应这里的节奏。"

袁得鱼快速介绍了当前的交易背景。阿罗钢铁一直在私底下大力收购大江钢铁可转债，希望能入主大江钢铁。然而，袁得鱼从过去的交易中，知道这次来者不善，但很多人并无这样的感觉。一方面，他们未必知道背后的操纵者究竟是何人；另一方面，阿罗想让大江钢铁巧妙通过美国的进口限制令，从而稳住需求，这显然对股价有提振作用。然而，这些在袁得鱼眼中，都是短期利益。袁得鱼知道，黑杰克掌控钢铁龙头，相当于对中国整个钢铁行业进行了不可忽视的引导，接下来或有更大的动作。

当前，海元的筹码是30%的可转债。但这个可转债是一种很灵活的金融工具，一旦黑杰克收购成功，故意不让他们手中的可转债转股，这些可转债立即就成了废纸。如果袁得鱼把真实情况说出来，有人会认为袁得鱼为了自己的利益，故意放出不利于黑杰克的消息，这样，会让他陷入更被动的境地——本来还可以悄然行动，曝光后一旦成为众矢之的，就陷入了僵局。

此时此刻的海元，有点儿像逆势而为，得在黑杰克布局完成前，想办法赶走他。

韩鉴问："怎么动手呢？现在市场上也没人愿意相信我们，毕竟我们也是利益方。"

"如果快的话，只能通过商品市场。"

袁得鱼想起上次见了盖瑞后，盖瑞还没有给他回复。

上次盖瑞提到，已经有人找过他。

找他的人会是谁呢？如果不是黑杰克，那是谁？如果没猜错……

不过，袁得鱼相信，对于盖瑞这样一个身经百战的大投资家，注定会在最后时刻，站在胜率大的一方，要不就是自己主导大局。

不如先做点儿诱饵。

海元自营部秘密商量好方案后，马上操作起来。

第二天，只见处在横盘整理期的螺纹钢价格一下子突破平台，一副往上冲的态势。

陈啸将更多筹码扔向螺纹钢的风向标合约，同时，在网上发布消息，称因为经济大刺激需求，螺纹钢供给量将在中短期内面临不足。

冉想有些心慌，她读了公司之前的研究报告，再结合宏观研究，看到公司多单越来越多后，有些担心："鱼总，这会不会有风险？毕竟这与从钢贸市场了解的情况不太一样，价格已经脱离了基本面。"

韩鉴点点头："记得有一次我们去钢贸市场，正好与盖瑞相遇。他不会不知道，钢材市场的现状是贸易商做出的'虚假繁荣'。像盖瑞这样成熟的炒家，在做趋势时，会精准地与基本面相结合。他不会轻易受我们影响吧？"

"对我来说，交易没有对错，只有盈亏。同一个交易品种，持有周期与择时准确度不同会带来不同结果。就算是一只被证明的垃圾股，如果你在市场觉悟前，短期进出赚30%，你就是赢家。"袁得鱼继续分析，"上一批螺纹钢空单已经获利出局。现在这个市场，主要是新资金在选择方向。对我们而言，胜率是对半开，并非完全被动。"

丁喜太了解袁得鱼了，对于高手来说，即使没有招，也是无招胜有招。

袁得鱼心里清楚，这场角逐，盖瑞这些炒家的参与很重要，现在要看他们愿不愿意跟进来。

这些螺纹钢的价格在上涨。

这样持续了三天，没人砸盘，也没人跟风。或许很多投资者觉得这个趋势不痛不痒，刚突破平台，价格微幅上扬，跌回震荡区间也并不意外。

没想到第四天，钢铁期货主力合约价格一下子蹿到了 3 200 元，比前一天整整上升了 7%。

韩鉴吃惊地看着盘面，握紧拳头说：“终于有人跟风了——选择了做多的方向。”

冉想看着英文网站：“最新消息，美国海关查封了一批从欧洲进口的钢材，量非常大，加大了进口中国的钢材量，这对钢铁行业是个很大的利好。”

“赶紧猛干一把！”袁得鱼眼睛一亮。

话音刚落，所有钢铁股集体飙升。弱市不弱的大江钢铁，强市更强，股价一下子蹿到涨停板。

“太好了！”袁得鱼不禁说。

“有人开始砸盘了。”韩鉴从盘面看到期货价格有掉头的迹象。

“哈哈，让我来增加一下他们的冲击成本。”陈啸兴奋起来，赶紧在电脑上修改程序参数，快速连入交易平台，单子一个个排起来。

砸盘力量与做多力量有一度反复纠缠，最终，价格还是稳在飙升的高位。

这时，袁得鱼的电话响了起来，是孟挺。

“你们开始行动了？”孟挺的语速很快，“盖瑞让我转告，他退出这次博弈了。”

“他退出，是个非常聪明的选择。他若坚持下去很快就会受伤。”袁得鱼充满斗志，他明白为什么这股做多的绞杀力量势如破竹，原来敌方安排的强劲对手打了退堂鼓，“非常感谢他，终于坚持了自己内心的想法，我知道，亚瑟找过他。”

原本，在亚瑟的第一股期货做空力量之后，盖瑞他们将接住

“空头”接力棒，将做空这股力量持续加强。然而，盖瑞的退出，意味着亚瑟没有找对“增援”。

“盖瑞说过，为了赚钱，可以暂时不考虑恩怨。他见了你之后发现，终于有人可以站在黑杰克对立面好好干上一把了，说自己退出毫无压力。”

袁得鱼知道，他当时给过盖瑞一个信号。

他在下车的时候，礼貌地说：“基本面都有利于空头，不是吗？真的非得做空吗？”

交易员出身的盖瑞察觉到，盘面有些异常，他对赌一个方向的把握并不大，而袁得鱼已经明确告诉过他做的是哪个方向。他退出这场博弈，顺便“坐山观虎斗”。

当然，还有一个重要的推动因素，这个导火索足以让对手感到绝望。

“你有没有发现自己为何走运？”孟挺继续说。

袁得鱼反应过来：“查封欧洲货的那一手，是你们做的？期货界一代大佬，果然不是浪得虚名啊！”

“哈哈，作为协会观察员，提出查看一些货并非什么难事。”孟挺有些兴奋。

期货市场点燃后，大江钢铁股价接连上升。

亚瑟不忍心破坏原先吸收筹码的节奏，毕竟夜长会梦多，只能任凭多头肆虐。

亚瑟对此前放出的消息后悔万分，它们现在都捂住头寸，收集筹码变难了。

亚瑟完全没想到盖瑞会临时退出，因为这也不是第一次合作了。

亚瑟早先也伤害过盖瑞，算是被耍回一把。

六

东江边，有一个黑匣子似的建筑。

硕大的正方形房子，四面墙是四块高清晰液晶板，闪烁着全球行情数据。

大江钢铁走势从众多行情画面中被切出来，一点点儿放大。很快，钢铁期货主流合约的走势曲线叠加到屏幕上，可以看出，这两者的走势都非常强劲。

艾尔莎毕恭毕敬地站在最中间的屏幕前，她看着那个投射出来的影像。

艾尔莎说：“老板，您看，接下来……”

忽然间，四面墙的屏幕一下子变黑，中间屏幕上出现一个小小的亮点，这个亮点越来越大，变成了一位白衣骑士。

“好的，我知道了。”

当天晚上，网上有一篇长篇报道，直接揭示了亚瑟公司的意图，说它真正收购的不是莱宝钢铁而是大江钢铁的股份，分析理由与数据可信度极高。

第二天，大江钢铁的股价飙升得更厉害了。

孟挺作为大江钢铁并购业务的负责人，立即召开新闻发布会，宣布公司绝不会被亚瑟恶意收购。

说实话，这一招也让袁得鱼他们措手不及，他们完全没想到，黑杰克还没收齐筹码，就亮出了身份，而且股价对他们极其不利。或许他们已经想到了其他办法；或许他们意识到，即使低调，按目前趋势，股价也打不下来，再加上找的盖瑞没有结成联盟，不如以攻为守，亮明意图，还能找到新的结盟者。

不过，这果然激起了莱宝钢铁与相关人士的不满，声称亚瑟背信弃义。

这是一出奇怪的资本好戏，同样都是国内有实力的钢铁公司，一家希望被收购，另一家不希望被收购。

有趣的是，亚瑟还非盯上了那家不希望被收购的钢铁公司，这就像一出剧情落俗的三角感情戏。

这时，黑杰克果然另辟蹊径，开始做他们最擅长的事——游说。

因为目前真正决定大江钢铁是否被收购的关键，不是他们手中现有的筹码，而是董事会上几大股东的意见。

他们不走“恶意”收购路线，而是大转方向主动出击，在商言商，让对方欣然接受这个安排。

他们找各大股东游说。

袁得鱼知道，对于财大气粗的黑杰克来说，走这步棋有优势。

袁得鱼相信艾尔莎所说的，只要他们有想说服的人，就没有不答应的。道理很简单，他们不断用钱砸，2倍、3倍不够，就十几倍砸。

袁得鱼知道，黑杰克做过的一个交易，用原价的30倍收购了股权。很多人觉得不可思议，用那样的价格收购怎么能赚得回来？

然而，对黑杰克他们来说，之所以能花那么大价钱，是因为他们的资源是全球的。通过各种整合，整体股价涨幅假如达到20%，就早已将当初个别股东手里的高价筹码成本赚了回来。

果然，没过几天，孟挺就给袁得鱼打了电话：“兄弟，有些不对。黑杰克现在与有投票权的大股东说，前阵子拉升股价是给他们的见面礼。他现在更有诚意，将出非常高的价格直接买他们手中非流通股股份，有股东已经动心了。这么下去，大江钢铁很可能真要落入他手中了。我们刺激股价反而为他铺开了一条路。”

袁得鱼想了想说：“要挽回这个局面，倒也不是完全没有办法。”

“你是说？”

“是的，白衣骑士。”

傍晚，袁得鱼从小白楼出来，一辆大红色的兰博基尼阿文泰德（Aventador）慢慢移动到他面前。

一个戴墨镜的长发美女坐在驾驶座，阿文泰德的门垂直打开了。

“上车吧！”说话的是艾尔莎，她穿着低胸套装，竟然一直守在海元证券门口。

她知道，袁得鱼喜欢走路上班，他一定会从大门口走出来。

袁得鱼几乎想也没想，就上了车。

“我正要找你呢！”袁得鱼说。

“哦？那怎么不给我打电话？”艾尔莎笑着，露出一口漂亮的牙齿，“兜个风吧？”

“快开吧。”

“哈哈，你怕别人以为我们谈恋爱啊。”兰博基尼一下子蹿了出去，“可为什么不呢？”

他们进了金家嘴四季酒店，这个酒店是大大的落地窗，透过落地窗，可以直接看到东江江景，佑江明珠近在眼前。

艾尔莎一进房间，就贴在袁得鱼身上，搂住他的脖子：“喜欢我吗？”

袁得鱼顺势将手搭在她腰上：“可我们好像还没熟到这个地步。”

“胸肌发达，身材不错。”艾尔莎故意将头贴在他胸口，然后转身取酒。

袁得鱼看着江景，喝着白葡萄酒。

“我猜，你最近会来找我。”袁得鱼颇自信地说。

“那你可能误解了。我过来，并不是把你当作大股东进行游说的。我是真的喜——欢——你！”

“股东老头儿们听你这么说，是不是个个心花怒放？”

“不同的方式。我带他们去洗澡，日式澡堂。大家赤裸相见，谈得特别好。”

“恭喜你们进展神速。”

“那你现在什么想法？转变观念还来得及。”艾尔莎说着，又分开腿坐到袁得鱼身上。

袁得鱼冲她笑笑：“你也知道我这个人，遇到美人计就将计就计。”

“你倒也实在。不过，你会是我最心甘情愿的一个。”说着，艾尔莎就把外套脱了，黑纱内衣一下子露出来。

她问袁得鱼："喜欢吗？"

袁得鱼很平静："我觉得，你要投其所好。你看，你也没对我做市场调查，你怎么知道我喜欢你这种类型呢？我这个人口味一向很独特。"

艾尔莎笑得很开心："没人会在这个时候与我讨论这些。"

说着，艾尔莎整个身体开始扭动起来，动作很有韵律，就像在跳一支性感的舞蹈。她一只手撩起长发，另一只手准备褪去她的短裙，这个时候，袁得鱼大声说："艾尔莎，你真不是我的菜！"

袁得鱼将她抱到床上，帮她把衣服披上："你穿上衣服好看多了。"

艾尔莎坐在床上，有些吃惊地望着袁得鱼："为什么我好像有点儿伤心呢？"

过了一会儿，她又说："你是不是男人啊？不会是同性恋吧？到现在还没结婚！"

袁得鱼摇摇头："我只是心有所属罢了。我认识她很久了，她是第一个跟我提分手的女孩。"

"你现在的样子还挺真诚，我真忌妒那个女孩！"

"假亦真时真亦假，无为有处有还无。"

艾尔莎整理了衣服，补了口红。

"你难道不是想和我谈股份的事情吗？"

"再见，袁得鱼！你真傻！"

艾尔莎出门时，发现门竟然是虚掩的。

门口站着一位清秀的女服务员，怔怔地站着。

她咕哝了一句，就下了楼。

袁得鱼推门出去，一下子愣住了，许诺竟站在门外，穿着服务员的工作服。

"你怎么在这里？"

话音刚落，许诺紧紧地将袁得鱼抱住，因为他们分手的导火索正是类似的误解。这次，她才明白上次自己的确是错怪他了。

许诺说明了她在这里的原因。

原来，丁喜前几天到她店里吃饭，酒喝多的时候，与她说起大江钢铁的事："鱼哥最近遇到麻烦了！"

许诺控制不住自己，就开始跟踪艾尔莎，发现她每次都把男人往四季酒店带。她这次下定决心，假扮成服务员，希望能打听到一些消息。

没想到，刚才在电梯口听到了袁得鱼的声音。

她不由得跟了过来，可她一想到房间里发生的事，就非常难过。

正好门虚掩着，她听着听着，就全明白了。

"要不一起出去走走？"

许诺点点头。

清风吹在他们的脸上，他们聊起过去的事，两个人很久都没有这么开心了。

太阳快下山的时候，袁得鱼说："对不起，我今天没法请你吃饭，我还有一些事要做，再见了，许诺！还有，别做这些冒险的事了，我不忍心你这样。"

许诺点点头，开心地与他挥手告别。

袁得鱼与孟挺相约在大江钢铁公司附近的一个茶馆见面。

茶馆窗户很大，能看见大江钢铁的员工出入，他们很多人穿着蓝色的工作服，脸上洋溢着笑容，看来他们对市场上发生的一切浑然不知。

孟挺脸色很难看，一言不发，一直在抽雪茄。

袁得鱼看着这些人进出，心想，这家坐落在佑海北面的最大钢铁公司，其实相当于一个钢铁镇。很多人在这里就业、结婚、生子，将这个公司作为一辈子的依靠，然而，无情的资本之手伸过来，将彻底改变这些人的生活。

孟挺定了定神儿，拿出一张纸，在上面写下所有董事的名字，然后画了一条线，将名字分成两部分："这条线的这边，都会站在亚瑟阵营，他们本来就是投资型的大股东，不参与公司的管理。他们成为股东，或是上面的安排，或是为了拓展渠道，或是为了背书。他们对大江并不了解，也没什么感情。这些大股东，如果能获得巨大利益就很容易退出。”

“那现在相关部门什么态度？”

“亚瑟这次很聪明，它并不是以外资身份持股，而是成立了一家新的合资公司，还让中资占了51%以上的股份，它准备以这家公司进行收购。所以，相关部门的态度就没那么强硬了。”

袁得鱼笑了一下：“看来它搞定了不少人，那些人故意不深究罢了。这样的公司，谁不知道，只要联合其他股东，股权结构就会发生变化，外资方随时可以变为绝对控股股东。”

孟挺又开始抽雪茄。

袁得鱼仔细看了看纸上的股东名字：“难道一点儿办法也没有了吗？你看，至少这一半人还是很坚定的，不是吗？”

“他们是真正的创业者，当然不希望这样的事发生。但现在怎么算，都是我们输啊。”

“可如果我有投票权呢？”袁得鱼突然提道。

“你不是新进场的股东吗？还没有投票权吧？”孟挺吃惊不小。

“你算一下，如果我有投票权会如何？”

“你在开玩笑，如果这样，至少是平局。目前来看，最动摇也最关键的，是老夏那票。他是上了年纪的人，是钢铁厂的元老级人物，对钢铁厂有很深的感情。听说，黑杰克他们去游说，并没成功，他的子女希望他早点儿退休。这一票非常关键，老夏在厂子里威望高，或许还有影响作用。”

袁得鱼点点头：“好的，那就看运气吧！”

孟挺有些不可思议地看着袁得鱼，他更加确定了，袁得鱼从来不打无准备之战。

第五章　垃圾债之王

所有动物一律平等，但有些动物比其他动物更加平等。

——乔治·奥威尔(George Orwell)《动物庄园》(*Animal Farm*)

一

或许，袁得鱼与孟挺的革命友情在那一天形成了。

很快，由上市公司大江钢铁主动发起的投票会开始了。

一共有六位股东投票，正如此前孟挺预言的那样，现场出现了三比三的局面，就剩老厂长老夏一人举棋不定。

孟挺握着拳头默念着："千万要投反对票啊，这样才有机会翻盘！"

出席的亚瑟方代表肯与艾尔莎看起来倒是非常淡定，像是志在必得。

这两个人，在场股东已经很熟悉，这段时间没少被他们"打搅"。

艾尔莎面对老人，颇为动情地说："我知道，那些能站在我们这边的股东，并非是有多支持我们，而是在这个行业，深知目前行业正处于漫长的调整期，而拯救钢铁行业的唯一办法，就是打开出口市场。面对国内外的市场情况，我们唯一的解决办法，就是把大江钢铁变为非侵害美国利益的公司，最好的途径就是与亚瑟合作，打开出口市场。"

老人耐心地听着，思考了很久，终于说："他们尽管都叫我老厂长，但我自己在这个厂子的时间，也没剩多久了，再过大半年，我就要退休了。我最大的心愿，就是让这些员工继续过平静幸福的生活。所以，我同意让亚瑟作为我们的股东，我的股份，按上次说的比例给亚瑟，按市价就好，我想把更多资金留在公司发展上。我都这把年纪了，拥有多少钱对我来说，真的并不太重要。"

袁得鱼久久未能回神儿。

记得前一天，他跑去见这个老人。

老人拒不见人。

没想到，半小时后，有人给袁得鱼打电话，让他去夏家院子。

这是普通公房的一楼，他们相见的地方，就是天井，也就是一楼房屋围成的露天空地。老人专门在天井处开了一道门，让客人方便进出。

这个环境，让袁得鱼吃惊不小。

老人说："你肯定很惊讶，一位上市公司高管竟住这里。我在这里住惯了，而且，就我一个人，我不需要太大的地方。这里距离公司近，而且，我喜欢有地的感觉，脚踏实地，有安全感。"

"你的孩子们呢？"

老人慢慢地说："我的孩子们，现在都在海外过着幸福的生活，他们希望我别这么辛苦。钢铁，这看起来冷冰冰的东西，却是我们一个个城市构建起来的重要基础。"

袁得鱼点点头："安德鲁·卡内基（Andrew Carnegie）说过，'每一块钢铁里，都隐藏着一个国家兴衰的秘密'。"

"但我们的技术，一直不如别人。一开始，我们只是生产轧辊、连铸坯等低档次产品。后来，上了高炉后，终于可以做一些特种钢，再后来，我们才开始做高档次的螺纹钢与船板钢。"老人接着说，"我一直没有别的爱好，就只知道研究钢铁。当年为了上高炉，我勉为其难地与几个同事出去跑关系，有一次喝酒喝到吐血，他们都吓坏了。建起高炉后，我们大江钢铁终于成了行业标杆。我看到钢材供不应求，心里真的很欣慰。越来越多的钢材往外运，越来越多的建筑用我们的钢材。"

袁得鱼低下头说："你应该知道现在钢材市场不景气。"

"当然，前几年我们的很多钢材都出口到国外。去年，海外市场封闭，国内市场又在调整，钢材随着几年的大发展，早已供过于求。而我们的钢材质量一般，替代性太强了。"

“你现在怎么考虑的？”

“我就在想，把技术再提高一些，提高我们出口钢材的性价比。但是，我想目前阶段，这个心愿可能很难实现了，所有的技术都需要迭代，这不是一两代人可以实现的。”

袁得鱼感到难过，像老夏这样工程师背景的厂长，时时刻刻想着提高技术，然而，很多人更倾向于把短期利益放在眼前：“你觉得，如果合并，能实现你的心愿吗？”

老人抬头看了看月亮：“皮之不存，毛将焉附？”

他们又聊了一会儿，天色渐晚，袁得鱼起身告辞。

在袁得鱼走出门的一刹那，老人一改严肃的神情，双眼含着柔情：“请你珍惜那个姑娘。”

袁得鱼有些惊讶地看着他。

他的直觉是，老人应当会站在自己这边。

然而，此时此刻的董事会上，老人表达了自己的最终选择——同意收购。

现场的不少人都看到袁得鱼惊讶的表情。

董事会一共七张表决票，目前支持收购与反对收购的票数是4∶3，这对于收购方而言，是一场明显的胜局。

亚瑟如愿拿到了并购权，它主导的合资公司很快将成为第一大股东。

这时，有股东忽然问，为什么新发给他们的合同里没有约定出口钢材到美国的条件？

艾尔莎说：“我们之前这么提，是为了让你们和监管机构答应我们的收购。这个问题，并非必要条件，我们的确会非常重视，但今天时间有限，我们会再安排时间商议。不过，目前持股的合资公司因为还在控股，并不满足出口钢材到美国的条件，除非我们股份比例提高。”

“无耻！”有股东骂道。

“你们太激动了，我们会认真考虑的，但不是现在。”

一个跟了老夏很久的高管有些怒气：“看你们做的好事！”

这个人是站在反收购这边的。

“对，对不起啊，我真的很需要钱。”一位股东无奈地轻声说。

孟挺吃惊地望着这一切，感慨自己耗费了心力，竟然换来如此的结果。毕竟是性情中人，他丢下一句“失陪了”，直接走了出去。他靠着外面的墙蹲下来，陷入难言的痛苦中。

袁得鱼看起来情绪十分低落，垂着头。

艾尔莎当场就打电话给黑杰克：“我们拿下了大江，我们赢了！你太高估袁得鱼了。”

艾尔莎走到袁得鱼身边的时候，不由得扔下一句：“音乐没结束之前，不要以为在舞池里的只有你一个人会跳舞！”

袁得鱼慢慢地说：“这句话对你们来说才更合适。”

艾尔莎吃惊地望着他。

这时，她的手机铃声响了，她接完电话，脸都快绿了。

“大家先不要走。”袁得鱼说。

艾尔莎停下脚步，坐回座位上。

原来，就在会议进行时，钢铁期货史无前例地暴跌了30%。

“你们不是做多吗？”

“不好意思，早在一天前，海元证券的做多筹码早就换成了做空合约。”

“什么意思？你们不是持有很多可转债，损失也不小吧？”艾尔莎冷笑道。

“可转债，可以转股，也可以转债，我早已将这批可转债转成债了。”袁得鱼一下子站起来。

“什么意思？”

袁得鱼站起来，亮出底牌：“各位，看一下我们可转债的特殊条款。”

大家看着幻灯片：“如果大江钢铁董事会决定将部分非流通股转

让给亚瑟，就破坏了当初发行可转债的约定。因为发行之初的约定是不可改变股权结构，一旦股权结构发生改变，大江钢铁就要执行可转债债息率被提升到 8% 的规定，并让股权方自主决定，是否转债。如果该规定被执行，海元证券将自动在董事会中拥有一张表决票。”

艾尔莎愣了一下，忽然想到什么，大笑起来：“哈哈，别吓唬人了，就算真能生成一张票，也不过出现平局，毕竟董事会通过决议要过半数，就算你投反对票也不顶用。”

袁得鱼也笑了笑：“可如果这张票有一票否决权呢？”

艾尔莎仔细看了约定的条款后，傻了眼，她心想，大江钢铁可能完全没想到，为了不多的利息，约定中附加了一个对赌条款，即如果公司出现合并等情况，要执行需要提前兑现的条款规定：公司在合并前要先偿还高收益债本息，而且债息率将被提升到 8%。

半年前，大江钢铁管理层只想尽快上新的生产线，加上钢材需求量大，他们觉得，并购一事很遥远。另外，即使真的要执行对赌条款的规定，以钢材的大好行情，还 8% 的债息是很轻松的事。更何况，如果不用提前兑现，债息才 4%，按常规时间还，又是更轻松的事。

大江钢铁忽略了一点——这个高收益债本身是可转债，海元证券作为承销商，拥有将可转债转股的优先权。

这意味着，如果大江钢铁自己想把这一部分债券转股，需要经过海元证券同意。

好处是，大江钢铁如果进行债转股，在没有人进行债转股的情况下，海元必须兜底 50%。

只是，海元意见书上还有一条，未来一旦哪家机构持有大江钢铁 10% 以上的股份，海元在董事会中就自动拥有投票权。其实，只要对这部分高收益债中的 50% 进行债转股，这些股份就超过了 10%。

所以，这个特殊条款可以这么理解，海元证券用兜底份额的方式确立了一条自己说了算的兜底条款，并争取到了特殊的投票权。

关键是，海元证券当时并没有对大江钢铁有特殊设计，因为海元证券对所有上市公司可以兜底的份额都感兴趣。而很多上市公司也喜欢这条条款，因为市场低迷，成交不乐观，若有人兜底再好不过。

这个特殊条款对海元而言，没有太大风险，就好像房价对房地产的投资者而言，影响是巨大的，但对自住的购房者来说，影响就相对有限。海元看重的是长期利益，这些是做市的筹码。

艾尔莎再咬牙切齿也无济于事了。

因为艾尔莎在此前会议上太过得意，直接表示，他们即使接受并购，也未必考虑帮助中国公司出口钢材到美国，所以，董事会除了艾尔莎以外，都一致决定马上召开临时会议。

董事会临时会议开始了。

然而，在这个临时会议上，袁得鱼并没有用他的一票否决权，否定之前的投票结果，而是宣布了一件很多人意想不到的事："一个公司最重要的灵魂是团队与技术，各位，我已经用做空赚来的筹码，资助技术团队成立了一家新的钢铁公司。"

老夏点点头："是的，专门做高端钢材，起初规模有些小，但刚好够用了。"

艾尔莎几乎要昏倒："什……什么……新的公司？"

"实在不行，那个大江，我们用更低的价格买回来就是了。"

董事会除了艾尔莎，全部通过了这项提议——将大江的所有专利与资产都转移到新公司，每个股东持股比例与在大江时的一致。袁得鱼现场就给了每个股东一份股权认购书。

这时，艾尔莎才刚刚意识到发生了什么，大江钢铁已经被新公司掏空。尽管袁得鱼没有赢得刚才的并购局，但他获得了巨大的财富，并把一家长期经营不善的公司扔给了亚瑟。而且，因为可转债特殊条款，他拥有一票否决权，可以将阿罗钢铁公司限制在一个很小的发展空间里。

袁得鱼才是整场战役最大的胜利者。

说到底，袁得鱼不相信他们——他压根儿就不信美国会放宽进口钢材的政策，就是来100个黑杰克也没用。在袁得鱼看来，黑杰克他们是金融世界最贪婪的“食客”，在他们眼里，这个世界只有无限大的利益。

袁得鱼走出去，看到孟挺仍然很悲伤。孟挺跪在地上，整个人呆了。他忽然看到什么，眼睛一亮，狠狠地抓了一把地上的土。

袁得鱼走到他身边。

“你知道吗？失败的滋味真的不好受。我对自己说，不想再经历第二次了，没想到这次……”

听完他说的，袁得鱼告诉了他刚才发生的一切。

“天哪，你到底怎么做的？”孟挺惊喜万分。

螺纹钢价格持续下跌。

袁得鱼接到电话，他几乎猜到是盖瑞打来的。

“空得我太爽了，如果不是你诱多的时间那么长，真的不会那么多好筹码。”

袁得鱼没想到的是，加州那个人也打来电话：“痛快！你让黑杰克在高位接盘了一个无用公司，这太好笑了！”

“多谢夸奖，有些地方还是要向你们学习。”

“你很不错，我愿意答应你上次提出的条件。”

“太好了！”

黑杰克在他黑匣子空间里，点燃一根雪茄。

将一切都看在眼中的黑杰克，露出狡黠的笑容：“有意思，我喜欢这样的对手！”

那么激烈的钢铁大战，最终以给黑杰克一个垃圾公司而告终。

不过，黑杰克并不是完全没有任何行动。

他们马上给盖瑞了一次暴击，说盖瑞的公司交易时超出头寸，违反了相关的交易法律。于是，盖瑞将面临罚款。很长一段时间内，盖瑞都无法在美国市场上交易。

只不过，这些是这场交易玩剩下的了。

盖瑞早就收获不小。

袁得鱼与孟挺回到董事会现场。

那些投反对并购票的人，还没明白公司具体将会如何运转，只是依稀感觉到，他们胜利了。

袁得鱼清晰地记得，那个老夏厂长对他说过“请你珍惜那个姑娘”的话。

袁得鱼当时没有反应过来，但回想起老人家里摆放的食物，心中就有数了。

袁得鱼打电话给丁喜的时候，丁喜说：“鱼总，你太神机妙算了，她不让我告诉你。”

原来，许诺当时听丁喜无意说起大江钢铁董事会的事后，就陷入了沉思。

“听说那个老头儿特别固执，什么人都不见，亚瑟也一点儿办法都没有。但我们也接触不到啊，鱼哥为这件事一直担心着，我也是为这事出来透透气。”

许诺向丁喜打听清楚了老人情况后，就忽然安静了下来。

过了几天，许诺给丁喜打了个电话，让他过去帮忙。

丁喜忙活了一会儿，就瞌睡了。

他醒来时，发现许诺还在忙碌，一宿未睡。

终于，许诺眼睛一亮，说：“好了，我们走吧！”

只见许诺拿了一个饭盒。

许诺敲门进了老人家。

“您好，我是您公司股东的朋友。他让我过来探望您，您要海鲜吗？今天从海边刚运到的，可新鲜啦！”

老人完全不搭理。

许诺看到老人床前的黑白照片，想到了自己的外婆：“我的外婆，也那么美，但我再也见不到她了。”

许诺忽然跪在那个相框跟前："阿婆，我很羡慕你，你有这么爱你的丈夫。他那么敬业，现在这么消瘦，为了工厂操劳了一辈子，你就让他补充点儿营养吧！"

"好，我吃。"

老人尝了一口，眼泪掉了下来。

这感觉就好像是爱情，让人想起恋人的吻、柔声的呢喃……

老人想起年轻时的他们。她是个容颜姣美的女子，他们一见钟情。她娇羞，他采了一束花递给她，她冲他笑，春风轻轻地吹拂在他们脸上。

美好的感觉都是相通的。

这道菜中，他尝出了爱情的味道。不管是酱油的香，还是鱼的韧劲，都恰到好处。这些都源于点点滴滴的细节，爱情也源于点点滴滴的细节。

这鲥鱼虽有很多刺，却取中段脊背做了刺身，甚是难得。

鱼刺要一根一根拔掉，又不能让鱼肉在正常温度下放太久，这就需要练习很久，才能使鱼肉如此干净光滑，也才有爽滑而韧劲的口感。

这酱汁，似有层次，但又融合得极好，达到了极致的味道，估计调了不下几百次。切片也是，厚度、长度、弧线皆相同。

"谢谢你，姑娘，你的极致用心，我感受到了。"

许诺脸红了，也感动了，她希望这个老人能满意，也等他说了满意的话。

老人说："我的偶像是寿司之神小野二郎，他一直重复同样的事情，以求精进。"

"我也喜欢重复同样的事情，也是很美好的！"

"是的，总觉得可以再进步一点儿。"老夏欣赏地望着许诺，"你的丈夫一定很幸福。"

看起来活泼的她，禁不住又脸红起来。

"对了，你为什么知道我会喜欢这个？"

许诺说:“我前几天正好看到您在车站等车,发现您有很多固定的习惯。比如,您到车站的时间是7点零1分,您总是站在广告牌的黄金分割线处,您的衣服一点儿褶皱也没有,我就知道,您肯定是一个很讲究的人。”

细心,是许诺的优点。

老人很快答应了袁得鱼的方案,通过许诺,在新公司签署了文件。

袁得鱼跑到了许诺的餐厅。

许诺刚调到财经频道,电视正播着大江成功反收购的新闻,她高兴得趴在椅子上哭了。

她见到袁得鱼进来,不由得笑了起来。这是很久以来,许诺在袁得鱼面前未展现的笑容。

袁得鱼坐在她身旁描述着当时的情景。

她蜷缩在椅子上,目不转睛地看着袁得鱼,听他说话,心情好了很多。

许诺忽然想到什么,取出柜子里一个破破烂烂的录音机。

袁得鱼很惊讶地说:“你怎么还收藏着这个‘古董’?”

“不是,这是小时候我爸爸买给我的,这里有我录的录音带。以前,他在弄堂里放,很多人都说,唱得真好听。”

袁得鱼好奇地打量着许诺。

“你看我这个餐厅,就是怀旧风格,可一点儿没有违和感,是吧?到了中午,我就会听听录音机,很酷吧?”

“有特色。”

这时,录音机飘出一首歌,是《莫妮卡》,在空荡荡的餐厅里,这首快歌显得有点儿喧闹。听了两句,许诺觉得好像气氛不对,马上倒了回去。

接着,一首歌放了出来,是一首耳熟能详的歌——《红河谷》:“人们说/你就要离开村庄……走过来坐在我的身旁/请别离别离得这样匆忙/要记住红河谷你的故乡/还有那热爱你的姑娘……人们说/你就要离开村庄/我们将怀念你的微笑/你的眼睛比太阳更明亮/照耀在我们的心上……你可会想到你的故乡/多么寂寞多么凄凉/想一想你走后我的痛苦/想一想留给我的悲伤……”

录音机里的声音非常甜美，是许诺小时候的声音。袁得鱼想象着许诺的父亲，在弄堂口放着录音机的情形，他轻声哼了起来。

许诺不知为何，又流下了眼泪：“袁得鱼，这次我可能是帮了一点儿忙，但我的想法也没变。我对你没有任何要求，只希望你留在我身边，在我身边就够了。”

袁得鱼不知为何，脑海里冒出了“一切有为法，如梦幻泡影，如露亦如电，当作如是观”这样的话。

他这才知道，自从他们重逢，许诺一直克制着自己，但此时此刻不再克制了，她轻轻靠在自己身上。他想，许诺太辛苦了，这几天都在熬夜。

袁得鱼很难过，许诺一直默默关心着自己，自己却不知道怎么对她才好。

袁得鱼把许诺送回家，坐在床边等她醒来，没想到，自己坐在沙发上睡着了。

他醒来时，发现许诺正看着他：“嘿，你醒了？”

这是一个晴天，阳光映照进房间里。

许诺忽然扑到袁得鱼怀里，轻声说：“抱着我！”

袁得鱼将许诺抱入怀中，她还是那样瘦，让人怜惜。

他有些情不自禁，用嘴碰了一下许诺的嘴唇。

许诺眼睛睁大了：“得鱼……”

袁得鱼将她放在床上，无法控制自己。

许诺没有拒绝，她的呼吸变得急促，她渴望这样，却又有说不出的慌张。

袁得鱼轻轻褪去她的衣服，许诺解开了他的衣扣……袁得鱼在微光中默默打量许诺的身体，她慌忙把脸转向一侧，有些不好意思地用手挡着自己——许诺非常白，身材颀长……

袁得鱼嗅着她的头发，有好闻的清香。他轻吻下去，仿若掉进了迷离的花丛……

二

2015年的初夏似乎提前来临，才不过5月，奥马哈的热风时不时吹起。

与孟挺告别后，袁得鱼他们飞往洛杉矶，去见一个重要的人。

这是一座看起来相当普通的美国西部城市，晚上星星点点的灯光聚集着，整个城市四周都是山，延绵起伏。

他们打算先吃点儿东西，车绕了一圈后，还是在城市中心的一家餐厅停了。这家餐厅是典型的地中海风味，有各种手卷，长柜里摆放着各种馅料，供客人选择。

冉想根据他们的口味，帮他们选好了馅料。

研究生虽就读于东部的沃顿商学院，但因为本科就读于斯坦福大学，所以冉想对加州也非常熟悉："加州温度适宜，但有些干燥，雨水非常少，待久了会感到烦闷。每逢雨季的时候，大家都忍不住开车出来透透气。"

她说起了每年一度的美洲杯帆船大赛，还有藤校（由哈佛大学、哥伦比亚大学、普林斯顿大学、耶鲁大学等八所美国东北部学校组成的常春藤联盟）在查尔斯河上搞的划船大赛，袁得鱼与丁喜听后，发现海外留学的生活真是乐趣十足。

吃完后，袁得鱼建议四处走走。

冉想看着袁得鱼的时候，总是眼睛发光，她故意与袁得鱼并排走着，忽然说："鱼总，我可以不叫你鱼总吗？"

袁得鱼好奇地看着眼前的女孩，不知她想说什么。不过，他不得不承认，冉想是个年轻漂亮的女孩，眼睛大大的，有几分俏皮。

"Fish，这个名字如何？很酷吧？就像你当时在黑板上写的那样！"

“我当时随手一写罢了，那我可以叫你 Thinking（想）吗?”

“活该单身!”冉想对丁喜偷偷地说。

他们出发了，车几乎是沿着城市中心绕了一圈。城市中心有几处繁华地带，影视城、剧院、娱乐中心、影视博物馆等聚集。每条街倒是不宽，被划分成一段一段的,一些有更多奢侈品，一些是休闲街，都干净整洁。把车开到郊区后，道路两旁就不一样了。两旁是越来越多的修车厂与杂货店。

城市边缘道路，背靠着一座座高耸的山，山上有不少半山别墅。

很快，他们就到了高速公路。

尽管袁得鱼有心事，但也没忘记享受一下 1 号公路上的美景。

这是全美最美的公路，它是最西边最靠近海岸的第一条公路。

很多人更迷恋 66 号公路——从芝加哥到加州的公路。从冒险角度看，66 号似乎更胜一筹，一路上有许多原始小镇，还有优美的自然风光。比如大峡谷，那条路是美国作家约翰·斯坦贝克（John Steinbeck）的最爱，他笔下《愤怒的葡萄》（*Grapes of Wrath*）的故事就发生在那里。

车在公路上行驶，让人不禁想起公路电影。所幸，漫长的旅程并不乏味，公路沿着海岸，是海边一条漂亮的弧线。

海风不停从头顶吹过。

从这里望向大海，你会第一次感觉自己距离海岸线这么近，可以看到海水由远及近的深浅颜色。此刻，巨大的橙色太阳坠落在海面上，绚丽的霞光令人惊叹。

冉想心情舒畅，情不自禁地唱起歌来，唱的是《漫步人生路》，甜美的歌声荡漾开来：“在你身边路虽远/未疲倦/伴你漫行/一段接一段/越过高峰/另一峰却又见……风中赏雪/雾里赏花/快乐回旋/毋庸计较/快欣赏身边/美丽每一天/还愿确信/美景良辰在脚边……”

每个人都沉浸在轻快的旋律中。

袁得鱼意识到，这不是他第一次听到如此曼妙的歌声。多年前，在他们失去海元时，邵小曼的歌声也曾带给他莫大的安慰。

“冉想，看不出，你对20世纪90年代的歌这么熟悉。”

“邓丽君是经典，哈哈哈，我妈喜欢啊。”

此时的天空是如此湛蓝，与周围的山坡、绿油油的草地似构成了色彩斑斓的油画——这与他少年时住的海边小渔村是如此不同。

未来，恐怕会面对更大的局，他能应对吗？

袁得鱼多想安定下来，可惜脚步早已停不下来。即便是再美好的风景，也只是暴风雨前的平静。自从离开那个小渔村后，他就已经无法左右自己的命运。

车停在了幽静的山庄酒店前。

有人从酒店里径直走到门外，对他们说：“请进。”

这个人正是多年未见的米尔顿。

“已经做好准备了？”米尔顿开门见山。

“差不多了。”袁得鱼难得认真地说，“谢谢你，你这次帮我出了一个好主意。”

“别客气，那场大江钢铁大战很精彩，我说好会帮你一个忙的。”

三

邵冲来到奥马哈希尔顿酒店大堂的咖啡厅，杨茗正在等他。

他坐过去，看着她娴熟地点燃一根万宝路。

杨茗问：“都聊好了？”

邵冲点了下头：“我们准备了那么久的事，即将一步步实现。现在就等那个触发点了，就这么简单。”

桌上的烛光忽明忽暗，映照着杨茗略显华贵的脸，这与最初邵冲对杨茗的印象颇为不同。

在邵冲眼中，杨茗是个不可多得的聪明女人。很多事情，她分明冲在前面，或是按她的意思在进行，她却总是表现得像顺水推舟似的。

这些年的历练，让杨茗成了一个十足的冷血动物，就像当年的唐焕一样。如果深爱一个人，在失去那个人之后，自己就会慢慢变成他的样子。

他们是什么时候开始联手的呢？应该是很久之前，似乎在唐焕还没出事的时候。

对于即将开始的大战，邵冲心想，如果记得没错，大战的起点应该是五年前，那些日子一直下雨，以至于记忆仿佛都是潮湿的。

2010 年的初秋，佑海的雨几乎没有停过。

“一场秋雨一场寒”，清冷的气息越来越浓。

佑海新天地旁有一个优美的湖是太平湖。

雨落在在湖面上，湖水泛起阵阵涟漪。

一对情侣打着小伞，在湖畔漫步，雨水沾湿了女孩的睫毛，男孩胳臂也被完全淋湿了。他们仿佛忘记置身雨中，笑声不断。

太平湖向东不远处，是低调的双子楼，双子楼中间由透明的长廊相连。

这是典型的新加坡开发商的地产风格，简约低调，注重实用性。

双子楼方方正正，东边是住宅区，西边是酒店式公寓，楼里有两家米其林高档餐厅。

东边住宅区的顶层是一个透明玻璃的豪宅，从东边落地窗向远处望，可以看到金家嘴美景。

这里尽管不及翠湖天地、华府天地、锦鳞天地有名，但在老佑海的法租界里，不远处就是民国时期知名的古董市场——东台路古董街，所以很多欧美人闲暇之余，经常跑到这里淘一些有中国特色的旧货。

自香港开发商开发了保留石库门风格的高档酒吧、休闲弄堂后，新天地就日益繁华起来，还成了佑海的地标，素有“小香港”之称。

当年开发商在这里的第一件事，就是挖了市中心最大的人工湖——太平湖，这像是打通了风水，这里很快繁华起来。

随着摩根士丹利（Morgan Stanley）、普华永道（Price Waterhouse Coopers）等外资公司的中国总部在这里驻扎，很多有旧佑海情怀的香港投资者也都集聚于此。

与陕西南路不同，双子楼这条路非常安静，尽管距离淮海中路只有几步之遥，但完全不引人注意。

然而，自2008年年底泰达证券易主，海元证券成为实际控制人后，双子楼顶层灯光渐渐亮起来。

双子楼开盘于2007年，当时是股市最辉煌的时期，泰达集团实际控制人唐子风的大公子唐焕豪掷5 000多万元将它买下，送给了妻子杨茗。

唐焕与杨茗曾在这里住过数月。

一晚，唐焕看着坐在落地窗旁的杨茗，不由得感慨了一句："夫复何求?"

杨茗问他怎么了。

唐焕说："人生最快意之事，非他人所求之名利，与喜欢的人在一起足矣。我看着你的时候，心想，我怎么如此好运，娶到你这样的好妻子。"

她知道，这个被称为"花心大萝卜"的无情男人，竟然真的动了情。

只可惜，幸福的日子总是短暂的。

买下豪宅不过三个月，唐焕就出事了。

后来，泰达集团的唐氏父子组成的"一致行动人"名下的所有财产，都被无限期冻结。

不过，这也为他们上了一课，应多设立一些可变利益实体（VIEs），以防在危机时陷入被动，然而，转折的发生实在是迅雷不及掩耳之势，谁都始料不及。

杨茗暗想，或许这也是袁得鱼的一贯作风，要么不动，一动就击中要害。

幸运的是，这个豪宅作为杨茗的唯一不动产，未被波及。杨茗为了避风波，索性搬到了这里。

有关这里的回忆令她伤心，毕竟，痛苦的事情来得太快，又是接二连三。

她喜欢唐焕这样的男人，仗义、豪爽，又深谙江湖之道，她觉得男人就该是这样的。

杨茗完全没想到，唐焕最终竟然死得那么惨烈。

她看到唐焕尸体的时候，竟无法辨识，那是一张血肉模糊的脸，就像被车碾轧过。他身上的两个弹孔都是致命的，外面的灰风衣上，全是血。

她看到唐焕的时候，他的双眼还没有合起来，眼珠子几乎是突出来的，神情惊讶，仿佛完全不敢相信自己会这么死去。如今想来，当时他惊讶的是最终夺走他生命的人竟然是一个傻乎乎的少年。

很快，理性的杨茗放下了唐焕的死。毕竟，那些痛苦都是过去的，眼下，她必须在乎泰达集团是否还能正常运转。

她害怕失控，唯一办法就是靠自己。她得任谁也无法将自己打败，哪怕再痛苦，也得控制情绪。一旦控制住了，自己就能将凶手置于死地。

她必须面对这个结果。

唐子风跳楼自尽，留下了一个残破的泰达帝国，唐家嫡系只剩下唐煜。

然而，唐煜太意气用事了，在父亲死后，他连续好几天都在痛哭，在房间里不出来。

在唐焕出事的那天，她冷静地坐了一整晚，头发一夜之间白了好多。

唐子风自杀的那天，杨茗又坐了整整一夜，头发彻底白了。

她在镜子中望着自己的白发，心里狠狠地想："很好，比起年轻不经世事的自己，更爱被摧残过的自己。"

她自然不会认为是那傻乎乎的少年夺走了唐焕的生命，整个事情连在一起，只有一个答案，杀死自己丈夫的凶手，不是丁喜，而是那个人，目前海元证券的新主人——袁得鱼！

杨茗绝不会善罢甘休。

她出身草莽，很自然地成为复浦一霸，要知道，身为女子，能成为呼风唤雨的角色，绝非易事。当时即便与黑帮大佬唐焕走到了一起，也不是依赖唐焕，而是与他相互扶持。

她知道自己需要什么，也知道，除自己以外，没有人可以替她承担这个角色。

她首先要做的，是处乱不惊，把泰达系的实际控制权牢牢抓在手里。

所以，当杨茗邀请邵冲在自己家做客的时候，邵冲并不惊讶。

一个分崩离析的家族公司，在灵魂人物死后，内部总不免要“斗争”很久，甚至会倒闭，这样的事不在少数。

所以，邵冲一直在留意泰达的变化。

让他意外的，驱使他走进这个屋子的正是泰达事发后杨茗的表现。

在事发后的几个月，杨茗“一不小心”从一个幕后人物，一跃成了财经界的知名人物。很多财经主流媒体的封面报道内容就是泰达系的权力争夺战。说实话，当时谁也没想到，杨茗会成为最后的赢家——毕竟泰达那么大一个集团，资深元老很多，也都有自己的手腕。

在邵冲眼中，杨茗并非媒体所言的“一不小心”，她绝对有过人之处。

邵冲接过杨茗递来的茶杯：“你的气色非常不错，怎么想到把我邀请到你家里？不担心财经媒体跟踪报道？”

“可你不也来了吗？毕竟时隔一年，我这边早就尘埃落定，谁也没那么多闲心。你也知道，如果我们真在其他地方撞到，反而尴尬。相反，我家有 24 小时管家式服务，如果真有人想打听，倒是公开的。”

“杨总果然名不虚传。我一直以为，公司的权力斗争尽管是内耗，也算是一场必要的残酷竞争。最后的赢家，也往往更有能耐将公司推向更高处，这就是物竞天择、优胜劣汰的结果。从理性角度看，公司内部大洗牌，对公司长远发展没有坏处。”

“可惜内耗这段时间，公司各方面业务发展都在倒退。”

“磨刀不误砍柴工。”

“邵总既然这么直接，那我也开门见山。这次见你，确实是有一事相求。”

邵冲看了杨茗一眼，隐隐约约地感觉到，这个女人正在释放着自己的能量，此前可能埋没了。在未来，她可能会聚集更多不可思议的力量，这是所有能人身上的一种共性，或者说，是一种韧劲。这种韧劲，起初不会被察觉，越到后来，越令人折服。

邵冲呷了一口茶，示意她说。

杨茗稍顿了一下说：“你可能也能猜到，是关于苹果（Apple）信托的事。我曾听唐焕提过这个信托的运作，现在才逐渐了解到，这竟然那么重要。我当时对公司很多事情并不熟悉，我仅知道，这个信托本来是挂在我们泰达信托旗下的特殊通道里，我也帮其中一些人做过代持。”

“杨总什么时候对信托那么感兴趣了？”

“哈哈，你别见笑。你肯定也知道，这个信托的投资者有不少大人物。正因为如此，我们泰达做很多业务才会顺风顺水。可就在我整肃公司期间，这个信托虽然曾赎回了一批资金，但并没有清盘，而是被人偷偷移走了。现在一直由其他人主操盘。”

“移走了，我还能做什么呢？”

“你可能也知道，泰达为了整顿管理层，很多业务都停了。此前，我们因为苹果信托的关系，拥有很多稀缺的私募股权资源，让泰达在投行圈成为带头大哥。然而，因为当前市场不景气，IPO 都停了，此前的财富积累也差不多消耗完了。那个信托是我们的宝贝，你能让我们重新搭上苹果信托吗？”

“据我了解，这个依托目前已经彻底成为离岸基金，也是你们没有查到的原因。其实，它早该离岸，只是受当时的条件限制。据我了解，这个信托之所以离开你们，是因为当时泰达的事闹得有点儿大，它背后的人不想暴露身份。他们同时也认为，现在的泰达集团已经无法满足他们的要求。”

“那还有机会吗？他们毕竟是我们东山再起最重要的资源。”

“你最终的目的很明确，是振兴泰达，可振兴泰达，并非一定要依托苹果信托，不是吗？”邵冲缓了缓说，“我估计你们重新获得苹果信托很难。刚才我也说了，它能在你们手上就是历史际遇。当时受限于眼光、能力等，他们只好在国内按传统的方式先运作，可离岸基金是他们一直想做的形式。离岸基金不仅安全，投资还能全球化运作。再说，你难道不觉得，苹果信托成为离岸基金，你们也更轻松了吗？”

“适当的压力，是赋予重任的体现，我宁可不这么轻松！”

“哈哈，杨茗，你也知道，我可不是这个信托的决定性人物，就算我认识他们中的一些人，我也说服不了他们。因为我太清楚，他们眼中的泰达，只是运作平台。你觉得苹果信托为你们贡献了不少资源，像战略合作，其实他们只是一直利用泰达为自己的利益保驾护航，顺带将泰达系养起来。”

杨茗本来想说自己不在乎对方把泰达当作什么，只要有实际的利益即可。但她也明白一个简单的道理，要做成事，就得向着阻力最小的方向。

她故意叹了口气，身体往邵冲方向倾，像是完全信任了他，轻声说：“你说得有理，那我就把苹果信托的事放下了。我知道你是高人，不知你对泰达集团的发展有什么建议？”

邵冲陷入沉思，许久后说：“其实，我倒也想过，只是这对于你们原先的业务来说，似乎大材小用了，只怕你不肯。”

杨茗像是有些撒娇：“邵总的建议，我绝对接受。”

“是这样，原本在你们泰达系旗下，有五家上市公司，都是你们陆陆续续资本运作的结果。其实，大家也知道，你们的强项，还是在金融领域，所以，当泰达证券易主之后，你们元气大伤。在我看来，你们还有一个实体潜力十足，绝对可以与此前的泰达证券抗衡，只是你们忽略了它。”

“请指点。”

“是泰达信托。”

杨茗看着邵冲，不知道邵冲的真实意思。

“你这么想，信托就好比一个灵活的银行，我们叫它影子银行。银行的放贷机制有很多限制，信托反而有很大空间。另外，信托涉及的领域很广，比如股权质押、私募基金。我的建议是，你可以尝试把房地产信托做到极致。”

“房地产信托？”

“中国房地产，目前还是最稳健的行业，你可以先绑定一家最大的地产公司，然后再进一步拓展你的‘版图’，具体的玩法，我会一一传授。”

杨茗顿时两眼放光：“能受到邵总的指点，真是荣幸之至。”

邵冲停顿了一会儿，继续说：“对了，唐煜现在在干什么？”

四

杨茗一听邵冲问起唐煜，马上将唐煜叫了过来。

唐煜出现在他们面前时，整个人没什么精神。

他已经低落了很久，久到他都不记得上次开怀大笑是什么时候。

泰达证券出事后，他很快就辞去了香港的工作回来了。但他发现，境内市场与境外市场完全不是一个思维方式。

尽管有时候，他的量化模型在信息极度不对称的市场，或者效率低下的市场中，能赚更多钱，但这并没有让唐煜有多开心。

这就好比，一个打牌高手和一群牌技拙劣的人打牌，尽管赢了，但总觉得自己像是在看别人打明牌，这样的赢法，总是不够痛快。

然而，他也回不去原先那家对冲基金公司了。那家公司发展速度非常快，增添了很多新的策略模块，也有了新的负责人。

杨茗希望将他从郁郁寡欢中拉出来，可无论怎么做都无济于事。

邵冲提到唐煜，倒是让杨茗为之暗喜。她希望神通广大的邵冲能改变唐煜。

不知不觉已是晚上。

他们坐在新天地豪宅的落地窗前，望着不远处的东江，在各种灯光的照耀下，依稀能看到江水起伏。

“听你嫂子说，她专门为你设了一个私募基金，你主要擅长什么策略？”

唐煜道：“我主要做商品交易顾问（CTA），运用趋势跟踪的策略，主要观点是在真的上涨趋势中，涨幅往往会更加可观。然而，在捕捉趋势的过程中，需要避免两种情况。一种是趋势可能是假的，即它可能没带来多少涨幅就掉头直下，不仅吃了你的利润，还侵吞你的成本，这需要提高自己捕捉真正行情的能力；另一种是你不知道趋势会持续多长时间，你需要适时止盈，出货的位置就是赢利的另一个关键，我们目前用得比较多的是动态止盈。”

邵冲说：“你有没有想过，你不做趋势跟随，而是做发起者。你跟随的趋势只是大海里的波浪，是果。你应该去造浪，做因。”

唐煜不由得陷入深思：“在美国确实有两种方式，简单地说是跟随者（taker）与造局者（maker），做造局者要难很多。”

邵冲看唐煜现在的样子，也觉得很好笑，便问他：“你现在是不是觉得没有用武之地？而在美国华尔街，你也算是同龄人中见多识广的青年才俊。”

唐煜被说得有点儿不好意思：“邵总，你不要笑话我了。我一直认为，在现任主管金融的官员中，您是最专业的一个。”

杨茗说：“唐煜最大的特点就是实诚，他对您真的非常崇拜。”

邵冲有些高兴：“我觉得你玩的是对冲基金模式，这估计在国内要过几年才有用武之处，目前在泰达也是大材小用。我建议你先待在海外，最好是在美国。”

唐煜非常惊讶：“可我是真心想回来帮嫂子的。”

“这边不缺你一个人，我也会帮杨茗的。但是，我希望你在美国发挥自己的潜力。”

唐煜说：“那我能做什么呢？”

“很简单，在美国成立你自己的对冲基金。”

“这确实是我的梦想，但我既没有初始资金，也没有在那里招揽投资者的能力。”

“你觉得你能做好吗？”

唐煜点点头。

“一开始都是小资金创业，绿光资本的大卫·艾因霍恩（David Einhorn）、第三点资本的丹尼尔·勒布（Daniel Loeb），不都是从几百万美元起步的吗？”

唐煜说：“邵总厉害，您对美国对冲基金圈这么了解。”

邵冲建议他先在美国成立一个对冲基金平台，简单来说，是一个 FOF。

“我本来以为自己对期货市场很了解，但事实证明，我也只是一个平凡的市场小卒。邵总，我领会您的意思了。这对我来说，确实是个好主意。组建平台后，我在策略与人脉上可以积累一段时间，便于几年后更好地成立自己的对冲基金。”

“你这么想就好，我也会让美国的一些朋友协助你成立基金。”

唐煜感觉每次都能与邵冲相谈甚欢。

聊到兴头的时候，唐煜突然说：“不知邵小曼最近如何了？”

邵冲愣了一下，没想到这小子会提这一茬儿：“你去美国的话，不是离小曼更近了吗？”

唐煜感激地望着邵冲：“我总是缺一个真正表现的机会，我觉得，邵小曼迟早会理解我的。”

邵冲表面上与唐煜聊得轻松，心里却想接下来的战场可以说是无比严峻。唐煜的角色在这场战斗中，不容小觑。因为这个对冲基金 FOF 平台，是邵冲布局的一部分。

说实在的，不管是房地产信托，还是对冲基金平台，都是未来战场上的重要环节。未来的重任将落在唐煜肩上。

邵冲对自己的安排很满意，一方面，他解决了泰达发展面临的问题，也开导了唐煜，另一方面，他自己也借助他们，一步一步实现自己的目标，两全其美不正是形容这般情形吗？

邵冲也深知自己的软肋，不由得闭上眼。他一直很欣赏那句诗“本来无一物，何处惹尘埃”，谁让他是一个有执念的人呢？他知道自己在这个过程中，将面临不止一个凶狠角色。

他眼前忽然浮现袁得鱼机智的样子。

袁得鱼仿佛是邵冲永远无法摸清深浅的水池。他有时候觉得，袁得鱼总扮演出人意料的角色，你想把他忘记的时候，他却又在最合适的时候出现在你面前，还出其不意地给你致命一击。

邵冲隐隐约约感觉到，袁得鱼快知道苹果信托的操盘手是谁了。那个人似民国时期谍战里隐藏身份的上线，目前只有自己知道。

邵冲并不清楚，袁得鱼接下来会怎么做。他唯一知道的是，袁得鱼不是简单的对手。

邵冲有些感慨，他得按计划将很多事情一步步推进，时间所剩不多了。他要做的事情还很多，简直是一环扣一环。

杨茗终于按捺不住，问了邵冲自己正在考虑的问题：“有关袁得鱼，你怎么考虑的？”

“袁得鱼入主海元证券后，把业务模式往资产管理方向发展，估计他自己都没想到，他打的是一副怎样的好牌。”

“那怎么对付他呢？”

“一般来说，你只能等他出错牌的时候。”

杨茗说：“万一他一直不出错呢？说不定，他还在等着我们出错牌。”

“那就去布置一个天罗地网，让他不得不陷入其中。”邵冲呷了一口茶，“比如，第一步建一个创业板市场。”

“大多数人把既有的事情做好，就已经难得。但你总是做大潮的造潮人，不觉得辛苦吗？”

“并不是所有人都拥有这些条件，既然我可以，不做岂不可惜？”

邵冲自信地认为，在他的运作下，那一天迟早会来临。

邵冲与杨茗将思绪拉回现实，回到此时此刻的奥马哈。

两人的影子投在酒店的大玻璃上，因灯光变化，若隐若现。

“真的准备好久了，想来有些兴奋！”杨茗摁了摁烟头，“那些对冲基金真的会参与进来吗？”

邵冲望着她的眼睛：“会参与的，以一种你想象不到的方式，从一个口子开始，无限撕裂。”

“那个口子是道乐科技吗？”

五

道乐科技在一天后，就要举办声势浩大的闭市钟（Closing Bell）活动。

邵冲离开奥马哈后，直接赶去了纽约。

当天晚上，他们享用了美食。

纽约的中央公园周边，聚集了全世界最多的米其林餐厅。

在曼哈顿中城第七大道上的贝尔纳丹餐厅，邵冲约了邵小曼与唐煜，他们一起在这里品尝法式的米其林盛宴。

过去几年，凡是中国来的投资者，唐煜都会安排邵冲与其在各种顶级的米其林餐厅享用美食。

整个华尔街金融圈内几乎无人不知，品尝各种精致、新鲜而有创意的菜式，是这位中国金融官员的一大爱好。

唐煜与邵小曼先到，他们在临近窗户的位置望着窗外的风景。

刚见面时，唐煜简直不敢认眼前的邵小曼——她穿着宝蓝色珠光套裙与低调的爱马仕条纹衬衣。

她嘴角轻轻上扬，神采飞扬。

“你气色很不错！”唐煜说。

“你也是，你看起来状态好多了！”

“谢谢你，小曼，你太难约了，我们多久没见了?”唐煜冲着她笑，此时此刻，他的心情很好。

邵冲很快就到了，他对唐煜选择的餐厅赞不绝口。

在来之前，邵冲去了一趟纽约39街露天古董集市，那里的一家老牌古董店进了一批新货。他选了一些匈牙利古董家具，像往常一样，预订了一个集装箱，将运回国送给国内几个大佬。

邵冲望着眼前盘中的帝王蟹，蟹被加工成两部分。一部分是鲜嫩的蟹脚肉，是完整的，已褪去了外壳，底下是自制的芥末；另一部分是浇了青柠香味调料的蟹身，两部分合在盘中，竟组成了一幅写意画。

邵冲用柠檬汁将前味打开，蟹脚肉的韧劲在舌尖回转。他又呷了一口清洌香甜的清酒，美味从舌根开始漫延，他陶醉地点了下头。

每次在海鲜餐馆，自然少不了另一道美食——生蚝。

相比于东岸的生蚝，邵冲更偏爱西岸的岩石生蚝，可能是日照多的关系，生蚝底部的鲜美，与姜汁在舌中混合，犹如天作之合。

他望着繁华的曼哈顿光影交错，仿佛永不厌倦。

这个餐厅，正好直对中央公园。

“这几年你进步神速。”邵冲给邵小曼点了一杯迈泰（Mai Tai，一种饮料），“记得当初你是排斥的，怎么也不愿意去高盛。”

邵小曼回想了一下，邵冲说的没错，如今的自己还挺喜欢这份工作的。

尽管很忙，但每天仿佛都有新的刺激与挑战。接触的人也经常令自己惊喜。比起擅长资本运作的财技高手，邵小曼更喜欢那些传奇的创业者，因为一般能找到高盛做经销商的，都是迈向全球顶尖行列的公司。

有时候，这也是金融的神奇之处。一家有潜力的公司，若没有进入资本市场，恐怕需要十几年甚至几十年的发展。然而，一旦融为资本市场的一部分，不仅在预支信用与价值的同时，公司拥有更多发展资金，最大的好处是在资本平台上，全球各种资源都会涌来，让公司在最短的时间内汇聚不可思议的力量。

那究竟自己是从什么时候喜欢上的呢？

邵小曼脑海中浮现出一张面孔，那张面孔是如此熟悉，经常在回忆中出现。

当时，袁得鱼还住在她那个半山别墅里，想来那段时光尽管短暂，却是邵小曼记忆中最快乐的时光之一。

她还清楚地记得，当时袁得鱼突然要出去逛逛。

他们两个并肩走在山脚下的一个小集市上。

尽管是放空期，但她知道，那时的袁得鱼满脑子还是绝地反击的事。

当袁得鱼望着漫山的美景，他很认真地对邵小曼说："你相信吗？我现在分文没有，但我有种强烈的感觉，我有一天会很有钱。你们之所以富有，是因为你们不仅是庄家，还是规则的制定者。"

邵小曼永远不会忘记他说这些时迷人的眼神。

她总是想进一步了解他。

她有过一个念头，就是如果她在他熟悉的资本世界，他就不会离她太远。

袁得鱼的确做到了，他变得非常有钱。

袁得鱼从唐子风手里夺回了他父亲的公司，邵小曼完全没想到，自己与袁得鱼一起设计的产品竟然在那场被很多人称为世纪大收购的战役中，起到了最关键的作用。

她想到前几天见到袁得鱼的时候，他还是很忙碌。她很想知道，袁得鱼究竟想干什么，为什么总是不告而别。

"爸爸、唐煜，你们最近在忙什么？你们好像情绪特别好。"

唐煜本来端起白葡萄酒要喝，听到这句话，便停了下来。他想了想，不如说些有的没的："一个平台。对了，我见过你上司。"

"平台？"邵小曼想起上次偶遇唐煜，也是好几年前的事了。

"这个你以后会知道啦！中国以后会有一个自由贸易区，所以，我们为这个做准备。既然是平台，就会有很多人参与，还要把一部分人引入国内。你看，我们斜对面那些高楼，正好在公园大道（Park Avenue）上。中国现在的对冲基金也发展起来了，不过就全世界而言，公园大道仍是名副其实的对冲基金大街。”

“中国现在好吗？”

邵冲与唐煜对视了一下，他们都知道，在现在的中国资本市场上疯狂地赚钱似乎是投资者共同的激情所在。大家都在牛市中狂欢，然而，这样的好日子估计不多了。

“明天的闭市钟活动是现场直播吗？”

“是啊，这是一次创新的纪念活动。”唐煜说。

“可道乐科技为什么要搞这样的活动呢？”

“自从道乐科技去年上市以后，就不断创出新高。然而这段时间，美国的股票市场并不怎么好，但道乐科技的股价却一直在上涨。今天正好是道乐科技上市以来股价翻番的日子，不值得庆祝一下吗？”

邵小曼有些困惑：“这样的闭市钟活动真的好玩吗？”

“当然。”唐煜说，心里有着说不尽的得意。

与小曼告别后，邵冲与唐煜一起参加了一个夜晚聚会——唐煜包下了这个时段位于布朗克斯的洋基体育馆贵宾专场。

每年 4 月，美国职业棒球大联盟就开始了。

5 月举办的职业棒球赛已经是赛季的中段，今天这场完全是为了明天的预热。

他们坐在距离扇形棒球场最近的传奇贵宾席——这里有最奢华的包厢，坐在略下沉的座席上，观众随时可以取美味的食物。

一场比赛两小时左右，最好的专席票价是 2 000 多美元。

从这里望向赛场，视野好得不可思议。据说设计师是根据人的视野习惯，寻找了最理想的角度。座位的角度与高度，都是精心设计的。

在这个包厢里，多是美国的金融巨头，也有全球顶尖投行的工作者。他们很久没见面了，一听到邵冲聊危机，一下子有了兴致，马上聊起上一轮美国股灾、雷曼兄弟破产的情况。

“谁让次贷这玩意儿那几年那么火，你不参与就等于让别人赚钱。那个对冲基金小子，叫大卫·艾因霍恩的，沽空了太多，简直疯了，在 CNBC 上一直质疑雷曼，搞得雷曼那个女财务官根本无法回答。听说那小子大学就是辩论队辩手。话说，还是你们中国厉害，市场走势那么强劲。”

邵冲敬酒道：“这次还需诸位大佬助小弟一臂之力。”

美国一家知名银行的执行董事很高兴地喝着酒：“当然，我还记得，上一次金融危机，我们非但没有亏钱，还有浮盈。”

邵冲看着他，意味深长地一笑，在次贷危机爆发前，他间接促成了这家海外机构参与国内最后一家国有银行的股份制改革。这家海外机构持有的成本是每股 1 元人民币。

这家国有银行一上市，股价一下子变成了 10 元，即使遇到金融危机，银行也相对扛跌，股价最终是七八元，这家海外机构直接赚了好几倍——因为它在上市后趁着牛市卖了不少，这笔钱让它有了足够的资本在金融危机中大举并购，把零售银行、顶尖的量化团队收入了囊中。尽管被众人觊觎的雷曼兄弟的固定收益部最终花落花旗银行（Citibank），但这些在前几年对中国有布局的大型金融机构都不逊色，不仅是危机中的幸存者，还不断扩张，成了危机中的大赢家。

邵冲与他们说了那几个重要的环节后，他们忍不住说：“Super deal（超值交易）”！

这个夜场的客人都是唐煜邀请的，他虽然低调地坐在旁边，但时不时地会与那些大佬寒暄。

这几乎是他近些年跟着邵冲跑动的成果。在座的不少都已在中国建立对冲基金，他们的公司很多是中国某对冲基金的主要资金提供方。

他们都清楚，选择与邵冲合作，未来得到的将是不可思议的回报。

这些个人年收入1 000万美元以上的俱乐部金融大佬，各个见多识广，他们都知道如何击中商机靶盘上的准确位置。

赛场上是洋基队与道奇队，比分一直咬得很紧，前四场都是平局。

唐煜心想，不会要到罗斯福加时吧？如果第五局依旧是平局，就会再加三场，一决胜负。很多精彩的比赛都在最后一局逆转，成为传奇。

就在众人看得有点儿疲惫的时候，洋基队突然打出一记漂亮的全垒打，只见球有力地飞过高高的网墙。

下一个是道奇队。他们也打出了一个场内的高球，球就快落下来。这时，洋基队的二垒手轻轻地跳起来，把球稳稳地收在手里。

这时，球场内传来一阵欢呼声，比赛出现了逆转的局面。

唐煜在离开时，环视了一圈。

很多年轻的情侣、上了年纪的老人，在球场的各个位置观看比赛。尽管他们观看的位置不佳，也没有贵宾专用通道、五星级的自助餐饮，甚至被球场大灯刺眼的灯光照着，但他们同样享受着美好的时光。

在美国，从享受生活乐趣的角度看，人们是相对平等的。因为这里的大多数人都懂得享受生活，而很多中国人仍在思考生存问题，可能一辈子也没有进过赛场，听过音乐会。

不过，世界就是这样。明天闭市钟活动更是一个名利场。

六

第二天，纽约证券交易所的闭市钟活动现场热闹非凡。

道乐科技自2014年9月上市，已一跃成为全球最大的互联网公司之一。

邵冲作为国内高科技板块的推进人之一，也是这次闭市钟活动的受邀者之一。

袁得鱼与米尔顿一起在洛杉矶看着电视里的财经新闻。

他想起米尔顿对道乐科技的那个神来之笔，那件往事，瞬间在袁得鱼脑海中浮现出来。

当时，钢铁大战结束不久，因为经济持续低迷，中国做了非常重要的决策——推一些创新型公司上市，正式推出创业板，激励有潜力的企业家创业，发展高科技公司。

作为大型证券公司的海元证券，被要求提出可靠的公司 IPO 方案。

交易所相关人员说，推出创业板是学者型官员邵冲的主意，这个立足长远的建议得到了认可。

袁得鱼看了看可以上创业板的现有项目，最后锁定了一家高科技物流公司火鸟物流，这家公司通过机器人快速分拣包裹，且有自行开发的信息技术（IT）系统。

然而，这家公司有一个问题，它绝对控股股东是国内非常大的互联网公司——道乐科技，道乐科技同时也是这家公司的最大订单商。

按理想的上市模式，这家物流公司管理层的持股比例应当超过道乐科技，这样物流的主业才更清晰，不然，很难符合上创业板的条件。

袁得鱼曾考虑过推荐其他公司，可其他公司问题更多，相比之下，这家公司除了股份分配问题，各方面都令人满意，尤其是管理团队非常有创造力与执行力，他们还超前布局了云仓储。

袁得鱼依旧看好这家公司，他觉得可以与道乐科技沟通一下，反正这样的问题在投行业务中是常见的。

“知彼知己，百战不殆”，袁得鱼发现自己最早跟踪这家公司，还是与许诺在大时代资产的时候。

那时，许诺尽管一直在帮大时代资产做事，但没有彻底放弃海鲜生意，当时用的就是这家公司的网上平台。

在袁得鱼眼中，道乐科技是很有创造力的，尽管多次面临倒闭的风险，但都化险为夷了。公司很长一段时间都在做线上贸易，初期市场不规范，为了扩大规模，它不惜打价格战。等其他网站支撑不下去，收费模式兴起时，道乐科技却分文不收，活活把当时的对手压了下去，最后占据了市场的最大份额。

虽然公司的市场占有率提高了，可负债累累，马上就要用完早期投资者的钱，公司危在旦夕。

所幸道乐科技在全国乃至全球的在线商品市场颇有名气，为了渡过难关，启动了新一轮募资计划，公开寻找战略投资者，不少战略投资者纷纷加入。

原本，道乐科技的风险投资者是一家日本知名的金融机构——硬银集团，但是硬银集团受不了道乐科技的巨额亏损，同意道乐科技找其他投资者一同分担风险。

最终，经过各种谈判，道乐科技将20%股份卖给了美国一家叫YO的互联网上市公司，因为这家公司给的条件最好，是10亿美元的现金支付。YO还表示，它在欧美影响力很大，可以帮助道乐科技进一步打开全球市场。

道乐科技倒也争气，拿了新资金后，挺过了最后一轮价格大战，干掉了所有对手。

所谓胜者为王，也是“剩”者为王。

道乐科技成了国内最大的网上商业公司，除了原先的商对商（B2B，一种电子商务模式）模式，还开启了商对客（B2C，一种电子商务模式）模式，交易量屡屡突破纪录。

道乐科技站稳了线上交易市场老大的地位，尽管外界对公司争议很大，尽管因为商品存在质量问题，每天有处理不完的投诉。

不知受了什么启发，公司做了市场分级，开创了一个新的主打高质量的商铺品牌，同时启动收费机制，保证了商品质量。

很多品牌公司纷纷入驻，道乐科技一下子扭转了局势，破解了双重危机——收费与质量问题。

为了火鸟物流公司上市的事，袁得鱼见了道乐科技的首席执行官费基。

一起去的，还有自营部的冉想与陈啸。

他们在道乐科技会议室等了近一个小时，费基才出现。

费基有一张特征极强的脸，脸特别方，大大的眼珠一直在转，看起来一副机智模样。

费基开门见山："我的助手说了你们的来意，对不起，让我们减少火鸟物流的股份恐怕办不到。我们一直希望与火鸟物流有更紧密的合作，物流是我们商业网络线下最重要的环节。"

袁得鱼说："一来，我们并非让你们退出火鸟物流，火鸟物流的独立上市对你们来说没有任何坏处；二来，以你们的实力，为什么不考虑重新做一个呢？这对公司的利润更有帮助。"

"袁先生，你是做金融的，恐怕不了解实业的辛苦之处。我们当时看好这家物流公司，不仅因为它的机器人技术，还有它的数据分析能力。一旦到了技术层面，有些事情是靠运气的，这个团队已经形成了非常好的科研氛围。"

袁得鱼沉默了一会儿："你还记得一个叫许诺的女孩给你们写的一封公开信吗？"

在道乐科技打价格战时，许诺怕自己开在道乐科技的商铺出问题，让袁得鱼出主意。

当时，网上一篇建议文章引起了道乐科技高层的重视。正是接受了这个建议，道乐科技推出了一个全新的网上商铺正规品牌——天乐商城，同时形成了一套更高效的奖惩机制——网络引流的奖励制度和惩罚制度，即把一些劣质产品排除在外，并进行分层营销，从而逆转了质量危局。

"原来是你的主意！"费基好像明白了什么，"不过，即使如此，还是不行。"

"我们曾经做过一个仓储类上市公司的承销，还有一些非流通股，如果感兴趣，我们可以做股权置换。"

“这可以谈谈。”

这次会面，谈得比袁得鱼想象的顺利。

冉想走出来后，问袁得鱼：“为什么最终他会答应股权置换呢?”

袁得鱼笑笑说：“他知道，数据分析是可以学习的，而仓储资源是不可复制的。正好我们承销的那家公司买了很多仓储用地，想转型，更关键的是，它同意让道乐科技做大股东。要知道，收购足够的仓储点，是道乐科技这类网上商业公司一直在布局的事。”

“那为什么这家仓储公司愿意让道乐科技做大股东呢?”

“如果是仓储股，市盈率就算是10倍左右，投资者都嫌贵。如果是与互联网公司合作的物流公司的股票，市盈率估计50倍都打不住。你愿意做鲸鱼的一部分，还是整条热带鱼呢?”

陈啸补充道：“是的，关键是这两家物流公司的定位并不矛盾，它们有互补性，这样交叉持股，对道乐科技整合资源是非常有利的。这比它掌握火鸟物流，对公司股价的帮助更大。况且，费基也知道，火鸟物流管理层对道乐科技拥有过多股权有些排斥，想另立门户，这次算是顺水推舟了。”

没过太久，管理层控股的火鸟物流，在袁得鱼他们的运作下，在创业板上市。

袁得鱼记得上市敲钟的时候，邵冲也在。那天，邵冲还颁发给海元证券一枚纪念奖章。

让袁得鱼麻烦米尔顿的，也与道乐科技有关。

当时因为与道乐科技一来一去，费基与袁得鱼也算成了商场上的好友。

当时，费基特意到海元找袁得鱼，说他为一个事情发愁。

袁得鱼当时有些不敢相信，因为费基也算是身经百战，能有什么需要他提供建议的呢?

原来，费基正在准备启动道乐科技的赴美上市计划。

“目前，我们遇到了一个难题。你也知道，公司为了度过危机，又考虑YO公司在海外的资源，就将40%的股份卖给了它。然而，

YO 公司以网络新闻为特色的影响力随着社交媒体的更新与移动手机的迭代，已日渐衰微。”

袁得鱼问：“难道你想让它把股份吐出一部分，转移给更强的战略投资者?”

“这并不是关键。事实上，我们道乐科技旗下除了网上商铺平台外，还有很多业务，我想把一些业务剥离出来。我看重的是金融业务，我想让这块业务保持独立，便于未来上市。但是，按我们现在的股权结构，外资占了大比例，尽管 YO 公司给了我们团队充分的决策权，但它也拥有一票否决权。如果把金融业务剥离出来，我猜它不会同意。但我又迫切希望道乐科技在上市计划启动前，把这个事情理清楚。”

“那你为什么只考虑 YO 公司，而不说硬银呢?”

“也考虑过，只是硬银一直很稳定，没有减少股份的想法。另外，它也是我们最早的股东，在我们创业初期对我们帮助不小。YO 公司拥有那么多股份不合理，难道不是吗?”

“你们创始人股东的股份确实少得可怜，还能通过其他办法增加吗?”

“目前看来有些难，因为 YO 公司近两年的股价涨幅与我们公司的利润涨幅几乎成正比。据我了解，现在投资者之所以投资它，看重的是它拥有我们道乐科技 40% 的股份，它拥有的股份那么多，不利于我们公司的发展，不是吗?”

“与它谈过吗?”

“它提出，如果我们买，要支付当前估值的 100 倍，这太夸张了。”

“这的确不可能。”袁得鱼想了想说，“给我一些时间。”

费基只是与袁得鱼提了一下，没有抱太大期望，因为这件事他自己想了三年多，都没有特别好的解决办法，像是创始人与投资者之间的难解之题。

袁得鱼立马想到了一个人。他想起钢铁大战结束后，他就接到了米尔顿的电话，并说可以答应他一个要术，作为错看他的一个补偿。

道乐科技的上市环境以及股份难题是米尔顿所熟悉的。

与费基交流后，袁得鱼马上飞到洛杉矶，直接去了米尔顿研究中心。袁得鱼见米尔顿坐在花园里，他开门见山地说："能帮我一个忙吗？"

米尔顿看到他后，呷了一口伯爵茶，说："你让我间接赚了2亿美元，就等你开这个口。也是巧了，我预感你会来。钢铁大战后，我一直在等你。"

袁得鱼在他旁边的藤椅上坐了下来。

这时，草地上跑来一只大型犬，米尔顿摸了摸它的毛："那次钢铁大战太过瘾了，你彻底教训了一下黑杰克。"

"我只是帮一个兄弟。"

"好吧，说说你的要求，我看看可以为你做什么。"

"是一家科技公司，这家公司遇到点儿麻烦。"

米尔顿看着袁得鱼，钢铁大战的每个环节如今还历历在目。这个年轻人对诸多金融技能都已经掌握了，还会有什么让他觉得为难呢？

他脑海中排了一下："如果我没猜错，是因为'契约'，是吗？"

袁得鱼眼睛一亮，狠狠点了下头："没错。可这对我来说，也是个机会。因为我也想借此持有一家新公司的一些股份。"

"为什么想持有呢？"

"直觉告诉我，这会是一次非常不错的投资。"

"有趣。"米尔顿耸耸肩。

米尔顿看过资料后，忽然眼睛一亮。

他在一份合同上画了几条关系线。

袁得鱼沉思了一会儿："我好像懂了，在中国有个成语是暗度陈仓。"

“只不过，具体环节需要你自己设计。”

这自然难不倒袁得鱼。当袁得鱼以最快的速度出现在费基面前时，费基多少有些惊讶。

他不相信这件在他脑海里盘旋那么久的事，与袁得鱼说后的一周内，袁得鱼就找到了办法。况且，袁得鱼是如此年轻。

袁得鱼开门见山地说：“我现在确实有了主意，作为交换，我希望获得你们公司的一部分股份。”

“我们确实会对外进行股权募集。”

“不，我要的是现有框架下的原始股份，不是增募的部分。”

“这个价格可不低哦。”

“所以，你知道我对这个方案多有信心。”

费基还是有些疑惑：“你也清楚，我们现在的股权结构是，管理层拥有30%，硬银拥有30%，YO公司拥有40%。对我们来说，在各方面都很被动。即使我们与硬银联手，也无法达到公司章程或者大多数上市公司协议中规定的大多数股份，更何况，每一方都拥有一票否决权。”

“那我问你一个问题，根据你上次说的，你想把你想要的资产从框架下剥离出来，我们跳开股份，也能做到呢？”

“这怎么可能？我没从这个角度想过。”

“这的确是个难题。可如果我处理完了，就给我这个数目的股份。”

费基看着袁得鱼的眼睛，心里还是极度怀疑，他同时看了一眼袁得鱼在手机计算器上输入的数目。说实话，这不是一个小数目，但恰好没超出他心里的底线：“你果然很有经验，这些股份可以说是我能让渡给机构最多的股份了，同时，也没破坏我们的股权激励机制。”

“当然。”

“前提是你的方案是可行的。”

“如果你有顾虑的话，可以先小人，后君子。我们签署一份对赌协议，如果做成，你们按1∶1的价格给我们。如果没有办成，你也没什么损失。而我只是为了获得一个机会。”

“我还是觉得太贵了。”

“我们有办法把那个资产从整个盘子里剥离出来，难道不值这个价吗？”

当他们把对赌协议签完，袁得鱼扔给了他方案。

费基看了后就吃惊不小。

费基吃惊的是，这个方案的操作完全超出了他的想象。就好像，你在画一幅画的时候，以为只能用面前几种颜色的画笔画，你甚至可以想象出这幅画会是什么样子。然而，这个方案却让整幅画呈现出其他色彩，可能用了不同画笔，也可能用了不同质地的纸，整幅画看起来就不同了。

总之，费基点点头：“果然可以试试。”

七

此时此刻，袁得鱼在米尔顿面前一边笑嘻嘻地谈论自己的主意，一边看着电视中直播的闭市钟活动画面。

米尔顿看着袁得鱼：“神奇的小子，那家公司顺利上市了，看来你一切都搞定了。你这次来，不仅是叙旧吧？”

袁得鱼点点头：“这次见你，的确有一件重要的事。我知道，2015年5月后，一场大危机可能会发生，或许是未来一场漫长战役的开端。可直到现在，一切都风平浪静。我想知道，导火索会是什么？”

米尔顿看着他：“你为什么觉得我知道呢？”

“当时美国爆发次贷危机，第二年，你麾下的干将们，都赚了一大笔钱。在你看来，现在的中国是否也可能出现类似的情形？”

“现在你们不正处于大牛市吗？”

“我有个问题。”袁得鱼说，“当时你们集体通过购买雷曼高收益债发了财，可你们不担心风险吗？”

“巴克莱（Barclays）才是最大买方，我们有什么好担心的。要说真正的赢家之一，是你们国家的主权基金R基金。你们的R基金在2007年以22亿欧元成为巴克莱大股东之一。除此之外，日本的山口株式会社也是巴克莱的大股东，可见资本玩家另有高人。在这场游戏中，我们只是乐队的贝斯手。”

袁得鱼感叹，雷曼作为强大的百年投行，最后竟然成了全球野鹰争抢的肥肉。

“你们有没有想过，R基金为什么能成为巴克莱的大股东？”

袁得鱼知道，作为中国主权基金之一的R基金，拥有让全世界都惊叹的资产管理规模。难道这与邵冲现在的布局有关？他现在在布局什么？到底有哪些人在参与？

袁得鱼问道：“如果有人想设计一个乱局，你觉得他们会怎么做？”

“如果现在真有人这么做，我不会觉得意外，目前是最好的趋势机会。你看，2008年雷曼兄弟倒闭、美国次贷危机，现在是恢复期，恢复期往往意味着重新洗牌。作为全球顶级金融玩家，真功夫不在牛市，而在惨淡恶劣的市场环境中。如果在乱世，真有人想折腾什么，影响力是不可限量的。”

“你是说？”

“我曾目睹黑杰克他们一口口吞掉雷曼，可据称雷曼有‘19条命’。谁都没想到，它在2008年竟会有5 000多亿美元负债，82亿美元的亏损。然而，另一群聪明的人，在灾难后的一年，平均赚了少则60%～70%、多则好几倍的收益，这是多么可怕的利益转移，甚至比当年垃圾债的杠杆收购更可怕！你再继续往下想，现在，他们相当于拥有了更多资本，可以撬动更大的杠杆。你觉得什么比雷曼兄弟的体量更大呢？”

“更大的公司？跨国公司？”

“你再想。”

袁得鱼想到了什么，背后有些发凉，闭起眼睛："你是说国家？一个国家其实就是一个大型公司，它用同样的方法，去撬动，去挖空，去吞噬。"

海元王牌自营部的年轻人不知什么时候也凑过来看电视。

冉想像是听到了什么，想起最近的希腊危机："国家？你是说欧洲的国家吗？"

袁得鱼也想起希腊，作为欧盟成员国之一，简直像一个笑话。

前不久，希腊公布了2009年政府财政赤字，公共债务占国内生产总值（GDP）的比值达到了113%。数据显示，2014年希腊负债与国民收入之比高达192%，意味着希腊的老百姓每挣一块钱，都要背负约两块钱的国家债务。

可欧洲这么多国家，为什么希腊最早发生危机？为什么这么弱的希腊会加入欧盟？

记得2001年希腊想加入欧盟，但不符合条件。因为根据欧盟规定，成员国的政府财政赤字不能超过GDP的3%，希腊是5.2%。

"当时希腊是怎么进入欧盟的？"袁得鱼问道。

冉想说："这个我们在课上学过，当时美国有家机构帮希腊发行了一笔100亿美元的债券，原本可以收回74亿欧元，结果那家机构把汇率调整了一下，就收回了84亿欧元，刚好多出10亿欧元。这10亿欧元相当于那家机构借给希腊的现金。用这10亿欧元偿还债务后，希腊政府的财政赤字仅相当于GDP的0.7%，于是进入了欧盟。"

袁得鱼说："那家机构我知道，是黑杰克的同盟者。这么说来，黑杰克的公司很可能是相关利益体，也在这一计划中。"

陈啸说："有这个可能，我当时在纽约曾听人说过，在纽约的一家私人会所里，很多金融炒家在一起召开会议，包括索罗斯、约翰·保尔森，还有另外一个人。他们三个人主张全面阻击欧元，并在这天把欧元抛空高售。自那一天起，赌欧元跌的人在数量上是赌欧元涨的人的100多倍。后来，欧元对美元的汇率急速下跌，希腊危机也从那天开始急速发展。很多人说，这看似是个小聚会，实则是影响国际金融市场走向的重要会议。”

袁得鱼顿了一下，说：“我现在最担心的，不是以黑杰克为代表的海外机构击败我们，而是……”

“里应外合？”丁喜说。

袁得鱼不知为何，他又想到了邵冲。

他不知道邵冲会做什么，最近看到他的时候，感觉他隐藏得很深。可在国内金融市场上能纵横捭阖的，放眼望去，只有他了。

袁得鱼好奇，除了黑杰克，还有谁会参与其中。再说，与黑杰克联手只是一种推测，邵冲会与其他类似机构联手吗？

难道是刚才米尔顿提示过的山口株式会社？

袁得鱼简直不敢往下想。

他想到，邵小曼说他们有个大计划。

如今看来，整个大计划只差一个导火索。

“导火索在哪里？”袁得鱼若有所思。

“导火索在哪里？”米尔顿看着他，重复着他的话。

第六章　创业板之殇

荡荡上帝，下民之辟。疾威上帝，其命多辟。天生烝民，其民匪谌。靡不有初，鲜克有终。

——《诗经·大雅·荡》

一

5 月 26 日，道乐科技的闭市钟活动在纽约证券交易所举办。

在闭市钟活动上，有 10 多个人站在二楼的内阳台拍照。

邵小曼也来了，唐煜拉着邵小曼在镜头前做鬼脸。

这家高科技公司，可以说是赴美上市的中国概念股公司中最成功的一家。

此前，在美国上市的中国概念股公司，是一些新能源类的公司。近些年，又以互联网公司为主，有社交网站，也有互联网商务公司。

这家备受瞩目的互联网公司的闭市钟活动，像是在资本市场上投放的兴奋剂。

现场热闹非凡。

道乐科技刷新了中国的创业板。当天，国内刚好有一家视频播放公司在 A 股上市，第一天就暴涨了 130%。

袁得鱼与米尔顿看着屏幕，总觉得哪里不对劲儿。

袁得鱼想起最近 A 股的疯狂，比如有家与道乐科技非常相似的在 A 股上市的公司，规模只有道乐科技的 1/10，市值已经达到 500 亿元，最近拉出了 10 个涨停板。

闭市钟活动结束，唐煜与邵小曼在林肯中心附近的一家法式餐厅吃饭。

“你在投行，经常参加这样的闭市钟活动吗?”

“倒也不是，因为我们承销的项目太多了，很少会去为哪家公司专门捧场，只是当作一个个业务去完成。这样大张旗鼓地直播，也是很破天荒呢!”

“也对，以你现在的职位，如果去捧场，别人还以为你在偏袒哪家公司，说不定股价都会发生变化。”

“哈哈，你也太高估我了。”邵小曼轻轻地啜了一口白葡萄酒。

“小曼，你知道吗？这次能邀请你参加活动，我真的很开心。”

“其实，有段时间我很担心你。我曾联系过你，但你换了电话号码，好像故意离我很远似的。我想，你当时应该责备我参与设计了那个衍生品。”

“衍生品？哦，你是说泰达那个事，真的早就过去了。”如果放在几年前，唐煜或许会有些难过，可如今，他想起未来有更大的目标，自然也就看开了。

“你心情出奇地好呢!”邵小曼说。

“是吗?”唐煜不好意思地笑了一下。

“你在帮我干爸做事?”

“你消息还挺灵通。”唐煜想着那个大计划，颇兴奋。在他看来，邵冲是个非常厉害的角色，自己总能从他身上学到很多，但他行事总是滴水不漏，有时候，真看不透他究竟在想什么。

在邵小曼眼中，唐煜有些不一样了，好像揣着什么秘密。

此时此刻的袁得鱼，盯着米尔顿的眼睛，将所有的事情串联起来了。

2009 年，创业板迎来首批上市公司。自 2012 年起，创业板市场被“悄然引燃”，但真正的主升浪的出现与道乐科技 2014 年 9 月上市同步。当时，萎靡很久的中国创业板市场彻底被点燃，一路疯狂上涨。道乐科技为什么选择在这个时候做声势浩大的闭市钟活动呢?

这时，袁得鱼接到一个电话，是邵小曼打来的。

他与米尔顿打了个招呼，出去接听了。

邵小曼有些匆忙：“得鱼，我在和唐煜吃饭，他去洗手间了。他喝得有点儿多，刚才不小心说要引爆什么大计划，会不会与你们有关？哦，他回来了，那就这样。”

他坐到米尔顿对面，忽然说：“我要回国了。”

袁得鱼显得很淡定。

米尔顿看着他，吐出一句：“知道导火索了？”

“我不知道这个感觉是否正确，道乐科技搞闭市钟活动直播注定会引起财经媒体的密切关注，媒体自然会对这家公司进行评价。美国的财经媒体一向以独立性与专业性著称，它们会发现，中国创业板的估值……”

米尔顿不说话，只是好奇地打量着他。

袁得鱼意识到，此时此刻的上证综指快突破5 000点了，虽然自己身经百战，但对这样大的涨幅，还是觉得不可思议。

照理说，那群人设计了那么多毁灭经济动力的招数，没有理由任凭创业板疯涨。因为创业板里集中了很多新兴产业，代表中国未来发展的方向。即使是泡沫，按熊彼特（Schumpeter）理论，也对那些公司的发展是极为有利的。而且，泡沫对上市公司有外生效应，可以让它们上下游产业并购重组，然后重生。

袁得鱼看着创业板从最初的919.31点，跌到585点。很多专业投资者说，在创业板上市的公司确实不值钱。

不过，真正的底部总会到来，仿佛谁都快忘了这个市场，就好像在黑夜里，扔一块石头到湖里，石头只会静静下沉。

然而，自2014年年底以来，不只创业板，整个A股都变成了牛市，这让习惯了冷清、缓慢震荡的股市的袁得鱼，一时半会儿难以适应。

顺势而为的袁得鱼知道，这是该出手的时候，海元证券经过两年的养精蓄锐已经壮大了。

邵冲他们最近倒是没什么动静，或许就像他们后来所言，是在酝酿更大的战斗，或者说是绝战。

袁得鱼想起，他在美国的时候，很多人知道他是中国人，都忍不住问他，有没有可以推荐的中国股票。在他们眼中，上证综指在那么短时间内就翻倍简直不可思议，更何况那么多只股票都翻了10多倍。

他眼前浮现出前几天在奥马哈希尔顿酒店的那几个人，于是他打开纽约证券交易所的推特——当天的活动照片已经被发布在上面。

袁得鱼看到后不由得闭起眼睛，让身边的人看照片。

丁喜一下子反应过来，有几个正是前几天在希尔顿内部会议上的人。

“鱼哥，你觉得他们要搞什么？”

袁得鱼意识到，他预感的危机很快就要来了，这就是他们所说的大计划吗？如果真有什么大计划的话，那么，道乐科技的上市，就可能是他们大计划的第一步。

如果没猜错，以移动互联网公司为核心的创业板是引燃导火索的关键。

他觉得可笑，因为道乐科技上市也有他的一份功劳。没想到，自己竟然是导火索的一部分，还真是讽刺。

他仿佛可以听见股市里阵阵惨叫的声音。

不行，他必须阻止这一切。

袁得鱼他们一群人马上回到了国内。

他们发现，5月27日当天股市并没有异样。

袁得鱼打了几个电话给香港一起承销道乐科技的机构里的几个朋友了解情况，就心知肚明了。

他们都说是邵冲他们故意推动了闭市钟活动，这不是一家上市公司的常规活动，而是一次全球性的网上直播。

他的经验告诉他，在市场的第一次巨幅震荡前，最好将自己在市场上的所有头寸全部清空。

市场是会提前给出逃生机会的，只是很多人没有察觉或不愿意接受这个现状。

他一直等待的日子，很快就要到了。

2015 年 5 月 28 日，出现了牛市以来第一次惊人下跌——创业板直接下跌 5. 39% 。

这对于高手来说，是个可怕的信号。

“全部清空！”

“鱼哥，你确定吗?”

“是的。”

“那你为什么不做空呢?”

“清仓就好，这是我可以做到的底线。”

丁喜深深地吸了一口气，他感觉到即将发生的绝不是一场普通的危机。

不过，随后几天，市场又恢复了，进入狂涨模式。

“鱼总，会不会是我们搞错了？我们之前抛掉的股票，股价都创新高了。”

袁得鱼在网站上看到了西方媒体对道乐科技的评价，它的股价也开始调整。而此时此刻的中国 A 股依旧保持着强劲势头，没受任何影响。

然而，这已经印证了袁得鱼的判断。

“我们都卖完了吗?”

“按你的意思，这几天一直在出货。”

这天，袁得鱼看到了一个宏观面的消息，心里暗暗想，不好了。

果然，A 股在所有人不经意的时候，开始大幅坠落。

而创业板，几乎是急转直下。

创业板上演了一场考验耐力的拉锯战。

很多人看到大跌，依然非常兴奋，因为股市涨到现在，一直没有像样的回头，“千金难买牛回头”，不少人赶紧加大了仓位。

对于一些踏空者而言，这是个千载难逢的进场机会。一些一直在市场中的交易者，习惯了每次大回撤时加仓，甚至不惜拿出更大杠杆，此前那么多次不也是这么过来的吗？每次都撬动了更多收益！大量资金在这个时点涌入。

然而，在海元证券内部，各个团队都在紧张地清理头寸，因为头寸太多，每个人都忙得焦头烂额。

“确定吗?”韩鉴问道，“从技术面看，应该还有一波涨幅。”

丁喜很确定地说：“鱼哥好像还从宏观面分析了一下。他总说胜利的关键是有风险控制能力。毕竟，比别人跑得快是很难，但不摔倒还是可以控制的。”

二

与邵小曼分开后，唐煜给邵冲打了电话：“小曼果然告诉袁得鱼了，创业板第一波震荡开始了。”

“干得很好。”

邵冲：“不过，我们只要一个导火索，我会让杠杆把这个趋势做得更明显。但是，让袁得鱼逃避并不是我们的本意。你想个办法让他失去方寸，借这场危机，伤一下他的元气。”

“好的，交给我吧。”唐煜想着袁得鱼会有什么弱点。

他想起袁得鱼与泰达决战的时候，有几天似乎不在状态，打听后才知道，他与许诺分手了。

许诺，会不会是袁得鱼的弱点呢?

唐煜对这一点不是很有把握，他决定回佑海探个究竟。

唐煜飞回佑海，好不容易找到了许诺的餐厅。

唐煜踏进许诺餐厅的时候，恍若隔世。

他原本以为许诺既然在袁得鱼的大时代资产待了那么长时间，是会留在金融圈的，没想到许诺会自己开餐厅。

这个餐厅的地理位置还算不错，在静安寺后面的乌鲁木齐路与南京西路交会处，街道旁是一棵棵高大的梧桐树。

这附近还有不少特色餐厅，既有川味火锅店、讲究格调的西餐厅，也有简单快捷的快餐店，这里似乎是个考验店主水准的地方。

这家餐厅外面平淡无奇，里面却很特别。它与很多店不太一样，甚至有些怀旧，就好像到了一个集贸市场，你可以随意点海鲜，区别在于，海鲜中间，有很多长长的原木桌，供食客享用海鲜自助餐。

照理说，这样的自助餐厅没有隔断，总会乱哄哄，这里却格外安静。

开放式厨房后面，站着他想找的女子。这女子的气质也像这个餐厅一样，虽没有惊世的容颜，但有讨人喜欢的风格，还很耐看。

许诺看到唐煜后，有些吃惊。

许诺认识他，虽然他们没怎么交流过，倒也是相识很久了。

许诺不知道他为什么会出现在这里，也不知道他是怎么找到这里的。

唐煜似乎早就看透了她。

他在许诺的餐厅吃完饭后，递给站在送菜窗口边的许诺一张名片，说："晚上 11 点，金家嘴'一点红'见，与你聊下袁得鱼的处境，他会遇到麻烦。"随后，他就离开了。

唐煜知道这多少有些突兀，心里却有一种莫名的自信，认为她一定会来。怎么说呢，这就好像一个他认识的人，就算不熟，若告诉他邵小曼将出什么事，不管什么来意，他绝对会赴约。

尽管邵小曼与他至今都不算亲近，但他依然执着。唐煜从许诺眼里，看到了与自己同样的感觉。

"一点红"是金家嘴滨江边一家西餐厅。

唐煜选了一个靠窗的位置。他望着东江，喝着他最爱的美式咖啡。

唐煜心想，这次他邀请的女子是他平时生活圈子里最不多见的，没有姣好的身材，也并不注重打扮，或者说，就算打扮，也没有品位可言。

对唐煜来说，这样的女子显然是缺少吸引力的，他甚至不理解为什么袁得鱼对这个女子始终放不下。

唐煜看了一下手表，已经是晚上 11 点 10 分了，人还没有出现。

难道自己的判断错了？

他有些落寞地看了看江上的景色，几只水鸟在夜空中飞翔。

“唐先生？”一个好听的声音传到他的耳边。

唐煜抬头一看，是许诺，她穿着一件花格子连衣裙。

他绅士地示意她坐在对面的座位上。

许诺对唐煜一直有种距离感，所以她犹豫了，但一想到与袁得鱼有关，还是来了。

眼前的唐煜，比下午在餐厅时看起来亲和多了。剪裁精致的西装马甲、修身的白色衬衣更使他帅气逼人。

唐煜发现，尽管这个女子没有邵小曼长得那么精致、立体，倒也有别样的气质。她的眼睛那样清澈，看起来率真而美好。

唐煜递给她一页酒单，问她喝什么。

许诺推开：“随便点一种没酒精的饮料吧。”

唐煜点了下头，为她点了瓶高档有气矿泉水。

“我们其实也算认识很久了。”唐煜笑了笑。

“还真是很多年了。”许诺想起了早些年股市上的决战，还有那次去南岛找袁得鱼的事，“对了，你有重要的事找我？”许诺故意把想说的“与袁得鱼有关”的话吞了下去。

唐煜笑笑：“如果不是我提他，你是不是就不赏光了？如果我只是为了见你找个借口呢？”

许诺没想到他会这么说，有些不明所以地望着他，觉得他不再是当年那个意气风发又直率的公子哥了，她揣测着他的真实意图。

“你看，今天天气这么好，江风徐徐，明月高悬。”

“唐公子，如果你没什么事的话，那我就走了。”许诺觉得唐煜有点儿奇怪，再加上她对他本来也没什么好感。

“哈哈，袁得鱼喜欢的女生果然干脆利落，我刚才与你开玩笑呢。我认真与你说吧，我要说的这件事的确与袁得鱼有关。”

许诺的眼睛眨了两下，重新坐了下来。

“不妨直说，我们在做一个大计划，袁得鱼恐怕很难幸免于难。”

“大计划？很难幸免于难？你太高估自己了，你可一直是他的手下败将！”许诺回应得毫不客气。

“我从来不高估自己。如果是我一个人，那我这么说，你不信也正常。但这次不是我一个人，而是有很多高手与我一起。这几年，我们把全球的顶尖机构都请教了个遍，与好几家已经达成了深度合作。这次，袁得鱼肯定会遇到麻烦，你到时候就知道我说的了。”

“那你为什么要告诉我呢？”许诺觉得奇怪。

“因为我们都是可怜人！”唐煜指了指许诺，又指了指自己，“你还爱着袁得鱼，对吗？我知道最近袁得鱼去美国的时候，还去找了邵小曼。当时，我正好也想找邵小曼，就去了她常去的一个酒吧。没想到，正好撞见邵小曼从里面出来。你猜我看见了什么？她牵着一个男人的手开心地笑。我一看，这不是袁得鱼吗？后来他们一起上了车，她一直把袁得鱼送到了酒店。知道我为什么知道她去了酒店吗？因为我打了出租车跟在他们后面。我也不知中了什么魔，就坐在酒店大堂里等着小曼。我知道自己不理智，可那一刻的我，就是那么顽固。可是她一整晚都没有出来！”

许诺低下头，她柔软的心像是被什么尖锐的东西刺了一下，她发了一会儿呆，说：“其实，只要对方幸福就可以了，不是吗？”

“不过，你比我幸运，我觉得袁得鱼还是喜欢你的。而我，最多只能算小曼的朋友。”唐煜抬起头，眼睛红红的，仿佛在控制自己的情绪。

许诺有些心软了，忽然想安慰一下眼前的男人。毕竟唐煜也有令人同情之处，父亲与兄弟都一一离他而去，他自己又始终得不到那个他最爱的女人。尽管她受不了唐煜总是与袁得鱼一副不共戴天的样子，但是可恨之人必有可怜之处。

“许诺，真的！”唐煜忽然认真地看着许诺，眼睛又望向江边，慢慢地说，语气流露出伤感，“我这次真的替袁得鱼担心！”

唐煜又喝了一口咖啡：“这一天，我们的确准备很久了。是的，袁得鱼是个天才，但毕竟毫无防备，你说一个武术再高强的人能拼得过机枪吗？况且，还是将他引入陷阱，我们埋伏在暗处。”

许诺半信半疑地看着唐煜：“那你打算怎么做呢？”

唐煜轻轻摇了摇头：“我知道你不相信我。可你不用掩饰，你一直没有忘记他，对吗？”

许诺怔了一下，不说话。

唐煜说：“对不起，我今天对你说这些，有些冒昧。这些天压力太大，没有人可以倾诉，谢谢你能听我说这些。虽然我恨袁得鱼，但我与他毕竟兄弟一场，那么多年了，我该放下的也都放下了。但是，这个大计划越临近，我越觉得透不过气。”

“你为什么告诉我呢？你不担心我告诉他吗？再说，你既然也过意不去，那收手不更好？”许诺还是琢磨不透他。

“我真是无能为力，这就像在轨道上滑行的火车，由不得我控制。我之所以找你，忍不住对你倾诉，可能是我对你莫名的信任，你我毕竟同病相怜！”唐煜突然把脸凑近许诺，“我终于知道袁得鱼为什么喜欢你了，你还是很耐看的。”

许诺本能地转过头。

“我本来还在想袁得鱼喜欢你的原因。现在，我一点儿都不觉得奇怪。你看，我在你心中也算是个危险的敌人，可你为了他，都不顾自己的安危，就独自赶来了。”

听他这么说，许诺想立马就走，可忽然觉得头沉沉的，眼睛模糊起来，她隐约想起唐煜刚才为她倒有气矿泉水时，手盖了一下杯子。她用最后的力气，拨了紧急电话号码。

许诺醒来，发现自己躺在一张陌生的床上，她看一看周围的环境，惊出一身冷汗。

她看到了丁喜，惊讶万分，可他正哭丧着脸坐在她对面的椅子上。

“这是哪里？”许诺问道，她有些害怕，不知道在“一点红”发生了什么。

“幸好上次帮你送货的时候，在我的手机上设置了你的手机定位。你给我打电话，我没接到，我再打过去，你已经关机了。我担心你，就根据你的手机定位找到了这里。可我到的时候，你躺在床上，到底发生了什么？是不是有人欺负你了？”丁喜生气地握紧了拳头。

许诺顿时崩溃，感觉身体有些异样：“难道唐煜……”

“唐煜怎么你了？”

许诺愣住了，记忆被一点点儿唤醒。

唐煜一边凌辱，一边说：“袁得鱼有多在意你，就有多心痛！哈哈哈！”

许诺的眼泪流了下来，她认识唐煜很长时间了，怎么现在像是变了一个人，甚至比他哥哥唐焕更可怕。

许诺疯狂地抓着头发：“你知道吗？唐煜说这样做，是为了报复袁得鱼，他说我是袁得鱼的软肋！”

“天哪，我要跟他拼了！我要告诉鱼哥，让他提防唐煜！”

“不要告诉袁得鱼，不要让他担心。”

“你自己受了这么大的伤害还替他着想。”丁喜突然又站起来，“我先陪你去医院看看。”

丁喜怜惜地望着许诺，对许诺的情愫越发强烈了。

他们去了医院，许诺如五雷轰顶，并不是幻觉，她果然被唐煜欺负了。

“真是禽兽！我们赶紧报警。”

“不要，现在是关键时期，不要惊动大家，等这一段时间过去再说。你答应我，千万别告诉袁得鱼，他最近要面对很多事。如果他受到影响，就中计了。你也不要去，你已经进过一次监狱了。”

“许诺！”丁喜既心疼又难过，握紧拳头的手发出“咔咔”声。

三

邵冲看着疯狂的盘面，兴奋至极：“海元果然在大撤退，我们的资源赶紧跟上，在期货市场上再猛砸一下。赶紧与他们说，布置股指期货空头。”

唐煜在一旁笑着说：“估计过不了多久，袁得鱼会发现真相。”

海元证券自营部这几天一直忙着撤仓位。

“鱼总，公司下面很多产品都是结构化产品，我们也强行清盘吗？”

“是的，动作要快。”

就在他一边看盘面，一边撤资金的时候，意识到海元这段时间是市场上最大的结构化产品源头之一。他撤资金是因为可以放大10倍以上的资金杠杆，而且，他此前的头寸是在创业板上，这些加起来……

2015年6月11日，海元证券所有产品与自营账户的平均收益锁定在218%。

他发现，他的抛盘让公司砸出了一根奇怪的上影线。

袁得鱼惊出一身冷汗：“天哪，原来是这样！创业板是个那么深的诱饵。他们在道乐科技的闭市钟活动上，给了我一个信号，我就一直在疯狂撤出！”

自营部的几个人围了过来，也都惊出一身冷汗。

韩昊马上打算重新入一些单子，均匀一下。

“赶紧停手！”袁得鱼立马阻止他，“来不及了！”

只见盘面上，卖单果然像瀑布一样，奔涌而出。

海元自营部所有人都在屏幕前怔住了，就像看到一座正在喷射的火山，岩浆漫延开来，而人们还浑然不觉。

“鱼总，要不要开空单？”

袁得鱼摆了一下手。

他们眼睁睁地看着这场灾难发生。

袁得鱼苦笑起来：“天哪，这个灾难的爆发点我找了那么久，原来是我自己！”

紧接着，一场大灾难来临。

6 月 12 日，上证综指 5 166 点收盘。

相关部门对券商发出内部通告，要求暂停场外配资新端口的接入，清理场外配资。

海元已做了，正是这个成了股灾真正的爆发点。

6 月 15 日周一，上证综指下跌 103 点，跌幅 2%。

6 月 16 日周二，上证综指下跌 175 点，跌幅 3.47%。

6 月 18 日周四，上证综指下跌 182 点，跌幅 3.67%，报收 4 785 点。

6 月 19 日周五，上证综指下跌 307 点，跌幅 6.42%，报收 4 478 点。

这次暴跌出乎大部分人的意料，各大媒体开始聚焦股市的巨幅波动。

6 月 20 日，端午节，周六休市。

接下去，真正的故事开始了。

6 月 23 日周二，上证综指反弹 98 点，涨幅 2.19%。

沉浸在牛市中的股民，感觉牛市又回来了，周五止损的投资者又开始进场。

6 月 24 日周三，上证综指涨 113 点，涨幅 2.48%，收在全天最高点 4 690 点，市场似乎在按正常的轨迹发展。

6 月 25 日周四，上证综指跌 162 点，跌幅 3.46%，又是一次大面积暴跌，让人觉得有些意外。

6 月 26 日周五，这一天极度异常——上证综指下跌 334 点，跌幅 7.4%，报收 4 192 点。创业板指暴跌整整 9%。当天 2 000 多只股票跌停，短期调整近 1 000 点。

一些进入市场不久的后来者，以为终于等来了入场机会，还坚信着“千金难买牛回头”的说法。

周末，央行降息 0.25 个百分点，同时定向降准。

宽松货币政策对于资本市场来说是利好。看到消息后再度进场的人们欢呼雀跃，感觉又赶上暴利大船了。

6 月 29 日周一，在“双降”这样利好的刺激下，沪深两市竟然只是小幅高开。

开市不到一个小时，权重股突然跳水，题材股屡屡掀起跌停潮，上证综指连破 4 200 点、4 100 点、4 000 点、3 900 点。

下午三点收盘，报收 4 053 点。盘中有反复，午后一点半左右，上证综指探底回升，跌幅收窄。这一天，上证综指巨震 10.07%，沪深两市逾 1 500 只股跌停。

至此，上证综指自新高 5 178.19 点调整以来，已有 10 个交易日暴跌，跌逾千点，跌幅累计达 20%，快速逼近牛熊边界线，救市呼声开始高涨。

这种剧烈的跌法，很多人都已看傻。以往每次市场调整，都是从清查场外配资开始，一般在下滑 20% 左右后基本恢复常态。但这次，跌得这么快、这么猛，完全没有止住的势头，这样动辄就千股跌停的场面，没有多少人见过。

公认最有才干的一些官员，被召集起来，开救市动员大会。

这次会议上，邵冲很多话没办法明说，尽力做着配角。

大家的意见倒是出奇一致，这次恐怕需要调拨救市资金了。

问是否同意救市，邵冲也举起了手，这至少对自己没有坏处。

他为了表明自己的态度，说起当年保尔森用 7 000 亿美元救市资金游说国会。极端排斥政府干预市场的议员问他，如果不救市会如何。保尔森回答，下周一美国将不复存在!

邵冲凭借坚定的立场以及丰富的经验，被动员大会选为救市总指挥。

以邵冲为代表的总指挥团队，包括精选的 21 家基金公司、21 家证券公司、10 家信托机构和保险公司。这些公司派出的核心人员在距离交易所最近的酒店住下，摩拳擦掌要大干一场。这其中一家正是泰达信托。

所有媒体都发出消息，监管层态度明确，极力维持股市稳定。

相关部门称，回调过快不利于股市的平稳健康发展。对于千夫所指的“杠杆市”，它表示融资业务规模并没有风险。养老金管理机构也不甘示弱，说投资股票比例未超过30%。这正是最可怕的地方，这样的信号让人们产生错觉，以为市场还是会回到原来的轨迹上。

6月30日，在密集的利好刺激下，上证综指当日上演惊天逆袭。但诡异的是，早盘小幅反弹后，再次暴跌，一度跌破3 900点，正式跌破牛熊界线。

A股牛劲开始散去，只剩下战战兢兢的脆弱神经。

就在谁都以为所谓救市只是浮云，临近收盘时，权重股集体拉升，大盘强力反转，上证综指最终飙涨5%，重新站在4 200点。创业板指更为强劲，涨幅超过6%，沪深两市近300只股票涨停。

人们暗自庆幸，国家队开始行动了。

看到市场如此强劲，韩鉴忍不住问袁得鱼：“是否可以入场?”

袁得鱼继续摇头。

6月30日大逆转那天，很多人把最后的筹码扔进股市，进行梭哈。

7月1日，市场没有出现投资者期盼的连续上升趋势，大盘杀了个“回马枪”。

上证综指收盘4 053.70点，大跌5.23%；深证成指收盘13 650.82点，大跌4.79%。约1 300只股票跌停，很多股票创下调整以来的收盘新低。

很多人又看傻了，更加不知所措。

袁得鱼看着这些天的盘面，后背发凉。

尽管他已料到会如此，可他从盘面上还是发现了一些奇怪的信号。

他把国家队进场后那几天的股票走势图打印出来，贴在墙上。他盯着那些天的走势，看得入神。随后，他把60分钟线、30分钟线又打印出来，还找来当天的盘口数据。

“太诡异了！太诡异了!”

韩鉴与陈啸一起看着墙上的盘面，没发现什么端倪：“什么太诡异了？”

“我看到两股力量，不对，具体来说，是三股力量。一股力量站在明处，一直在维持股市稳定，不惜真枪实弹；一股力量总是偷袭，每次都把明处的力量打得落花流水。奇怪的是，这股明处的力量，还偷偷分出另一股力量，与偷袭的力量混在一块儿，让明处的力量腹背受敌。”袁得鱼一边盯着盘面一边说，“这操盘手法总觉得似曾相识，动静相宜，残酷至极。”

冰冷的净值线在袁得鱼眼中，似在搏斗般。

韩鉴与陈啸面面相觑。

“非常惨烈！非常惨烈！”袁得鱼自言自语。

四

随后几天，市场呈现出“精神分裂的状态”——权重股一直在上涨，创业板中市值较小的股票惨绿一片，又一次千股跌停。

一切发生得太快，很多股民还没反应过来，是账户中的资金量提醒着他们，这都是真的。

与市场下跌情况相对的是，非常多“安稳人心”的消息传来：合格的境外机构投资者（QFII）与人民币合格境外机构投资者（RQFII）做空A股传闻不实；券商融资渠道将进一步拓宽；两融允许展期，担保物违约可不强平；沪深交易所交易结算费用降低。

袁得鱼说：“这哪里是什么好消息？明明更让人紧张。第一，原本大家还没想到有外资力量，现在更加担心；第二，本来并不是所有人都知道融资，现在亏钱，又多了一个放杠杆的工具；第三，担保物违约不可强平，亏损更大后，只会变成亏损更大的强平；第四，沪深交易所调降交易结算费用三成，意味着更多钱会拿去赌博，会赶走更多稳健投资者。”

果然，正如袁得鱼预料的那样，又是千股跌停！

袁得鱼说：“太过分了！什么千股跌停？是千古罪人了！”

7 月 2 日，午后上证综指连续下挫 3 800 点，在“石化双雄”等权重股拉升的带动下，最终报 3 912. 77 点，跌幅 3. 48%。沪深两市又是千股跌停。

然而，市场上有一剂又一剂的“迷药”，把本来早就有退意的人们留在了市场上。

7 月 3 日，依旧千股跌停，上证综指最低达 3 629. 56 点，再创调整新低，跌逾 7%，收盘时大跌 5. 77%。

大跌带来了连锁效应。

自 6 月 15 日以来，短短 10 多个交易日，上证综指暴跌达 28. 64%，深证成指下跌 32. 34%，创业板指更是暴跌 33. 19%。

原本在海外学习的官员为此连夜赶回，让邵冲召集重要券商共商救市策略。袁得鱼作为券商代表，也参加了。

当天晚上，他们在帝北一个神秘办公室里一起分析券商融资融券平仓线、股票质押平仓线等机密数据。

这次大会，比邵冲参与的首轮救市大会规格高很多，也高调些，邵冲仍是总指挥。

会议最后确定，21 家券商出资 1 200 亿元投资交易型开放式指数基金（ETF），IPO 暂停。央行将给蓝行提供流动性支持，险资每天要净买入，蓝行对交易股指期货合约采取限制措施。

袁得鱼知道这些后心情更沉重了，他回到海元证券后，一言未发。

韩鉴觉得奇怪，问他怎么了。

接下来的市场是袁得鱼一言不发最好的说明。

7 月 6 日开市。

上证综指开盘上涨 7. 82%，报 3 975. 21 点，深证成指开盘上涨 7. 30%，报 13 140. 14 点，中小板指高开 7. 34%，创业板指高开 7. 31%。集合竞价阶段，两市超过 1 500 只股票涨停。

所有人都认为国家队在大力出手，市场终于稳住了。

谁料，这天却成了股灾最后的逃命日。

收盘时，上千只股票从开盘涨停到收盘跌停，因为权重股的拉升，上证综指上涨 88.99 点，报收 3 775.91 点，涨幅 2.41%。

7 月 7 日一开盘，就有千只股票跌停，收盘上证综指报 3 727.12 点，跌幅 1.29%，深证成指报 11 375.60 点，跌幅 5.80%，创业板指报 2 352.01 点，跌幅 5.69%——因为停牌过多，意味着大部分股票跌停，市场中上涨下跌比为 1∶20。

流动性彻底丧失，券商融资盘都已强平，资金彻底失控，金融体系即将崩溃。

袁得鱼把盘面看了又看，感到后背一阵发凉。

"鱼总，尽管我不想看到市场这般惨样，但我不得不说，你料事如神。"韩鉴感慨道，"为什么国家队入场了，你还不信？"

"你会在雪崩的时候，相信救援队的能力吗？"

"什么时候才会是底？"

"深渊。只有走出行情，回过头才知道底部，现在哪有底部可言？"袁得鱼说，"我们已经执行了最大规模的救市计划，却感觉使不出力，就好像你发起一轮进攻，敌人早就提前埋伏好了，甚至对你的行军路线也了如指掌。盘面上最明显的就是，上午还是稳定上涨的股票，一到下午就有人狠命砸盘，这分明就是恶意阻击。关键是，我们还根本不知道这些人藏在哪里。你觉得以目前对救市的重视程度，真想找会找不到吗？"

"你怀疑邵冲？"

"我怀疑有内鬼。应该不只邵冲，而是一群人。"袁得鱼想起了那天在奥马哈各路"神仙"参与的活动，还有唐煜搭建的满堂红基金和苹果信托。

尽管袁得鱼毫发无伤，但他有挫败感。因为直到现在，他依旧没能看清这件事的来龙去脉。

"究竟是哪里不对劲儿呢？"袁得鱼陷入思考。

韩鉴说："这符合我们的研究逻辑。如今的市场反应还是美国债务危机的延续，当年的那个漏洞现在还没有补上，可以这么理解吗？”

“可为什么在中国发生了这么惨烈的股灾？你可以明显看到，国家主观上根本不希望这样的事情发生，也确实拿出真金白银在救市，却无济于事，这实在太窝囊了！那些暗中的对手究竟在干什么？尤其是那些内鬼，现在明明是国家最危难的时候，还只想着自己的利益！”

“有什么办法把他们揪出来吗？”

“他们总是会露出马脚！”袁得鱼抓了下头，“市场跌到这个位置，大体稳住了。可接下来会怎么样，在抓住真正的内鬼之前，还是未知。一旦涉及人，就不像客观规律，只要找到问题，对症下药，就可以解决。而现在，我始终觉得，发生了这么大的股灾，我们的观察力还只停留在表面。”

冉想不由得问道：“那本质问题是什么？”

袁得鱼低下头，此时此刻，所有的事情都在头脑中浮现——钢贸大战、中国概念股公司轮番在海外上市……若这些只是影响少数人，那这次的财富毁灭，影响了大部分股民。而这场极具杀伤力的股灾，很可能是某些人精心设计的毁灭系列的开始。

袁得鱼慢慢吐出一句话：“这是一场战争，非常惨烈的战争。尽管没人真的流血，但这一次，绝不亚于任何一场流血的战争。如果我没猜错，中国还是这场战争的主战场之一。”

冉想倒吸一口凉气。

袁得鱼压低声音，对自营部几个主力说：“接下来，你们可能要面对前所未有的残酷战争，我们将在这场战斗中并肩作战。”

陈啸、冉想资历尚浅，听起来都感觉有些透不过气来。

韩鉴说：“我们现在可以做什么？继续保持现状，冷眼旁观吗？”

袁得鱼摇摇头：“不，我改变想法了，我们必须参与进去。”

“怎么参与？”

“先看清对方的姿势，再准备。”

五

市场的反复下跌令很多人崩溃。

起初，国家队入场的消息，让很多人欢欣鼓舞。他们庆幸，国家队终于动真格的了，大趋势是不可阻挡的，改革之路是坚定不移的。

只是救市之后，市场依旧止不住地崩溃式下跌，让人心灰意冷。

7 月 8 日，市场重回 3 500 点以下。

7 月 9 日，简直是历史性的一天——两市 3 000 多只股票，仅有 7 只股票上涨，一半以上的股票停牌。

海元证券自营部核心的五人聚在一起。

韩鉴与陈啸整理了这些天的盘口数据图。

他们把股灾以来当日 30 分钟走势图全部贴在了墙上，贴满了整面墙。

他们飞速扫着这些看起来毫无规则的图形——不难看出，市场上的确有买入资金，可空头力量竟然并不弱，多头和空头力量就像两条缠绕的巨蛇，相互喷出熊熊火焰。多头蛇每到一天的某个时刻，就一下子萎靡了。

袁得鱼拿出彩色记号笔，在盘面上画了醒目的竖线。

他们惊讶地发现，袁得鱼标注的竖线时间点都呈现红色，而且是每隔 7 个时间段的规律排列。关键是这几个时间点的股指期货都是暴跌点，而相应的期货盘口，交易量都是瞬间无限放大。

“标注的红线是依据什么？”

“消息密集发布的时间。”

当所有的曲线、盘口数据与消息面等在眼前呈现，原本纷乱无序的盘面一下子清楚了。

袁得鱼从牙齿缝里挤出五个字：“两点半惊魂。”

无一例外，空头都是在两点半爆发，并对应一个市场出现的

“利多”消息，看似在提振市场，唯一的作用是让多头资金慢一拍行动。空头完全无视消息，每次都精准地肆虐，而后千股跌停，反复刺激市场后，总在企盼的多头更加痛苦。

又是新的一天——7 月 10 日。

他们屏声敛息地看着市场的反应。

快到两点半，他们下意识地看了一下手表。

果然，市场又发出刺激性消息——空头成本从 10% 保证金提升到 30%，这分明是好消息，无疑增加了做空资金的压力。几秒后，市场上绝大多数的多头都犹豫了，毕竟都希望市场按自己筹码布置的方向运行。

然而，消息的作用果然跟之前一样。

这次又是两点半，就像是精准投放的信号。没有例外，市场急速跳水，又是绝命杀！上证综指瞬间跌落 2.13%，报 3 432.45 点，深证成指跌 0.79%，报收 10 953.33 点，创业板指跌 1.1%，报收 2 338.11 点。

袁得鱼摇摇头：“他们太明目张胆了，这样在股指与现货之间玩联动操作。”

冉想问道：“为什么是两点半？”

“因为……”袁得鱼想说的话被韩鉴接过，“这是空头筹码运用得最少的时候，他们还要留最后 15 分钟吸食第二天砸盘的筹码。”

冉想歪着头：“也就是说，吸筹码与做空的是同一批人？”

“每到一天尾盘时，他们就在最低点吸入当天最低的筹码，然后在第二天两点半的时候，猛烈砸盘，这样就可以把筹码成本控制在最低。他们的筹码，大约 2 亿元。然而，带动连锁反应的是近 2 000 亿元市值的空头。其实，空头头寸才是他们主要的盈利来源，一天如果下跌 3%，空头头寸的杠杆是 33 倍，这也就意味着，他们每天用不到 1% 的多头资金砸盘，可以获得每天 100% 的收益，这些天他们一直在如此循环操作。”

“难道他们不怕失败吗？比如国家队忽然反攻？”冉想继续问。

“国家队的确是多头，但他们用100倍的资金才能与空头对抗。更何况，市场已经形成了这个‘默契’的砸盘节奏。目前，空头力量更加齐心，聪明钱都跟着节奏起舞。”

冉想想到什么：“终于明白为什么两点半之前总有奇奇怪怪的消息放出来。有时候还是假消息，一放完后就辟谣，感觉像是里应外合。”

一起帮忙整理舆情数据的陈啸补充道：“我们跟踪了记号笔标注的舆情数据，可以追踪到几个有影响力的公共消息平台。在互联网时代，这些公众号消息通过微信就可以发布，有些都无须审核。也就是说，消息传播的时间，公众号是完全可以掌握的。”

“与其说是这几个公众号发布消息，还不如说是它们背后有人在做消息供应。因为这些消息中有一定数量是为可靠的提前消息做配合，它们之间形成了某种默契。”

韩鉴问：“那我们现在已经掌握了这个规律，可以参与吗？”

袁得鱼说：“现在有个问题，国家队什么时候能发现这个规律？我甚至不知道，他们是假装没发现，造成久攻不下的局面，还是真的没有发现规律。冉想，你尝试写一个分析文章，发布到专业的论坛上，并让一些公众号转发。我倒是要看看，他们究竟是知道还是不知道。”

冉想点点头。

袁得鱼靠在沙发上，闭上眼睛，看穿一切后，他愈发觉得这样肆虐市场太残忍了。

他仿佛听到市场上阵阵痛苦的哀号声。无数财富在这场股灾中灰飞烟灭。有些人是贪婪，但这样被反复虐杀，太可怜了。在这样动荡的环境下，游戏底层的人们是如此无助。他们信任市场，留在市场，相信这个市场有未来。然而，那些抢夺金钱的敌人在凶猛地进攻后，把普通人本身就不多的财富反复掠夺，甚至让他们绝望，这与可怕的战争有什么区别？

袁得鱼默默地关掉显示屏，他似观看了一场烟花表演，非常绚烂，过后又黑暗一片。

丁喜看他有些低落，不由得问：“鱼哥，你觉得这是谁干的？”

袁得鱼想，这个模式极其可怕，用非常少的筹码在两点半的时候大肆做空，利用市场的极度恐慌，在股指期货上反复赚钱，再用赚来的钱，继续低位买廉价筹码，第二天再扔下。关键是，这不仅需要天才的思路，还需要娴熟的交易手法。因为它对抗的是大量的资金与变化莫测的强大对手，只有把强大对手快速打蒙，在关键时刻，又给对方希望，让对方失望多次后还继续相信下一次能重新站起来，才能在战场上屡战屡胜。当然，这不管是心理承受上，还是交易控制上，都要把握得当，差一点儿都无法做到这般行云流水。

袁得鱼说：“具备这样素质的天才操盘手，在过去的江湖上，我能想起名字的只有一个人。”

丁喜望着他，也想到了什么：“啊，可是……这不合理啊。”

“你记得我说过的几股力量吗？除了这个人以外，应该还有另一群人。这群人的手法与玩对冲基金的手法更为接近，我猜想他们有程式化系统，可以反复抵押杠杆，速度又惊人，带来的破坏力无法想象。”

“鱼总，我们真的不动手吗？”充满正义感的韩鉴，恨不得一拳把敌人打倒。

袁得鱼盯着手机，终于拨通了那个电话——在美国奥马哈的时候，大家争取来的联系方式。

对方果然接了，的确是邵冲的声音。

袁得鱼直截了当地说：“别再搞两点半惊魂的把戏了，这样搞下去，恐怕对你们不利，我们要采取行动了！”

六

唐煜看着证券账户上的巨额资金，这是他这辈子从未想象过的财富数字，真令人狂喜。

说实话，唐煜也惊讶于这个天才操盘手的惊人实力，更满意自己的同盟者与他之间的配合。他们用巧妙的方法，联手做空，获得了神奇的赚钱效应。

要知道，尽管自己邀请的这批对冲大佬再强，但对国家级的资金量而言，也是鸡蛋碰石头。然而，这或许是资本世界的神奇之处，通过速度、勇气、工具、策略，竟然真做成了！

7 月 13 日中午，唐煜接到一个电话。

"什么，有人发现了？"

"袁得鱼已经发现了，他目前还没有行动，你最好想办法阻止他。"

唐煜没多说，挂下电话，马上拨通了另一个电话。

许诺还在家休息，这些天精神好了一些。

"你好，我是唐煜。"

许诺非常惊讶，她打了好几次电话，对方都没接，这个时候倒打电话过来了，她一下子怒气冲天："唐煜，你怎么可以这样对我！"

唐煜冷静得过分："你先看看最近的股市，我再告诉你。"

许诺不明所以地打开电脑，张大了嘴巴，大盘竟然比上次看时，下跌了快 50%，这分明是一场恶性股灾。对于经历过 2007 年股灾的她来说，这么快速的跌法，太可怕了。

"你还记得我上次说的吗？我们在搞一个大计划，这下你相信我们的能耐了吧？股灾只是第一步！"唐煜继续说，"我们发现，袁得鱼毫发无伤，是你通风报信的吧？"

许诺松了口气，说道："你真是可笑，你个手下败将！"

"如果这次是你通风报信的，那你索性告诉他，海元证券这回真的难保了！因为这次我们赚了 10 多倍的钱。袁得鱼因为没有参与，资金规模原地踏步，已被我们远远反超了，现在海元证券市价那么低，我们接下来就会不断收购海元证券的股份，直到袁得鱼无力抵抗为止。"

"你这么做有意义吗？"

“哈哈，这个靠女人的窝囊废，不值得你喜欢，也不值得你维护。海元证券原本就是属于我们唐家的！”

“可海元证券是袁得鱼的爸爸一手创立的！”

“他爸爸顶多做了一小成贡献，证券公司最关键的积累，是我们唐家做的。我提醒一下，你们小心就是了！哈哈哈哈！你还没告诉袁得鱼那件事吧？”

许诺一下子清醒了：“你……你果然是故意的！”

“许诺，你拿不出证据，可不要冤枉我，就这样！”唐煜马上把电话挂断了。

许诺觉得情况比自己想象的复杂，她犹豫要不要与袁得鱼说。

她强忍着痛苦，实在不想让袁得鱼分心，她担心唐煜在玩攻心计，但又想把唐煜说的动向告诉他，好让他做判断。

许诺想了想，打了电话给丁喜。

丁喜正好在去公司的路上：“发生什么事了？”

“唐煜刚才给我打电话，说这次股灾是他们干的。还说，他们要拿回海元证券！”

“这个禽兽还敢给你打电话？他到底在干什么？”

“你看要不要把这个消息告诉袁得鱼？”

丁喜想了想，觉得还是向袁得鱼汇报一下比较好。

最近早晚都躺在公司沙发上的袁得鱼，一直在研究什么。

他去找袁得鱼的时候，袁得鱼正双腿盘坐在沙发上，对着桌子上的电脑屏幕发呆。

“你说，我们怎么找到他们呢？”袁得鱼看到丁喜进来，问道。

“对了，我刚听说，这个事情确实是唐煜他们干的，唐煜还说要拿回海元证券。”

袁得鱼听到丁喜这么说，认真地看了一眼丁喜：“你是听谁说的？”

“江湖传言。如果你觉得不是这么一回事，就别当真。”丁喜没提许诺，毕竟许诺叮嘱过，如果袁得鱼知道许诺被人欺负，可能会中唐煜的“攻心计”。

袁得鱼想了想，说：“这个说法很合理，与我猜测的一致。还记得我上次分析的另一股力量吗？我知道，他们此前搭建了一个对冲基金平台，说穿了，就是把海外的对冲基金高手聚拢过来，用强大的海外做空力量做空中国股市。丁喜，你帮我叫一下其他人。”

他们到齐后，袁得鱼马上指挥起来。

“陈啸查一下上次我们梳理出来的盘口席位，跟踪一下它们头寸分散的营业部，它们得在国内协调运作。韩鉴，我们一起寻找指挥总部。”

“查到了，有个资金量很大的席位，是一个国际投资顾问公司。奇怪，股东是香港公司。”

丁喜看了一眼袁得鱼。

袁得鱼有些吃惊：“搞了半天，国内账户竟然只是在跟风，指挥总部是在香港。”

“看来真是唐煜干的！”丁喜有些郁闷，“对了，他还说要夺回海元证券，会是真的吗？”

袁得鱼的心思不在香港，看到数据后，他心头一紧，此前猜测的事，竟然被他发现了新的线索。或者说，他知道某个人的存在，那个人就好像是他的影子一样。只是，他一直不知道如何找到他，这次在资本市场的裸泳中，反而找到了。

“这些天应该不会再恶性下跌了，你们别太担心！”说着，袁得鱼穿上了外套。

“你要去哪里？”丁喜问道。

“我要去找那个人。”他期待的时刻，就要来了。

袁得鱼来到长寿路，这个曾叫作“花天酒地”的地方，如今叫作“缤纷”，他很久没来了。

他感觉这里有些残破，随着几次整顿，过去的大夜场都搬到虹桥那边了。

他记得这里有很多夜总会，唐焕的那个老场子如今早被一个老板娘接手了。这个人在佑海滩的夜场也算小有名气，那些老玩客常去捧她的场。

袁得鱼走进“缤纷”后，坐在酒吧区靠里的座位上，点了一杯干邑。

酒上来后，他对服务员说：“叫一下猫姐。”

这里的光线昏暗，七彩的灯光来回晃动，几个衣着暴露的女人走来走去，看到袁得鱼，都忍不住抛下媚眼。

猫姐来了，她看到袁得鱼后，不知为何，有几分惊讶，毕竟是江湖上混的人，马上换了一个恰到好处的笑脸，坐到了袁得鱼身边。

“认得我吗？”

猫姐点点头，抽了一口烟。

“我想找个人。”

猫姐似乎猜到袁得鱼要找谁一样：“你在瞎说什么？他不是已经死了吗？”

袁得鱼朝她笑：“我还没说是谁，你怎么就知道是他？”

猫姐有些坐立不安：“不瞒你说，找他的人不止你一个。”

“有人刚来找过？”

“你真是神机妙算。”

袁得鱼颇为真诚地说：“当时，他让我给你一笔钱，我还没给。”

这笔钱不少，信封鼓鼓的。

猫姐毫不客气地从袁得鱼手中接过信封后，话匣子就打开了：“没想到他还有点儿良心。”

袁得鱼终于找到了线索。

袁得鱼来到金家嘴东亚银行大厦。

这栋大厦位于金家嘴的核心腹地。

与这栋大厦相隔一条马路的是佑海第一豪宅——汤臣一品。

袁得鱼直接上了九楼，九楼上只有一家公司——展翔投资。

前台是一个年轻的女子，她抬头问：“请问您找谁？”

袁得鱼想了想说："我是你们老板的老朋友。"

袁得鱼想补充什么，那个前台打量了他几眼，就默许他进去，说："您是袁先生吗？最后一间房间，他在等你。"

袁得鱼也不惊讶。他沿着走廊，慢慢走向最后一间房间。他推开门，里面空无一人。

他正犹豫，在这时，一阵风忽地把门吹关上了。

他转过身，刚想打开门，一个声音传来："袁得鱼，你终于来了。"

不知这个人何时进来的，他竟出现在墙壁另一侧的工夫茶具旁，娴熟地调制着茶汤。

袁得鱼看了看手表，两点半。

只见这个人一只手倒茶汤，另一只手在电脑键盘上快速敲击。他不是真的下单，而是开启了什么，只见一笔笔单子如幻影般"飞"了出去。

当日走势线，再次在半空折断，没错，又是两点半惊魂！

究竟什么仇恨，使他出这样的狠招？

每一笔单子出去，都像一把砍下头颅的铡刀。

这个手法，与当年的手法，是多么相似。

"绝命一字断头刀！"袁得鱼吐出这几个字。

只见此人完全沉浸在洗盘的酣畅之中，袁得鱼仿佛看到了K线下横尸遍野，一个又一个的财富梦破灭。

"你收手！"袁得鱼大叫道，"那些人是无辜的！"

那人完全不为所动。

袁得鱼知道，此时此刻的他无法被阻止。

终于，那个人像是完成了什么似的，停了下来，幽幽地说："无辜的？难道是我伤害了他们？伤害他们的，是他们自己的欲望！"

他的声音低沉，像从远处飘来。

他渐渐转了过来，抬起头。

袁得鱼看到了熟悉又久违的脸。

尽管有心理准备，袁得鱼还是颤抖了一下，他分不清是激动还是害怕。

他唯一清楚的是，头脑中的那块拼图此时此刻飞起来，填补了唯一的缺口，拼图答案终于揭晓了。

袁得鱼终于知道了最后一个人的真实身份。

袁得鱼记得，他坐着一条小船漂向大海，小船像是很早之前就准备好的。

他与贾琳接触后才发现，以这个人的聪明程度，当时怎么可能会中贾琳的美人计呢？

或许，对于这个答案，袁得鱼内心一直是抵触的，本能地希望遮起谜底，永远不要打开。

在那个小楼，或许正是因为他，自己才未死。这一点，袁得鱼反复思考过，但也不好说，说不定，他放自己一条生路，是另有他用。

“我知道，你迟早会找到我。你这么聪明，那你就猜一猜，你今天还有机会出去吗？”

第七章　许诺不承诺

是以圣人之能成其大也，以其终不自为大，故能成其大。

——老子《道德经》

一

唐煜在金家嘴一间隐蔽的办公室里操作着用香港公司开的账户。

唐煜看到邵冲进来，露出得意的笑容。

“可以收手了！”邵冲坐在一张皮沙发上，抽出了一根雪茄。

“邵总，这次里应外合，配合得实在漂亮。原本我还担心这些海外对冲基金会做到什么地步，这次真是刷新了我的认识。我后来才反应过来，这些国家队的资金分明是我们的弹药，是我们做空的军火啊。”

邵冲并不想听这些，这种默契的配合，是他没想到的，结果过于残忍。

救市反而变成了一场资本盛宴。

邵冲收起平日在公众面前的和善面容，厉声问道：“你前段时间，是不是与那个人说了什么？”

唐煜想起来，当时他们正赚得痛快。

那个人突然问他：“海外这些对冲基金联系人的联系方式，我能有吗？”

唐煜说：“你为什么要这些人的联系方式呢？你与我单线联系不就可以了？”

“你误解了，我要做的是适度控制，他们现在玩过头了。这么招摇对我们没有好处，必须适可而止。说白了，我认为你没有这个控制力，我可以试试。”

“是的，已经控制不住了，你为什么就可以呢？就算他们不这么做，中国市场永远不缺聪明人。现在越来越多的力量，尤其是国内量化基金，也发现了赚钱的秘密，规模在急速扩大，所以，这早已不是我们可以控制的了。”

唐煜如实把当时的交流情况告诉了邵冲。

邵冲想了想说：“那个人让你放缓节奏，就这么简单？后来你们就再也没联系过？”

“是的，我当时觉得他说得也并非没有道理，就给了他核心对冲基金交易员的名字和联系方式，他后来没和我交流什么，毕竟我们长时间配合，无须再多交流了。”

邵冲沉思了一会儿，他也认为市场在失控。他不想出现这种无法控制的局面，这不利于他远大目标的实现。

邵冲发现新的力量，起初是一股，近期分散成两股，有时还变成矛盾的两股力量。以唐煜为主的海外力量依旧在疯狂做空，另一股力量在掌握了砸盘与做空的节奏后，收敛起来。更多人仍在前赴后继地进场，赚钱效应没有削弱。身处尘世之中，怎能将得失轻易看破？市场总是不缺新的筹码，一些带着希望的筹码，很快变成带血的筹码，周而复始，给人希望，随后又让更多人绝望。

邵冲问：“这20多天，大概赚了多少？”

“我们带来5 000万美元，现在约是30亿美元。股指这玩意儿，还真是翻得快。”

邵冲沉默下来：“那个人是对的，对于我们的大计划来说，现在用力过猛了，不利于我们，你必须停下来。”

“可我控制不住。”

“你究竟是控制不住，还是为了赚更多利益？”

“邵总，这次真的是机会难得，你也知道，我们压抑了那么长时间。再说，我是真的想控制也控制不住。市场一批又一批的新投机力量已经被我们培育出来，它们已经知道我们的思路，也在复制我们的思路，想拦也拦不住。”

这时，唐煜一直盯着手机，脸色有些难看。

“怎么了？”唐煜的神情被邵冲察觉了。

“我转发给你。”唐煜说，“是我美国的朋友转给我的。”

邵冲看到一篇阅读量非常高的微信热门文章，点击量已经超过10万。这篇文章署名的作者是一个早期从美国回国的对冲基金经理，文章非常直接地指出了他们的手法，在文章最后，那个人一语中的：“如果我是那个总指挥，我做的第一件事，就是先限制股指期货。”

“看起来是个敢想敢讲的明白人。”邵冲戏谑地一笑。

“这人难道真以为自己很聪明吗？现在一起参与的，差不多有1/3是后来识破并跟过来玩的。这个人为什么不自己玩，非要说出来？闷声发大财不是更合理吗？”

“不用想了，是袁得鱼干的！他想把我们底牌翻开，所以总有人盯着我们。”

唐煜说：“真奇怪，为什么他要通过别人代发？我对对冲基金圈很熟，我打听一下，真相就出来了。”

“既然以那个基金经理的名义发，他也不会否认是他写的。对他来说，原本就没加入抢钱队伍，又能以民族精神挣个公司名誉，何乐而不为？”

邵冲心里觉得好笑，袁得鱼正以各种方式遏制这场股灾蔓延。袁得鱼确实在某种程度上控制住了股灾的发展，毕竟他的攻击点是对的。而当下真能遏制股灾的是主导者的内心。袁得鱼给了足够说动自己的理由——皮之不存，毛将焉附？

“那我们现在怎么办？”

“必须赶紧停下来，无论以何种方式。我这次来，要和你说个重要的事。另外，山口告诉我，你合作的那个高人，已经失联了。”

“怎么会这样？”唐煜一惊，不过确实也有好几天没联系对方了，他马上打了对方的紧急联系电话号码，果然是“有事请留言”的语音信箱回应，“可他最后为什么还要对冲基金交易员的联系方式？”

唐煜的汗都出来了，因为无法查到他的下落。对唐煜来说，他对那个人唯一的了解是一个再寻常不过的声音。他甚至不知道对方的身份，毕竟这一切都是邵冲安排的。听邵冲的意思，他也不知道对方是谁。因为那个联系方式，还是山口给的。

邵冲接到袁得鱼电话的前两天还找过山口："目前确实有些过了，不利于我们未来的大计划。"

"你以为我想吗？出事了！"山口脸上毫无表情，没好气地说，"那个人已经完全失控了，他彻底与我断了联系，你们得替我干掉他。事到如今，我也只好透露这个人的信息了。"

唐煜不由得问："会有什么后果？看来今天是我使用这个屡试不爽的方法的最后一天。"

"此刻就停下来，我们别无选择！"邵冲坚定地说，又幽幽地吸了一口雪茄，用小勺搅拌了一下咖啡，"我们得快点儿找到那个人，在袁得鱼之前，不然不知道会发生什么！"

唐煜的视线转向邵冲："山口告诉你那个人的真实身份了吗？"

邵冲苦笑了一下："尽管我此前猜过，可山口说出来的时候，我还是很惊讶。"

唐煜听到邵冲慢慢说出那三个字的时候，也一下没缓过来。

二

"久违了，魏——天——行！"

袁得鱼不知道自己什么时候开始意识到，那个神秘人就是他。

"魏天行"这三个字，他说出时，竟然还有一丝难过。

在袁得鱼心中，魏天行是一位高人。然而，在这场惊天乱局中，他还是站在了少数派那边。而且不只如此，如果他没猜错，这些年，魏天行一直在为山口工作。

他只是没想到，魏天行这样的高人，背后的大老板竟然是山口正彦！

或许，山口正彦只是大老板之一。

他一开始只觉得魏天行没有离开，但从未想过魏天行会为山口工作。

直到猫姐说了一些话。

那次在缤纷夜总会见猫姐时，给过现金的袁得鱼故意说："他可一直惦记着你。"

猫姐嘴巴翕动了一下，还是忍住了，她想起什么，对他说："你还记得他是什么时候开始疯疯癫癫的吗？"

"有些印象。我父亲过世后，他总是说有阴谋，说有人在追杀他。后来他家失火，他的妻儿葬身火海。这对他打击太大了，人就疯了。"袁得鱼回忆。

"你知道吗？那次不是失火，是有人故意纵火。我那天看到有人浇汽油。"

"纵火与失火可不一样，不该查不出来。你有没有看清那个人是谁？"

"魏天行问过同样的问题，其实，我说起那件事是为了试探他。因为我一直有个疑惑，看他当时的反应，我只好扯了个谎，说是唐焕。"

"难道不是唐焕吗？"

"不是，其实是魏天行本人！"

袁得鱼惊讶地看着她，惊恐地问："他为什么要这么做？"

"他自己估计都没想到会是那个结果。他可能因为一直受到骚扰，就想设计被害假象，让警方保护他的家人。他故意损坏了电梯，留好了楼梯出口。没想到，后来火势太大，难以控制，家人真的出事了。他自己也很崩溃，如果进监狱，也是罪有应得。他最无语的是警方处理这件事的态度。因为这明显是一起纵火案，他们却说是失火。他觉得自己没什么好抗争的，就变得疯疯癫癫的了。不然后来，他也不会成为我这里的常客。"

"你怎么会知道这么清楚？"

"我们这一行，与警察很熟，知道警方后来查案宗的时候，发现了疑点，就去问魏天行是不是唐焕干的。魏天行一口否定，说是失火，我就基本确认了。因为我看到了，而我又与他说了可能是唐焕，他没理由不追究下去。这样一来，答案只有一个，凶手就是他自己。”

袁得鱼吁了一口气，这是可怕的自我牺牲。魏天行这么做，尽管初衷是摆脱他人的纠缠，却在很大程度上，取得了山口对他的信任——因为这个男人以一种残忍的方式，完成了自己的蜕变。魏天行绝望后，变成了一个没有感情的人，但在操作账户时，却如天才一样让人惊叹。

“你为什么告诉我这些呢？这是要命的信息。”

猫姐叹了一口气：“最近我有强烈的直觉，觉得他会有危险。而我相信，你是真正能帮助他的人。我索性把知道的都告诉你，你不要对其他人说了，就当从未见过我。”

袁得鱼不知道魏天行还做了什么可怕的事，壮大了山口的势力。可魏天行为什么要站在山口那一边呢？

袁得鱼望着许久未见面的魏天行，记忆中的很多画面还是温暖的。

“你是怎么找过来的？”魏天行尽管知道迟早会见面，但也好奇这个速度。

“我一直怀疑你还活着，后来找人确认了。不过，让我真正找到你的，其实是一条新闻，新闻中说有九位私募大佬联合发布了倡议。可谁都知道，说起中国最一线的私募公司，怎能少了业绩遥遥领先的展翔投资呢？”

“这与我又能有什么关系？”

“之后股市雪崩，谁也无法阻止。这一过程中，这些大佬几乎无人幸免。然而，在这短短的两个月中，展翔还在演绎不败的神话，展翔一期的产品净值在雪崩中逆势大涨31%。我们海元证券，作为圈内那么大的券商，找到展翔的持股仓位不算难事。我们顺着展翔的持股线索继续寻找，不得不说，你们的掩护工作做得很好，可持仓数据都指向同一家上市公司——绿风地产。”

魏天行没有作声。

“展翔的净值，与绿风地产的走势几乎同步，我不用知道你们是用什么方式高度控盘的，但对这只股票，你们在布局早期连续运用了几次犀利的跌停板洗盘吸筹法。虽说这在江湖上几乎绝迹的手法也有少数高手在沿袭，但若要做到那么干脆利落，恐怕全天下也只有你了。”

照理说，绿风地产这样的蓝筹股，在一大堆疯狂上涨的创业板股票中显得毫无特色。然而，凭借袁得鱼的观察力，他还是从这只股票上发现了异样，尤其在后来苟延残喘的市场上，这只股票的独立走势就显得有些突兀了。而最终暴露他的，是这个手法——太熟悉、太扎眼了。

“让我进一步确定的是这个手法同样用在了对大盘的控制上。你运用了新的金融工具——股指期货，可手法同样果断。”

“没想到，终究还是这断头刀出卖了自己。”

“是的，不然我可能永远不知道在哪里才能找到你。当我锁定展翔的时候，发现你的踪迹与过去一样，就像当年在车库一样，你当时就在海元证券附近落脚。展翔地处金家嘴腹地，谁会知道，这么繁华的金融中心竟然藏着最厉害的幕后黑手！”

“你现在来找我干什么？”

“我这次一个人来，是真心想问你几个问题，解决藏在我心头很久的困惑。”

“你以为我会回答吗？”魏天行苦笑了一下，“你比他们先找到我的确是你的本事，尽管你分析得有一定道理，但并不全对。”

“不全对？”

魏天行声音依旧低沉：“我在股指期货上的手法，估计在市场上待得时间长的资深人士都能看得出来。但在绿风地产股票上用跌停板洗盘吸筹法是我故意放出的信号，是我希望和你交流，这是我们之间才懂的语言。只是我没想到，你这么快就找来了。”

袁得鱼有些吃惊，不过他也想起，他在海元提起这个手法的时候，丁喜这些较早接触证券的人也能想起魏天行，这的确是较为明显的信号。只是，很多人都放弃了继续想下去的念头，毕竟，魏天行在公众印象里是已经过世的人了。

袁得鱼继续说道："那你故意让我找到你是为了什么呢？"

"哈哈，你难道不也是因为未来更加不可预测的风险，而赶过来的吗？"

"我觉得奇怪的是，从盘面上发现的一股力量分散成了两股。我能确认，其中一股力量是唐煜他们掌控的对冲基金，还有一股应当就是你。然而，你们的力量到后来在相互抵消，我不清楚你们现在的关系。在我看来，你一定是在脱离既定轨道。我想，这么做肯定有你自己的原因。如果我没猜错，很长一段时间，你确实在为山口做事，但没多久前，你脱离了他。"

"你果然很有观察力。我离开他，是因为我近期刚认清他，他并不是我要找的人。"

"什么意思？"

"很多人在太平盛世能展现非凡的才能，比如邵冲，他的确是一个心思缜密、扛得起大事的人。然而，一上烽火连天的战场，就不断暴露缺点、不断失控。这样的狗战友，难道我还要与他结为同盟吗？可笑！"

"你们究竟在做什么？"很多事情在袁得鱼大脑中回旋。

忽然间，魏天行又是半痴半傻的神情，自言自语起来："本来，一切都好端端的，可惜那个邵冲像一个夙包。我们本来可以全身而退的，非要我去救绿风地产，这不是夙包吗？只因为绿风地产里有个人物，其实也就是我顺手打理的苹果信托的一个投资者。那家伙之前用了九倍杠杆去买绿风地产，他求邵冲救他。结果，邵冲为了满足他，用国家队的资金去接，可市场下跌的惯性太厉害了，根本无济于事。他们竟然傻到狂买了10多亿元，最后不得不让我出马。"

"是的，你用纯熟的手法帮他们顺利解套，做得干净利落，也极为隐蔽。"

“有什么用？总有人会发现，你不就发现了吗？”

“可你不是故意让我发现的吗？”

“没错！正好一举两得。”魏天行不停摇头，“你说，这种㞞包怎么合作？还搞什么大计划！”

“你知道这次股灾，我为什么没有参与吗？”

魏天行继续摇头。

“目前这场危机，不是去杠杆那么简单。如果从长远看，这就像2008 年的金融危机也不是次贷危机那么简单，本质其实是国债危机。美国必须经过一次洗牌，才能重新获得财富。于是，它开始实施全球量化宽松政策，相当于启动了全球中央银行。这次股灾，在中国最剧烈。这一切难道不诡异吗？你看这发生的一切，一环扣一环，钢贸大战、中概股危机，现在又是以创业板泡沫破灭为首的股灾。接下来，你们的目标难道会与他们一直在护驾的地产领头股——绿风地产有关？”

魏天行不屑地一笑。

“为什么让我找到你？”

“你还是不够成熟，山口早派人跟踪你了。”魏天行又丢下一句，“战场上见。”随即他从窗口跳了下去。

袁得鱼立马伸出手去抓他，却没抓到。

他将头探出窗口，发现这层楼的窗户下有根绳索连着空中走廊。原来，魏天行早就留好了后路。

袁得鱼一转身，发现一大群人站在他背后。他也想往下跳，但晚了一步，为首的一个黑衣人抓住了他。

他们在电话里汇报：“老大，我们没见到魏天行，抓到了袁得鱼。”

三

袁得鱼被关在一个黑屋子里。

忽然，一束光亮照进来，他睁开眼，感觉刺眼。

他见到一个头发遮住眼睛的灰发年轻男子，五官精致，却很冷漠。

这么多年，袁得鱼还是第一次见到山口正彦的正脸。

袁得鱼感觉到，在他们四目相对的瞬间，山口正彦的眼神好像有点儿不一样。

“久违了，袁得鱼。”

“久违了。”

记忆力惊人的袁得鱼记得，上次见山口正彦还是1995年，他也参加了父亲的葬礼，神情冷漠淡然，想来竟然有20年了。

他认真地看着袁得鱼，像要把袁得鱼整个人吞下去：“你知道我父亲怎么评价你吗？”

“你父亲？”

“尽管他只见了你一次，就在日记本上写下了对你的印象。他说你是一个天才。可惜大多数人还没到拼天赋的时候，就过早离开属于他们的世界了。”山口正彦抽着雪茄，说着不算太流利的中文。

“可更多人是还没努力到可以发挥天赋的阶段。”

“哈哈，我到现在还没看出你有多大能耐。”

袁得鱼冷冷地看着他，只是笑笑，内心强大的人是无须争辩的。

“你刚才已经见到那个人了？”山口问道。

袁得鱼不说话。

“那个人就是交割单上的最后一个人，所以你一直在找他，是吗？”

袁得鱼听到这句话，心里“咯噔”了一下。这最后一个人，在被确认的那一刹那，自己一阵伤感。这名单上的每个人手上，不都沾着父亲的血吗？

山口继续说：“既然你能找到他，那下一次也能找到他。”

袁得鱼故意冷静地说：“什么意思？你们合作了那么久，不是更应该知道他会去哪里吗？”

山口微微抬起头，打量着这个他心里的对手，厉声道："说！他现在在哪里？"

袁得鱼心里琢磨着，魏天行或许真的独立出去了。是不是他们有什么陷阱？魏天行掌握了什么秘密？他们这样处心积虑地找魏天行，难道仅仅是因为怕这个曾经的同盟者把他们的计划说出去？既然是那么大的计划，就不会没有备用计划，估计还有一堆B计划、C计划。以他们目前的控制力，难道不应该把事情控制在既定轨道上吗？

袁得鱼的确不担心找魏天行，毕竟他太了解魏天行了，一个人的习惯太难改变了。只是，魏天行扔给他的那句话"战场上见"，是什么意思？他将以怎样的方式在战场上出现呢？

袁得鱼说："我的确有办法找到他，可我为什么要为你们找他呢？"

山口对手下使了一个眼色。

有人推门而入，袁得鱼惊讶地看到了唐煜。

尽管袁得鱼知道，海外对冲基金的参与，唐煜是重要的协调人。从在美国了解的信息看，唐煜确实布局了很久。他与山口联手并不意外，却没想到他们竟在这里直面相对。

唐煜面无表情，甚至没有朝袁得鱼看一眼。

山口对唐煜小声吩咐了什么，唐煜就出去了。

袁得鱼万万没想到的是，大约一个小时，唐煜就带进来一个人，竟然是许诺！

许诺见到袁得鱼后，觉得不太对劲儿。她过来，是因为唐煜接了她的电话。

这些天，她发现自己身体有了变化，做了测试后，差点儿晕过去。

她实在气不过，猛打唐煜的电话，对方一直不接，可突然接电话的唐煜，第一句话竟然是："袁得鱼出事了！"

许诺因上次的事对唐煜有戒心，可听他的语气应该不假，就把自己的事抛到九霄云外了，不假思索地上了唐煜的车。

在车上，两人都没说话，许诺什么都不想提，她心里只想着事情早点儿解决，早点儿远离这些人。

很快，车就拐进郊区一个园林式的别墅群里。

许诺没想到在别墅的地下室里，见到了被抓起来的袁得鱼。尽管她自己也很痛苦，但看到袁得鱼被捆在角落里，还是不由得心疼。

袁得鱼看起来脸色惨白，神情还算平静。

许诺不知为什么唐煜把她带过来，但她知道，她的出现，对袁得鱼肯定不是好事。

“你们放了她，我答应帮你们找那个人。”袁得鱼一字一句地说。

“哈哈哈！现在可不是找人这么简单了，你必须参与进来，还得以自杀的方式毁灭自己的所有资产，从此彻底出局。”

袁得鱼完全没想到，他们以这样的方式让他参与。

“你要我怎么做？”袁得鱼说。

许诺观察到了异常：“袁得鱼，不要管我！”

“没关系，我是情愿的。对我来说，参不参与，只是纸上财富的多少。在这之前，我还在考虑该以什么方式参与这场战斗。看到你之后，一切对我来说，都失去了意义。那些钱对我来说，没有意义！”

“袁得鱼，我错了！”许诺有些难过，“我是个再平凡不过的女孩，对我来说，平淡的生活就是一切。我一直不理解你，可我现在相信，你应该做更多有意义的事。”

“不要说了，为了你，我什么都可以不在乎。”

“哈哈哈哈！你们就不要在这里演什么真爱了。”

“你说吧，让我怎么参与？”袁得鱼果断问。

“很简单，买分级B（一种杠杆基金），用你们海元证券所有的自有资金。”

袁得鱼马上明白山口让他这么做的意图，因为在下跌市场中，分级B的跌幅是非常惊人的，尤其遭遇下折，比连续暴跌的垃圾股更具杀伤力。

而且，一旦海元证券账面资金极速缩水，再加上是折戟于分级B这类极为容易炒作的新闻点，公司股价会立马缩水。如此一来，唐煜他们抄底海元证券就变得非常容易了。

许诺看着袁得鱼，她透过袁得鱼的眼睛知道，这样自杀的方式，绝不是袁得鱼目前心甘情愿做的选择。

“我有一个小小的要求，可以吗？袁得鱼都答应你们了！”许诺忽然说。

山口有些疑惑地看着眼前这个女子，她丝毫不害怕，一直朝他微笑。

“真的是一个小小的要求，女孩的要求。”

他们还没反应过来，只见许诺一下子走到袁得鱼跟前，一把揽住袁得鱼的脖子，朝他亲吻过去。

袁得鱼吃惊了一下，她的嘴唇是那么柔软……

“我爱你！”吻完，许诺悄悄地在他耳边说。

许诺起身，转过头对山口与唐煜说：“我有个建议。你们目前肯定不会放袁得鱼走，又要他完成那么重要的下单指令，自营部的人见不到他，肯定会产生怀疑，而且涉及那么大量的资金。我认识他们自营部的一个人，与他非常熟，叫丁喜，唐煜也知道我们很熟。如果我转达的话，他们就会放松警惕，按袁得鱼的指令去做。”

山口看了一眼唐煜：“你觉得呢？确保她不会告密？”

唐煜想了想说：“她说得也没错，自营部的人，几乎个个是人精。如果袁得鱼直接打电话或发信息过去，他们确实会怀疑。我认为许诺告密应该不至于，因为袁得鱼还在我们手里，她不敢冒这个险。她的这个主意，客观上对我们有利。我估计，她是想早点儿与袁得鱼过与世无争的日子。”

“有意思，那就试一下。”

说着，许诺就被唐煜带出去了。

山口也离开了。

袁得鱼一个人在地下室里，门口有人把守。

在所有灯关掉后，袁得鱼陷入了黑暗。

在黑暗中，袁得鱼突然想明白了山口与邵冲他们拼命找魏天行的原因。

如果没有猜错，他们此前已经利用相关资源打造了一笔巨额的资产。

在袁得鱼眼中，要做成一些事，免不了运用资源。如今在这里，就像在西方世界的草莽时期，曾经的那些大佬最终因自己当年崛起的原因而失败，他们失败的原因是对自己曾经的成功模式过于自信。他们败在没有意识到，原先的成功是在一个急速发展、断层的特殊环境里，而那时的成功模式极有可能不可持续，这也是此前袁得鱼得以顺利击败交割单上那些人的原因。

然而，当年的种子也有长成参天大树的。只是明白人都知道，任何急速的扩张都不符合规律，迟早有终结的一天。然而，这仅存的硕果，估计几个世纪都无法复制，如今却被魏天行一个人拐走了。

也许这就是为什么“魏天行”这个名字在那份交割单上也是模糊的，他一直是一颗暗棋，名单上的其他人都未必知道是他在掌管这个账户。

很可能，父亲发现了这个秘密，便将与账户有关的信息记在了有投资者名字的红册子上。这也许是很多人寻找红册子的原因，难道父亲正是因为这个秘密而死的吗？

袁得鱼不敢继续想下去。

四

许诺坐在车里，她恨不得撕了身边的唐煜。

“我真不该过来，又惹了麻烦。你太过分了！上次究竟怎么回事？”

唐煜低下头：“不管怎样，是我的错，我会补偿你的。”

许诺的心情很差，可理智告诉她，她还有更重要的事要做。很多无知的股民，都不知道市场发生了什么，却已葬身其中。他们失去了财富，也失去了自由，在绝望中被反复碾压。

唐煜试探着问：“你打算怎么与海元的人说？”

许诺忽然冲他一笑：“唐煜，我一直觉得你会是个不错的丈夫，你做任何事情都很认真！”

唐煜惊讶于许诺的话，他故作淡定地说：“你不会是想让我娶你吧？你凭什么？”

“这么说，你怕了？你刚才不是说要补偿我吗？”

“我会补偿你，可不是这样的方式。许小姐，你不是应该找喜欢你的人吗？我看得出，那个丁喜非常喜欢你，他人也很不错。”

“是的，我想能救袁得鱼的关键，也是丁喜。”

“哦？愿闻其详。”

“我要让丁喜恨袁得鱼。尽管这很难，可只要让他失控就可以了。”

“让丁喜失控是什么意思？”

“他是海元证券自营部的二把手，如果袁得鱼不在，他是可以说了算的。你不要管我怎么做，你不就是想让海元证券到手吗？”

唐煜想到自己的大哥唐焕死在那小子的枪口下，要是他失控，或许还有机会借刀杀人，这的确不失为一个一石二鸟的办法，但他始终觉得哪里不对：“许诺，你为什么这么帮我们？”

“因为我知道你们有多残酷，我只是在保护我心爱的人。”

“如果他们都像你这么聪明就好了。”唐煜笑了笑。

“不过，你还得帮我个忙。”

许诺与唐煜说了一下她的办法，刚说完，忽然下起瓢泼大雨。

许诺叹了一口气：“这雨正好应景，我下车了。”

她下了车，唐煜目送她。

许诺孤单地在雨中行走，雨非常大，很快就将她浑身淋浇湿了，还浇灭了她心中的小火焰，她只想早点儿从这些烦扰中摆脱出来。

她向前走着，湿漉漉的瘦弱样子格外可怜。

唐煜低下头，发动引擎，将车开走了。

许诺站在海元证券小白楼前，任凭雨水淋着自己。

一个年轻的门卫打着伞走过来，问神情恍惚的许诺："请问，有什么事吗？"

"我，我找丁喜。"

"对不起，你是谁？"门卫打量着眼前的女子，想了一下说，"你不要再这样淋雨了，先到大厅里等一下吧。"

正在这时，陈啸正好经过，他看到了眼前湿漉漉的女子，感觉有什么事。

门卫对他说："她说来找丁喜。"

陈啸看了许诺一下："让她上楼。"

许诺来到二楼，低下头，抱着双臂，雨水滴落在地板上。

她很久没来海元证券了，这里的陈设没太大变化。

"我该怎么称呼你？"陈啸大大咧咧地说，"我姓陈，你找我们丁总？"

"我叫许诺。"

"原来你是许诺！我听他们提起过你，你很厉害，当时大时代资产管理公司就是你们一起开创的吧？"

"对了，大时代资产的那些人，现在在哪里？"

"是这样，大时代资产并到海元证券了，他们还在老地方办公。丁总过来了，后来韩总也加入了。能见到前辈，我真是激动！诺姐，你怎么淋得这么湿？你赶紧擦一下。"

陈啸把许诺带到丁喜办公室。

丁喜看到眼前的许诺，一下子怔住了，飞奔过来，搀住她。

许诺一见到丁喜，泪如雨下。

陈啸看他们那么熟，赶紧离开了。

“这么大雨，你不回去好好休息，怎么跑这里来了？”

许诺有些绝望地看着丁喜：“丁喜，我……”

丁喜看她像是有什么重要的事情要说，马上把门关上了：“你放心，没有其他人了。”

“我……怀孕了！”

“什么？”丁喜不敢相信自己的耳朵，“我没听错吧？你……怀孕了？”

“我也刚知道。”

丁喜回忆着那天发生的事，后悔莫及：“我当时怎么就没早点儿赶到呢？我真是个废物！唐煜这个混蛋！”

丁喜大脑一片空白，狠狠地抓自己的头发。他又看了看许诺，更受不了许诺痛苦的样子。

许诺沉默了：“那天的事，你没跟袁得鱼说吧？”

“没有，你叮嘱过的事，我不敢忘，我谁也没有说过。”丁喜有些生气地看着她，“你怎么还关心有没有人知道？你多为自己考虑一下，好吗？我简直要气爆了，不行，我要去找唐煜。”

“不要。他大哥唐焕原先的很多小弟还在泰达信托，他们整个就是一黑帮，你斗不过他们的。”

丁喜来回打转，砸了下桌子，他像是鼓起勇气似的，转过身，拉住许诺的手：“许诺，其实这么长时间以来，我都一直很喜欢你。你能答应我一件事吗？”

许诺吃惊地望着他。

“你能嫁给我吗？”

许诺对丁喜说的话有些吃惊，她嘴唇翕动了一下。

丁喜对她的反应完全不意外：“我……我也知道，现在这个时候说这些，让你有些不知所措，但我是真心喜欢你。自从我见到你的第一眼，就非常非常喜欢你。你不用担心未来，不管你是否决定把孩子留下来，我都愿意陪在你身边。”

许诺承认，她无法拒绝面前这个认真的男人。

“太突然了！”许诺被丁喜扶着，坐在了桌子对面的椅子上，“不行，丁喜，你能找到比我更合适你的人，我不能让你承担这些。”

“许诺，我知道这样称呼你很冒昧，但我知道，你的身体不太好，而且，恕我直言，你也不是小女孩的年龄了，如果做流产，对你身体的损害可能比较大。我觉得你还是把孩子生下来比较好。我也清楚，你心里一直没放下鱼哥，但以我对他的了解，他现在是不会结婚的。我对你的好，永远不会变！”

许诺问道：“你知道他现在人去哪里了吗？”

“不知道，他最近一直在研究盘面，忽然看到了什么，就走了。我们想一起去，他不让，说一个人去更合适。”

“原来是这样。”许诺自言自语道。“他不会去找唐煜了吧？”

“有这个可能，我们当时正好在分析数据，提到唐煜联合了很多对冲基金做空的时候，鱼哥就离开了。那他为什么要单独去呢？”

听到“唐煜”这两个字的时候，许诺还是不自觉地打了个寒战。

丁喜心疼极了，他马上给她找来一条毯子。

“我发抖，不是因为我自己，而是担心唐煜肯定不会善罢甘休。他上次打电话跟我说，要用分级 B 再大搞一轮。我担心你们不是他的对手。”

“你不要想那么多了。许诺，回去好好休息！”丁喜怜惜地看着她，“你再考虑一下我的请求，好吗？”

“可你……一直在袁得鱼手下，任何事情，都是他让你做的，你有能力保护我吗？”

“你别小看我。”丁喜咧嘴笑着。

“还是谢谢你，丁喜。”许诺冲他笑了笑，“其实，我每次遇到困难的时候，最先想到的人是你。”

五

A 股市场终于有了起色，出现了持续的反弹。

市场上做空力量明显不足，似乎在酝酿一次不错的博反弹机会。

丁喜想到许诺提到的分级 B，难道唐煜他们是想利用反弹的机会获取高收益吗？

这几天，袁得鱼都没有出现。

丁喜给袁得鱼打电话，手机是关机状态。

"会不会出什么事？"

深夜，愚园路与乌鲁木齐路交叉口，一家餐厅的招牌灯还亮着，"鱼之味"三个字格外醒目。

白天是海鲜自助餐，晚上约 10 点，餐厅挂上一块简单的招牌——"销魂豆腐花"。

佑海的夜晚，一些弄堂深处是黑暗料理的集聚地。

许诺的"鱼之味"也一不小心成为黑暗料理中颇负盛名的一家。

"鱼之味"门口，路灯昏黄的光，映照在四五张小方桌上。

"来一碗豆腐花。"丁喜坐在油腻腻的木桌旁叫道。

没过三分钟，一碗水嫩的豆腐花就出现在他面前。

这恐怕是丁喜见过的最好的豆腐花，非常白，汤汁透亮，简单却地道的佐料调皮地站在豆腐花上，呈现出好看的颜色。

他用调羹挖了一小块，送进口中，紫菜、虾米的鲜味，青葱的香气，榨菜的辣脆，与醇厚嫩滑的豆腐花一起，顺滑入口，各种鲜美在舌头上碰撞。

与别家豆腐花不同的是，在配料中还有几块切碎的臭豆腐，又脆又香，与白嫩的豆腐花相得益彰，制造出醇香的后味。

这家餐厅的主人在后面忙碌着，胸前是一个印着兔子图案的围裙，上面染了一些油污。她头发扎起来时总有几绺调皮的秀发跑出来，瘦小秀气的脸蛋是如此清新逼人。

丁喜静静地望着许诺。

他本来不想打搅她，但他放不下这家店的味道。是味道吗？这只是他过来的借口吧。

许诺的店目前有很多熟客了，她自己也不曾想到，自己做的黑暗料理一不小心被人写进攻略放在了网上，以至于每天晚上总有很多吃客络绎不绝。

丁喜慢慢地吃，还点了几串鲜鱼烤串。

他看着她忙进忙出，有些心疼。看到她将一个装满海鲜的钢桶往厨房拎，丁喜连忙过去帮忙。

“谢谢。”许诺对他说。

“没事。”丁喜说。

那时候大约凌晨1点。

丁喜看许诺没说什么，有些伤感。

他以为，她见到他的时候，会给他一个答复。

丁喜自打第一次见许诺起，就不小心爱上了她。他一开始以为那只是好感，没想到，他对她的爱慕与日俱增，越来越强烈。

尽管那天，他伤心地发现袁得鱼上次来这里的时候，她那么反常，不仅放多了盐，就连最熟悉的豆腐花也放了两遍紫菜。她的心还在袁得鱼身上，这是很明显的。

丁喜知道袁得鱼根本无心儿女情长，他希望许诺能重新找一个出色的人。但他很矛盾，如果真这样，她找到一个他不认识的人，他会更难过。他甚至想，就这样默默爱着她就好。

没想到事情的变化出乎他的意料，许诺发生了意外，让丁喜下意识地进行了表白。他不后悔，他觉得如今这样坦诚相待，挺好。

终于忙完了，丁喜与许诺面对面坐着。

“这几天，鱼哥都不在公司。”

“他以前也这样吗?”

“以前经常这样，但很长时间不这样了。之前是因为市场惨淡，没什么变化。可最近市场一天一个样，他每天都来的。不过，这几天市场也稳住了，还算好。”

“他不在的时候，你们怎么运作?”

“就做一些常规的自营，与大多数公司没什么区别。”丁喜看了看许诺，关切地问道，“你最近如何？身体有没有不舒服？你都怀孕了，不该这么操劳。”

“丁喜，说真的，我一直在认真地考虑你上次说的话。”许诺忽然说，“只是，在我眼里，你一直是个小男孩。”

丁喜有些诧异地望着许诺：“你是想让我证明一下自己吗？”

许诺故意刺激他：“你到现在还成天跟在袁得鱼后面，没办法独立决策吧？”

“怎么会？鱼哥对我可信任了，很多时候我都是独当一面的。”

“是吗？”许诺笑了笑，“那袁得鱼不在的时候，你能做到不让唐煜用B级基金超越你们吗？”

丁喜搞不清许诺到底是担心海元，还是在试探他的能力。

回去之后，他仔细看了一下分级基金，发现B级基金有成交量放大的迹象。其中，创业板B（富国创业板指数分级B基金）是其中弹性最大、交易量最多的一只，的确是博反弹的好品种。于是，他锁定了创业板B这个品种。

7月17日，丁喜明显感到市场实在跌不动了，反弹的速度有些快。

他与自营部的同事商量了一下，遭到了韩昊的反对：“丁总，市场目前还没稳定下来，这样做风险太大吧？”

“那先买一些，验证一下？”丁喜不甘示弱。

市场果然验证了丁喜的判断，瞬间给了他巨大的惊喜——当天创业板B一下子封死在涨停板上。不过，涨的速度实在太快了，以至于小仓位试盘，挂单都有一半未能成交。

韩昊点点头：“看来是可以玩一把。”

此后，创业板都是超级强劲的反弹，创业板B瞬间从0.510元涨到了0.633元，短短两周，涨幅就高达24%。海元自营部账户上的资金，也瞬间增加了不少，他们的仓位也一直在往上提升。

丁喜紧张万分，仿佛每天的涨幅是他感情走向的关键。

这段时间，丁喜每天都会去看许诺。

有一天，丁喜把一个信封交给许诺："这是湖南路一栋别墅的钥匙，具体地址在信封里。海元证券一直想做一个会所，希望你来主持，这也是鱼哥的心意。"

许诺说："我的餐厅其实是晚上10点后最忙碌，我每天最忙的时间也就三个多小时，白天挺自由，何必去做一个不熟悉的事呢？"

丁喜说："你好歹也是大时代资产管理公司的创始人。会所的事情，我们很早就帮你安排好了，比这里轻松。我其实早就想跟你说了，我知道你放不下这个店，你现在是格外需要注意的时候。真的，我不希望你这么辛苦。"

"丁喜，你知道我不想你为我操心。袁得鱼还没回来？你们觉得他去哪里了？"

"猜不出来，我们打过电话给唐煜，唐煜立马否认了，也不知是否在撒谎。他可能去休息了，前段时间股灾，压力太大了。不过，你不用担心，他不在的时候，我们自营部还赚了不少钱，还是你给我的启发，我买了创业板B。本来还想做波段，发现这个行情下持有是更好的选择。"

"是吗？我只知道这也是唐煜当前的重仓品种。"

"就知道你对我们关心。对了，你身体好些了吗？"

"还行。"

"会所的事你考虑一下，总之，你不要为我和鱼哥担心了，也别理唐煜那个混蛋！"

六

丁喜不时地与许诺讲述自己买创业板B的心路历程，只可惜好行情没持续多久，到了7月24日，市场又出现了暴跌，创业板B下跌了6.003%。丁喜有点儿犹豫，因为此前动辄就涨停，后悔没有满仓上车。于是，他尝试着加了仓位。

没想到，A股仍然是惊弓之鸟，一口气从0.633跌到0.405元。

丁喜有些慌张，账户上原本的盈利已经磨平，还亏损了不少。

越来越多B级基金下折的消息传来，丁喜知道下折的巨大风险。

母基金跌到0.25元以下，就触发下折，资产至少会打对折。

下一个交易日，正好是周一，7月27日，没想到，B级基金直落到0.365元，当天创业板指数下跌7.40%。

母基金下跌7.4%，随时可能冲破0.25元，这意味着具有将近三倍杠杆的创业板B下跌20%左右，为安全起见，丁喜及时止损，将资金全部取出。

没想到，随后几天连续三个涨停，停了一天后，第五个交易日，依然是涨停。

丁喜彻底傻眼了。

这意味着每次临近下折的下跌，反而是一次赚钱的机会。

股灾如此疯狂，扭曲了真假。

丁喜心想，股灾前创业板B经过上折，净值重回1元后，又上涨了几天，相当于从1.3元左右掉落到如今的价格。尽管又涨了一轮，现价是0.522元，可相对于1.3元而言，只是不到一半的价格，应当还在安全区间之内。毕竟是在这么短的时间内，价格下跌了一半。如果真要触发下折，市场还得再狠跌20%左右。舍不得孩子套不着狼，前一次撤出错过反弹就是一次教训。

创业板B上涨企稳的第二天收盘后，丁喜来到许诺的餐厅。

丁喜说，目前他职能范围内能掌控的自营资金已经重新全仓杀入创业板B，成本在0.520元左右，做短线波段。

许诺有些惊讶，又于心不忍："这样是否太冒险了？为什么不等袁得鱼回来再……"

丁喜一听许诺提袁得鱼，就故意表现出自信满满的样子："别担心！我也很有经验，你就等我的好消息吧！对了，我上次与你说的……"他眼睛里充满期待。

"在认真考虑呢！"许诺低下头。

丁喜有些喜出望外，激动地说："好……好的，那我……先走了！”

他离开时，还不小心踢到一个盆。

许诺望着丁喜，有些内疚。对于感情，自己总是无能为力，对袁得鱼，对丁喜，都是如此。

“老板娘，这个小伙子好像很喜欢你呢。”阿芬凑过来说。

阿芬是许诺从菜场请来的老朋友，是一个刚满50岁的女人，之前在菜场里卖葱蒜，现在在餐厅里做服务员。

许诺知道，阿芬的丈夫年初去世了，有一个儿子，在佑海一个专科学校上大三。他们现在住在宝原区北面的一个破旧的老公房群里。

许诺对这些员工有一种天然的责任心，毕竟是她将他们从菜场里带出来。这个阿姨比较特殊，早上依旧在菜场工作，到中午过来帮忙，一直干到夜宵结束，相当于做了两份工。

阿芬继续说道：“对了，刚才你们说在投资什么好东西？”

“阿姨，你就安心工作吧，投资风险太大了。”

阿芬对许诺眨巴了下眼睛，露出一种“有好事不让我知道”的劲儿：“算了算了，记得你原来在金融公司做的时候，我还跟阿勇他们说，你肯定发达了。你看看，你果然发达了，自己都有钱出来开店了。他们说，炒股票的10个有9个亏钱，只有1个不亏钱，就是证券公司。刚才那个小伙子是证券公司的吧？肯定赚钱！”

“阿姨，我不是故意不告诉你，我自己都已经不炒股票了，我建议你也不要玩。你看，今年股灾，大多数人都亏钱。”许诺认真地说，说完理了账本就走了，“记得关好门，早点儿回家。”

阿芬看着她的背影，叹了口气，她何尝不知道股灾的厉害。她丈夫生前留给她一笔钱，丈夫临死的时候，股市有了赚钱效应，于是她把钱放在股市里了。

然而就在前几天，阿芬打开那个尘封已久的股票账户。如果她没记错，原本应该是42.73万元，这是她老公辛苦大半辈子留给他们娘儿俩的所有积蓄。

眼前的数字让她惊呆了，股灾后账户上确实只剩下 15.24 万元，一点儿都没错，她还数了数小数点，反复数了好几遍，确认只有 15.24 万元了。

阿芬很绝望，她尽管还在工作，收入却并不高。她在菜场的铺位，已经完全市场化了，她感觉都快入不敷出了。

她不是一开始就在菜场的，是在经济转型的时候，从纺织厂下岗回家后干起来的。她意识到，自己这些年干不过外地来的年轻人，他们毕竟年轻，可以起早摸黑。

不过，她还是偷听到了他们的对话。其实，每次有金融圈的朋友来找许诺，她总是偷偷地凑过去，唯恐漏了重要的信息。如果没听错，刚才丁喜说的应该是创业板 B。

阿芬拿起手机软件看了看，发现随着近期市场走稳与恢复，创业板 B 走势强劲，涨幅超过 10%，不禁“哼”了一下：“净知道保密，不肯让我赚钱。”

另一边，许诺回到家里关起门，把丁喜给她的截屏转发给了唐煜。

唐煜马上与山口、邵冲通报：“他们中计了，已经有 30 多亿元资金在里面了。”

山口冷笑道：“是时候了。”

第八章　迟到的回击

在你得不到你想要的东西时，你得到的是经验。

——霍华德·马克斯(Howard Marks)

《投资最重要的事》

（*Most Important Thing*）

一

对邵冲来说，这些天压力非常大，下一个计划就要执行起来了。

压力最大的事是魏天行下落不明，毕竟，他不仅拿了资金，还掌握了一批海外资金资源。

邵冲担心魏天行搞突然袭击。

难道下一步行动真要提前开启吗？他觉得最好是先找到魏天行除去后患。不然，魏天行将是他心中一个放不下的定时炸弹，随时会引爆。

他与山口交流后，又走到地下室。

已经习惯黑暗的袁得鱼忽然眼前一亮，只感觉非常刺眼。

袁得鱼渐渐适应光亮，在他面前的竟然是那个一直与他保持距离的对手——邵冲，他看起来风度翩翩，仿佛最近资本市场的混乱，他完全不知晓。

“又见面了。”邵冲说。

“如果我没猜错的话，丁喜他们应该在你们的控制之中。”

“你真是神机妙算。”

“过奖。我猜你现在找我，是因为你打算提前走下一步棋了吧？”

邵冲打量着眼前的年轻人，还是一副顽劣的样子，最神奇的是，他做什么事都举重若轻，哪怕再大的压力也算不了什么，天生就不会发愁似的。

邵冲心想，接下来发生的事将足以让他震惊。关键是他在这里，根本无力反抗。

他冷笑了一下，脑海中浮现出海元30多亿元灰飞烟灭的样子，感到莫名的兴奋。

“你知道，我为什么让你找魏天行吗？”

“你们那个创业板B的计划，已经快成功了吧？”

“你怎么这么聪明！”邵冲一下子收起笑脸，“魏天行现在在哪里？”

“你先回答我一个问题。我一直很好奇，你什么时候与山口搞在一起的？与他合作，对你有什么好处呢？”

邵冲慢慢地掏出一根雪茄，此时此刻，身边只有袁得鱼，他深深吸了一口气：“我们从来没有心平气和地聊过吧？”

袁得鱼笑了笑：“确实，我没有与你深入交流过，但我看过你的论文，写得很好，也算交流过。新丝绸之路下金融新体系，真的是瑰丽的想象。”

邵冲听他这么说，有些感动，尽管很多人为了靠近他，都会提到他的论文，但有多少人能理解其中的要义呢？他有些放松，难得在袁得鱼面前直抒胸臆：“你懂得什么是执念吗？”

袁得鱼摇摇头。

邵冲想起第一次见到那个女人的时候，那个场景反复在他脑海中出现。他怀疑真实的场景已经被他修饰过无数次，因为太过清晰，有点儿失真。他记忆中，当时周围有些人穿着什么衣服，有多少只小鸟在不远处的电线杆上叽叽喳喳都很清楚。

那时的邵冲，从航空学院刚毕业不久，还是一副少年模样。他穿着干净的白衬衫与藏青色西装裤，手上拿着两本书，整个人看起来羸弱，完全没有后来运筹帷幄的淡定模样。

他记得遇见她的那一天，正好是邵家最后一次家族成员聚在一起，当时很多亲朋好友还没出国，一些失联的亲戚为了做家谱，组织了一场聚会。

大家族在一起很热闹，邵冲一个人呆坐在圆桌边，闲得无聊，时不时翻开手上的书。

邵冲离开这个家族很久了，他的母亲早已病逝。他一直在外地读书，似乎没有得到这个大家族的恩泽。

然而，就在那个连接院子的大厅里，一个悠扬而婉转的声音传来：“请问，这是你的书签吗？”

邵冲抬起头，看到一个容光照人的女子，神色稍显冷傲，俏丽娇美。她递给他一个小小的、他用来做书签的纸飞机。

就在这时，他似乎听见自己心跳的声音。他突然明白书中说的见到心爱的人，仿若隔世见过，不是错觉，也不是想象。所谓见过，是因为自己心目中理想女子的样子会反复在心中出现，遇到意中人的时候，就以为见过。

他想，这大概就是一见钟情吧。

可他的兴奋没有持续太久，就变成了难言的失落。吃饭时，他很快就得知这个女子已经是某一位哥哥的妻子，那位哥哥当时就陪在她身边。他更没想到的是，他们已经有了一个小女儿，就是邵小曼，当时的邵小曼才一点点儿大，像个小精灵。

天哪，她这么年轻，竟然已为人母！

尽管邵冲知道了女子的身份，可还是忍不住在吃饭时偷偷多看了她两眼。没想到，这个女子也看到了他，也望得出神。她缓过神，意识到什么，不好意思地一笑。

吃完饭后，下起了大雨。

邵冲发现只有那个女子与孩子在等车。他走上前，与她打了招呼。

后来，她们上了一辆轿车。车里只有司机，她的老公呢？

简单的三言两语，就感觉到她落寞的心。邵冲隐隐意识到，她老公与她之间可能存在问题。

在佑海的日子里，邵冲约她出来见了面。

一开始她是推辞的，邵冲以家里的事为由，她还是出来了。

于是，他们有了几次共同的出行。没想到，那几次约会成了邵冲难忘的回忆。

后来，邵冲知道她离家出走的消息后，第一时间打电话过去，可对方电话已经停机。

关于袁得鱼问的，自己怎么会与山口联手呢？他有时候不得不佩服日本人做事的仔细。

山口直木，也就是山口正彦的父亲，在第一次与邵冲谈事的时候，正好看到他放在钱包里邵小曼母亲的照片，山口觉得有些眼熟。他想起这个容貌出众的女子，曾在东京见过。

原来，邵小曼母亲当时在山口株式会社下的房地产公司买房，手上现金不多，希望要多一些折扣，工作人员不同意，说房子太好销了，前一天的折扣已经取消了。

山口直木当时在那边巡视，见到她，大概出于爱美之心，就同意给她折扣，那女子非常感激。

后来查看房屋购买者资料时，他发现这个女子来自中国，护照是美国的，所以留下了印象。

他见到邵冲钱包里的照片后，试探了一下，便知道邵冲对这个哥嫂一直念念不忘。而这女子的情况，尽管邵冲只是三言两语地说了个大概，与他了解的基本信息完全吻合。

原来，当年女子因丈夫的外遇与家暴，忍受不了而离家出走，便直接来到了日本——宫崎骏《天空之城》的故乡。她与邵冲不告而别，是因为想真正离开过去的人和事。

于是，山口安排了他们的见面。

邵冲完全没想到，见到对方时，他们如同初见时那样新奇愉快。似乎这么多年过去，彼此的感情依然保鲜。

这一回，邵冲陷入了热恋。他发现自己一直单身的原因，是自己对她念念不忘。

在之后与山口的见面中，山口又提了一些自己的主张，这与邵冲的想法不谋而合，以至于邵冲都有些恍惚，这究竟是巧合，还是山口对自己下过一番功夫？

可这都不那么重要了。

那次，邵冲为了自己的抱负，也为了自己心爱的女人，答应了一切。

二

“邵总！”袁得鱼的声音将邵冲拉回现实，“如果我没猜错，你与山口合作，至少有一个目的是实现你一直以来的想法。”

这些天，袁得鱼尽管身处黑暗之中，头脑里思考的东西反而愈加清楚，一些片段式的信息一一掠过，反而串起了指向真相的关键线索。

一个可怕的灵光在他脑海中闪现，他好像知道这个战场的触发点了。

汇率，是他早就猜到的下一个战场，也正是他在哥伦比亚大学那次，与金羽中确认的答案。

前一阵子，他在美国时曾遇到一个中国富翁。富翁说他在2014年年底的时候，换了1 000多万美元，前不久还在问袁得鱼怎么看人民币的走势。

他的公司是一个造船业的老牌公司，他告诉袁得鱼，公司60%以上的利润来源于资产收入，远远超过造船主业。然而，这是一家上市公司。

袁得鱼发现一个共性，这类公司的资产负债表上都有价值高达百亿人民币的大量境内理财信托投资，靠的是大量境外美元贷款支撑。

这些上市公司，在国内抵押一部分人民币，获得全额的美元信用证，相当于获得了金融杠杆。于是，上市公司的海外子公司凭借母公司在国内银行开出的美元信用证担保，从海外银行获得短期美元贸易贷款，再把获得的美元资金以各种方式汇入国内，提供给母公司在国内投资获利。

这么做的好处显而易见，美元贸易贷款的利息成本大约只有

3%，而如果汇入国内投资一些固定收益的信托产品，当时10%以上的回报产品盛行，减去成本3%，再乘以大约三倍的信用证杠杆，得到的无风险套利收益可达到20%以上。

要知道，这样的回报率在实业艰难时期是非常可观的。

袁得鱼在地下室闭起眼睛，上市公司在F10（股票非行情类的基本面资料）中的资料像数字解码般在脑海中扫过。

“天哪，至少有183家上市公司在做这个事，保守估计，资金在百亿美元之上！”他又想起前不久刚看的国际清算银行统计。过去一年的时间，这类套利的资金竟然高达1万多亿美元。

危险的是，这1万多亿美元的套利资金，有高达70%是一年以内的短期贷款，必须不断滚动续借。可1万多亿美元不是小数目，约占外储的1/3。这也意味着，外储里约有1/3是套利热钱，一有风吹草动，就会趁势而逃。

当前，实体经济的回报越来越低，外资不再大量流入，仅靠顺差已经无法抵消资本外流的压力，所以，自2013年开始，人民币开始贬值。

这意味着，1万多亿美元的套利资金随时会遭遇灭顶之灾。

袁得鱼想起，在《金融炼金术》（*Alchemy of Finance*）一书中索罗斯（Soros）说：“当一个趋势的改变被大家识别出来，投机交易的量有可能经历大规模，甚至灾难性的增加。当一个趋势持续起来时，投机流动是逐渐增加的。但反向的变化不仅涉及目前的流动，还涉及积累起来的存量投机资本。趋势持续的时间越长，积累的存量越大。当然，这种情况也有缓和的时候。一个就是市场参与者可能只是逐渐认识到趋势的改变，另一个就是当局会意识到危险从而采取行动来避免崩溃。”

2014年开始，这批套利资金通过资本市场疯狂地制造泡沫，从资源行业一路到创业板泡沫，见证一个又一个资产从膨胀到爆裂。

一旦这个新泡沫破裂，无疑又是一轮踩踏。

袁得鱼这段时间对这一风险的担忧愈加强烈，他猜测邵冲会以一种方式去捅破它。

邵冲看着袁得鱼的眼睛，他明白曾经那个聪慧少年已经长大，他看透了一切。

“下一个核心战场是汇率，对吗?”

邵冲怔了怔，他潜心准备了多年才算刚刚抵达主战场，可当他听到“汇率”这两个字的时候，还是情绪起伏了一下。

袁得鱼此前一直隐约感到，尽管股灾已经爆发了，可还有什么风险没有完全释放似的，灾难还没彻底来临。当他想到外汇时，就觉到自己切中了要害。当前的货币杠杆带来的人民币剧烈贬值的预期，才是一把随时会下落的达摩克利斯之剑。

A 股上涨，不单是因为所有人在加杠杆，而是因为那批拥有最多财富的人必须得将资金转移到海外且不动声色。现在这批人已经转移好了，此时此刻，人民币面临巨大的贬值压力。

“有意思，你是怎么想到的?”

袁得鱼说：“未来几年，人民币贬值的趋势太明显了。毕竟海外银行不是慈善家，下雨时就会收回雨伞，那些投机方式无法持续，海外银行正在回收美元贷款。聪明的、有先见的投机者在想办法快逃。”

邵冲直接说：“可人民币贬值的最终结果是让全体持有人民币资产的人买单。”

袁得鱼望着邵冲，发现他没自己想得那么残酷无情，尽管他已经做了太多不计后果的事。

邵冲想起自己最初遇到袁观潮的时候，就一见如故。当时，袁观潮的第一句话就感动了他。袁观潮是一个非常直率的性情中人，大声说：“你就是邵冲吧！我看过你发表的几篇大论文，你一定会成为一个了不起的人。”

邵冲在当年的论文里提出过一个观点，以中日两国为主，建立一个自由贸易港，同时，采购彼此的货币作为储备货币，创造一个区域货币——亚元，他那篇博士论文——《人民币的“丝绸之路”》提出了详细的货币构架与模型，一直被货币圈奉为经典。

如果不是因为邵冲的名字出现在交割单上，袁得鱼恐怕也会对这位学者型的政治家有些敬畏。邵冲在某种程度上是货币集权派，如果搞汇率大战，他的目标应当是让人民币拥有控制权。不过，袁得鱼更偏向货币自由派——如果集权，世界上不就又多一个美元，有什么意义呢？

袁得鱼颇有把握地说："如果我没猜错，你想扭转当下非强势货币的局面，你一直在为此做准备。"

邵冲笑了一下："所以你不觉得，山口是最合适的合作人选吗？你看，我已经回答你的问题了，你快告诉我，魏天行在哪里？"

"你是担心他破坏你的计划吧？他手里也掌握了大量资金，随时可能搅局。你更怕山口到时候不能给你最大的支持。但你不觉得，最担心的不应该是魏天行，而是山口吗？你真觉得他值得信赖？"

"别找借口了，看来你是不想告诉我了。"

一个想法如闪电般穿过袁得鱼的脑际，尽管这个念头让他自己绝望。

袁得鱼清晰地说："如果我没猜错，你接下来的一步棋，或者说下一个触发器，是让人民币贬值。"

邵冲倒吸一口凉气，吃惊不小："你怎么知道？"

"杠杆会形成踩踏，那些杠杆资金在股市下跌10%～20%的时候还没动，是期望市场可以反弹。真正打压的其实是资金大头，它们在不遗余力地撤退。所谓降杠杆，只是在掩护股灾的真相。所有人都以为是降杠杆引发了股灾，其实背后是大资金在撤离。你看，降杠杆是5月，但那时候只有小调整。真正暴跌的开始，是抵押贷款证券化（MBS）回购，因为抵押贷款证券化直接抽走了流动性。你想，回购这些的资金到底去了哪里？股市是为那批想腾挪资金的人准备的。而一次性贬值，看似可以快速将套利资金封杀，继续建立自己的信任，撬动更大权利。"

"难道我没做对吗？"

"其实真正该走的也都走了，你们是在酝酿新一轮灾难！"

“可惜你在这里什么事情也没办法做。把你关在里面，真是太正确了。”

袁得鱼说：“这场汇率局，是你们真正启动的大杀器!”

“你知道得太晚了，很可惜，海元证券马上就要消失了。”

“我感慨的不是海元证券。我担心，会有很多虎视眈眈的国际玩家参与进来，这不是我们可以控制的局面。如果有人故意给人民币施压，同时配合国际大鳄，说不定他们早已涌入人民币空头市场。你有没有预估过这个风险，一旦形成，是你我都不曾想象的。”

“风险？这些年，我见到的还少吗？如果不彻底动荡一下，谁来推进改革?”

“你太不计后果了!”

“袁得鱼，你作为对手，从来没让我失望过。不过，我建议你还是早点儿告诉我魏天行的下落，这样对你我都没坏处。”

“我的确有办法把魏天行找出来，但前提是，你必须找好避险的方式与出路。”

邵冲琢磨着这句话，心领神会。

“恕我直言，我认为你那么宏大的计划，如若以依赖与他人合作为前提，那恐怕多半会让你失望。毕竟，只有先独立，才能自主。”

邵冲觉得有些可笑，世界上多少事情需要借力打力，有些事情哪里能自己单独做得了的?

不过，邵冲反过来也意识到，袁得鱼提到的海外机构借机做空的风险不无道理。毕竟，他此前选择与海外机构合作，不是要摧毁财富，也不想引狼入室，想着就慌张起来，打算马上行动：“你继续在黑屋子里待着吧，给你一些思考的时间。”

三

邵冲回到办公室，马上给唐煜打电话：“我要马上开启第二阶段计划。”

唐煜问："什么时候开始？需要联手那些大佬吗？他们之前说会给我们巨大的回报。"

"不，要赶在他们之前，我们在股灾里已经送给他们超级大礼包了。这次不一样，你也知道，对于大机构来说，汇率的杠杆是没有上限的，如果给它们时间提前做准备，风险不计其数，我不想出现不可控的局面。"

唐煜点点头："我知道它们已经在布局筹码了，但目前还算是小幅度建仓，还没把头寸完全做完。幸亏你提醒了我，不然按计划，我会跟它们交代的。"

唐煜半夜走在金家嘴环岛上，望了一眼星空，预感到第二天将是无比可怕的一天。他无法预计这场灾难到底会发生什么。

此时，一个人跟在他身后，是陈啸。

唐煜打了一辆车回去了，这几天，他实在太累了。

陈啸赶忙打电话给韩鉴："韩总，我跟踪唐煜有段时间了，他控制的这批对冲基金，的确是做空股市的两点半惊魂主力。但他好像脸色不太好，是否会有升级版？"

"好，那我们一切按鱼总之前布置的去执行。"

果然，邵冲很快使出绝杀——人民币一天贬值到位。

邵冲不得不承认，袁得鱼是对的，不能让那些国际大鳄虎视眈眈地等着套利。

8 月 10 日，又是不可思议的一天——人民币当天贬值 2% 。

"大屠杀"提前进行。

尽管人民币离岸市场有中国香港、伦敦、法兰克福等，贸易往来和货币互换规模等因素决定人民币汇率走向，但香港作为人民币最大的离岸市场，可以说香港的人民币汇率走向决定了全球人民币离岸汇率的走向。

在岸市场，可以通过央行的中间价等调控，但是离岸市场因为在境外，几乎是多空力量的市场化体现。

不过，香港的人民币汇率市场是最能进行多空对决的一个市场，对冲基金喜欢在这里大举做空。

但国外对冲基金忽略了一件事，中国之所以将最大的人民币离岸市场设在香港，背后是有重要考虑的。因为香港有很多中资银行，能参与人民币汇率的做市。尤其是人民币期货市场中的庄家除了外资银行，还有中资银行。

这样一来，面对这些海外对冲基金的空头头寸布局，中资力量有足够实力对抗。

这一回，人民币是这些金融大佬围猎的对象，因为这算是成本最低的导火索。因为杠杆可以放无数倍，方向又明确，更何况中资力量在救国内A股时已分散了大量精力，现在正是偷袭人民币的好时机。

连他们也没想到，邵冲竟以极端方式先下手为强。

可邵冲不得不这么做，危险的力量都到家门口了，生死攸关，怎可能再纵容？

当然，也不乏提前布局好的，这次人民币一天2%的惊天大贬值，让少数做空人民币的对冲基金赚了不少钱。有的对冲基金甚至三天时间赚了二三十多亿美元，比过去10多年赚的总和还多。

很多人在这场战役中，看见了当年狙击英镑与泰铢的金融大鳄索罗斯的身影。

尽管早先索罗斯放话，说自己早就退休，然而，熟悉索罗斯的人都知道，那家伙的话完全不可信，作为“反射理论”的创始人，其精髓是随着市场变化而变化。他身边的人会遇到这样的事，上次遇到他时，他说他完全看好做多，然而，接下来，股市大跌。这次遇到索罗斯的时候，索罗斯开心地说：“嘿，知道吗？我做空股市赚了大钱。”

早几个月前，就有媒体说，索罗斯在香港出现过。当袁得鱼在黑暗的地下室想起这条信息时，更证实了自己的猜测。

然而，在国际资本市场争得你死我活的时候，中国股市并没有什么动静。

阿芬知道人民币极速贬值的消息后，完全不知道发生了什么。

她不可能读懂这些信息，她只想到最近的股市好像已经稳定下来，她希望自己能好运。毕竟，现在的位置已经是这段时间的低位了。

她把账户剩下的所有钱——15.24 万元全部买了创业板 B。因为她偷听到这是最容易博取反弹的品种，如果上涨 10%，杠杆基金有可能上涨三至四倍，因为已经跌过一轮，杠杆更大了。阿芬不想为何杠杆变大了，她只想现在的 15.24 万元如果要回到原本的 40 多万元，只能靠这种程度的翻倍。

她感觉现在的点位已经很低了，她决定奋力一搏。

“老头子，给我点儿好运吧。”她虔诚地对着已故丈夫的黑白遗像，祈祷着。

短短几天，股市都没有异常。中国股市确实已经趋于稳定一两周了。

然而，股市忽然不对了。

8 月 18 日，好像约两个月前的股灾附身一样，这天千股暴跌。

这次与此前不同的是，暴跌发生后的当天晚上，全球金融市场也暴跌，几乎是全球崩盘。也就是说，这次暴跌竟然成了全球性股灾的导火索！

最可怕的是，后面几天因中国股市有跌停板制度，很多股票一开盘就跌停，根本无法逃出来，跌停板一个接一个，就像一个一个已封锁住的死城，无数生灵在黑暗里挣扎着死去。

尽管邵冲对人民币贬值后的市场反应有心理准备，但他完全没想到会以一种如此剧烈的方式出现。

如果前一次的股灾是用一个月完成的话，那么，这次是一个快进版，惨烈程度完全不亚于前一次股灾，最可怕的是让人猝不及防。人们完全来不及反应或无法反应，甚至有反应也没用。

许诺看到市场像瀑布一样暴跌，整个人吓呆了，马上打电话给丁喜。

然而，丁喜没有接电话。

她在屋子里来回走了两圈，还是抵不住内心的焦虑，她飞奔到海元证券，直接冲上二楼。

门卫认识她，没有拦她。

许诺看到正对着屏幕、神情近乎痴傻的丁喜。

丁喜看着几乎是垂直坠落的股市，不敢相信地直摇头：“不该这样的，还有很多事情等待牛市，还有那么多公司等待融资，救市资金也都进了，不该是这样的！”

许诺静静地坐在他旁边，创业板 B 牢牢封在跌停板上，根本就不给人出逃的机会。

收盘后，丁喜整个人呆在那里。

没过多久，有人送来当日结算单，上面是当天的盈亏——这是个悲惨的数字。

多米诺效应出现了：这场股灾 2.0 比股灾 1.0 更为凶残，短短 7 天，市场一下子又跌了 1 000 点，万亿财富瞬间蒸发，股民一片哀号。

只可惜市场本就不是收容所，只有赢家与输家。很多人什么都不懂就去尝试，想当然就赌上了身家。然而，股灾中什么事情都可能发生，黑天鹅反而像是常态。

四

阿芬还在卖菜，听到一个老头说现在的行情不如跳楼。

她立马抛下菜摊，跑回家。

她打开电脑，傻傻地看着这个行情。

她一下子捂嘴哭了起来，也不知道哭了多久，低声地痛苦干号，整个人魂飞魄散。

自从阿芬买入后，市场只给了她一次逃脱的机会——那就是 8

月 19 日那天，市场出现了仅有的一次复苏，然而，那次太像复苏前的“假死亡”，谁都没想到，这一天其实是绝地求生的最后一天，之后就是不断跌停。她很害怕，因为她知道这辈子就要在贫穷中度过了。为了恢复最初的资产，她经不起诱惑，走上了这条道路，抵押了房子，大约凑了 100 万元。

然而，她买的创业板 B 可能是 B 级基金下折史上最惨烈的一次。

0.25 是下折线，触发下折线后，一般分级基金就会锁盘，开始计入折价程序。然而，8 月 24 日，B 级基金的净值竟然是 0.251，就差 0.001 元就可下折。这也就意味着，根本止不住，还得继续打对折。

她瘫软在床上，已经没法上班。

8 月 26 日，这是最可怕的一天。这天，市场继续跌停，这个 0.251 的净值，以 4 倍的速度吞噬净值，也就意味着，按 10% 跌停板计算，一天时间资产就缩水了 40%。

更惨烈的日子还在后面。按规则，折价的净值不是根据折价日当天而是根据第二天计算，这在大多数时候，应当是个缓冲。

8 月 27 日到了，没想到极端黑天鹅事件发生了，市场再次跌停，按前一天净值计算，大约只剩下 0.15 元了，进一步计算跌停后的净值，此时是六七倍杠杆，10% 的下跌，净值瞬间折价成 0.05 元左右。

这几天，阿芬浑浑噩噩。收盘后，她只感到浑身冰冷，眼前发黑。

另一边，唐煜在娴熟地通过 A 基金隐含收益率进行 AB 分级基金的轮动套利，因为股灾触发了太多分级基金下折。

他悠闲地看着自动化程序交易：运行的是他早就设计好的程序，交易不断完成，就像捕捉到一个又一个肥胖的猎物。市场上有买不完的分级 A，他持续滚动套利，短短三天，就收获了超 20% 的收益。

效率更高的是他的股指期货趋势程序，不断轮动高频做空，三天资金就翻了两番，赚取的资金总量火箭般上升。

他感慨道："天哪，市场就好像捡钱一样。"

他自己的海外账户因为做空人民币也赚了不少钱，但因为邵冲给了限制，所以，他赚了三倍左右就停了，原本他可以放无限倍杠杆去赚的。

这些钱像是在天上飞舞，铺天盖地地朝他扑来。

基金资金到账的这一天终于还是来了。

发着高烧的阿芬颤巍巍地打开账户，她没力气哭了，整个人呆在那里，脑子嗡嗡响，听得见自己沉沉的呼吸。残存的资金似乎在嘲笑她，从 0.52 元到 0.05 元，竟然不到 10 天时间，超 90% 的资金灰飞烟灭。

况且，她问别人借了钱，还抵押了自己唯一的房子。

她在路上走着，恍恍惚惚，毫无知觉。

她的这个房子，价值不过 120 多万元，她抵押了七成，融到了 80 万元，加上原本的资金与借款，凑足了 100 万元。这下，所有的资金都赔了，是真正的倾家荡产，她真的什么都没有了。

像阿芬这样的人，无论如何也不会知道究竟发生了什么。

6 月那次，中国股市几乎是泥沙俱下，每天跌停，一个月不到，爆发了 1 000 多点。在这个可怕的黑色 8 月，短短七天不到，1 000 点灰飞烟灭。

很多原本在第一次股灾中苟延残喘的中产阶级几乎一夜沦为贫民，无数梦想被彻底碾压、埋葬。

五

看到海元证券损失巨大，许诺也说不出话。她原本想阻拦，但发现仅凭一己之力根本无济于事，市场没留下一点儿出逃的机会。

有些伤感的她，拖着脚步回到餐厅。

在路上，许诺把偷拍下来的账户数据发给唐煜：“可以放人了吗？海元这次损失惨重！”

“干得不错，许诺。”

许诺原本有些绝望，这句话让自己的内疚感无以复加。这次，她对自己彻底失望了。

“你怎么不说话了？你不要想太多了，很多事情本身就没有道理可言的。送你一句话，拍下尘土向前，无人独善其身。”

挂下电话，她怔在那里，她觉得即使她想救袁得鱼，也不该让丁喜跳入这个火坑。这毕竟是金融衍生品，她究竟干了什么？

她刚走到餐厅，一个全身着火的人朝她扑来，她吓得连连后退。

“出大事了！”店里伙计阿勇说，“赶紧躲开，这是芬姐，她做股票亏了很多很多钱，她不想活了！”

燃烧着的火团四处扑腾，随即，像燃烧完的木头一样倒了下来。

原来，在半小时前，阿芬将油倒在自己身上，点燃后，整个人瞬间变成一根燃烧的木头，她发出阵阵凄厉的惨叫。

许诺吓坏了，浑身发软。她还清晰地记得，刚才扑来的那个燃烧的脸，那双怨恨的眼睛瞪着她。

救护车来了，人被抬走了。

许诺蜷缩起来，蹲在角落里，双手抱住自己，感到无比恐惧与哀伤。

没过多久，一个约20岁的男孩跑过来，他穿着一件洗得发白的校服，看起来极瘦，他焦灼地问：“我妈妈呢，我妈妈呢？”

“在医院，我陪你去。”

男孩直接就哭了，一边抹着眼泪，一边说：“昨天晚上，我看到妈妈一直守在电脑前，一个晚上都没睡，我就知道她有心事，我怎么那么蠢，我竟然没问！”

许诺擦掉眼泪，振作了一下，跟着同事的货车，带着这个孩子赶往医院。

阿芬救治无效，医生宣布死亡。

许诺与其他人一起，去阿芬家收拾东西。

她打量着屋子，这是个残破的小屋，30 多平方米。

屋里堆满了杂物，没什么家具，只有一张红色的折叠桌，上面摆着一碗汤，星星点点的油水，漂浮着切得很小的几块冬瓜，边上应当是她捡来的裂开口子的西红柿。

这个老公房，应当是这个家仅有的财富，可她听说，也被剥夺了。

许诺向窗外看去，四周很荒凉。

许诺想象着这幅画面，原先她和奶奶也是这样的生活：阿芬与约 20 岁刚考上大专的儿子在这里生活，他们就住一个房间，儿子在用帘子隔开的床上睡觉。平时吃饭，他们会把折叠小桌打开，坐在小板凳上，在厨房里弯着腰吃饭，会聊一会儿天，这应当是他们一天里最快乐的时刻。

许诺看到房间的墙上，有一个手工做的时钟，一根是笔直的钢条，一根是曲线的钢条，两根钢条渡上了不同的颜色，还有 12 个彩色数字，歪歪扭扭地贴在墙上，指针后面，还有电池盒与石英振荡器。可能是时间长的关系，时钟已经不走了，定格在一个永远静止的时间。

许诺想起，曾经看过阿芬剪这些数字，她还夸自己丈夫心灵手巧。

即使贫穷，生活也可以丰富与美好。

但是，现在什么都没有了，股市竟让人失去了生命。

能怪这些可怜的股民贪婪吗？他们可是在已经下跌了 30% ~ 50% 的市场才下重注。谁会想到，七天又下跌 1 000 点呢？谁又会想到，分级 B 在极端情况下，令人那么难以逃脱，停盘之后，还可以对折再对折呢？

这究竟是股民的贪婪，还是市场的缺陷呢？究竟有没有机会，能让普通人不那么孤独呢？很多的所谓失误，到最后，究竟都是谁在买单？谁在暗中笑呢？

许诺感到一阵阵绝望，“朱门酒肉臭，路有冻死骨”仿佛是自古以来就难以改变的残酷现实，只要制度没有改变，人性没有改变，就总有很多人陷入绝望。

这个男孩一直在旁边默不作声，他还不知道自己未来会经历什么。

许诺记得，这个男孩有一次来餐厅找他妈妈时，还高兴地说：“妈妈，我遇到一个我喜欢的女孩，我该送她什么东西呢？”

见到许诺打算离开，男孩忽然哽咽道：“姐姐，姐姐……我还会幸福吗？”

“当然会！”

许诺转过头，流下了眼泪。或许，这个男孩还不知道，自己所住的这个小房子马上将会被抵押公司收走。他可能很难有机会，享受与同龄人一样丰富而美好的生活了，可能会实现，只是需要很多努力，以至于显得太渺茫了。

很多事情都会发生，过去10多年，中国在发生惊天动地的变化，本来微小的财富差距放在如今，这鸿沟多少有些残酷。

这些痛苦的人们，为什么要进入市场？可除此之外，他们又有什么办法呢？获得财富的途径非常有限，大多数人辛苦了一辈子，回报少之又少，以为能另辟蹊径，殊不知，游戏都一样，永远是少数人的狂欢。

六

第二天，许诺打电话给唐煜：“你在哪里？你们到底放不放人？”

唐煜说：“现在海元证券的股价不提也罢，我们本来收购是为了抄底，现在似乎没这个必要了。我已经把它的损失情况，告诉记者了。哈哈哈，袁得鱼已经是个废人了。等着吧，今天三点多，你们应该就能见到人。”

许诺来到海元。

丁喜看到许诺恍恍惚惚，有些慌乱："许诺，发生什么事了？"

"他们说，今天三点后会放袁得鱼。"许诺有气无力地说。

"天哪，鱼哥被抓起来了？怎么回事？"

"你们能原谅我吗？袁得鱼被唐煜他们抓起来了，我是真的想救他，所以才让你们买分级 B，我以为这样就能让他出来，以为你们只会亏损一部分钱，不知道会这么严重。现在海元怎么样了？是不是真的要被泰达收购了？"

丁喜错愕地看着她。

许诺哽咽道："唐煜他们说，会把海元巨亏的消息放给财经记者，他要把海元往死里整！"

丁喜搂住她，她整个人软软的，没有一点儿力气。

丁喜心疼地说："你这些天太累了，许诺，你不该承受这么多的！"

许诺流下了眼泪。

"别太担心了，会有办法的。"

"你知道吗？阿芬死了！是我们害了她！"许诺哭着说。

"许诺！"丁喜更心疼了，"我认识她，你不要再难过了。这样的市场，对散户太残忍了！"

"难道你们就专业吗？你们自己不也搞得遍体鳞伤！"

"许诺！"丁喜看她眼神涣散，忍不住说，"你以为是因为你，我们买创业板 B 的吗？我就算是二把手，也没有控制自营部 30 多亿元资金的能耐啊！"

"什么意思？"

"我们已经把这笔资金换成了美元，还加上了其他自营的资金。鱼哥在离开前就猜到，此前在国内疯狂套利的外币会受到限制，如果未来我们要在海外市场做什么，得赶紧保留实力。"

"你是说，袁得鱼早就知道会爆发汇改危机？"

"当时他未必清楚地知道，可他总有天然的直觉，会知道战场的核心区域在哪里。他一直以来都擅长把握战斗的本质，就算这次危机与此前的股灾逻辑不同，战斗方式不同，他也总能预知作战方向。”

“你们不是买了分级 B 吗？”

“那是我们为了让唐煜他们早点儿放出鱼哥。我与你说的，买创业板 B 的事都是信口开河的。那个结算单也是故意让人送来的，都是假的！当时，唐煜送你到小白楼的时候，冉想正好看到了，告诉了我。”

许诺有些崩溃。她没想到，自己一直以为丁喜被蒙在鼓里，没想到自己才是被骗的那个。

“可是许诺，我是真心喜欢你！”

她后退了两步，捂着嘴哭起来。

她离开海元的小白楼后，一直漫无目的地走着，走了两个多小时。

许诺似乎缓过了神，她一抬头，发现自己站在破破烂烂的与奶奶一起住的老房子前。

她又想到了阿芬，不禁泪如雨下。

这时，她看到丁喜来电，犹豫是否要接，但电话不断打来。

她看了看时间，是三点多，便接了。

丁喜紧张地说：“真的不好了！今天你来海元证券的时候被跟踪了，可当时，我说出了真相。三点多了，他们还没有放人，鱼哥还是有非常大的危险。”

许诺感到一阵晕眩，瞬间失去了知觉。

第九章　抓捕“白大褂”

人迟早是要死的，总有听到这个噩耗的一天。人生不过是一个行走的影子……充满着喧哗与骚动，却找不到一点儿意义。

——莎士比亚（Shakespeare）

《麦克白》（*Macbeth*）

二

邵冲对这疾风骤雨般新一轮的股灾有些不知所措。他觉得，这是中国第一次正式进入全球性金融大战，他自己也不确定是否有还手之力。

然而，对于国际金融工具参与的市场，几乎是全球金融掮客最熟悉的盛宴。

在佑海举办的高规格全球财经论坛上，他感受到了这份压力。

在私密的闭门会议上，他见到了在奥马哈见过的塞特尔基金的首席执行官麦克（Mike）。塞特尔基金借唐煜的平台，是最早布局中国市场的美国顶尖对冲基金之一。

茶歇时，麦克还冲他眨了下眼，仿佛在说干得好。

邵冲也明白，这样的危机市场对于他们这些熟手来说，可演化为一台高功率的印钞机。

可这场突如其来的新股灾，邵冲也知道自己会遭到问责。

这也正是他在这样的风口下依然坚持参加论坛的原因所在。很多人遇事喜欢躲起来，在邵冲看来，这反而失去了反攻的机会。因为普通人很少能在公开场合发出自己的声音，而自己利用了这一点。前提是，要巧妙。

所幸，掌握市场情绪是邵冲擅长的。

邵冲在论坛上非常真诚地说：“为了防止境外套利带来的更大损失，我们采取了当天大幅贬值的方法。有人说我们没有顾及境内股民的利益。股市对于整个中国金融体系而言，的确是重要的组成部分，我们了解到大多数专业机构与精明的投资者，在前一次股灾中就撤得差不多了。然而，过高汇率带来的潜在风险，对于中国经济可能是更致命的……”

他的这番演讲成为当天财经新闻的热点。

有不少专家评论说，以邵冲为头做出的急速贬值的策略是顾全大局的。舆论对他的攻击瞬间缓和很多，一改之前一边倒批评的局面。

傍晚时分，邵冲与山口正彦在松河涉山脚旁的方塔园茶馆见面。

方塔园看起来是平淡无奇的小公园里的小茶馆，随着夜色降临，周围灯光渐次亮起，像在演奏一支默契的小夜曲。

山口喝了一口茶，说：“佑海真是个有趣的地方，竟然一座山也没有。”

“你是说，涉山不是山吗？”邵冲一笑。

“如果涉山也称得上是山的话，不正说明佑海没有山吗？”

“山口先生，为什么今天您选择在这里与我见面？”

“你知不知道，这个小公园里有个建筑，举世闻名。在建筑界，有人甚至评价它绝不亚于高迪（Gaudi）的手笔。”

“山口先生，你让我佩服的一点是，你对中国的了解，远胜于大多数中国人自己。要说这个建筑，我想，很多松河本地人都未必知晓，如果我没猜错，你说的是我们正身处其中的这座何庸轩吧？”

“看来邵总对建筑也有研究。”

何庸轩是座由毛竹搭建的敞轩，看起来像是一个大茅草屋。方砖地坪，四面环水，弧形围坪，竹椅藤儿，十足的古朴神韵。流水潺潺，四周花香，青草味也不时飘来。高低不一的弧墙，与屋顶、地面、穿堂，构成不同形状的光影，随着时间、角度变化着。

他们品了一会儿茶，很快进入正题。

“我们得到消息，有两个境外对冲基金经理被调查了，说新一轮股灾是境外人士故意做空，影响很坏。”

邵冲知道，上面对这次市场巨变已经开始暗中调查，采取的很多秘密行动，连他这个总指挥也并不全部知晓。不过，他也不得不佩服山口获得消息的能力。他只是隐隐约约觉得，触角已经伸到自己身边了：“我知道这个事，监管层在组织专人调查。”

“听说他们调查的机构中有泰达，你必须考虑自我保护了。”

“多谢提醒。你的建议是？”

“拿出狠招。”山口目光犀利，他又问道，“魏天行现在到底怎么样了？上次不是已经与袁得鱼谈妥会找到他吗？”

“你也知道，我们想先拿下海元，所以还没用袁得鱼，他还被关在老地方。”

“你们动作太慢了！还有，那次围捕，我是相当怀疑的。会不会是泰达这些人故意放水？表面上跟你一伙儿，实则与魏天行暗中勾结？毕竟巨额资金在他手上。”

“这……以我对杨茗的了解，他们不至于做这样的事。”

“可笑。现在你已自身难保，还在护人！想必也有很多人怀疑你，毕竟这次股灾的导火索和你有重要关系。不要以为简单的舆论造势就能把聪明人的怀疑骗过去！事到如今，必须壮士断腕了！”

邵冲深思了一下：“既然你怀疑泰达，索性一箭双雕？”

这句话倒正中山口正彦下怀：“你就是太讲道义了，你仔细想想，他们那么多人，怎么可能连一个小小的魏天行都搞不定？你早该动手了！总之，这次，不要让我失去耐性！”

邵冲第二天一到办公室，他的亲信就马上告诉他，特别小组已经抓了好几个境外投机人士。

邵冲查看了抓到的境外投机分子的名单，松了口气。他们还没有查到那几个与他合作深入的外资方，名单上的只是外围的跟随者。

邵冲点点头，向他平时关系密切的上层汇报并得到肯定后，便让助理立即准备一个紧急新闻发布会。

当天下午，他在会上直接提出：“为了全面防止做空，我正式建议，全面限制股指期货。”

“这不是市场发展中的倒退行为吗?”资深财经记者当场发出抗议的声音。

“倒退？连资本市场都快不存在了，你还与我说倒退?”

他的强势态度引起一片哗然。

邵冲全然不顾发生了什么，转身离开了现场。

二

唐煜走进泰达信托办公大楼时，感觉有人拽住了他的风衣。

他转过头，发现许诺正瞪着大眼睛看着他。她眼睛通红，黑眼圈很深，一脸哀怨的神情，一看就知道熬了夜。

前一天晚上，许诺终于苏醒了。

执拗不过许诺，丁喜只好离开了。

许诺一个人在床上呆坐了很久。这一晚，她眼睛一直睁着，不知不觉天就亮了。

这晚过去后，她意识到自己不一样了，有种坚若磐石的东西在内心形成。

此时此刻，许诺紧紧拽住唐煜的衣领，怒气冲冲地说：“你怎么还不放人?”

唐煜将她的手从自己衣服上甩开：“我说，许诺，这可由不得我，幸好我长了个心眼，派人跟着你。我差点儿就要放人了，没想到，你们竟给我玩假账户，海元根本就没有太多损失！那些钱都提早转为美元了，这样做事可不漂亮!”

“可你们当时不就是想打低海元证券的股价，好进行收购吗？谁让你们不在最好的时候动手？不管它是否真有损失，外界已经以为它损失惨重，它的股价已经受到牵连。抄底机会一直摆在你们面前，你们不能因为自己的失误，归咎到我的头上。不管怎么样，你必须得兑现承诺!”

“你错了，许诺，我们只看结果。”

“那怎样才能放人？”

唐煜想说什么，终究还是保持沉默。他想说的是，得先找到魏天行。但这件事情，哪是一般人能搞定的。“你先走吧。”唐煜手一挥，两个彪形大汉就把许诺给拖了出去。

许诺站在泰达门口很着急，她突然想到了一个人。

但那个人会怎么看待她呢？不管了，先救袁得鱼要紧。

效率奇高的许诺买了去美国的机票。

这是许诺第一次来美国，尽管她着急，但毕竟是第一次出国，对眼前的一切，都充满了好奇。

在纽约，许诺见到了邵小曼。

邵小曼的几个不招摇的首饰点缀，都恰到好处。只是这种精致对许诺而言，多少有些距离。

说实在的，当时邵小曼听到前台电话里说有一位许小姐找她时，她完全没猜到是许诺。

“能让她报一下全名吗？”

“叫……许诺。”

这个名字让邵小曼回过神来：“好的，那我下来吧。”

她们坐在高盛大楼的咖啡馆里。

这栋楼是三角形的玻璃建筑，咖啡馆正好在三角的角尖上。大楼不远处是哈德逊河与炮台公园，河里闪着波光。

许诺发现，尽管很多年没见邵小曼，可这位美人似乎更能经历岁月的磨砺，她的皮肤还是吹弹可破，眼睛里波光流转，神采奕奕。

对这个女孩，许诺以为自己会多少有些醋意，因为袁得鱼与她一直有一种说不清道不明的情愫，用唐煜的话来说，他们的关系绝对不简单。

然而，当许诺看到她的时候，发现自己比想象的平静，不是相互抗衡，而是紧张，生怕自己哪里做得不够好。她内心始终觉得袁得鱼与邵小曼在一起，比与自己在一起更般配幸福。

这就好比，势均力敌的对手在一起比赛，出现胜负结果后，输的一方容易不服，总觉得是运气或失常占据了主导因素。然而，一旦两人实力真有明显差距，输的一方就没了脾气，甚至打心底觉得对方应该去参加更高一阶的比赛。许诺在邵小曼面前，就是这样心服口服。

“见到你真好！”邵小曼挺开心。

她虽与许诺接触不多，但印象中的许诺是个活泼的女孩，可这次看起来似乎有些憔悴，她猜测许诺可能没有倒好时差。

她希望许诺只是正好路过这里，在海外没朋友，所以来找她。这显然不太可能，她们毕竟并不熟。许诺的出现，让她隐约预感到一丝不安。

单以许诺这个女孩儿而言，邵小曼始终觉得她简单却又不可捉摸。她知道，对袁得鱼而言，许诺一直是特殊的存在。

许诺似乎看出了邵小曼的疑虑，咬了一下嘴唇，说：“知道吗？我快结婚了。”

邵小曼有些惊讶，马上又微微一笑：“谁那么幸福？”

“你认识的。”

许诺捕捉到邵小曼听到这句话时流露出的一丝不易察觉的忧伤。

“是丁喜。我们认识很久了，原来他一直跟在袁得鱼后面，你可能见过，记得吗？胖胖的，看起来傻傻的。现在长大了，能干很多，也能独当一面。我们一起做了很多事，有了感情。”

那丝忧伤瞬间在邵小曼脸上消失了，邵小曼说：“有点儿印象，真为你高兴。”

“那你能来参加我的婚礼吗？”

邵小曼有些吃惊，她与许诺并无太多的交集，再说，许诺的婚礼是在国内。

“我会邀请袁得鱼参加，你是他的女朋友，要一起来哦。”

邵小曼倒也直接：“我是他女朋友？你还真信那些媒体写的？不过，我也很久没与他联系了，他现在好吗？”

许诺看着邵小曼，终于，她一字一句地说：“袁得鱼出事了。”

邵小曼一惊：“什么？”

“他被软禁起来了。”

“为什么？”

“软禁他与你爸爸有关，他是不是与袁得鱼一直有不愉快？”

邵小曼似乎察觉到许诺的真正来意，她心想邵冲的确对袁得鱼有成见，但“软禁”也未免夸张了：“这件事，是我爸爸直接负责还是另有他人？”

“这我不太清楚，你爸爸至少参与其中。”

“真是的？”邵小曼寻思着，邵冲一直不希望他们往来，如果她有意救袁得鱼，也不容易开口，她想到了唐煜。

许诺说：“你别多想，我想应该是不必要的误解，袁得鱼迟早会被放出来的。我这次正好来美国玩，顺道来看看你，心想，如果你有时间回佑海，就顺便参加我的婚礼。”

邵小曼点点头。

等许诺一走，邵小曼就联系了唐煜。

“你知道袁得鱼出事了吗？”

唐煜心想邵小曼怎么知道了，毕竟他们是私下把袁得鱼抓起来的，他只好说：“不知道啊。”

“我知道你在为我爸做事，袁得鱼在我爸那里，你想办法把袁得鱼放出来吧。”

“小曼，你知道，如果真有那样的事，我也不方便介入。”

“你们就不要为难他了！”

“小曼！”唐煜想继续说什么，但还是忍住了。

“我下周回佑海，如果我没见到袁得鱼，就不再认你这个朋友！”小曼说罢就挂了电话。

唐煜放下电话，思考了一会儿，有了主意。

他打电话给邵冲，他知道不方便提邵小曼：“邵总，袁得鱼被我们软禁的消息走漏风声了，好像有点儿麻烦。”

“谁传出去的？”

“具体不清楚。不过，像袁得鱼这样的金融市场红人，消失久了是有些蹊跷，真要有人认真查起来，恐怕对我们不是什么好事。”

邵冲本来就想，只有放袁得鱼出来，才能更快地找到魏天行。挫败海元已经错过了最佳机会，自己已经被动，他想到了那次山口的提醒，不由得说：“本来我倒是在考虑把他放了，可为什么你在海元可以收购时那么无为？现在找不到魏天行，让我一直担心。你倒好，竟然主动跟我提放袁得鱼！”

唐煜哑口无言，这算是一个警告。他知道邵冲一直把袁得鱼作为寻找魏天行的诱饵。他没能如期收购海元，算是坏了他的节奏，他不得不把话收回，必须得利用袁得鱼不在的“空城”，加速收购海元。不然，他不会有这么好的机会了。本来邵冲他们只是想顺势借着泰达消灭对手，然而，在错失机会后，比起魏天行的下落，收购海元对邵冲与山口而言，完全是往后靠的事。

唐煜自责之前太自信了，总想着海元会出现更低的价格，恰好自己又在股灾期间忙着做空股指，赚得疯狂，一下子错失了最佳收购时机。

他后悔莫及：“邵总，求你再给我一次机会！”

“给你最后三天时间！”

唐煜心头一紧，三天能做什么？如果失败，这将是邵冲对付自己的借口。

三

泰达信托开始加速收购海元证券，唐煜他们很快发现了异样。

交易员强子向唐煜汇报：“唐总，我们在买海元证券的时候，发现股本流动得非常少。不应该这样啊，它可是国内唯一一家全流通上市券商。”

唐煜问道：“消息放出去了吗？”

“放了。我们把那个结算单截图放在几个人气较高的股票交流网站上了。从回复看，反响很大，投资者都以为它亏很多，很多人都说赶紧抛。我们的的确确也看到了很多挂单。照理说，大量的挂单，在股价没跌停的情况下，就是我们的机会啊，流动性不会这么黏稠!”

“那是为什么?”

强子想了想说：“以我多年的交易经验，目前只想到一个可能，就是有人比我们更快，快到我们拿筹码的时候他们已经先拿走了，所以，会误以为这只股票没有流动性，事实上，是有人比我们早一步交易了。”

唐煜忽然意识到什么，心中暗觉不妙：“当时在研究海元的时候，有件事我差点儿忘了。海元证券的前身不是泰达证券吗？当年，泰达作为上市试点，在发行 A 股的同时，在 B 股市场同步发行，一开始的时候，B 股的发行规模与 A 股是完全一样的。”

“也就是说，它在海外已经有了一些动作?”

“是的，如果袁得鱼在海外找到低息资金，然后再……”

“私有化!”他们异口同声地说了出来。

海元证券自营部里，韩鉴拿出袁得鱼的小纸条，上面写着：“一旦发现我们没有遭到多大损失，他们肯定会卷土重来。”

“老大还真是料事如神，不在现场，都能指挥得这么精准。”

丁喜说：“他们故意放出那个虚假的亏损消息，就是想趁市场低位，继续吸筹海元证券。他们一旦乘虚而入，就能接管我们自营部那么多资金，幸好我们提前布局。”

韩鉴点点头，他们以为鱼总去美国只是开会，就太小看他了。

原来，袁得鱼早在美国期间，就架设了一个离岸框架——在开曼群岛成立了一家控股公司。现在，只要通过这家控股公司，收购所有海元股份，海元证券就能实现私有化。尽管境外资金完成对国内公司的收购，并不是一件容易的事，但至少可以先让股份凝滞，就好比吸干一个水池的水，让鱼儿没法游动，让像邵冲那种擅长捕鱼的能手失去能力。

此时此刻，唐煜也警觉起来："他们太能折腾了。不过，我们也并不是没办法与他们对抗，我们可以直接跑到海外干预，问题是目前我们没有足够的美元筹码，如果让其他海外对冲基金收购海元证券，它们也未必有兴趣。"

他马上打电话给邵冲："邵总，为了不耽误大事，我放弃收购了。我们先把袁得鱼放出来做诱饵，再派人盯着他。"

邵冲摸出一根雪茄，娴熟地点燃，吸了一口，他从盘面上早看出了端倪。的确，"退市"是邵冲他们之前完全没有想到的奇招。

邵冲想了想，通过上次与袁得鱼的对话，袁得鱼完全知道如何利用美元形成低息成本，如果用这样的方式进行私有化，也在情理之中。

邵冲察觉到袁得鱼早在进地下室之前就给海元交代好了如何做，继续关着他也无意义。况且，如果真要给海元重击，最好先搞到足够的美元。

"袁得鱼在做海元证券私有化吧？今天我看到你们的动作了，可惜徒劳了。事到如今，收购海元只好先搁置，先放人吧。"

"是的。"唐煜发现邵冲猜测到真相，不免有些沮丧，自己无论如何都不是袁得鱼的对手。

只是，目前放了袁得鱼应该是最好的选择，至少可以对邵小曼有个交代。但这么一来，唐煜也能感到，自己在邵冲心里的信任度有所降低。所幸，他还另有盘算。

当天晚上，袁得鱼从地下室走出来，他抬起头，看到天上的几颗星星，美好极了。

袁得鱼拍了拍身上的灰尘，摸了摸自己的胡子，刚伸完懒腰，一个女孩就冲上来抱住了他。

袁得鱼惊讶地说："小曼！"

唐煜在不远的暗处看着他们，颇为尴尬。

唐煜刚想走开，发现背后站着一个女生，一脸落寞的表情。

他仔细一看，竟然是许诺。他想，早知如此，就不告诉她今天袁得鱼要出来了。

“小曼，你怎么来啦?”袁得鱼很高兴，气色也不错，一点儿都看不出关了很久的样子。

“这还需要问？我一直神通广大啊!”

“哈哈，我明白了，多谢你救我。”

邵小曼笑笑，袁得鱼反应还是那么快。

袁得鱼问道：“对了，你一直在美国，专程跑回国，是不是还有什么事?”

“参加婚礼啊。”

“婚礼？谁那么幸运，能让你大老远从纽约回到佑海？有你这样的朋友，还真是值了。”

“你别装傻了，你肯定知道，是许诺与丁喜的婚礼啊!”

袁得鱼懵了一下，看到邵小曼烂漫的表情，马上强行露出笑脸，只是不再说话。

唐煜听到后，吃惊地转过头，望着身边的许诺，轻声说：“你要结婚了?”

许诺愣了一下，点点头。

唐煜看着她，恍然大悟道：“我知道了，是你告诉邵小曼的。”

许诺不说话。

“你应该告诉他实话，是你一直在帮他。”

许诺摇摇头。

“那你的婚礼怎么办？你真的要结婚吗?”

许诺看着他们，孤单地离开了。

许诺回到餐厅，看到员工们正在收拾，餐厅里的一切都井井有条。

她满脑子里都是邵小曼扑到袁得鱼怀里的样子。

她坐在餐厅里发呆。果然，没过一会儿，丁喜就兴冲冲地出现在了她面前。

见到许诺后，丁喜有些激动地说："许诺，你终于答应了！刚才鱼哥祝福我，我还没反应过来！鱼哥说，跟人家求婚这样的事都不早点儿告诉他！我想，原来你不说话是默许呀，看我有多傻。"

许诺看着丁喜真诚的快活样子，也被他感染了，用手摸了摸他的头。

许诺说："我们早点儿订婚期吧。我不要太多形式，只请几个朋友就好。"

"天哪，我怎么觉得像是做梦一样。"丁喜兴奋地要跳起来，"对了，女生难道不希望有个盛大而梦幻的婚礼吗？"

"早点儿举办吧，趁我还没有后悔哦。"许诺冲他笑着。

"我真的不知道该说什么好，我真的太高兴了。"丁喜觉得自己是全天下最幸福的人。

"丁喜，如果我知道你这么晚还跑过来，我就先不说了，你快回去好好休息吧。我已经问朋友借好婚纱了，下个周末我们办个简单的婚礼，好不好？"

"那么快？"丁喜欣喜地看着许诺，"你果然很特别，结婚都这么雷厉风行。不过，你要怎样，我都听你的。那你早点回家休息，不，我要送你回去。"

"今天，我与阿勇他们还要盘一下店，你先回去吧，还有很多东西需要准备呢！"

"好的，我听你的。"丁喜走了，还差点儿撞到旁边的垃圾箱。

许诺看着丁喜开心得晕头转向，心里不是滋味。

许诺晚上不需要盘店，她只是想一个人静静地待着。

等到所有人都走后，她坐在餐厅后院发呆，这是她的自在时刻。

没想到，这时有人用手蒙住了她的眼睛。

她转过头，惊讶极了，她完全没想到，袁得鱼会出现在自己面前。

袁得鱼对她笑着说："你就别再把我当陌生人了，你都要结婚了。"

“这话什么意思？我又不是跟你结婚。”

“我们再也不会像之前那样别扭了吧？”

许诺不想面对他，可又担心他，低下头说：“你被关了那么长时间，是不是很虚弱，早点儿休息！”

袁得鱼高兴地说：“我觉得挺好的，这段被关的时间反而让我想清楚了很多事。”

许诺点点头：“你怎么会想到这时候过来，你不是还要陪……”许诺想到了邵小曼，她原以为袁得鱼今晚会陪着她。

“不知道为什么，我出来第一个想见的人是你。”袁得鱼说了真心话。其实，他在刚知道许诺结婚的消息时，心头泛起了难过，然而一想到自己这样的德行并不能好好照顾她，而丁喜倒是足够体贴，也就平静很多，“不管如何，这是大喜事，恭喜你啦。”

许诺发现自己看到袁得鱼的时候，心里还是极其高兴的，于是，她的眼泪不由自主地落下。

袁得鱼看她这样，有些心疼：“我听很多人说了，你们餐厅的员工出了事，你面临了很大压力。对不起，这段时间我没有帮到你。”

许诺不自觉地哆嗦着，没有说话。

“不过，我今天还是挺高兴的！”

“高兴什么？”许诺轻声说。

“我也不知道为什么，看到你就挺高兴的！”

袁得鱼发现许诺的神情有些恍惚，摸了摸她的头：“你怎么了？”

她使劲儿摇头。

袁得鱼心疼地看着她，心想许诺也许还没从阿芬的意外中走出来。

“记得不要轻易进股市。”袁得鱼说，“一只股票值 10 元，行业平均市盈率 10 倍，股价简单估值是 100 元。有钱人永远赚的是那 1 元至 100 元的钱。股票上市后，大多数人就只能玩 100 元以上的差价游戏了。这个形势未来或许会好转，可惜不是现在。”

许诺叹了口气："我做这些，只是希望自己永远离开这个残酷的是非之地，你也离开，好吗？"

"许诺！"袁得鱼很多话不知该怎么说，这曾经是他们之间很难解决的问题。如今，许诺好不容易理解了他，可阿芬的死，再次让许诺痛恨市场。

许诺好像渐渐平静了，靠在后院的墙上，仰望天空："如果你远离这个市场，又有大把大把的钱，你最想做什么呢？"

袁得鱼想了想，摇了摇头："我还没想过，你也知道，我留在这个地方是情非得已。"

许诺看着他，恢复到活泼的样子："那我就任性一下，帮你做这个决定。"

"好啊。"袁得鱼静静地看着她，皎洁的月光下，她的整张脸在发光。

"因为这是我的梦想，就靠你帮我实现啦。"许诺忽然用双手比画了下，"我的心愿是买下全世界所有的鱼。"

"哈哈，你是想用来做鱼汤吗？"

"逗你玩呢，因为你也是鱼啊！"

"原来是这样。那如果全天下所有的鱼都是你的，那我也是你的啦？"袁得鱼觉得许诺不正经起来的样子还是很可爱的。

许诺深深吸了一口气："好啦，不与你多说啦！你得对邵小曼好一些！"

"邵小曼？你怎么会突然想到她？哦，对了，你还邀请她参加你的婚礼，我听她说了。"袁得鱼心想，自己哄小曼早点儿回去，就是为了早点儿见到许诺。尽管许诺要嫁人了，他还是迫不及待地想见到她，"其实，我与小曼并不是媒体说的那样，她不是我女朋友。"

这和小曼对自己说的一样，可许诺还是说："你对人家好一点儿，真的！"

她的眼睛还没离开天空上的星星，没想到，袁得鱼这个时候从背后紧紧地抱住了她。

她想挣脱，却没有力气。

“许诺！”袁得鱼闭上眼睛，她柔顺的长发滑过袁得鱼的脸，自从许诺与他分开后，他的感情就好像停止了，他多么想与她在一起。

许诺一下子推开他：“袁得鱼，你不要这样！”

袁得鱼像是刚回过神来：“对不起，我忽然就……许诺，原谅我的鲁莽……恭喜你，许诺，丁喜会是不错的丈夫！”

许诺匆忙跑到楼下，跳进了一辆出租车。

她回过头，看到袁得鱼呆呆地望着车子，一副失魂落魄的样子。

不知为什么，她的眼泪就流下来了。

许诺回到家，蜷缩在墙角。

她想起，第一次见到袁得鱼的情景，她的红色单车在百乐门前面飞驰，撞到了这个高大的男生。尽管这个男生与她开玩笑，一副玩世不恭的样子，对被自己撞伤的伤口却毫不在意，笑起来的时候，笑容是那么纯净。

之后，他们一起做中邮科技，她看到袁得鱼有情有义。在金融的世界里，袁得鱼有过人的天赋，也很坚强。

后来，一起做大时代资产管理公司，他们拥挤在狭窄的、天花板满是油渍的房间。她每天给他剥好茶叶蛋，他开心地端过她递来的热乎乎的牛奶。

然后，他们在大风中吵架，她大声地说，吵架那么大声是因为心的距离太远，听不见彼此心里的声音。

她离开了，因为一直无法理解袁得鱼深入这些战斗的原因，然而，她还是关注着有关他的一切消息。当她逐渐理解他的时候，发现自己与袁得鱼的距离越来越遥远，可她还是忍不住爱他。

那次重逢，她记得分明，袁得鱼与丁喜到游乐场找她，一口气喝完了她递过去的很大一碗汤。她也不小心看到，袁得鱼眼睛里泛着点点的泪光。

过往那些平淡的小事，成了她心头最温暖的记忆。

曾经的一幕幕在她的眼前浮现，她觉得回忆那么痛苦，却也是难得的幸福。

自从那次分手后，她下狠心再也不见他，她认为自己做了正确的选择，却没想到会痛苦这么长时间。

她怀念当年青葱少年的袁得鱼，也希望这个历经各种磨难的袁得鱼会更宽容，更从容，更自信。当她了解他的身世的时候，情不自禁地想把自己的所有都掏给他，哪怕对他而言，是极其微薄。

只恨金融圈是现实世界最为残酷的战场，这里每天都在上演悲惨的故事，即使你不想参与，也会受到侵害，你逃离不了这个体系。

大多数人根本不懂这些无情的金钱游戏，只要进场就必然被掠夺，表面看似相对公平的金钱规则，实质上杀人于无形。

那些凤毛麟角的胜出者，究竟是真的有特别卓越的才华，还只是运气呢？为什么总是有那么多人前赴后继，怀着不切实际的发财梦？尤其在中国市场，这种无奈在财富两极旋涡中放得更大。

她眼前浮现出一个画面，她与袁得鱼两个人在洋滩，袁得鱼倚在洋滩围栏上，她一时兴起，转了个圈。她余光看到他时，他柔情地望着她，眼睛是那么明亮！有时候她真希望，一直这样下去。

不，不会那么美好的，有他的地方，就有不停的战斗，自己逃走，不更好？我是多么想逃离、躲避这里。所以，丁喜才是适合自己的人，难道不是吗？

另一边，袁得鱼望着许诺坐的出租车离去，怅然若失。

他坐进自己的车，将车开到最快，像是想追回什么。

他开着开着，不禁泪如雨下。

他喃喃地对自己说：“袁得鱼，你真是全天下最大的废物！你一直以为是自己在保护他们吗？太可笑了！你真傻，是他们一直在保护你！”

四

白天，海元自营部忙得不可开交。

他们看到袁得鱼来了，个个振奋无比。

陈啸赶忙对冉想眨了下眼：“嘿，你的男神！”

冉想看了看陈啸，说：“还真是。你坐在我对面真没什么存在感，鱼总一到，就起风似的，都快把我吹起来了。”

“看你那花痴样儿，幸好你花痴的是鱼总，我就暂时不嫌弃你眼光差。”

袁得鱼看着盘面，问自营团队：“你们预判，股市会不会再继续往下跌？”

“应该不会吧，如果算上第二次股灾，已经下跌了50%。”

“很好，希望这也是那些国际投资家的想法。”

韩鉴眉头紧锁：“鱼总，目前遇到了劲敌，泰达第三次卷土重来，这次攻势尤其猛烈，它不知从哪里搞到大量外币，在收购我们私有化的对外股份，与原来的路数不一样。”

丁喜忍不住吐槽：“搞那么凶猛，以为是对海元的复仇大战呢？”

袁得鱼暗暗一笑：“如果这样玩的话，我猜应该不是邵冲的主意，他满脑子还是魏天行。”

“你是说，唐煜背后另有高人？”韩鉴诧异道。

“这个合作者能在那么短时间内调度那么大量的美元，绝非等闲之辈。”

“黑杰克？”韩鉴与丁喜他们一下子反应过来。

“还无法确定，但唐煜搭建海外对冲平台那么长时间，如果真搭上黑杰克倒也不奇怪。你们不觉得，他与黑杰克才更像是一条船上的人吗？”

“那我们现在怎么办？”

“没关系，让他们买吧。不过，他们买的时候多少有点儿辛苦，因为我们的资金也不弱。”

“对了，鱼总，我们私有化需要多长时间？会不会在私有化前就被他们买到大头？毕竟这次私有化放出的量，超过了你从泰达继承的大股东比例。目前，他们像是很有把握的样子，集结了不少力量。”

“我出去一下。”袁得鱼觉得，如果真的联手黑杰克，也不知道唐煜从什么时候开始的。不管如何，如果真要对抗，他必须比他们更快找到那个人。此时此刻，境外资金对谁都是关键。

袁得鱼也希望能早点儿找到魏天行，可从何找起呢？

他想起魏天行上次见面时，扔给他的最后一句话“战场上见”。

那应该还得在金融战场上找端倪。如果这么想，绿风地产是魏天行留下的最明显的线索。毕竟，这只股票在股灾期间的操作太有失魏天行的水准。

照魏天行的风格，在这么危险的市场环境下，绝不会在意5% ~ 10%的损失，“丢卒保帅”是他最擅长的，可在当时那么危险的市场上，他依旧在绿风地产上火中取栗。

魏天行的解释是，山口让他这么做，他索性就故意为之，放信号给袁得鱼。

这只股票还有其他什么信息吗？难道与他们多年积累的境外收益有关？

袁得鱼盯着绿风地产F10，灵感忽然来了——在地下室，他只想到上市公司或大量资本的拥有者，利用境外借贷的低息，融大笔资金，通过购买国内固定收益疯狂套利，以至于过去几年，造成了相当大的外汇流入。然而，一旦把泰达信托与绿风地产的合作，以及绿风地产两年前的国际化战略放在一起考虑的时候，袁得鱼深刻意识到，绿风地产这类地产信托产品正是这些拥有外币的机构最理想的套利标的，也就是这个套利框架中无风险收益的来源。

过去地产类信托产品基本每年都兑付至少10%的年化回报。所以，大部分兑换的美元资金，都与地产类信托牢牢捆绑在一起。

袁得鱼恍然大悟，终于明白为什么邵冲他们抓着绿风地产不肯放了。

这些年来，大量上市公司或是高净值人群正是通过与泰达信托合作，再放杠杆，获得了至少20%的无风险收益。

这几年，绿风地产在境外投资的布局非常大，融资也布置得天衣无缝。

除了绿风地产，袁得鱼相信，邵冲他们应该还有多个类似的平台。

他终于知道，奥马哈年会上，杨茗这样对价值投资一窍不通的人为什么可以成为座上宾，活跃在境外市场。

这或许是近几年熊市中，全球很多资产并不理想，魏天行他们运作的境外资产却仍然获得可观收益的重要原因之一。

可魏天行为什么要告诉他这些线索呢?

袁得鱼想到一个问题，他们此前进行如此大规模的境内外套利，注定有他们赖以信任的地下渠道，毕竟大量资金需要周转。

灵感乍现：这也就意味着，地下钱庄是找魏天行非常好的途径。

那究竟什么地方适合做地下钱庄的交易点呢?

五

这天晚上，魏天行开车出门。

魏天行蛰居很久。这次出来，主要是丈母娘给他打了电话。

尽管魏天行的妻儿早在多年前丧生火海，但他一直在默默照顾这个老人。

非常奇怪的是，老人的记忆仿佛永远停留在魏天行妻儿丧生的那天。别人问她是几月几号，她永远只说那天的日期。

对魏天行而言，老人算是他唯一的亲人了。

“很久不见你了，我这些天，心脏不太舒服。”老人的语气有些可怜。

魏天行点点头，说："妈，别担心，我会来的。"

当然，他除了去见丈母娘，还有一个重要的原因：丈母娘家的地下室，他经常会聚集一些牌友。这次，他又聚集了那群牌友。

魏天行从车行取了车，驱车开往郊区，去老人的住处。

这天，他仿佛有什么预感，比平时少拿了几件衣服，这次应该不会住太久。

夜晚开车，容易瞌睡，黑暗中微微泛出路灯的光影。

正在这时，一辆白车超过了他，又慢了下来，他不经意间就超过了白车。后来，白车又超过了他，没多久又减速。

忽然，不知从什么地方冒出好几辆白车，这些车占据他的四个方向，留给他的车道空间越来越小。

他感觉不大对劲儿，想快点儿加大马力，冲破重围。

他基本可以猜出是什么人，那些人不仅想夺走那个账户，还想防止他把秘密说出去。他心头一惊，自己一直住在破旅店，怎么一出来就被人盯上了？

不过，他这样悄无声息地离开，不是没有考虑过后路，毕竟他清楚一个事实：他失去了原先的保护，几乎成了所有人捕捉的猎物。

他加速，四周的白车也加速，忽然，最后面那辆白车开了过来，故意横亘在他车前。

就在他犹豫是否要朝着白车冲过去时，一辆重型黑车把那辆白车撞了过去。

魏天行马上踩了急刹，差一点儿撞到那辆黑车。

他看傻了，这是一辆黑色加长型悍马。

"上来！"里面的人对他说。

魏天行一把攀进车里，诧异地望着车里的人。

他不由得震惊道："贾琳？"

"没想到是我吗？"

贾琳的车开得非常快，那几辆白车猛追，毕竟马力不行，追了一阵子就追不上了。

白车队只好停下。带头的人从车里出来，生气地踢了一下车门，很快打了个电话：“邵总，按您的意思，我顺藤摸瓜，找到了帮魏天行换美元的人。知道他今天会经过这条高速，他一过收费站我们就跟上了。没想到，就要把他抓住的时候，眼睁睁被人给劫走了。”

“什么人？”

“目前还不清楚，估计是魏天行的朋友。”

邵冲感觉不妙，到底什么人知道了魏天行的行踪。

在车里，魏天行看着贾琳，不由得好奇地问：“他们怎么知道我会在这里？”

“你的一个牌搭子老丁，就是负责地下钱庄的那个，被人找到了。你是不是最近打过电话给他，说今晚过去？”

“那我岳母……”

“已经转移到安全的地方。”

“谢谢你，贾琳。”

魏天行表面上打牌，实则是为了让地下钱庄的朋友帮他进出资金。他知道，这是他最后一次换美元，他已经换了很多次，这是最后一批，可如果再不换，就来不及了。

看来摸他行踪的人，非常了解他的需求。

幸好有贾琳相助，这次他才幸免于难。那些白车，的确是看不见了。

贾琳带他到长寿路“缤纷”避风头。

他一踏进灯光炫目的长廊，就有风情女子迎上去说：“猫姐在最里面那屋。”

魏天行他们走到走廊尽头，抵达黑魆魆的墙角，那面墙看起来是一面简单的墙，墙上有一个球状的铜雕塑，有九个不规则的孔嵌在上面。

魏天行手指伸进其中三个孔，墙角隐蔽的移门一下子打开了，有一人空隙。魏天行他们马上侧身入内，门“哗”一下就快速合上了。动作一气呵成，就算有人经过，都未必察觉。

入门后是通道，边沿有些微光，指引他们走进最里面的房间——一个约300平方米的豪华房间，房间里面还有一个通往下层的楼梯。

魏天行他们看到房间没人，飞速下了楼梯。

楼梯通往的是一个宽敞的地下游泳池，池水波光粼粼。

他们看到猫姐坐在游泳池旁的躺椅上，悠闲地抽着烟。

贾琳说了句过会儿见，就去更衣室了。

"'猫儿'，很久不见了。"

"是啊，你都消失这么久了。"猫姐笑了一下。

只听"扑通"一声，穿着豹纹比基尼的贾琳跳入水中，在泳池里游弋起来。

贾琳游了没一会儿，就从泳池浮起，她甩了甩头发，风韵犹存。

魏天行在一张躺椅上坐下，静静地看着她。

贾琳趴到离魏天行最近的泳池边，手伸向他。

魏天行并没有这个心情，任由贾琳抓着手。

没想到，贾琳忽然松开手，又游了起来。

魏天行也脱去衣服，跟着跳了下去。

贾琳在泳池里嬉笑，时不时地触碰他。

猫姐笑了笑，一边抽烟，一边走上楼梯。

也不知过了多久，他们上来了，发现贵宾房间空无一人，他们躺在了宽大的床上。

"你到底闯了什么祸？"贾琳问道。

"不要问了。"

"这口气，你可别把我当作这里的小姐，枉我费了那么大劲儿把你带来。"

魏天行抽了一口烟："难得出来一次，就别提那些了。"

贾琳说："袁得鱼来找我了。"

"袁得鱼？"魏天行奇怪地看着贾琳，"他怎么会找你？"

“他就问我，有没有办法找到你，我当然说没有。”

没想到，正在这时，猫姐惊慌失措地敲门进来：“完了，他们好像找来了！”

“谁？”

“唐煜他们！”

贾琳奇怪地问道：“难道他们跟到这里了？不是已经甩掉了吗？”

贾琳想了想，有了主意。

他们穿上工作人员的服装，来到后门，钻进礼宾车，离开了。

魏天行看到，很多黑衣人围堵在门口，还停着一辆又一辆的白车。他看到戴着黑色口罩的唐煜，他再怎么伪装，也逃不过魏天行的眼睛。

为了不让对方看到，魏天行低头趴在后座，开出很长一段路，他才直起身来。

“我们现在去哪里？”贾琳多少有些慌张，“我真不该带你到这里来。”

魏天行忽然察觉到什么：“你是因为袁得鱼找你，才来找我吗？没那么简单吧？”

谁料贾琳嘴角露出一丝冷意：“魏天行，确实有人找你，不是袁得鱼，也不是唐煜。”

这时，车子提速，魏天行试图跳车。

车门早已被贾琳锁上，他想抓住贾琳的方向盘，可前座有保镖，他根本没法抓到。

他意识到，贾琳才是凶狠手辣的角色。那次在小白楼，他们身在暗处，也是贾琳，娴熟地将一枚麻药针头扎进袁得鱼背上。

车在佑海西郊一座独栋别墅前停了，光影斑驳，草坪在街灯映照下形成奇怪的颜色。

走进别墅客厅，一盏昏暗的壁灯亮着，一位白衣灰发男子坐在暗处的沙发上，他的脸惨白却清秀异常，还带着几分诡诡异异的少年感。

这个男子，魏天行猜到了，是山口正彦。

或许，也只有山口正彦才能让贾琳如此铤而走险。

贾琳是山口设计的一枚暗棋，这点，甚至还瞒过了秦笑的眼睛。

当初，秦笑以为自己用了美人计，谁想是魏天行以美人计掩护了自己的踪迹。

直到这时，魏天行才恍然大悟，为了压制唐家，山口故意制造敌人。在大时代资产创始之初，正是通过贾琳给他们足够的起始资金，才把袁得鱼扶持起来。

尽管魏天行与贾琳一直有说不清道不明的男女之情，但是他心里从来没把这个当作爱情。如果这个女人有事相求，他一定在所不辞，如果为这个女人真心付出什么，他肯定是毫不犹豫地拒绝。

可如今，他还是中了圈套。

魏天行很快被一群人围住。他发现，自己之所以这么轻易被逮到，可能是因为心里信任贾琳。然而，往往越是信任的人，越是自己的软肋。

他很快就被两个冲上来的彪形大汉抓住手臂，动弹不得。

魏天行脸上平静，像是什么也没发生过一样。对于这些久经风霜的操盘手来说，内心强大仿佛是他们与生俱来的天性。

魏天行双手被牢牢捆绑住。山口抬起头，客气地问他要喝什么酒。

魏天行没说话。

山口摇摇头："魏先生，别耽误享受。"

山口走到吧台，随手打开一瓶作品1号（Opus One，一种葡萄酒），给自己斟了一杯。

他一边摇晃酒杯，一边看着酒杯里的红酒颜色。

"你知道这是什么酒吗？"山口像是自言自语，"这个酒叫'作品1号'，是美国加州产的，是两个伟大男爵的杰出之作。一个是罗斯柴尔德（Rothschild），还有一个是蒙大维（Mondavi），他们一同创造了这款纳帕谷红酒。瓶子上的素描是他们的头像与亲笔签名。”

魏天行隐隐约约看到，酒瓶上有两个浅蓝色的侧脸，远远看去，犹如合起来的云彩。

山口呷了一口：“这是一款1982年的酒，我父亲在我出生那年买的，后味像熏过的野生黑松露做成的巧克力一样，不愧是两个懂酒的人的杰出之作！你要不要尝一点儿？”

魏天行看着他，他知道山口只要说起闲话，总有残酷的主意产生，他有了一丝不祥的预感。

只见山口忽然将酒泼在魏天行的脸上，酒水“哗”一下溅开，红色的液体从魏天行脸上滑下。

山口大笑起来：“魏天行！你以为你会一直藏得很好吗？你让我很失望，我一直以为，我们也能完美地合作出一个杰作！可我连前奏还没听到，这个曲子就终止了！你说，我该拿你怎么办呢？”

魏天行见山口又将酒倒入一个扁形的醒酒玻璃器皿中，倒到最后，山口用舌头舔了一下瓶口，斜眼看着魏天行。

突然，他又猛地将手里的瓶子砸碎，将尖锐的玻璃对着魏天行。

“说，账户密码是什么？”

魏天行闭口不说。

山口猛地将瓶子砸向魏天行的头，紧接着，又是一下。

鲜血从他的头部流淌下来，流到眼睛里，瞬间满眼都是血色。魏天行只觉两眼模糊起来，朦胧红光中，他看到山口狞笑着，不由得回忆起过去的事。

说实话，他原本没想到自己会与山口家族有什么联系。

如果不是当年的帝王医药事件，或许，一切都不会发生。

记忆回到当年。

当时，袁观潮的海元证券发展得如日中天，在帝王医药“白热化”时，他拒绝与外界会面，在激烈的战场上，他只相信自己。

然而，袁观潮拒绝得过于不留情面了，这让山口他们第一次在中国尝到了“闭门羹”的滋味。

不过，不愧是山口家族。他们一向坚韧，四处打听，问了一圈后，很快就知道了袁观潮的得力助手与亲信是谁。

魏天行这一天骑车回家，一辆黑色轿车拦住了他。

下车的是一个瘦子：“你好啊，魏先生，很高兴认识你，我是乔，在高盛亚太区工作。”

魏天行惊讶地看着乔，他不明白，一个好好的中国人，怎么取了一个英文名。

乔示意魏天行上车。

魏天行犹豫，对方又说，找他与袁观潮有关。

魏天行想了想，不知不觉上了车。

他们前往位于虹门的一家日本料理店，就在内山书店附近。

魏天行之前从来没吃过日本料理。这是他第一次吃生鱼片，他学着将新鲜的生鱼片蘸上芥末。鱼片从喉咙滑下去的时候，他发现，原来鱼这么吃也是很可口的。

乔又介绍了另外一个人，并说明了来意：“他是山口直木，是我们公司的大客户。”

山口直木对他点点头：“魏先生，您好。”

魏天行放下筷子，第一次见到这种架势，不由得说：“你们是不是找错人了？”

山口轻轻一笑：“魏先生，我们就是找您的。”

他们很快说明了来意。

“魏先生，我原来是一家汽车配件公司的老板，后来有幸将公司发展到电子业，我经历了日本经济极度繁荣到衰退的过程，这也是我现在来到中国的原因。”

“不太懂。”

“中国现在还处在繁荣期的开始，或者说，正在酝酿繁荣。”

“也就是说，你想到中国来做生意？那真的找错人了。”魏天行越听越不懂。

“你可能有些误解，我们日本企业一旦壮大后，都会发展成多元化的集团，我们除了拥有自己的证券公司，还是野风证券的大股东之一。你看，绝大部分做大的公司，最后都会走上市场或运用更多金融工具。财富到最后，都是金融的游戏。金融与金钱最密切相关，你掌握了金融，那就掌握了金钱的奥秘。”

“那什么叫金融?”

山口与乔相视一笑。

“简单来说，就是以资金增值为核心的杠杆。你上市，对所有人募集资金，是一种杠杆；你把资金配置到更有效的项目，也是杠杆；你把银行低成本的资金，放到相对高收益的项目中，也是杠杆。只是金融圈里有不同分工，有些人在前端，有些人在后端。而你，做的也是金融圈的一部分，你在资本市场里，在上市公司的价格上下浮动中追求增值。”

“我并不特别懂你说的话，我觉得，你把我的工作说得太复杂了，不就是炒股票嘛。”

“果然是爽快人。”山口与乔相互看了一眼，开始单刀直入，“你怎么看最近的帝王医药?”

魏天行不知该怎么回答，他或多或少知道袁观潮的一些想法，他只是不明白，为什么他们非要拉他参与。

“我们对那家公司并不感兴趣，也没法给你们什么意见。”

“魏先生，你果然是袁观潮的亲信啊。你们说的话都一模一样。”山口停了一会儿说，“不过，我们也不会放弃努力的。对了，你家里人还好吗?”

他们没多说什么，就不告而别了。

只是没想到，他们尽管当时没说什么，见面后就马上摸准了魏天行的死穴。

他好不容易从清洁工做到一流操盘手，对他而言，安稳是他最为看重的。

果然，当魏天行的家人频繁遭到骚扰后，他整个人就像疯了一般。

自从见过山口他们后，魏天行的家人屡屡遭到意外，先是妻子皮包被抢，之后又是儿子很晚才回家，说有陌生人带他买玩具，他好不容易逃了回来，那个陌生人还追了他好几条街。

渐渐地，只要看到家附近有行踪诡异的人，他都会担心是不是冲自己来的。

那些日子，他开始神情恍惚。

他有点儿担心自己，毕竟他母亲曾患过精神疾病，他知道自己也有得病的可能。

他实在受不了了，只好联系乔："能与你们聊聊吗？"

他们提出的要求是，如果袁观潮不同意，魏天行就代替袁观潮，代表海元证券操盘帝王医药。

"没人会知道发生了什么，大家都会以为是袁观潮做的，只要让很多人跟风就可以。胜败在此一举，等他们反应过来，一切都结束了。"

"但是……"

"我们会想办法让他参与，最好他自己完成。如果不行，我们也会让所有人以为他在参与。最后实质性的操盘，必须由你做保障。"

"如果我不答应呢？"

"哈哈，你以为就只有我们吗？你们佑海滩的能人已经都被我们网罗了，你就放心干吧！你明天给我们电话吧！"

第二天，魏天行很早就来到办公室。他若有所思，拿起电话，犹豫不决，最终还是放下了。

不到一个小时，他就接到了家里失火的消息。

他第一时间冲到现场，熊熊的火焰，正是他家的位置。

他不顾一切地冲了进去，很快就不省人事。

他在医院醒来时，电话响了。

"你们这群禽兽，为什么要这样赶尽杀绝？"

"魏先生，真是误会，难道你自己不是真正的纵火犯吗？不过你放心，我们会帮你掩护的。"

"可你们是真正的凶手，凶手！"魏天行意识到自己的恍惚加重了。

“那你报警试试？哈哈哈！”

魏天行一下子感觉昏天黑地。

警察闻讯赶来时，他只好说是意外。

他以为警察会查出真相，没想到果然被山口他们摆平了。

山口他们的电话又打来了，每次听到，魏天行都觉得像是魔鬼催命的铃声。

“好的，我答应你们。”魏天行说出这句话的那一刻，他已经没有任何羁绊了，然而，更深的仇恨种子埋在心里。

后来，他像恶魔一样，帝王医药事件后，他在山口的安排下做了很多见不得光的事，其中最重要的一环是，做那个独立大资金账户。

他虽然一直以高手的姿态存在，也洞悉一切，可长期以来，他一直想挣脱，谁想此时此刻的他，还是没能逃离山口的魔爪。

他被捆着的双手捂着头，双膝跪在地上，山口恣意地踢他：“快说，钱在哪里？”

正在这时，一个人大声说：“你们住手！”

六

袁得鱼不知从哪里冒出来，只见他一下子把魏天行拉出门去。

山口的打手们追出去，正好遇到另一批打手。这批新的打手是邵冲、唐煜他们的人，主要是唐焕原先的旧部，个个凶猛彪悍。

这个地方地处郊区，他们滚到了旁边的农田里。

在黑暗的角落里，袁得鱼给魏天行松绑。他们套上黑色的衣服，显得并不醒目。

山口的那批打手并不认识新来的这批人，他们还以为是救魏天行的人来了，相互打了起来。

袁得鱼他们躲到附近的一棵树下，看里面乱作一团，便趁乱离开，跑到不远处他事先停放的车前。

车飞速疾驰起来。

袁得鱼对魏天行说："你现在很不安全。听说，监督层前几天收到一封密件——一份非常翔实的资料，揭露了泰达基金与展翔在操作绿风地产时神奇的合拍之处。泰达基金快速买到5%，用的是救市的资金，公司一直没有公告。"

魏天行一笑："袁得鱼，你不要装了，是你把资料递上去的吧？"

"不是我，是频频爆发股灾的资本市场引起了高层注意，他们已集合了金融警察。这份匿名举报密件，正好是这批金融警察出击的最好理由。我建议你还是自首吧，你在监狱里，难道不比落在山口他们手里安全吗？"

"你让我下车！"

袁得鱼把车开得飞快，车门锁着，魏天行没有任何可乘之机。

魏天行捂着还在流血的头，苦笑起来："你们当我是什么？那么容易任人蹂躏吗？"

"我是为你好。"

"你现在要把我带到哪里？公安局吗？"

"我没想好，我只是先把你带出来。"

魏天行看着袁得鱼，思考着袁得鱼的立场，他见过唐焕那些充满杀气的打手。他感觉，袁得鱼是真心来救他的。

袁得鱼有很多困惑亟待解开："我能问你问题吗？当时你到海元证券，也是为了找那本红册子？红册子里究竟有什么？"

"你不是看过红册子吗？"

袁得鱼点点头。

"很多人以为，找红册子是为了得到它，而我找红册子……"

"是为了毁灭它！"袁得鱼倒吸一口凉气，"如果是这样，那么答案只有一个，你本来就有红册子。也就是说，果然是你在管理上次你说的那个当年失去了33亿元资金的账户，也是他们追杀你的真正原因，你不想让人知道这个秘密。"

很多人找，是为了得，而魏天行的找，是为了舍。很多人找不到，是因为在这个过程中，即使真的有人找到了红册子，从表面上看，里面没有任何信息，而魏天行却不在乎有还是无。

“哈哈哈哈哈……”一阵冷冷的笑声，让袁得鱼阵阵发凉。

“袁得鱼，你不愧是我的徒弟！”

“你为什么要这样做？你为什么要帮山口他们做事？我爸爸待你不好吗？”

“你现在可能有很多想法，可这件事情还远非你想象的那么简单。”

“好吧，那我问你。上次在展翔投资，你为什么不躲起来？是等我吗？”

“我只是想告诉你，你必须得行动起来，而不是唯唯诺诺，躲开股灾。不然，你根本无法明哲保身，迟早会被消灭！”

“可我不想卷入这场无形的战役，我也不是你们想象的那样雄心勃勃，我只想为我爸爸复仇。”

“报仇？可笑！你没有实力还谈何报仇？”

“那你为什么要离开他们？你还是有良知的，不是吗？”

“你想多了，我只是为了我自己。我现在告诉你一个真相，是我与邵冲、山口，还有唐子风他们合谋杀了你爸爸。我才是其中第一个倒戈的人。你不是要报仇吗？先冲我来！”

袁得鱼心里一抽，车子在深夜的大马路上摇晃了一下。

“你恨我吗？”

袁得鱼摇着头，无法相信：“你骗我！你不可能是我爸爸的仇人！我爸爸对你这么好，你没理由这么做！你对我也这么好！”

“可笑，我对你好，是因为我们需要有人吹起泡沫。你看，现在A股的泡沫，早就被创业板带动起来了。你能说，这场股灾与你没有一星半点关系吗？谁是把这轮高科技龙头股——道乐科技捧上天的？我们每个人都是金融世界的小蚂蚱罢了。你与泰达证券的那场对赌，的确出乎我们意料之外。可如今，因为这次大做空，我们的力量变得更强大了。接下来，我们就会吹起更多泡沫，然后，只要轻轻推一下，经济就会像多米诺骨牌一样彻底垮掉！”

“摧垮经济对你来说，又有什么意义？”

“意义？我需要什么意义？我只要利益就可以了。这么多年来，整个金融市场的节奏都掌控在我们手中。不管如何负隅顽抗，中国不是还得融入全球化的市场吗？注定得接受规则，遭遇巨大危险。你看，这次自贸区一开，放进多少匹狼估计谁都不知道。你看看你自己，原本在这场战争中可以赢得一手好棋，你却选择无为，没有趁股灾壮大自己的实力。现在来不及了，你非但没有能力成为我们的对手，还将面对新的屠杀，面临非生即死的风险！”

袁得鱼无法正视自己面对魏天行的真实内心，但难言的痛苦与陌生感爬上心头，他们之间像是隔了一层无法沟通的厚厚屏障。

他有些绝望，又不敢相信认识那么久的人竟是这样，无比熟悉，又无比陌生，他不相信这是真的。

“你现在是不是很恨我，索性把我推下车算了，我也死个痛快！”魏天行冷笑了一下。

“我爸爸究竟为什么而死？仅仅因为他阻拦你们吗？为什么他也在七牌梭哈中？”

魏天行沉默了一会儿，徐徐地说：“不得不说，你爸爸真的很伟大。”

袁得鱼想起当年帝王医药豪赌的场景，父亲豪赌帝王医药不可能有钱补贴，然而，政府当天却宣布了补贴的消息。

袁得鱼头脑中反复闪过魏天行说的“伟大”。

一个灵感闪过，袁得鱼领悟到，原来是这样，原来这就是邵冲手里有补贴资金的秘密！

“这真是绝妙的计划，是一次可怕而又惊险的空手套白狼！表面上看，政府因为缺少资金而不会颁布补贴的政策，市场派有十足理由豪赌多头，而多头，正以我爸爸为代表。然而，通过我爸爸吸引大量多头之后，邵冲联合政府又发布补贴的消息，严重打击并购，包括取消最后 9 分钟的保驾护航，让空头成为战场上最终的胜利者。然而，资金却是在这场空套的博弈中大挪移。暗中，我爸爸配合大家演完了这出戏，他自己也清楚发生了什么。所以，海元旗下最大的那个神秘账户才会开的是空头。”

魏天行一言不发地望着袁得鱼。

“而空头的大幅获利，反倒最终成为政府给帝王医药补贴的原始资金。在外人看来，以直木为代表的神秘并购势力由此被一举击退，这场大战还可以大书民族主义情怀。而你们，扣除暗中给政府的补贴，资金仍不可限量，再用各种资源发酵，最终积累到今天的巨额财富。”

魏天行怔怔地望着眼前的袁得鱼，发现他的天分再次超出自己的预期。

袁得鱼摇着头：“太晚了，太晚了！为什么直到今天，我才知道失踪资金的秘密！可是，我爸爸为什么要自杀呢？这一切不都按他预期的发展吗？”

袁得鱼突然转向魏天行，用愤怒的眼神看着他：“是你们，就是你们杀了他！必须得有一个人死，去掩护这笔资金！于是，我爸爸被你们选中了！”

“你可能想象不到，在最后一刻，是你爸爸主动站出来的，我相信他的思想早已穿越了生死，抵达我们都不能理解的层面。所以，我只能说他伟大。”

“你说‘战场上见’，到底什么意思？”

“哈哈，还记得绿风地产吗？我猜你已经猜出，我们通过与其合作制造了无数境内外无风险套利。然而，你以为这股票只是套利那么简单吗？”魏天行的话还没说完，就忽然没声音了。

魏天行戛然而止，是因为他看到了恐怖的东西。

袁得鱼从后视窗发现，两辆黑色吉普正在疾速追来。

眼前的景象让袁得鱼吃惊，他完全没有想到，弹雨向他们袭来，侧方扫射的目标集中在后座。

袁得鱼低下头，飞速转动方向盘，车在路上失去方向打转。

几辆正在附近查酒驾的警车听到动静，马上追了过来。

听到警车汽笛声，袁得鱼立马踩下刹车。

他们完全没想到袁得鱼会紧急刹车，只好先一脚油门踩下开溜，毕竟警车就在旁边。

袁得鱼抬起头，只见有两辆警车风驰电掣般地紧随吉普，应是很早就埋伏在这里。

有几辆警车很快就包抄过来，穿着特警服的那几个警察身上都带着重型武器，他们拿起枪朝飞速行驶的吉普射击。

吉普毫不犹豫地撞开高速公路的栏杆，向灌木林开去。

很快，吉普与那几辆警车消失在袁得鱼视野中。

一辆警车停在袁得鱼车旁。一个平头警官下了车，他个子高高的，有些白净，气质与那些特警相比，偏文气一些，但他身上有种威严的感觉。

这个警察与袁得鱼他们示意了一下："到我们车里来，去一趟公安局。"

袁得鱼赶紧看后座，只见魏天行中了好几枪，脸色惨白，血止不住地从衣服里渗出来。

袁得鱼震惊地看着一切。

魏天行看着袁得鱼，似乎口里嘟囔了什么。

"让开！"一个警察粗暴地驱赶袁得鱼，还有个端着相机的警察马上拍了张照。穿着白色阿玛尼的魏天行，像穿了一件"白大褂"。鲜血从"白大褂"里流出，异常醒目。

"走，开到最近的医院！"那个平头警察指挥着，对对讲机说。

只见两个警察把魏天行扶到车上，飞驰而去。

袁得鱼望着车远去，如果他没猜错，魏天行痛苦吐出的，应该是"山口"。

袁得鱼忍住痛苦，镇定地对平头警察说：“带我一起去，事先让你们埋伏在这里的，就是我。你就是阿德吧？他们说你是负责人。”

“袁先生？可你还是要录一下口供。”平头警察说。

另一边，山口笑眯眯地喝着酒，他心里想：“魏先生，你的使命结束了，多谢你这些年的努力。只是对不起，你知道得太多了。”

刚从公安局出来的袁得鱼飞快赶到医院，人已经在手术室，他只好守在手术室门口。

手术室外，还有好几个人在讨论看到的场景。

“天哪，真的是枪杀，从来没见过那么多血。”

“脸色很白很白，应该没什么希望了。”

警察也在门口走来走去，引来不少人注意。平头警察也过来了。

他们几个看到平头警察，就上前说：“没法进行彻底手术，医生说先进行简单的伤口处理与输血，刚才 X 光显示，已经伤到内脏，脑干区域也进了一颗子弹，估计没戏了。郊区医院条件比较简陋，我们是否换一家大的医院？”

“脑干进了子弹，估计没什么希望了，等法医过来看看再决定。人抓到了吗？”平头警察问。

“车里有两个人，一个人开车，一个人负责开枪。他们逃得很快，直接把车开到田里后，扔了车子就跑了。旁边正好有条河，估计跳河里游走了。他们应该事先研究过地形，做好了逃跑的准备。”

袁得鱼看到魏天行被推出来，脸色灰白，身上泛着血腥味。

魏天行闭着眼睛，眉头还在不停动。

袁得鱼与护士一起把他推进急诊病房，警察试图赶走袁得鱼，那个平头阿德说：“就是他报的警。”

袁得鱼说：“我很快就出来。”

阿德点点头：“你先进去吧。我是负责调查金融案件的何德，有什么线索，可以直接与我联系。”

警方守在病房门口，还有一个警察盯着袁得鱼。

“醒醒……”袁得鱼说着。

病床上，魏天行吃力地睁开了眼睛。

他们相互对视，仿佛还有很多话要说。

袁得鱼想问的很多话，都在空中凝结，变作一句："你后悔吗?"

后悔？这个词魏天行此前从来没想过。然而，他却有无尽的痛苦。这种痛苦犹如整个人躺在冰块上，那种刺骨的冰冷无穷无尽地蔓延，冷到心痛。

对于袁得鱼来说，魏天行一直是温暖的大哥哥，也是投资圈的旷世奇才。

如果说，中国的股票市场是只有少数人可以赢的游戏，那么，魏天行就是那种就算别人偷看了底牌，还能照样赢的人。

尽管魏天行后来做的一些事是罪，但是他心里知道，自始至终，他对袁观潮的知遇之恩未能忘怀。

魏天行最早在海元证券附近扫马路时，如果不是袁观潮，他这辈子可能也就稀里糊涂地过去了。

然而，那次为母亲筹安葬费，第一次与袁观潮开口了。袁观潮很快挖掘出他惊人的投资天分，他从此走上了这条大起大落的道路，与此前的生活轨迹再无交集。他进入资本市场的时间不算太早，是29岁，可运势一来，挡也挡不住。

魏天行很快有了积累，似乎一切顺理成章，他买了房，很快结了婚。

他当时觉得自己已经到达人生巅峰了，他不需要再多东西，已经很满足了。

然而，帝王医药事件，又彻底改变了他的人生轨迹。

让袁得鱼无法忘记的是，魏天行在父亲葬礼上极度痛苦地号叫，是那样真实。

他记得，魏天行曾让他感悟炒股的真谛。

魏天行开口了，声音有些低沉，袁得鱼凑近，认真地聆听："你……你在车上时，分析得没错。你爸爸确实不单单是牺牲者，这种空手套白狼的游戏，只有你们父子想得出来。”

袁得鱼心想，当时父亲造势越大，获利盘就越大。父亲还是希望政府通过补贴助力帝王医药的，而不是被莫名其妙的外部资金并购。帝王医药最后的结果是他眼中的关键，父亲才是七牌梭哈这一局真正的灵魂人物。

“你在车上猜得没错，那一波我们自己也赚了不少。交割单上，的确有我的名字，是你爸爸后来加上的，代表他自己的加入。所以，他们也会信任我，让我管理他们的苹果信托。你爸爸那场战役一共赚了33亿，除了给政府的那笔资金，这个秘密账户一共赚了13亿，我一直在运作它，到现在，已经有108亿美元。”

袁得鱼忍不住说：“太了不起了。”

魏天行又在袁得鱼耳边，吃力地轻声告诉他取这笔钱的办法。

袁得鱼震惊了，他没想到，做了展翔后积极入世的魏天行，最终竟然是将这笔资金给自己，让他去实现难以触及的目标。

魏天行曾一度犹豫，与袁得鱼切磋后，发现他终究是合适的人选——正如他父亲预言的那样。

“爸爸为什么选择自杀呢？就算需要一个人遮挡所有真相，也可以不用这么激烈的方式啊！”袁得鱼流下眼泪，“为什么这样？”

“山口他们以为你爸爸是爆仓失利而选择死亡，其实他是为了掩盖这笔巨额资金的存在，也是为了在资本市场倒逼出几个真正巨头，让山口继续与我们合作，但这些，都不是最关键的，还有个更重要的原因……”魏天行的眼睛闭上了，他用尽了最后一丝力气。

袁得鱼哭着，随着交割单上一个个大佬的离去，拼图又进一步完整了。然而，这聚集答案的路径，是他们以生命与灵魂构成的。

袁得鱼伤心极了。

他还曾误解魏天行是潜在的最大敌人。他演得真的太好了，在亦真亦假中来回变化，骗了敌人，还把自己人也骗了。

不过，袁得鱼有一点觉得奇怪，那份有关绿风地产的资料，不是自己给监管层的。他一直认为，魏天行在警察手里会更安全，所以叫警方先潜伏。可究竟是谁交出那份匿名资料的呢？又是谁把魏天行害了？他们是同一拨人吗？真的是山口吗？

他心想，肯定不止他一个人如此了解魏天行。

难道是邵冲？可这份资料把泰达一起告了，这不是自杀吗？

不管如何，袁得鱼得赶紧将那笔巨额落袋为安，并开始用那笔资金进行收购反击。

他不由得感慨，那么多年的资金去向之谜，最终却是这般结局，令人唏嘘。

第十章　熄灭吧，山口

熄灭吧，熄灭吧，瞬间的灯火。

——莎士比亚《麦克白》

一

袁得鱼站在魏天行坟墓前，默默哀伤。

这时，有人走来，在坟前放了一束花。

袁得鱼转过头，是贾琳。

贾琳一袭黑色的长裙，戴着黑纱礼帽。

袁得鱼准备离开。

贾琳也转身："没想到在这里见到你，一起走吧。"

他们经过一条幽深的小路，路两边是高大的银杉树。

袁得鱼稍微迟疑了一下，问道："你觉得是谁杀了他?"

"这重要吗?"

"可杀了魏天行有什么用? 他们也没能得到他们想得到的东西。"

"把秘密封存起来，未必不是个好结局。"

"你真这么想吗? 我宁可他活着!"

贾琳说："我也很难过。我发现自己还是爱这个男人的。"

袁得鱼看了贾琳一眼，看不穿这个饱经风霜的女人。

"袁得鱼，现在估计也只有你知道，如何找到那笔资金吧!"

"什么意思?" 袁得鱼警惕起来。

"你不要这么看着我，我是只会给你帮助的人。你想，当年你们大时代资产第一笔大资金是谁给的?"

"可我也给你赚了不少钱，不是吗?"

"你是不是会去奉贤?"

袁得鱼望着贾琳："你对很多事情怎么都这么清楚?"

"我一直是老魏的朋友，我只是不想他这样白白死去。"

袁得鱼时不时看她一眼，实在猜不透这个女人，她究竟还知道些什么。

对贾琳来说，魏天行的谜面，估计只有袁得鱼才能解开，她相信他迟早会去解开。

她知道魏天行藏东西的地方，也去过几次，但都未果。她背后的人也去试过，同样因为对魏天行不了解，即使再聪明，也未能解开。

如今看来，只有像袁得鱼那样对魏天行有所了解，又聪明非凡的人才能解开。

他们渐渐走远。

丛林中，有两个人潜伏着，看到他们走远后，都站起来："奉贤？是什么鬼地方？"

袁得鱼与贾琳分开后，立马开车直奔奉贤。

奉贤在佑海的最南边，拥有佑海最长的沙滩。

袁得鱼蹲在奉贤的沙滩上，捏了捏沙子，这里的沙子并不细腻，沙滩周围还堆积了很多坑坑洼洼的小岩石。

魏天行曾在他耳边的确只说了："你要的，在……奉贤……海边。"

"究竟去哪里找线索呢？为什么魏天行会跑到这里来？"

他想起，当年他将魏天行安顿在小船里，小船载着魏天行进入大海。

"难道与小船有关？"

很巧的是，他在岸边看到一条长形的旧船，像是被人遗弃了很久。船体的木头有些腐烂，他爬进去，里面比想象的干净，有一些水与水草，还有一把船桨。

他平躺在船头，任凭海水推动着小船，满眼是蓝色的天空。他不由得沉思起来，忽然间，他像是坠入了奇异的深渊。袁得鱼一直往下掉，后来就不省人事了。

醒来的袁得鱼眼前一片黑暗，他渐渐意识到自己仿佛来到了一个暗黑的空间。

他闭起眼睛，却仿佛看到了父亲的背影，像父亲死亡那天一样，那个身影在慢慢向前走动，好像在一个林子里。但他突然发现，如果不仔细看，无法发现那片森林中还有一条火车轨道。

袁得鱼被惊到了，他只想快点儿跑过去，不能让父亲倒下，他一定要阻止，非得阻止不可。

就在他即将触摸到父亲的瞬间，火车车头的灯光照得刺眼，汽笛的声音仿佛穿透了他的耳膜，他本能地松开手，叫出了声。

他惊醒了，发现刚刚只是一个噩梦。

醒来时，他发现自己在一个没有光亮的密闭空间里。

在这个空间里，袁得鱼只感到饥饿。自己像一个动物一样的存在，只剩下生物本能。

空气里的味道还算干净，没有特别的腥味，略带一些潮湿。

他爬起来，发现脚踩的地方软软的，难怪他从高处掉下来，却没什么事。

他挺起背，小心地挪来挪去，估计着身边的安全距离——万一踏空也不一定。他向四周摸索着，没过多久，他基本判定了这个空间是个圆柱形的密室，大约3平方米。

这个伸手不见五指的空间，他无论怎么呼喊，都无人回应。他觉得喘不过气来，每次呼吸都如此困难。

他试图用身体撞墙壁，根本没用。

这里特别黑，没有一丝光亮。平时夜里的黑暗根本不算黑暗，因为总有光透进来。这里彻底的黑暗，像一块涂抹了很多层黑色涂料的黑幕布，只是这是个立体空间。

他感到绝望。他尽力保持冷静，心想不管是什么密室，总应该有门或开关。

袁得鱼摸了摸口袋，发现有一枚一元硬币。他在墙上画了五角星，表示开始的记号。随后，他开始沿着墙壁一路画过去，用手臂划出扇形，试图摸索到什么。

果然，不知他触碰到了什么，在这个黑黝黝的空间里忽然显示出一个发光的电子时钟，“嘀嗒嘀嗒”的声音在这个黑暗空间里尤其清晰，以至于每走一秒，都惊心动魄。

袁得鱼定睛看了看，这个时钟竟然显示的是2018年8月18日，如果从上一轮经济危机计算，整整10年。

他不禁打了个寒战。

借着时钟钟面的微光，袁得鱼打量周围。

与他猜测的差不多，他身处一个环形器皿，空间大约3平方米，刚好装得下一个人，白色的壁体，摸起来很光滑，且材质牢固，像用陶瓷制成。

呼吸越来越困难，他寻思着，如果一直在这个空间里，不要说饿死，过不了多久，他就会消耗掉最后一点儿氧气。

“有人吗?”袁得鱼大叫起来。他发现，声音在空气稀薄的空间里无法传出去。

他的注意力转移到电子时钟上，他摸了两下，神奇的是，时钟变成了倒计时，显示的是00：00：59，“哗”的一下开始倒计时：58，57，56……

他摸了一下对面墙的角落，一块液晶屏幕亮了起来，出现了一个交易盘面。

这是袁得鱼非常熟悉的盘面。

他几乎出于本能，在交易盘面上做着交易。

时钟在00：00：29时，天顶哗地移动开了，他站立的地板呈现一个圆形，托着他慢慢上升，这时的他终于感到清新的空气涌进来。

他脚下的圆形地板停了下来，一个玻璃门打开了。

他看到墙面上魏天行的影像。

“恭喜你，袁得鱼。”是魏天行的声音，“我知道你肯定能从这个密室出来。”

“这真是密室?”

“这个密室是我找人设计的，叫作西西弗斯魔咒。”

“西西弗斯魔咒？”

“这考验的是一个人在交易中的逆向思维，大多数人交易到一定程度的时候，会陷入一种痛苦之中，就像西西弗斯推着巨石，好不容易要将巨石推上山顶，却一不小心，巨石滚了下来，将巨石推上山顶变成永远也完不成的任务。这个密室大部分人是走不出来的。”

“走不出来？”

“你不属于那些大部分人，所以无法理解。大部分人拿到这个账户，见到一下子就亏损了10%，第一反应是找机会趁高抛出，后来的行情一般不停往下，最后大跳水，很多人就这样套死在里面，非常痛苦。尽管这个虚拟交易仅1分钟，却相当于1天的交易，大部分人会被套住。聪明的人到最后一刻才反应过来，是否要调整策略，但已经越亏越多；还有一些人执迷不悟，觉得市场总能出现变化，就好像扔硬币一样，说不定等到了他们希望的方向，就这样越坠越深了。我们在这个交易中的设定非常残忍，第一秒的时候就捕捉到你想要的方向，却给你一个相反的结局——这往往是现实中你遇到的最多的交易真相。”

“所以，大部分人的财富被无情地抢夺了。”

“是的，而你的做法奇特。你在第一秒的时候，就不假思索地把所有资金都撤了出来，然后一直等待，在出现小幅波动时，你娴熟地做了两把看空期权，一下子赢了回来，才触发了密室开启的钥匙——净值出现了1元以上。”

“你……不是已经……怎么知道我会这么做？”

“很少人有这么快的反应，大部分人只能在1元以下苦苦挣扎，距离原点越来越远，因为我们设计的第一个波动，就使净值跌到了0.95。”

“师傅，你还活着吗？”

“你看到我的时候，我已经不在人世了。你来到这里，是我对当地渔民的嘱咐，让他们趁你昏迷时，将你送到这里，与我进行最后一次交流。”

“你都预料到了我的做法，这是唯一破局的答案吧？师傅，接下来，我们该怎么做？”袁得鱼闭起眼睛，他想起，当初他曾闭门修炼，那次大汗淋漓之后，他打开了从没有过的格局。

如果没有记错，他拿到的那本《股市必胜法》，其实是一本《论语》。

魏天行的声音幽幽地传出：“已有的事，后必再有；已行的事，后必再行。日光之下，并无新事。”

“师傅，你不是喜欢《论语》吗？这不是《圣经》里的吗？”

袁得鱼还没说完，就被屏幕上的画面吸引了。

他屏住呼吸，看着屏幕上画面变换，不知不觉，他就潸然泪下了。

他没想到魏天行经历了那么多事情后，有了巨大的改变。

这多少令人痛苦，改变的动因应该就是那个他们寻找已久的答案。

袁得鱼鞠了一躬，深情告辞。

他站立在门前，光线变亮，玻璃门自动打开，他瞬间看到了海的另一边。

开门的瞬间，那个红册子从顶上飞下，他顺手接过红册子，用触手可及的海水在里面画了一个形状——无数人寻找的答案即刻映现出来。

而后他撕碎本子，碎片在空中零乱地飞舞。

他不知道走了多久，忽然听到一声巨响，那块岩石下的四方空间一下子炸开。

袁得鱼意识到，刚才的环形空间是一个巨型定时炸弹装置。

瞬间火光乍现，随着“轰”的一声，所有秘密均消失不见。

二

袁得鱼回到海元证券时，整个人还是恍惚的。他只是知道，拥有了更多海外资金的他，得快速击退泰达的进攻。

他进入海元自营部时，发现他们都看着墙上的大电视。平时这个电视是无声的，为了不错过任何重要的新闻，总是播放着财经频道，这次声音开得很大。

一条重磅财经新闻正在滚动播出，电视里说，展翔背后的实际大操盘手魏岩被一辆不明吉普里的狙击手击中，救治无效身亡。

他们都露出惊讶的表情。

“魏岩？就是那个从不露面的交易高手？年年私募业绩排名前三？”

袁得鱼心里“咯噔”了一下，毕竟没有太多人知道，魏岩就是魏天行，然而，这个新身份也要随着魏天行真正的死去永远消失了。

同时，财经新闻爆出的另一条重磅新闻——“泰达涉嫌严重违纪被查”。

泰达这家大型金融机构终于被全面清查。

“泰达果然卷入了？”

几个人更惊讶了。

韩鉴好像反应过来：“天哪，这是不是意味着我们就不用反击了？”

“太好了！”陈啸一下子伸出双臂，“这些天可累死我了，一直在想办法击败它！”

热闹了一阵子后，他们才发现袁得鱼进来了。

“老大，最近财经圈发生了好多大事。”

袁得鱼打开盘面，果然，泰达的进攻力明显减弱了。看来，泰达被查，对它的杀伤力不小。

的确，发起收购的主体是泰达，如果泰达真的陷入危机，对海元来说，麻烦也就迎刃而解了。

袁得鱼想，市场传的那封匿名信确实存在，究竟是谁干的呢？

看到海元安全了，丁喜松了一口气：“太好了，真是天助我也！

我本来还不想惊动大家，但是我们已经躲过了危机，正好需要庆贺一下，这个周末有没有时间参加我的婚礼？”

“啊，你小子，这等好事竟然瞒到现在！”陈啸不由得拍了一下丁喜的肩。

冉想很开心地祝福他：“丁总，真为你高兴！”

韩鉴也神秘地看了丁喜一眼：“嘿，什么时候搞定的？”

只有袁得鱼低头喝了一口黑咖啡，心里不是滋味。

“鱼总，你一定要来哦！”丁喜说。

“好的！”袁得鱼点了下头。

“鱼总，你什么时候结婚呀？”陈啸好奇地问，“你与女朋友也相处很多年了吧？”

“我们还是先为丁喜好好准备吧。”袁得鱼说。

“你的女朋友昨天还来过，她给了我们这个地址。”

袁得鱼很纳闷，接过纸条，写着“止境”，看起来像是会所的名字。

他想着这两天经历的事情，像是过了很久。其实，他找魏天行也不过两天。

他想起邵小曼说过她会参加许诺的婚礼，那这些天，她应该在佑海。

晚上，他来到“止境”，果然是一个低调有趣的俱乐部，他走进去时，一些人在舞池中跳舞。

舞台上，有个女生画着夸张的眼影，闭着眼睛唱着英文歌曲。

袁得鱼坐在靠前的座位上，静静地听她唱，声音颇有质感，曲调慵懒，掺杂着无奈和随性，高冷的气质中又夹着一丝脆弱。

邵小曼属于人群中最魅惑的那类女生，好看又有趣，还是工作狂。

唱完，她睁开眼睛，歪着头自我陶醉地沉浸了几秒。她抬起头，一下子就看到了袁得鱼，人群中的那双眼睛特别清澈明亮，她嘴唇翕动了一下。

晚上，他们在风中散步。

“你还真是忙，现在才来找我。”

“小曼！”

“不用解释啦，我知道最近出大事了，今天唐煜还给我打了两个电话，说泰达这次真的不行了。我也不知道他为什么要跟我说这些。不过，他平时有心事经常会与我分享，可你只要和我不在一个城市，就像不认识我一样。”

袁得鱼默不作声。

“不过，你总算来了！我还是很开心的，喜欢我今天的样子吗？”

袁得鱼仔细看了看邵小曼，亮闪闪的眼影没有完全擦去，淡淡的烟熏妆更突出了精致笔挺的鼻子，脱俗的冷艳之美让人忍不住多看两眼。

“挺好看的。”

“袁得鱼，你到底把我当什么？”邵小曼认真起来，“如果说你此前心里有过许诺，那也彻底结束了，不是吗？我从来没有逼过你，你以为我真的很潇洒吗？我毕竟是个女生啊！”

“小曼，我这次来，是想邀请你与我一起去参加婚礼，以女朋友的身份！”

邵小曼听到这句话，禁不住泛出泪光，这大概算是袁得鱼第一次对自己正式表态了。

“对不起，我一直以来都不敢给你承诺。”

“袁得鱼，你知不知道你就是废物！你在许诺做了决定后才做决定，可我无所谓，我等你这句话等了太久！认识你后，我才知道可以这样没有自我！”邵小曼一下子搂住袁得鱼的脖子，轻轻地亲了他的脸颊，低语道，“袁得鱼，你知不知道我有多喜欢你？”

三

喜庆的日子到了。

丁喜与许诺的婚礼非常简单，举办地是长乐路一个带院子的洋房餐厅，他们把三个小时的中午时段包了下来。小院子里摆着各种美食，朋友们自由地享用。

袁得鱼牵着邵小曼的手穿过鲜花门，两人穿着精美考究的礼服。袁得鱼难得打了领结，邵小曼穿着爱马仕最新款的彩纹春衣，两人登对亮眼。

人越来越多，还有袁得鱼很久没见的菜场里的朋友。

大家在等待着新人。

这时，陈啸看邵小曼去拿东西了，悄悄在袁得鱼耳边说："参加喜欢过的女人的婚礼的男人才算是成熟男人！"他做出一副情场老手的样子，眨巴了下眼睛。

袁得鱼不由得吐槽："什么逻辑？看来你最近不太如意。"

两位新人出现了，他们穿着中式礼服，颇有特色。

许诺"凤冠霞帔"，丁喜穿着绣着麒麟的官服。许诺低头浅笑，看起来有些害羞，丁喜乐得合不拢嘴。冉想与陈啸跟在他们身后，敬业地担任伴娘与伴郎。

丁喜举起酒杯，手有些微微发抖："非常感谢大家能来，这好像是我第一次当着这么多人面说话。我们本来没想到会有这么多亲朋好友捧场，非常感谢大家。我只想说，今天是我丁喜最重要的日子，我即将与我心爱的女人一起开始新的生活，我觉得我太幸运了，我想感谢的人太多了！今天，请各位亲朋好友见证，我今后一定会加倍疼惜许诺！"

尽管是朴素的表白，倒是充满了诚意，大家鼓掌欢呼。

正在这时，一群黑衣人闯了进来。

他们气势汹汹，三下五除二就把院子里的自助餐桌全部掀翻在地。

一些年纪大的客人不知发生了什么，害怕得连连退后，一些人见状不妙，赶紧逃了出去。

袁得鱼对旁边惊讶的邵小曼说："你先躲起来。"说罢马上与韩鉴冲了上去。

这群黑衣人攻击的目标竟然是许诺。

他们拿着棍棒直接朝许诺砸去，丁喜在前挡住，却被他们一脚踹开了。

丁喜爬过来，又被黑衣人踹倒在地。

正在这时，一根铁棒正中许诺脑袋，只听许诺“啊”的一声，晕倒过去，血流一地。

这些人还不肯罢休，对着许诺一顿拳打脚踢。

丁喜趴在旁边挡着，大哭道：“你们在干什么？你们为什么要跟无辜的女孩过不去？你们为什么不打我？你们冲我来，不要对她这样！”

袁得鱼抄起椅子，与这群人打了起来。

袁得鱼朝丁喜喊：“快，快送她去医院！”

婚礼现场乱作一团。

有人报了警，警笛声由远至近，黑衣人赶紧逃了。

袁得鱼苦笑了一下，说：“这些不是泰达的人吗？一日流氓，终日流氓！”

“鱼总，你怎么样？”韩鉴一瘸一拐地走过来，他的腿被砸伤了，“我们要不要向警察揭穿他们？”

“他们一直这么猖狂，肯定有人护着他们。我们先去医院！”

袁得鱼看着惊魂未定的邵小曼，说：“对不起，小曼，我先去看看他们有没有事，你先回去休息。”

邵小曼不假思索地说：“不行，我也要去，我不放心！”

“太危险了，我有预感，接下来还会有很多麻烦。你还记得当年苏秒的事情吗？他们穷凶极恶，什么事都干得出来！我建议你先回美国，这里的事交给我，你不是下午的飞机吗？”

邵小曼不想与袁得鱼这么快分开，但她看着袁得鱼坚毅的眼神，回想起当年黑势力的凶残，知道自己留下来也是无用，只好无奈地点点头。

“如果发生什么事，随时告诉我。”

“好的，对不起，不能送你到机场。”

“袁得鱼，我知道你有很多事要做。你记住，你什么事都可以做，但请答应我一件事，不要伤害我干爹，这是底线。记住：爱所有人，信任一些人，不伤害任何人。”

“好。”

“再见了，袁得鱼！”她抱了他一下，她多么想依偎在他身上多一些时间。

“再见！”袁得鱼坐上车，望着邵小曼挥手告别。

他们一群人赶到医院，只见丁喜跪在地上，神情呆滞。

“怎么样？许诺怎么样了？”

丁喜什么话都说不出来，瞳孔变灰，又回到少年时期那个样子。

护士说许诺还在急救室。

他们在门外焦急地等待。

韩鉴点燃一根烟：“丁喜刚才说，他们不只是冲许诺来的，他们想彻底击垮你，以为是你写的那个告发泰达的匿名信。”

正在这时，丁喜从房间里慢慢走出来，他看到袁得鱼有些恍惚，他认识袁得鱼这么多年，第一次见他这样：“我有话与你说。”

袁得鱼跟着丁喜走到走廊尽头。

“许诺流产了！”

“什么？流产？”袁得鱼惊讶地说。

“我没说完，是唐煜凌辱了她，于是我才大胆提出与她结婚。”

“是唐煜干的吗？禽兽，我要去揍他！”

“许诺现在是我老婆，我都没去追究，你搞什么？她已经被凌辱了，难道我们还要强化这个阴影吗？你们肯定觉得我这么心平气和地当别人孩子的爹很好笑，不是吗？可真的爱一个人的时候，就只想着如何让她更开心地生活，想到的只有付出。我就是这样，唯一的念头是不想让她继续受折磨。毕竟，这是许诺会嫁给我的最好机会。”

“你真的比我懂感情。”袁得鱼不知道许诺受了这么多委屈。

“她大概以为，与我结婚会有平静的生活，她不想再与烦扰的人与事有任何瓜葛了。但没想到，这群人阴魂不散，这太让人绝望了！你知道吗？这都是因为你！如果许诺能好起来，我会带她永远离开这里，一个没有你的地方！”

“我尊重你的选择。”

正在这时，急救室的门开了，医生脸色不大好。

“病人的大脑皮层受到了严重损害，另外，左右半脑之间的胼胝体中间有明显断裂。刚才的开颅手术，我们已清理了一些血块，对一些组织进行了尝试性修复。目前还无法确定病人是否进入了最小意识状态，因为她的手指还有反应，建议先留院观察一段时间。”

护士在一旁解释说：“病人属于情况较好的植物人，有希望醒来，但不确定什么时候。”

丁喜一下子瘫软在地上。

袁得鱼木木地坐在许诺床边，看着她的脸。

她平日里的精气神已然散去，唯一能证明她活着的是稍有血色的脸庞与一旁的心跳仪。

丁喜一直在哭，喉咙里竟发出“咕咚咕咚”的声音。

袁得鱼想安慰他，却被他一把推开。

韩鉴看到后有些生气：“丁喜，你怎么能这样对鱼总！你振作一点儿，是泰达的人害了许诺！是他们不分青红皂白来寻仇，你不要意气用事，他们就想看到我们起内讧！”

“意气用事？”丁喜苦笑了一下，“是谁带来这些苦难？是谁引来这些仇恨？为什么让无辜的人受最大的痛苦？他们这些人知道，许诺是袁得鱼的软肋，故意通过这样的方式伤害、刺激他！可许诺是无辜的，我也是无辜的！”

“你为什么这么说？”

“许诺那次被凌辱后神志不清的时候，说唐煜是这么说的！可许诺的心却在袁得鱼身上，她几次三番让我不要与袁得鱼说，可如今……”

袁得鱼闭起眼睛，心口像被刀绞。

丁喜怒视着袁得鱼：“你只有你自己，你只想着如何为自己报仇，我们不一样！对于我来说，与许诺在一起平静地生活，就是我的一切，我恨你！”

丁喜终于忍不住号啕大哭。

袁得鱼什么都没有说，他一个人走出去，陷入难以言状的悲痛。

师傅的死，已让他难过万分。许诺的意外，丁喜对自己的愤怒，让袁得鱼深深地怀疑自己。

四

袁得鱼来到谁也没想到的希尔克内斯这个北极圈地带，这里白雪皑皑。

他对这里的胜景兴趣不大，只是想来最遥远的海边。

这里常年天寒地冻，海水长期在零度之下。在他看来，这里一定拥有全世界最新鲜的海鲜。

他看到一艘破冰船即将踏上捕鱼的旅程，硬是跟着那群捕鱼人上了渔船。

因缺少人手，还算身强力壮的袁得鱼经过简单的培训，就上路了。

船长是个胡子拉碴的老人，他总说捕鱼能力与生存能力都是天生的，眼睛里时常流露出一丝落寞。

袁得鱼很快明白为什么很多人没有上船了，经验丰富的渔民早就预感到，他们将遭遇恶劣天气。

很快，黑暗降临的夜，狂风拍打着脆弱的船体，船摇晃得厉害。

袁得鱼对船长大喊道：“明知道天气不好，为什么还要下海？”

船长冷冷一笑，做了个捏钱的手势，似乎也在嘲笑袁得鱼：“你不也是吗？”

船疯狂颠簸，他们索性收起了船帆。

船上都有备用船帆，如果继续打开帆布，反而有将桅杆折断的风险。

袁得鱼随着船上下颠簸，他不得不用力抓住船沿上的把手，他的力气很快耗尽。他挪动着身体，每分每秒都如此难挨，满眼都是浸透狂风暴雨的黑暗，脸上还被拍打着腥腥的海水。

船渐渐地驶到一个地方就不动了，船体没再摇晃。

袁得鱼站在船头向前望，不远处是厚厚的冰层，发出微光。

“这是?”

“嘘——”

船长示意他不要说话。

有什么光在袁得鱼眼前晃了一下，又飞一般消失了。

袁得鱼仰起头，一道荧光划破天际，这绝不是平凡的光，也不是稍纵即逝的流星，而是拖曳着幻影、若明若暗的光带。

“啊，是极光!”袁得鱼忽然反应过来。

他沉浸于自然奇景——大自然绽放绚丽烟花。奇幻的光带在空中划动，时而嬉戏、翻腾，折出不同形状；时而像一团团小火焰，在空中逐次绽开；时而像舞蹈演员扔出的一团丝绸，渐渐散开；时而像艺术家巨大的画作，各种色彩在苍穹凝固，绚烂无边！淡绿、微红的色彩，转而又轻盈地变作紫与深红，一团团水彩又在水中化成不规则的迷雾……过了一个多小时，最后一道绿莹莹的光影才“哗”地消散。

袁得鱼久久不能平静，这绝对是他意想不到的壮丽美景。

他看了一眼船长，老人笑嘻嘻地看着他。

这时，暗色的夜空渐渐变浅，天亮了起来，老人跳下船，踩在厚厚的冰层上，好几个船员一起跟着下了船。

只见他们趴在冰上听了一会儿，很快就娴熟地找到了几个位置，打了几个桩一样的固定物，他们将固定物的一头用绳子系住，另一头系在船舷旁的将军柱上。他们听着船长指挥，固定成应有的形状。

船启动了，巨型冰块“咔咔”地渐渐裂开。

一只巨大的笼子精确无误地沉入裂开的冰体下方，沉下了一会儿，笼子从深处传出“砰”的一声。

“来人，赶快!”有人招呼着，船员都聚集过来，他们齐心协力把笼子拉上来，袁得鱼也在帮忙。他依稀看到，笼子里有黑乎乎的东西在动。

袁得鱼定睛一看，里面竟然有一只硕大无比的帝王蟹。

船员们将销子打开，只见帝王蟹一下子冲了出来，张牙舞爪像要进行决战。

为了不破坏帝王蟹的外壳，船员们手里操着粗钝的棍子，尽力将帝王蟹推入滑梯状的入口。入口处他们早就故意覆盖了一层薄薄的冰层，微微打磨过，猎物轻易就能滑入船舱。

可这只帝王蟹似乎特别狡猾，一直不肯中计，始终与船员们在船舷附近周旋。

忽然，帝王蟹像是使出了蛤蟆神功似的，一下跃起。

船员们“啊”的一声，帝王蟹扑向了老船长。

老船长经验老到，马上闪开，他下意识地用手挡住脸的时候，被帝王蟹的钳子夹住了手腕。虽然船长套着厚实的手套，可手腕毕竟在手套开口处，血一下子就流了出来。

袁得鱼马上冲向前，用棍子往帝王蟹的大钳子砸。钳子松开后，帝王蟹想换另一只钳子继续夹，还好那只钳子小，使不上什么大力。

这时，一群人扑过来，将帝王蟹制服。

他们似乎习惯了这一切，继续打捞。

他们开始捕鱼。

他们往海里倒了不少沙丁鱼，水面上溅起了白色的水花，吸引了猎物的注意。经验丰富的海员们并排坐在甲板上，将长长的直钩往下扔，他们本能地扯鱼钩，鱼一条接着一条上来了！这些黑鲔鱼虽然不像蓝鳍金枪鱼那么大，可通体光滑，肉质紧密。袁得鱼知道，鲔鱼的流行也是最近几十年的事。此前，每天可以游80

多千米的这类鱼在没有好的冷冻技术时，是没办法新鲜地送到餐桌上的。鲔鱼是少数跨洋环游的鱼类，肌肉比例高，鱼肉有韧劲又鲜嫩爽滑。

老船长简单地处理了伤口，与袁得鱼闲聊起来："抓捕帝王蟹总是会死人，有的帝王蟹站起来比人还高，我经历过更危险的。"

"不容易。"

"小伙子，看你文质彬彬的，体力倒还不错，为什么上船？"

袁得鱼笑着说："我就是想出来转转，顺便为一个朋友准备礼物。"

"你明明知道这里危险，怎么还跟我们上船？"

"我一向这样，重要的不是有没有风险，而是你应对风险的能力。"

"哈哈，你一定会成为一个不错的捕鱼专家。"

"捕鱼专家？"袁得鱼自嘲地笑了一下。

他们在大风大浪中度过了五天。这五天他们收获不小，也可能是出海人少的关系，捕捉到了不少大鱼。上岸后，他们把鱼卸下来，每个人大约可以分到 5 万美元。

船长也给袁得鱼分了一些报酬，袁得鱼很认真地拒绝了："我真没帮上什么忙。"

"头两天你一直在观察，你学得很快，后三天，你出的力不比其他人少。"

"但我不想要这些，这些都是你们冒着生命的危险换来的，你就把我当作一个普通游客就行了。"

船长看着眼前的年轻人，忽然想到了什么："走，我带你去一个地方。"

袁得鱼疑惑地望着他。

"你不是说要送你朋友礼物吗？"

袁得鱼被带到一个平静的海边，那里有座海边小屋，小屋散发出微黄的灯光。

屋里走出一个年轻的男子，老人介绍说："这是我儿子。"

袁得鱼跟着他，一起来到一艘快艇上，快艇在黑夜的海水中劈波斩浪。

过了许久，他们来到一座孤岛，紧临孤岛的是嵌入洞穴的山崖，男子点燃火把，插到山崖侧壁上，只见他矫健地跃入海中。

下一幕的情景让袁得鱼顿生感慨：好多长形的大鱼围着男子，男子与它们嬉戏。

随即，他抱起一条大鱼爬上岸来。

他示意袁得鱼靠近，袁得鱼帮他把鱼抬上来，原来这是一条宽大的鲟鱼。

男子介绍说："它 20 多岁了。"他又摸了摸鱼的腹部，"可以了。"

只见他拿着螺丝刀一样的工具，快速用工具座砸向鱼头，鱼完全不动弹了，他娴熟地划开鱼腹，只见腹中是密密麻麻的鱼子。

他用力将鱼子完整取出，真是非常多的鱼子。他娴熟地用针线将鱼肚缝好，贴上像透明胶布一样的封带，将鱼放在洞穴里一个小水洼中，对它说："我过几天来看你。"

男子转身将鱼子放入洞穴的筛子上，用海水清洗了后，大力晃动筛子。

"不会碎吗？"

"这是最新鲜最有弹性的鱼子，不会的！"他自信地说。

他一边晃，一边撒上细盐。

快晃干的时候，他忽地在地上放了很多罐子，有好几十个。他用削平的木片，将鱼子盛入罐中。这些小罐子容积不大，大约能放 50 克。他动作娴熟，分明是鱼子，却像斟酒一样均匀，每次都刚好分出差不多的量。三下五除二，所有罐子都盛满了，他又一气呵成地封上了盖子。

"你肯定会问，这么多为什么不装在大瓶子里呢？"

“会压坏吧？”

“你真聪明。”他拿出筛子里所剩不多的一把鱼子，“尝尝！”

袁得鱼接过来，放在手背上，舔进几颗，用舌尖与上颚轻轻压破鱼子，鱼子里的汁水一下子炸裂开来，散发出与坚果味混合的香味。饱满的鱼子弹性十足，颇有质感地在唇齿间迸开，细微的咸味，诱出海鲜特殊的气息，满口都是鲜美的快感：“味道棒极了，恰到好处。”

“盐不能放多，不然会掩盖它本身的鲜味，也不能放太少，不然掩盖不住鱼油的腥气。”

“真是一绝。”袁得鱼感叹道，“鱼子酱是你们家的‘特产’吗？”

“不，你看我虽然缝合了那条鲟鱼，但不一定能存活。它们有的能长到几十年，所以好的鱼子非常珍贵，说颗颗黄金也不为过。最好的鱼子要在成熟七八成时取出，不然口味就会过于油腻，不会有清香可口的感觉，且没有弹性，还容易碎。所以我们家很少做鱼子酱，只会给我们最重要的朋友做。”

袁得鱼有些吃惊。

男子将鱼子酱罐子放入事先准备好的大冰盒里：“我们回去吧！”

返航时，天已微亮。

男子递给袁得鱼一瓶气泡酒，在晨晖映照下，他们一边喝着清甜的气泡酒，一边吃着鱼子酱，真是无比美好的事。

这些天，或许是袁得鱼难得的休闲时光。他甚至想起少年时在海边悠闲的日子。

他对于海洋似乎有一种特殊的情愫。

五

唐煜坐在杨茗对面，他们之间隔着一层厚厚的看守所玻璃。

唐煜看起来有些憔悴，这段时间他蓄了胡子，可能是他太清瘦了，反而看起来有艺术家的气质。

看守所里，杨茗本来就花白的头发变得更白了，她原本还泛红光的脸上，变得如死灰一样白：“这次，泰达真的不行了！”

泰达曾经受创过很多次，每次都奇迹般熬了过来，并东山再起。

如果说原先泰达还有贵人相助，如今的泰达算是陷入了真正的危机。

杨茗想起她被捕的那天上午，邵冲给她的回复是：“对不住了，这次我真的不能再插手了，不然连我自己也保不住了。”

这时杨茗才反应过来，这次危机对泰达意味着什么。她第一时间得到消息，说监管层因一封揭露泰达的匿名信要采取行动，就直接让司机把车开到东江国际机场。

一路上，她不停催促司机把车开得快点。

司机几乎是以150千米的时速飞奔。

她似一口气也没喘就抵达了东江国际机场。

东江国际机场登机处，她看到一个戴着墨镜的黑衣人，那是自己人。那黑衣人一看到她，就塞给她一个塑料袋。她立马看了一眼，的确是处理过的护照与资料。

不是万不得已，她不会启动这样的应急机制，她在听说有匿名信的时候，就开始着手准备了，只是有邵冲在，她一直心存侥幸。

杨茗拿着资料，点了点头，心想马上就要解脱了。

然而，万万没想到的是，就在她安检的时候，冲过来两个人，拿出照片对了一下她的脸，就快速将她带走了。他们表明了自己金融警察的身份。

被带走的时候，杨茗神情恍惚，隐隐约约觉得不太妙。

她直接进了看守所。她知道，接下来的泰达定会乱成一团。

唐煜得到消息后，马上过来看她。

此时此刻，他情绪很激动，不断捶打玻璃，叫着：“肯定是袁得鱼干的！因为他们怕我们收购他们公司，他绝对做得出！”

于是，疯狂的报复行动开始了。

在唐煜心里，攻击许诺是攻击袁得鱼与丁喜一箭双雕的好计。他完全没想到，袁得鱼与邵小曼真的在一起了。

那天，他在婚礼现场外面，看到他们一起挽手进入时，似乎听到了自己心碎的声音。

然而，他很快意识到，自己恐怕找错了报复对象。

没过几天，电视里播出一条关于邵冲的新闻，说邵冲因为限制股指有功，再加上牵出泰达，不愧为圈内最懂金融的官员之一。目前，高层让他担任 R 基金公司首席执行官。R 基金是中国最大的主权基金之一，这也意味着邵冲将掌握更多实权。

看守所里的杨茗看到这条消息后，一阵凉意掠过全身，她不由得打了个寒战。

她才知道，自己已成了一个牺牲品。

她看到邵冲在接受采访时一贯的淡定从容，眉宇间有种抑制不住的兴奋神情。她知道，这才是邵冲最想得到的位置，R 基金原本就是他的目标之一，在这样的诱惑面前，泰达又算得了什么。

一个国家的最大主权基金掌门人，是其他任何职务都无法相提并论的，他距离他的目标更近了。

邵冲蛰伏了那么久，终于如愿成为主权基金 R 基金的掌门人。

金融警察通过对泰达的追查，掌握了它与境外机构合作的诸多证据。而邵冲为了做实自己的功劳，不惜牺牲一个旧部。不过这个旧部确实做了非法勾当。它平时看起来很老实，可在数万亿元金钱面前，难以掩盖内心的贪婪，终究难逃一劫。

此时此刻，唐煜看着杨茗抽搐的脸，有些心疼地说："嫂子，原来是邵冲出卖了我们！我通过我的关系，也确认是邵冲写的举报信，他让我们成了牺牲品！"

唐煜相信，邵冲应当得到了山口的暗示，才这般果断丢弃泰达。如今，看到主权基金的新闻后，山口估计要的就是 R 这颗大棋，至少可以弥补魏天行造成的损失，这就可以说通了。

“他这手倒是厉害，当时给我打电话的时候，还第一时间让我快走，以至于我与他合作的有关证据都没来得及准备，其实他才是很多事情的真正主谋。”杨茗感叹道。

“可是，他为什么拿你开刀？拿我们泰达开刀？”

杨茗仔细想了想说：“他真是老谋深算。魏天行脱离我们之后，泰达对他的意义就小了，他们干掉了魏天行，所以……他怎么不想想，如果没有我们，魏天行怎么可能搞那么大？”

唐煜摇摇头：“可魏天行反叛也出乎他们的意料。魏天行很狡猾，故意让贾琳知道他拿到了红册子，又不告诉她藏在何处。不然，山口早就把魏天行的资金权拿过来了，想必也不会轻举妄动。不管怎么说，邵冲现在可以用主权基金参与国际市场了。所幸，他们这些人太小看我了，我怎么可能不留后手？”

杨茗有些不认识眼前的唐煜：“什么意思？什么贾琳？什么后手？”

“我们那么多人就是那么多耳目，我们的人在魏天行墓地旁偷听到了贾琳的话，知道她是山口的人。对了，你还记得袁得鱼故意在海外设局吗？所以我也早就在为海外资金做准备。如果像你之前，一直寄希望于魏天行，岂不是被动了？”

“你兑换了美元？”

“不，晚了。邵冲把这条路堵上了，你知道现在黑市什么价格吗？”

“那你？”杨茗发现原来很多事情没那么简单，邵冲与山口果然不是随便拿自己开刀。

“希望你能理解，我求胜心切，找了黑杰克。他是全世界金融势力最强的人，实力绝对在邵冲之上。”

“黑杰克？完了，难怪他会这么对我们，他们势不两立！”

“是啊，邵冲是山口那边的人。然而，全球的金融霸主只能有一个！”

“你怎么认识他的？”

“我曾与他有过一面之缘。记得几年前，泰达一蹶不振的时候，我在美国过得像流浪汉，还是黑杰克的人找到我，给了我一笔启动资金。”

杨茗苦笑了一下：“可唐煜，你想得不够周全。现在泰达彻底完了，你与邵冲合作那么长时间，竟然自己倒戈在先，我也怪不得邵冲了，泰达这是在自找苦吃。”

“嫂子，我只有这一次机会。那段时间，袁得鱼不是正好被我们软禁起来了吗？我想赶紧把海元收购了，就又与他们联系上了，不是也威胁袁得鱼他们了吗？原本我们可以一蹴而就的，没想到泰达突然出了事，毕竟之前是以泰达的境外主体在收购，会受到波及。”唐煜眼睛发亮，“不过你看，许诺被我们的人打伤，使丁喜一蹶不振，袁得鱼也受了刺激，跑到北极什么破地方休假了。现在的海元就像空城，是我们偷袭的最佳时机。更何况，通过上次的海外市场交锋，我们对他们已经知根知底了。要知道，并不是每一次交易都会有那么多信息与机会！”

杨茗哀叹：“可你这么一倒戈，我怎么出来啊？”

唐煜望着杨茗：“嫂子，你不要担心，我会想办法的。有了钱后，什么事情我们做不到？我已经清查了公司的自营账户，扣除这次罚款，我们还是有一点儿资金的，前几年我们真的干得不错。尽管这一动荡期，公司走了不少人，可剩下的都是忠心的。你别担心，一切都会好起来的。”

“那你的打算是？”

“嫂子，你还记得吗？我当时听邵冲的话，搭建了一个强大的对冲基金平台。”

“是的，这个平台一直由你在负责，现在怎么样了？”

“这个平台上会聚了全球最顶尖的对冲基金高手。像上次的汇改风暴，你以为邵冲一个人就有这么大能量吗？他们在做一个很大的资金局。什么时候，具体怎么做，我也只是在每次计划临近的时候才会知道。”

“那你现在？”

“是的，我没闲着，在帮邵冲建立平台的同时，我自己也搭建了一个量化基金平台。邵冲这次对股指期货的限制，对我们这批对冲基金伤害很大。如果不是这样，我也不至于那么快倒戈。”

杨茗心中暗想，唐煜果然不是当年的唐煜了。

“嫂子，你放心，黑杰克真的是我在美国认识的厉害角色，他是国际资本市场的操纵者之一。我对海外市场比较熟悉，现在中国市场在股灾后元气大伤，估计要调整很长时间，即使出现一些反弹，也不成气候。我的思路是，从海外入手，形成优势，再联合我们在国内长期积累的势力。一旦在境外打开市场，国内的资本自然会想到与我们合作。”

“袁得鱼比他如何？”

“袁得鱼？哈哈，他玩的不过是黑杰克10年前玩剩下的，怎么可能是黑杰克的对手呢？”

“唐煜，你从来没让嫂子失望过。”杨茗点点头，她现在除了信任唐煜，也别无他法。

虽然杨茗心里觉得袁得鱼不可忽视，也不清楚邵冲接下来会怎么对付唐煜，还担心自己的处境，但是唐煜这样自信的状态，已经很久没见到了。

“你相信我，我也绝不会放过邵冲的，是他把你送到这里的，你是他进入主权基金R基金的踏板。你放心，邵冲、袁得鱼，我一个都不会放过！”

唐煜回去后，拿出杨茗签署的泰达集团公告，他坐上了第一把权利交椅。

唐煜坐在椅子上，咬着牙，将拳头捏得“咯咯”作响。

“用新平台全面收购海元境外股份。”唐煜发出了号令。

如今，唐煜变身为新泰达第一把手，以他的能力，以及目前泰达上下内部资源的整合，他已经今非昔比了。

过去的泰达作风在唐煜眼里，好比是“水中花，镜中月”，过于

“婉约”了。

六

袁得鱼回到佑海，发现自营部忙得不可开交，扫了一圈，丁喜不在。

韩鉴看到袁得鱼，马上跑过去告诉他，香港一家对冲基金公司正在疯狂购买海元证券境外股票，马上就要到达举牌的上限。

袁得鱼看着他，没说一句话，继续沉思着。

陈啸叹口气说：“他们又来了，一直不死心。”

冉想说：“是的，泰达出事后不能用自己的资金做境外交易。可唐煜换了个马甲卷土重来，查下来，好几个收购我们的资金来源，与他之前做的对冲基金平台有重合。”

韩鉴：“绝对是乘虚而入。”

陈啸点点头：“他也挺厉害，能联合那么多高级别对冲基金，借到那么多资金收购海元，对那些做流动性资产的机构来说，没特别大的吸引力，它们是不会助攻的。”

袁得鱼对他们的谈论并不在意，整个人还沉浸在自己的世界里。

袁得鱼忽然眼睛一亮：“有了！”

他们见袁得鱼走出门去，也跟了出去，以为袁得鱼想到了主意。

没想到，袁得鱼去的是愚园路上的“鱼之味”餐厅。

这家餐厅虽缺了女老板，但一走进去还是那么井井有条。

他们撞到了正在厨房忙碌的丁喜。

“丁喜？”陈啸颇为惊讶。

丁喜看到他们，脸低沉下来，不打招呼也不说话。

袁得鱼直接走进厨房，穿上厨师服，拿着勺子，一脸陶醉的样子。

冉想不敢相信自己的眼睛：“这是什么情况？我们的大老板、二老板都转型做餐饮吗？那海元怎么办？”

陈啸拍了下脑门："难道我们老大还有做厨师的天分？God（上帝）！"

只见袁得鱼娴熟地切着萝卜与芹菜，还时不时拿手比画，似在丈量菜的大小。厨房有些闷热，他们几个跑到了前面。

没想到不一会儿，袁得鱼竟然端着一道菜来到他们面前。

他们一起凑上前看，倒也是平淡无奇，就是豆腐花，只是多了一些蔬菜碎末做调味，有了不同的色彩。豆腐花一片片倒是饱满香醇，这是"鱼之味"的特色，毕竟都是精挑细选的大豆磨成。袁得鱼也是现成取料，要说不同，就是豆腐花上撒了一层黑得发亮的鱼子。

袁得鱼努了一下嘴："尝尝。"

他们品尝起来，一下子找不到合适的词形容，非常可口，原来不仅有豆腐花，还有近似透明的冬瓜。豆腐花的醇厚滑爽与冬瓜的清雅酥嫩，两种似乎矛盾的口感，与鱼子酱绽爆在一起，于口中融为一体。豆腐花、冬瓜仿若无形，却如承载香味的空气。每种食材都堪称极致，相互点缀，不可或缺。吃罢，鱼子酱的鲜味久久在口中旋绕。

"如何？"

他们纷纷点头，跷起大拇指。

他们端给丁喜。丁喜犹豫了一下，浅尝了一口，也品到了妙处。

"我再去一个地方。"袁得鱼说。

一群人不知发生了什么，面面相觑。

丁喜想到什么，也悄悄跟了出去。

果然，袁得鱼来的是医院。

他轻轻走进许诺的病房。

许诺闭着眼睛，非常虚弱。

他知道许诺没法咀嚼，就将鱼子酱捣开，鱼子的香气沉在豆腐花里，他小心翼翼地将进食管放进去。

没想到，许诺眉头忽然微微动了一下。

这时，正好护士进来，看了旁边的仪器后，有些惊讶："今天是病人最好的一次体征数据，刚才发生了什么？"

等护士走后，袁得鱼轻轻把许诺的手放进自己掌心。

正在外的丁喜见到这一幕，有想闯入的冲动，没想到，他听到袁得鱼说："许诺，快醒过来，给丁喜一个一起生活的机会。"

丁喜收回了步子。

袁得鱼很快就离开了。

丁喜来到病房，发现她的脸色比前几天好看很多。他忽然明白了什么，马上追了出去，幸好袁得鱼没走远。

"鱼哥！"他气喘吁吁地叫。

"你很久没叫我了。"袁得鱼说。

"是刚才的豆腐花吗？"丁喜问道。他自己最近也一直在研究食材，即使是用了新的做法，加了新的蔬菜配料与鱼子酱，也不至于那么美味，"是极致的用心，所以才能差一点儿唤醒许诺！"

袁得鱼淡然地望着丁喜。

"所以，即使你根本没有经过练习，仅凭几样简单的食材也能做出这样的味道。"丁喜有些内疚地说，"鱼哥，我错了，我不该这样怀疑你。写匿名信的人是邵冲自己，我看到新闻了，他这么做，不仅保全了自己，还让他顺利登上主权基金 R 基金的权力宝座。你为什么不直接告诉我不是你写的那封举报信呢？"

"我当时说的话，你会信吗？再说，这样恶性的袭击，与写不写那封信又有什么关系？"袁得鱼淡淡一笑。其实，袁得鱼早就猜出是邵冲干的，因为邵冲必须主动出击才可保全自己。他全盘托出泰达，才能造成他故意潜伏在泰达这个敌军深处的假象。

"是我昏了头，把事情都归咎于你，你能原谅我吗？我这么激动，说实话，也是因为我对这份感情一直没自信，毕竟她喜欢的人是你，我受不了她牺牲那么多。我现在明白了，你真心希望我们好我非常感谢你为许诺做的一切。"

袁得鱼拍了一下丁喜的肩："你一直是我的好兄弟！"

丁喜点点头："我知道，现在唐煜又卷土重来了。邵冲限制股指期货造就了自己，可也树立了新的敌人。鱼哥，我愿意与你一起并肩作战！"

海元自营部，气氛紧张。

唐煜在外围积累的海元证券的股份越来越多，这次资金量特别大。

尽管私有化行动仍在持续，可私有化毕竟需要时间。

"鱼总，唐煜的资金量太大了，我们自己还有境外资金吗？"

"可以尝试借力打力。"

"借力打力？"

面对唐煜的凶悍收购，袁得鱼倒是颇为淡定。毕竟，在国际市场上，一家机构企图发起收购，必须得遵循规则，这是确保市场公平交易的机制。目前来看，留给他们的还有10多天时间。

唐煜是一副胜券在握的样子，不管是泰达整顿期间，还是袁得鱼去北极休假时，唐煜对收购一点儿都没放松，他还申请了绿色加速通道加快收购进程。

韩鉴忽然想到什么："冉想，你跟进的我们的私有化如何？"

冉想说："快了，大概还有10天就彻底中止流动性交易了。"

陈啸盯着盘面，不由得后背发凉："泰达对我们的收购都符合程序，正式审批收购最快差不多也是这个时间。"

丁喜不由得捏了一把汗，他不知道袁得鱼"借力打力"的战术是否行得通。

他暗暗感到，袁得鱼的资金应该还有其他更大的用处，毕竟反收购交易保护的是他们一家公司，然而，海外资金可以做更多更有意义的事。

他看了一眼袁得鱼，是一副听天由命的表情，就像在玩德州扑克，自己没有完胜的坚果牌，一切未知，只好等最后一张河牌。

金家嘴这边，唐煜咬着牙，预感自己马上就要胜利。他甚至不明白，他在做收购的时候，海元为何没做太多的直接抵抗，而是海外收购的流程与合同在拖慢他的时间，反正没几天就能见到战果了。

唐煜觉得不可思议，毕竟这次一切都太容易。

海元自营部，冉想一直在擦汗："对不起，各位。我得更正一个事情。私有化出了新规，需增补一个最新资金审核证明，原本这个证明需一个月更新，现在缩短到一周内，补充这份资料最快需两天。这也就意味着，唐煜的收购流程正好比我们私有化晚一天。然而，因为这个改变，他完全可以赶在我们私有化前一天，就把我们收入囊中。"

陈啸不由得大叫："不会吧，真的这么倒霉？"

全体都陷入沉默。

煎熬的日子一天天过去，终于等到可以全面收购的一天。

唐煜兴奋地手指发抖，他划拨早就准备好的资金，只要再点击一下"Enter 键"（回车键），他期待已久的目标就能实现！

韩鉴问："鱼总，我们要不要用海外资金回击？我们是有实力的。"

袁得鱼坐在沙发上一言不发，似在思考什么。他们后来发现，袁得鱼是睡着了。

唐煜有些激动，他马上就要按这个确认键了。"一、二、三！"他按了下去，他的心简直都快跳出来了，自从申请了并购绿色通道，他就等着这一天。

没想到，屏幕上忽然跳出"资金不足"的提示框。

"怎么可能？"唐煜觉得不可思议。

他又试了一次，还是这样。

他检查了账户，令他自己都无法相信，果然少了一份剩余资金，可自己刚把钱转到交易账户啊？

他又看了看，一分钟前有转出记录，原账户资金一分不剩。

这个账户的共享者只有那个人。

唐煜按捺不住，马上打电话给黑杰克："杰克，资金怎么回事？"

黑杰克一副爱理不理的样子："唐煜，我早就该收回这笔借给你的资金了，你根本不是袁得鱼的对手！"

"什么？"唐煜估计黑杰克在责备他当时没找到魏天行的资金，"我们把海元收购下来，不就什么都有了吗？这不是调虎离山之计吗？"

"唐煜，你太让人失望了！海元早在10天前就已经私有化了！"

"什么？他们……他们不是还在等私有化审批通知吗？不是最快也得等到明天吗？"

"可笑，你完全不是他们的对手！"说罢，黑杰克挂了电话。

唐煜想自己一直留意海元，怎么可能在眼皮底下溜走呢？

他马上翻找，发现海元在10天前做过一笔收益互换合约。

这个合约因为一直没有涉及兑现实际交易，所以没有公布。唐煜查找到这个期权合约的经纪商，凭借私人关系，才打听到了细节，顿时崩溃。

那个经纪人与他说，原本这相当于一份收益互换的保险涉及金额巨大，履行时间正好是当天，然而这份收益互换合约上有交易优先权。

更讽刺的是，收益互换的内容是，如果收购成功，海元将优先把所有收益兑付给对方。然而，这个期权合约的合约对手方正是袁得鱼实际控制的一个海外机构。

也就是说，不管唐煜是否收购成功，他终将得不到海元。

如果收购成功，海元所有有价值的资产通过收益互换合约，让对手方获得，唐煜得到的只是一个没有价值的海元。如果在私有化之前收购不成功，这个收益互换合约的对手方在一定期限内，须支付海元一笔保险金。如果私有化了，海元自然也不会被收购。

然而，这个保险合约的交易在私有化履行完之前，是完全查不到的，而唐煜一直以为海元没有私有化，也没主动更新这部分信息，所以很难察觉。

原本，唐煜还想责备黑杰克不信守承诺，如今，他彻底认输了："老天，再给我一次机会！"

海元自营部所有人焦急地等了一天，他们发现没发生什么的时候，大吃一惊。

还是韩鉴，发现了收益互换合约。

"天哪，原来是这样！"韩鉴不得不看了一眼正在睡觉的袁得鱼，"难怪他能睡得着。"

"什么情况？"所有人都围了过来。

韩鉴把这份看似复杂的收益互换合约的公式拆开，在纸上圈画："看起来是个复杂的交易，本质就是一份保险。海元以另一种公司形式，帮自己买了一份收购损失保险。如果海元被收购，就会得到一笔赔偿资金，这笔资金等同于收购价值，如果不被收购，只支付一笔保险费。"

冉想松了口气："害得我紧张了半天，我以为自己害死大家了！"

陈啸："你看，与太聪明的人相处，自己很没存在感吧？"

丁喜倒是习惯眼前发生的一切，原先让他们担心的海元收购，瞬间变成了过去的小插曲。他顶多想一下，袁得鱼是什么时候完成这个交易的？

第十一章　楼市震荡波

智用于众人之所不能知，亦能用于众人之所不能见。

——《鬼谷子》

一

袁得鱼坐在办公室里沉思，一个疑惑点他一直解不开，为什么黑杰克会与唐煜合作？如果找到这个切口，会不会也是对付黑杰克的突破口呢？

冉想来办公室找袁得鱼签字，看他一脸心事的样子，便说："鱼总，你成天闷在办公室未必能想出办法，不如出去转转吧？"

这几乎是袁得鱼第一次认真打量这个女孩。

他想起当年在美国第一次见到这个女孩时，她像留学版的少女许诺，瘦高个子，一副没心没肺的样子，非常活泼，真干起事来，又极度疯狂。

袁得鱼说："你想去哪里转转吗？我带你走走？"

冉想有些受宠若惊，眼珠一转，说："要不这样，你如果有时间，周末带我去看看房子？"

"房子？"

"鱼总，你不知道这一年多房子有多疯狂吗？"冉想什么都敢说，"去年到现在，房价涨了约50%，我爸急坏了，说赶紧趁我结婚之前买一套。"

"你爸还真操心。那你要看什么房子？"

"最保值的，当然是最核心地段、最稀缺的楼盘——滨江盘。"

"不错，有眼光。"袁得鱼摸摸下巴，"这样，股市不太好，关于你的薪水，我们聊聊？"

冉想差点儿吐血："求老大放过，对天发誓买房是我爸爸的钱。公司给我的薪水，真心一点儿都不多。记得周六上午10点滨江会门口见哦!”

“好的!”

冉想离开办公室，高兴得要飞起来。

周六上午，冉想精心打扮了一番，还戴上了很久没戴的流苏耳环。

可她等来的竟是一车男人。

原想单独与老大约会，没想到袁得鱼把他们也带出来了。

更可气的是，他们四人还开着一辆车过来，连单独蹭老大车的机会都没有。

韩鉴与陈啸看到冉想一脸失望的样子，忍不住捂嘴狂笑。

“老大，你不是说带我们去好玩的地方吗？这是哪里?”陈啸问道。

“滨江。”

“鱼总又玩我们了。”丁喜叹了口气。

他们进入滨江楼盘转了一圈，惊讶这个楼盘的价格——15 万元每平方米，而且是建筑面积价格。

“这是绿风开发的楼盘?”袁得鱼多少有些惊讶。

“是啊，我爸推荐这里，说这里会开发以绿风为中心的综合商业区，地段又是市中心的滨江，绝对差不了。你看，这不就是绿风地产全球总部大楼吗?”冉想指了指窗外正前方的一个巨大的方形建筑，赫然写着“绿风地产全球总部”。

袁得鱼记得，这里过去是老式工厂，如今是一副欣欣向荣的模样——绿风地产全球总部旁边坐落了一家五星级大酒店。

酒店前方的道路，蜿蜒通向游艇码头。这个码头不是简单的码头，有些像芝加哥的“海军码头”，将来或许会有摩天轮这样的娱乐设施。

袁得鱼可以想象，这里注定是高规格的休闲与商务中心。

若是商业区，这里似乎还缺了什么。他望向前方空地，思考着什么。

他们坐在楼下的休闲酒吧休息。

吧台上有个电视，财经频道正在播放一位金融行业的高级白领接受采访。

“您好，方便告诉我您的收入吗?”

“能打马赛克吗？我怕同事看见。”

“可以。”

“我年薪100万，税后到手约70万。”

“对于很多人来说，这是非常高的收入了。请问，您现在买房了吗?”

“我正在看房子，我发现自己根本买不起。”

“怎么可能呢?”

“如果我要买1 200万的房子，每个月要还4万左右，按银行要求，需要证明每月有两倍贷款的收入，就是8万税后收入，也就意味着，我需要有96万税后年收入，百万年薪的我也无法达到。再说，万一我失业了呢？我不能这样满打满算啊。”

“你为什么不买便宜的房子呢?”

“1 200万，只不过是市区的中等户型啊。”

袁得鱼与韩鉴说了什么，韩鉴取出电脑，飞快地查找起来。

很快，近些年附近地块的开发商一目了然。果然，这里周边80%的地块都由绿风地产开发，它是这块地段的“大地主”。

袁得鱼看着地块规划图，对其中一个地块的功能产生了兴趣。五年前的规划中，这是一个商业地块，因为形状方正，面积不大，设计定位是商务楼。

他抬起头，发现这栋楼就在绿风总部旁边，巧的是，这栋楼恰好是泰达新总部所在地。泰达虽然是在唐煜执掌后搬到这里，但这栋楼使用权交给泰达，应是在两年多前签好的协议。

袁得鱼仿佛一下子明白了什么。

他忽然意识到，魏天行执意选择绿风这只股票交易，应还有更深的渊源。

顺着这个思路，袁得鱼想，这几年绿风地产的发展，泰达信托绝对是最大的支持者。不过也是相辅相成，泰达做的信托地产项目中，绿风是重要的产品收益提供者。然而他发现，它们不仅是合作这么简单，应该还是利益共同体。

谁都知道，地产公司搞开发，拿出的大部分资金并不是自己的资金。随着前几年银行对地产贷款的收紧，大部分地产公司都转向影子银行。

对于绿风地产来说，它的最大金主就是泰达信托。不管是在国内拿地，还是近两年在海外拿地，提供大头资金的都是泰达信托。

袁得鱼觉得这实在太有趣了，两家公司总部在同一视线下，难道在东江边一同并肩观赏滨江美景吗？

冉想跑来："鱼总，你觉得这个楼盘如何？"

袁得鱼扫了一眼："如果你现在能买，就买下来吧。"

冉想困惑地看着他："我爸爸让我买，可我还是挺犹豫的，毕竟涨了好多。"

"听我的吧。"袁得鱼说，他心里对一些事有了主意。

他们又去看了几个楼盘，陈啸忍不住对其中两个楼盘产生了兴趣，他夸张地咬着牙说："真不该看啊！鱼总，这才是你这次团队建设的真正用意吧，刺激我们努力赚钱！"

韩鉴说："鱼总，你好像特别喜欢看绿风地产的盘！"

"谈不上喜欢，它原本就是佑海销量最大的地产企业，盘也最多。"

袁得鱼自己都没想到，竟是办公建筑的布局提醒了他，让他梳理出了清晰的思路。

"我现在有个主意，极妙！"

"是带我们去高档酒吧吗？"陈啸一脸期待。

"回公司，我们好好研究一个有趣的项目。"

几个人集体倒下："冉想，都怪你！"

"不按套路出牌的不是我，呜呜！"

他们一到公司，袁得鱼就给他们布置了几个行业研究任务。

冉想与陈啸面面相觑，开始打电话做简单调研，问行业分析师，问上下游公司，更多是问行业资深人士。

他们梳理下来，了解到绿风地产当前是国内规模最大的地产公司。然而，公司此前仅在中国香港上市，港股前两年成交量一直不高，股价长期萎靡不振，直到 2015 年，绿风才计划借壳 A 股上市。

为了在境内上市，绿风与泰达信托展开了上市业务的深度合作。

泰达信托帮它找了一个壳，这个壳也就是原本泰达集团旗下，因商业模式不适应市场，已经奄奄一息的垃圾上市公司——金达股份。

绿风地产与泰达信托达成了一个定增协议——泰达信托帮它发行定增产品，这个定增产品将以金达股份市价的折扣价，收购金达股份 51% 的股权，从而完成借壳上市的目的。

可能很多机构投资者知道借壳上市的是绿风地产，定增产品当时非常受欢迎，总共募集到资金 120 亿元，远超募集总股本 51% 的预期。

泰达信托索性将金达股份的股份进行拆分，因持股数量扩大，原本每股 10 元，加上定增与折价，变成了每股 8 元。最终，定增产品以 5.3 元的价格吃进金达股份 51% 的股份。

定增并购计划完成之后，金达股份更名为绿风地产。

有了上市公司的平台，又有泰达这样的大金主，绿风地产如虎添翼，在全国屡屡拿地，同时再度进军美国、澳大利亚、韩国等开发新地产项目。

每次拿到新的项目，绿风地产必然与泰达信托合作。同时，泰达信托也总是能拿到绿风地产每个地产项目中足够高利率的信托额度，这保证了它过去几年的地产信托极速扩张的赢利模式。

此时此刻，先前印在袁得鱼脑海中再美的江景也成了虚无。所谓滨江板块，那些漂亮楼宇，在他眼中，只剩下赤裸的金钱游戏。

他站在海元窗台边，眺望不远处的江面。这条江上游的滨江正百废待兴，有华丽的游艇码头，新全球中央商务区（CBD）正在崛起。尽管这些繁华构建了佑海最具魅力的部分，却无法让他尽情享受。在他眼里，资本流动的确提供了活力，可同样也让世界变得冷酷。

此时此刻的袁得鱼，终于解开了此前一个没想明白的问题“为什么黑杰克会和唐煜联手”——他们的确各有所需。对黑杰克而言，难道他看中的不正是泰达信托与绿风地产长期战略合作的宝库？他估计，连唐煜自己都未必意识到这个巨大优势。

袁得鱼望着东江，心中琢磨着作战计划。

不知什么时候，丁喜与韩鉴进来了，与他并肩站在窗边，他们同样眺望着不远处的江面。

“鱼总，你是想从绿风地产动手吗？”韩鉴问道。

“你们刚才帮我整理了数据，也知道这绝不是一个股票问题。”袁得鱼顿了顿，“很多人因为房子，长时间无法得到幸福。他们不知道发生了什么，依然勤奋、努力，却永远得不到他们理应得到的财富。有钱人已经有很多套房子，还想着如何再拥有一套更豪华的别墅。然而，没有赶上这趟财富火车的年轻人，即使再勤奋，可能也得永远蜗居在一个小得可怜的空间里，甚至为了不断上涨的房租忧心忡忡。”

袁得鱼心想，他们永远不知道是谁夺走了他们的财富。

就像2015年极为短暂的牛市，一些人还曾希望通过股票改变命运，没想到却“死无葬身之地”。

这是个权贵游戏，权贵们在股票中吸血，玩死一个场子后，又转到地产场子加速吸食。

袁得鱼说：“你们有没有发现，它借的壳就是个快要倒闭的信托上市公司，前身的股票是当年第一妖股——中邮科技。”

韩鉴感到不可思议：“天哪，他们太会玩了。中邮科技变成垃圾股之后，公司被改装后，让一家小型信托公司借壳进入，这家信托公司其实是泰达信托的影子公司。这家公司本身可以好好发展，可在唐子风出事后，便陷入了控制权纷争。”

“是的，那些上市公司当时是趁着借壳潮一哄而上。泰达虽是牵头人，旗下有些项目未必能将各种关系处理干净。唐子风若还在，倒是有希望凭借个人信用将关系理顺。然而，唐子风过世后，一些人突然翻脸，私底下的交易也就一笔勾销了。”

“那么，泰达为什么后来还能把这个项目运作起来?”

“具体细节不得而知。我猜想这家公司的正式运作，应是在杨茗确立泰达地位之后，她肯定联合了她能被重新认可的核心人物。”

韩鉴点点头：“从公司资料的时间看，这一动作确实与杨茗内斗完的时间吻合。可运作这样的项目，启用的资金规模不小，看来当时他们身边有不少投资者。”

“判断一家机构的金融能力，不仅要看技术，还要看募资能力。你再有本事，赚了数倍的钱，可资金量小就不值一提。若你有几百亿资金的撬动能力，就算只有5%的收益，照样能呼风唤雨。”

“那这些投资者为什么肯让泰达参与进来呢?”

“这些人就算把钱拿回去，未必能在境内找到像泰达那样的资本运作平台，泰达后来能参与进来倒也不意外。”袁得鱼声音低了下来，“只是这样暗中的游戏一直周而复始、从不停歇，到后来，魏天行账户的资金管理规模所向披靡。魏天行的那个全球基金也不是秘密，近几年市场不理想，他也通过泰达的买卖，依样画葫芦，再加上全球的低利息，撬动全球资源，进一步放大收益。”

韩鉴说：“他们还发行了定增基金。”

丁喜点点头：“绿风地产借壳上市，定增价格是5.3元。事实上，绿风地产内部的价格连1元都不到。这个定增股份的锁定期是一年半，是最稳妥的一种套利。如今，绿风地产这批定增马上就要到期了，成本是5.3元甚至更低，现在股价是12元，谁都想要确定性收益，所以那些人最近都在疯狂出货。”

韩鉴刷了下手机上的盘面：“是的，这也是最近其他地产股都在上涨，而绿风地产股价在调整的原因。真是天衣无缝，苦的只有散户。三流投资者被抢钱，二流投资者买信托分杯羹，一流投资者自己造势赚大钱。”

冉想不知什么时候也来到阳台，擅长宏观分析的她说：“你们是不是觉得，绿风地产作为地产龙头是一个很好的房地产行业风向标？像泰达这样投入不少时间与金钱，并不是所有机构都能做到这样，所以绿风地产正好可以为他人所用。”

袁得鱼看了冉想一眼，意识到她真是学了不少。冉想的确说到了关键，这正是黑杰克与唐煜能联手的原因。

心中有了主意的袁得鱼心满意足地喝了一口咖啡。小白楼在洋滩万国建筑之间，夕阳正好斜照在楼顶，霞光一点点退去，映照出佑海独有的历史味道。

他预感到一场恶战即将开启：“行动吧！”

丁喜不由得说：“你是不是想彻底干掉唐煜？我知道总有这么一天的！”

听到这句话的袁得鱼，不知为何，心里掠过一丝异样的感觉，唐煜毕竟曾是自己最重要的精神支撑。即使多次交手，袁得鱼都从未把唐煜当作真正的敌人，而是相互成长的对手。

不过，如今不能小看唐煜，毕竟有黑杰克在其身后，谁胜谁负还是未知数。

二

美国长岛南边的一个半岛，坐落着一个巨大的城堡。

城堡里声色犬马，黑杰克在美女群中纵情享乐。

他接到一个电话，瞬间传出他魔性的笑声。

黑杰克游说成功的美元连环加息，即将变成现实。

果然，美联储表示将启动加息。

黑杰克实际控制的JR公司一直是美元加息派。

自2015年12月17日，美联储正式启动10年来首次加息后，加息节奏一直按兵不动，2016年美联储再次加息的信号，正式宣告了美国货币政策从宽松转向稳健，进入加息周期正轨。

在黑杰克心里，加息对全球资本市场无疑是巨大的冲击。

他最感兴趣的是，加息像是给中国资本市场了一颗子弹。

他预期，全球加息风潮中受冲击较大的，无疑是中国近两年热闹的房地产市场。

黑杰克发现，自股灾之后，中国大量资金涌向房地产市场。

2016年第一季度，信贷数据显示，银行新增信贷几乎全部来自居民的中长期贷款，即房贷。对于个人而言，平均贷款占房屋全款的比例，从30%增长到60%以上。这也意味着，大多数人都处在贷款上限，还不乏经过包装、不合格的贷款人。

然而在全球加息周期的背景下，房地产市场危机重重。中国GDP增速是6.7%，广义货币（M2，反映货币供应量的重要指标）增速是13.4%。如果M2减速到10%，M2与GDP比值就会回落到1.5倍以内。过去若出现这样的数据，市场利率走高的可能性就很大。然而利率走高，往往意味着房价进入新一轮下跌。

岌岌可危的房地产市场只需一个诱发点。

现在，正是黑杰克向中国市场“进攻”的时候，他已经等了很久。

他满足地看到，地产龙头股绿风地产直接砸到跌停板上。

绿风地产是国内最大的开发商，新售项目数约占全国的30%。果然，随着绿风地产跌停，马上有消息爆出，开发商迫于利率提高的资金回笼压力，楼盘价格开始松动。

美国加息周期启动的消息出来后，国内的房地产市场仿佛也在等一个调整信号。

房地产市场果然很快就从火速飙升的状态一下子冷却下来。

电视里，接受采访的银行业员工说出了困惑：“现在经济差，我们不敢借钱给企业，它们的员工倒不断在银行贷款买房，他们认为每年都会涨工资，不会失业。其实，他们的老板都没这个自信。”

袁得鱼他们发现，很多日本人在抛售房产，他们似乎在提前撤离。

唐煜惊喜地等来了危机中的暴富机会，他在绿风地产放大融券规模，这一招正是黑杰克传授的。简单来说，他就是要做空绿风地产。

毕竟，这是唐煜自己就可以操纵的事。

绿风地产所有开发项目的资金，都依靠泰达信托进行融资。绿风地产保证兑现10%左右回报，也成为泰达信托主要的稳定收益。事实上，这只是小头。

大头是绿风地产发行的定向增发，外部折扣是市场价的七八折。然而，绿风地产给泰达信托是五折。这类产品，泰达信托的投资者可以赚两部分钱：一部分是增发股票的惊人折扣差价，另一部分是定向增发产生并购红利等引起股价上升的收益。

真正赚钱的，还是泰达。因为每逢定增产品到期，大量股份得出货。因为定向增发量太大，每次到期兑付前，股价自然受到极大压制，泰达完全掌控出货期，唐煜利用擅长的融券工具赚取做空收益。

这么一来，泰达在地产项目上几乎屡屡得手，江湖上甚至有“黑鱼四吃”的说法：第一吃，信托项目收益；第二吃，定向增发发行收益；第三吃，定向增发到期前股价涨幅收益；第四吃，出货的做空收益。

按以往习惯，泰达会买下绿风地产市场上约50%的融券，然而，这次唐煜为了好好表现，买了80%以上的融券。

绿风地产作为地产龙头股屡屡跌停，很多媒体议论纷纷，说中国房地产市场陷入全面危机。

除了绿风地产，还有一家叫万伦地产的龙头上市公司也陷入了股权危机。因为地产行业有了分水岭，原股东与外部“侵略者”合成最大股东，对原先管理层造成很大困扰，股价暴跌不止。

多米诺骨牌效应发生了：楼市开始跌，股票继续跌，债券接着跌，整个市场低迷一片。

高房价把一线城市的消费能力绑架，很多人不愿提升消费能力，担心贷款违约。

原本的三驾马车——投资、消费、出口，唯一利好的只有出口，因为人民币贬值了，然而出口也无法改善中国经济。毕竟，中国人力成本等都在上升，利润太少，企业家都不想重回简单制造那条老路了。

人民币资产进一步惊人下滑。

黑杰克露出狡黠的笑，这正是他最想看到的结果——股价与房价双循环下跌。

作为主权基金R基金的负责人，邵冲这段时间在纽约，要签几个重要的协议。其中几项是之前谈了很久的海外并购项目，都是上10亿美元的大项目。

签约地点在纽约的四季酒店，在有“10亿美元”之称的57街上。

签约时间原本是上午10点，邵冲却接到临时通知，改到了下午2点。照理说，这种让主权基金一起参与的项目，不会随意改动时间，邵冲隐隐有些不祥的预感。

他下午准时到达场地的时候，只见对方来了两个人，年轻的一男一女，看起来还算精明能干。以他的经验，他们不是签约的代表，更像是负责人的助理。

他们谈的这个项目经历了好几个回合，此前对方至少有七八人参与。看到这种情况，一同而来的企业代表也有些尴尬。

他们进入事先定好的小贵宾室。

对方开门见山地说：“对不起，我们老板说，这个合作还需要再讨论。”

“能否说明原因，原本说好今天是正式签署的日期。”

“我想，原因你们自己很快会知道的。”说着，这两人就匆匆离开了。

让邵冲感到奇怪的是，另外三个大项目本来可以推进的合作谈判，对方都以各种理由推迟了，好像他不是主权基金R基金负责人一样，对他避之不及。

他突然想到什么，马上打开手机看，人民币正在急速贬值。

难怪本来谈好的海外收购全都遭到了外方的拒绝。照这个贬值速度，主权基金R基金一天就可能亏损几百亿元。

这到底怎么回事？邵冲与同行的人匆匆告别，马上回到四季酒店的套房。

他很久没有这种无奈的感觉了，他必须做点儿什么。

邵冲万万没想到，这个时候他竟然接到了袁得鱼的电话。自从那次交流后，给袁得鱼准备的专线已很久没有用过。

“邵总近来可好？”

“什么事？”

“你知不知道绿风地产暴跌是黑杰克捣的鬼，这次楼市下跌的传导效应比预想的更严重。”

邵冲知道，自己在发出泰达的举报信时，就没想过再与唐煜联手。毕竟，他早就得知唐煜与黑杰克暗中联手，这也是他迅速翻牌的原因。但他之前困惑，唐煜究竟为何值得黑杰克合作。如今，他终于找到黑杰克与唐煜联手的真正原因了，毕竟找到像泰达这样拥有控制地产龙头股的实力，并非易事。他想到泰达与绿风地产的合作模式还是他当年精心设计的，不免有些讽刺。

“你告诉我这个有什么意义？”

“我们联手干掉黑杰克，怎么样？前提是，你必须离开山口。”

邵冲哼了一声：“你相信吗？我们三个人——你、我，还有唐煜，最后可能一个都活不了。”

袁得鱼对邵冲的回答非常吃惊，他似乎看不清邵冲是一个怎样的对手。他看得如此清楚，说得如此云淡风轻，在某种程度上，这样的人很容易让自己想起父亲。

“所以，既然如此……”邵冲补充说，“合作，不合作，与这个人合作，与那个人合作，只是时间的差别，又有什么意义可言？”

“我不知道你们接下来要做什么，可以确定的是，离开山口肯定是你最好的选择。”袁得鱼的气场丝毫不弱。

“那就等着吧。”邵冲发出一声轻笑。

没多久，袁得鱼就明白了那声轻笑后的深刻含义。不过，他也有自己的行动。

三

佑海郊区的涉山，正在举办一年一度的国际大师杯高尔夫球赛。

每年这个比赛都由一家外资银行冠名，今年这个赛事是联合冠名。这家外资银行今年还要投资世界一级方程式锦标赛。

这项赛事每年都会吸引不少富商，大多数是这家外资银行的私人银行客户。地处涉山的会所视野还算不错，既能俯瞰整个比赛现场，又能望见不远处水波轻涌的湖面。

谁都知道，市场上真正的超级玩家，这天聚集在果岭的另一处——涉山淀山湖，它的南面正在举行一场低调的土拍会。

这次参拍的主要是一些中等规模的地产商，也有一些有背景的大公司，但它们明显是凑场子，毕竟现在房地产行业并不景气，它们的举牌动力不足。

在场唯一一家大公司是绿风地产，然而公司派出的两名代表都在走神，估计也是凑数。

“7.1 亿！”

“7.2 亿！”

“7.2 亿一遍，7.2 亿两遍……”

眼见就要落槌的时候，一块牌子举了起来。

“8亿！”

拍卖师有点儿吃惊，他愣了一下：“8亿一次，8亿两次，8亿三次！”

“恭喜万伦地产！”

万伦地产的代表被人围住。

周围的记者蜂拥而上：“你们为什么要以溢价近50%的价格，拿下这个项目？”

“这么好的项目，才这么点儿溢价，我们觉得在合理范围之内……”

现场最后一排传来“嘻嘻”的笑声——是海元自营部小分队发出的。

韩鉴嗑着瓜子，丁喜捧着自助餐供应的几只雪蟹脚，像啃甘蔗一样嚼来嚼去。

陈啸问：“你的瓜子哪里来的？我怎么没看到。”

韩鉴回答：“这里哪有这等货色，当然是我自己带的。”

他们一边吃，一边小声嘀咕：“万伦拍得真是霸气！”

袁得鱼抬头看见了一位银行朋友，打了个招呼。这个朋友看起来有些紧张，匆忙就走了。

丁喜他们忍不住问袁得鱼：“他看起来压力很大，难道是觉得自己跟万伦项目那么久，这块地却拍得价格过高，增加了审批流程难度吗？”

袁得鱼笑笑：“恰好相反，他担心万伦不向他们银行贷款。”

果然，他们看到那位银行朋友匆忙去找万伦地产的人了。

“鱼总，我们这样资助万伦拍地，合适吗？万伦现在股权那么乱，我们的资金能收回来吗？”

“这块地目前是这里的地王，万伦股权虽乱，但所有投资者都不会与利益过不去。再说，现在的大股东也希望借机证明自己，肯定会好好运作这个项目。而且，谁说万伦原先的管理层没法从股权的泥淖中挣脱出来呢？说不定他们哪天就重整旗鼓了。”

“鱼哥，你有什么事瞒了我们吧？”丁喜知道袁得鱼这么说，肯定对万伦有把握，但他也有自己的担心，“可现在房地产市场不是岌岌可危吗？”

“你看刚才那位银行朋友的紧张样子，就知道目前市场资金还是过剩，所有收益在下降，钱无处可去。现在经济状况的确差，房地产市场虽说不景气，比起其他行业，还是还贷最稳定的行业。”

万伦地产代表刚走出大门，几家大品牌地产公司代表簇拥过去，希望与万伦合作。

“非常顺利。”万伦地产的代表走远后，立即给袁得鱼打来电话。

“我都看到了。不错，你们已经拍得松河地王，下周接着拍。”

袁得鱼走到落地窗旁，望了一眼窗外的景色。果岭一片碧绿，阳光倾斜下来，绿意融融。

袁得鱼知道，在拍卖地不远处，将建造一座超六星的深坑大酒店，号称“全亚洲第一大坑”，颇有意味。

绿风地产代表在会所外打电话：“本来等着流拍看好戏，没想到半路杀出个程咬金！”

电话另一头，唐煜轻轻一笑：“什么人竟敢跟我们玩相反套路，倒是胆子大，就让他们搞地皮的钱狠狠砸在手里！”

尽管加息与新政让地产业低迷，但没有想到的事发生了：地王一个接一个出现！

一轮又一轮的土拍后，房价出现了新高，终于稳住了。

原本还有不少人质疑这些地产商是否能躲过此劫，随着行情见好，原先的猜测成了无稽之谈。

每逢一个地王诞生，地王周围房价都“嗖嗖”往上涨，销售一片大好。

楼市仅低迷了两个月，“日光盘”就又出现了。很多开发商从犹犹豫豫变成见机出货。后来在几个疯狂的开发商推波助澜下，全国几个重点城市的房价屡创新高。

对很多大地块而言，地王项目本身未必赚钱，但它带动周边房价上涨，给关联开发商了足够的溢价。

万伦地产趁着这波地产热，在海元资金的帮助下，控股了全国最大的房地产中介——青山房屋。

这家中介公司在推动房价稳步上升方面相当有经验。它把二手房暗中运作后做成一手房的效果：故意每隔一段时间，有节奏地拉高挂单价格，还用无中生有的房源暗中抬升价格。

5 万元、6 万元、7 万元……佑海的核心区域均价迅速超过 10 万元，一些高档住宅更是轻松冲破 15 万元。几乎所有人都疯了，很快，很多人又认为，核心城市房价永远涨。

事实上，房价在股灾后的抬升势头随着第一轮政策的打压，已经抑制住了，可实在经不起这轮由万伦地产领头的土拍价格刺激，房地产交易又回暖了。

如果说，2015 年年底那波涨幅算是正常周期，那么 2016 年、2017 年轮番地王的价格涨幅，是近些年前所未有的。

袁得鱼猜想，政府之所以没有及时遏制，可能如他所想，目前经济太差了，这轮土拍与存量房的去库存，反而保住了经济发展的底线。

毕竟，很多大城市都在这股潮流中，顺势拍出了好多地王。至少三至五年内，当地政府不会缺钱了，可以把资金用在有经济潜力的行业上。

在袁得鱼看来，那些潜伏的国际金融掮客，一直把中国往“实业空心化”的歧途上拉，毕竟实业是根基。

海市蜃楼的幻境成为现实，是他们擅长的游戏，做空更是他们的主要攻击手段。

然而，因为疯狂土拍，房价稳住了。新安中都拍出了 12 万元楼板价的天价地王，而在前两年，佑海公认黄金宝地——洋滩地块的东江渡，楼板价也不过 3.5 万元。

尽管是下策，可在中国似乎只有房子对岌岌可危的中国经济有明显的稳定作用。

全球金融大战前夕，储备一些实力是必要的。

袁得鱼拿到万伦给他的回赠——一栋可供他支配的大型公寓楼。

袁得鱼说："我打算让买不起房子但有梦想的年轻人住在里面。"

丁喜忍不住说："远远不够住呢！鱼哥，你有没有想过，这一轮房价上涨，又让多少人的财富陷入被动境地？毕竟不是所有人都具备你这样的投资天赋。"

"丁喜，你不要忘了，我们的第一桶金也是房子。机会对谁来说，都是一样的。万伦这轮拿了几个地块后，不再做地王了，其实也是无奈之举。我问你，现在人民币资产与境外相比在不断下降，你会怎么办？"

"肯定换外币。"

"很多有资金实力的人都这么想，可你看看最近的外汇储备额度。"

丁喜查看后，惊出一身冷汗："过去都在350万亿美元以上，现在少了30万亿美元。"

"所以，我们需要一个容器。让房地产成为中国大量资金可选择的容器。"

"原来你是故意制造这个容器，将资金流向国内，稳住经济。"

冉想若有所思："果然，只有房子上涨，才能放缓换大量外币的节奏。"

韩鉴也无奈地说："是的，尽管这对很多没有买房或换房的人来说，是一场灾难，但也是目前把大量资金留在国内最好的办法。而且，从全局来说，这并非坏事。最近二、三线城市房价也在上涨，是因为不少人把本地的房子卖了，到大城市买房，于是形成了联动。如果一波资金潮让大多数人都能参与进来，那大多数人都是受益者。"

陈啸忍不住说："鱼总，你不是让我做一些对冲吗？说是抑制房价的过快涨幅。"

"是的，稳定涨幅是好的，而不是过快涨幅。"

袁得鱼心想，房价上涨能抑制资金疯狂流出，过大的房地产泡沫不是好事，毕竟这个泡沫一旦破裂，容易引发难以遏制的危机。

丁喜担心地问道："鱼哥，前阵子推出了抵押贷款证券化，会不会让中国出现像美国那样的次贷危机，这玩意儿是黑杰克他们做空的工具。"

袁得鱼摇摇头："这是一个货币管理工具，只是把高风险资产证券化，产生流动性，与次贷危机不同。要知道，尽管我们放贷比例提高了不少，可是中国的银行可能是全世界最保守的机构。它们最怕的是风险，恨不得把1 000万元的房子，打七折，再给你放六成贷款。"

"这样看来，房价稳定上涨，是现阶段可以达到利益最大化的结果。"

"是的，这才是大势所趋，也是无奈之举。不过，最近房价涨得有些过头，说不定政策会干预。"

丁喜捏把汗，因为马上是长假了，"长假调控"最为常见，而且最近确实在传楼市要调控的消息。

丁喜清楚地记得，在上一个房地产大涨周期中，调控政策像是在假期中被安排好的连环炮，形成不得不关注的集中攻势。房价涨幅过快的城市，每天都有两三个发布"降温政策"。集中在长假中发布，像是故意为之，毕竟在消息不易关注的假期中发布很容易吸引大众的注意力。

不知这一次，抑制政策是否会出现？

四

唐煜在期待"长假调控"，毕竟他手里还有大量融券。

唐煜感觉如果再继续做空，将面临巨大压力。

他想起，几个月前他将总指挥部转移到佑海滨江，是为了深入中国市场。然而，任凭他如何努力，绿风地产估价依然还是随着大势猛烈上涨。

毕竟，绿风地产随着这波房价涨潮，销售火爆。

唐煜不甘示弱，放大定增出货力度。然而，绿风地产的股价依旧稳中有升，毕竟房地产市场火热，股价始终没有调整的理由。

一些游资看到原本压盘的定向增发的砸盘资金已快出完，放心大胆地买入，打算好好炒作一番。有了游资的介入，绿风地产股价更是“噌噌”上涨。

唐煜忽然想到一件事，绿风地产原本可以说是他手里的一张王牌。难道黑杰克答应与他合作，也是看重他的这张王牌？然而，他对自己的牌都要失控了，就愈发感觉自己将面临巨大的压力。

他知道，黑杰克本想做空中国房地产，并利用金融工具放大这个跌幅。

没想到，房地产市场被袁得鱼他们以疯狂土拍的方式救了过来。

这些天，唐煜也没闲着，他联系了好几个核心资源，还找了一些专家，动员在假期推出密集调控政策。

唐煜在假期几乎一直守在电脑前刷消息。他煎熬地等待着，可漫长假期到了最后一分钟，不要说密集调控政策，连半点儿调控消息都没有。

唐煜多少有些难过，马上打电话给自己联系的资源人。

对方不安地说：“唐总，早在几天前，上面还是要推政策的。但有人干预了，报告陈述得有理有据，那个人你也认识。”

唐煜一下子狂躁起来，忍不住拨通了邵冲的电话。

“邵总，你要这样赶尽杀绝吗？上次你举报泰达，我还没找你质问！”

“唐煜，你竟然还有脸跟我说这个！山口原本让我放弃你，我还犹豫，你跟黑杰克暗中联合，你以为我不知道吗？我已经对你很客气了！”

“客气？你为什么要对上面做报告，让上面取消原本要推出的房价调控政策？房价疯狂对你有什么好处？”

“疯狂吗？数据显示，房价环比已有下降，房价没有往上冲的趋势。反倒如果政策过猛，调整过头，外汇与经济都会出现系统性风险。你不要以一己私欲，为虎作伥，小心玩火自焚！”

“你知道，我有多少空头头寸在里面吗？你就是想把泰达赶尽杀绝！”

“唐煜，你丧失理智了，没法与你对话！”邵冲已经没有了耐心。

“邵总，别忘了，最早搭建满堂红的人是我，这些对冲基金目前还在我控制的平台下，你最好……”

“可笑，你这是威胁我吗？”邵冲还没等唐煜说完，就挂断了电话。

原本市场上不断传上面会出房价抑制政策，现在无声无息了，丁喜松了一口气。

“原本我还挺担心，鱼哥真是料事如神。鱼哥，你会买房吗？”

“你看我买了吗？”

丁喜摇摇头：“你一直住在破屋子里，这让我百思不得其解。”

“对我来说，什么都不重要，我只要一个能睡的地方就感到快乐与幸福。然而，对于大多数人，他们的感受并不是这样，一个房子给他们的快乐会很多。一个很重要的事实是，大多数人的财富增长的速度比不上房价增长的速度。对我来说，不是那样。”

丁喜挺喜欢袁得鱼这种无欲无求的样子。

丁喜原本担心万伦拿了那么多地王，海元又暗中给它资金，会因为股权问题出现风险。

万伦地产传出消息，股权纠纷平息了。

搅局者看到房价起来后，决心先让原管理层把利益最大化，毕竟他们是行业专家。随着疯狂的土拍带来的巨大利益，黑杰克他们设定好的“内斗”搅局者，与原股东快速合作，股权比例很快定了下来。

袁得鱼支持的原管理层，还将搅局者联盟中的一方股权收购了。这样一来，搅局者联盟从第一大股东，自动退回第三大股东。毕竟，面对那么快兑现的资本溢价，大多数财务投资者还是想稳稳“赚一票”。

唐煜看到黑杰克在万伦地产股权上制造的麻烦自动化解，更加绝望。

唐煜在想，是否该找黑杰克声援，可上次并购海元证券输了后，黑杰克就对他很不满意，估计这次绿风地产的事，只会让黑杰克对他的能力更加怀疑，说不定还会让他拿泰达剩下的利润填补给自己融券的资金。这么一来，自己就是腹背受敌。索性这样，还不如想办法减少自己的损失。

万般无奈之下，唐煜只好火速卖出手中所有的融券做止损。手上的融券差不多出完后，唐煜长吁一口气。

可这次，泰达的损失就有 10 亿元。

黑杰克、唐煜他们推动房价下跌，敌不过房价稳定的大趋势。

唐煜“偃旗息鼓”，然而他万万没想到的是，邵冲竟然使出了另一个真正赶尽杀绝的狠招。

这一招，针对的不仅是泰达，而是他布局的整个满堂红对冲基金帮。看来他上次那句话刺激到邵冲了，虽然邵冲针对的不是这群牟利做空的对冲基金，而是所有做空人民币的敌人。

在邵冲的暗中安排下，中国香港的中资银行悄悄将空头的卖空盘接下，并悄悄吸纳香港市场的人民币，一切神不知鬼不觉。

人民币突然直线暴涨。

人民币做空派的满堂红对冲基金联盟顿时陷入恐慌。

没有与邵冲达成默契的对冲基金公司这时才发现，竟然买不到紧急平仓人民币的空头头寸。

那些做空人民币的对冲基金公司惶恐地意识到，一场“大屠杀”要上演了。

为了平仓，国际对冲基金公司只好疯狂借入人民币，可一时间，香港银行间的人民币隔夜拆借利率飙升，已经暴涨到 8.73%。一周和三个月的人民币拆借利率同样大涨。人民币离岸汇率飙升，竟然比在岸汇率还高300点！

一时间，不只是满堂红联盟的基金，还有不少在香港布局的其他做空的全球对冲基金，都纷纷下达人民币空单平仓指令。

它们不顾一切地平仓，不管如何，先保住性命再说，这是一次绝地逃亡。

此招完全是关门打狗，原本残留的热钱，本想继续做空，都从香港进入。

所以，邵冲他们早就发现了端倪，找到了要害，通过外汇管制，先把管道封死，这批热钱短时间内根本无法增援，人民币的极速升值，直接打击了这些大空头。

这样一来，他们不仅无利可图，原先为了方便套利、腾挪进中国境内的资金也根本出不去。

于是，一场彻彻底底的"剿匪"大战上演。

这也是一场彻底的肃清之战。

这段时间，只有与邵冲真正达成潜在联盟的对冲基金才幸免于难。

袁得鱼不禁感慨，邵冲的布局的确精妙，保密工作做得也很好。

邵冲事前没有泄露信息，却"屠杀"了那些企图大肆做空人民币的对冲基金。

袁得鱼发现，这次人民币境外"大屠杀"，邵冲还是放了一手。毕竟，如果让香港的中资银行停止对外拆借人民币，无疑将有更多对冲基金公司破产、清盘。其间，还有不少对冲基金公司因为向香港的中资银行掉头，增加了人民币的借款合同内容，险渡了生存期。

袁得鱼猜邵冲不赶尽杀绝也是有考虑的。做得太绝，常会有严重后果。就好像当年某汽车公司的类似招数，因为做得太绝，一大群对冲基金公司联手，趁着该公司汽车尾气丑闻，用两天时间做空该股，股价被打压了30%以上，把该汽车公司差点儿打得破产。

邵冲仁慈，也是为了更好地扩大自己的联盟。他心里知道这么做，一方面是为了自己，对他而言，如果人民币持续贬值，距离他的人民币国际化的梦想会越来越遥远，时不时调整一下节奏，好让国际玩家措手不及。另一方面自然是给唐煜他们一个教训，这轮人民币的突袭，让首先做空人民币的对冲基金最为措手不及。

不仅有汇率风暴，货币流动性边际也在收紧。

以唐煜为代表的在境内做量化策略的对冲基金出现了策略“踩踏”，收益集体回调。

唐煜记得，这种对冲基金“集体策略踩踏事件”最近一次要追溯到 2007 年 10 月，因为全球量化策略的拥挤，同质化策略在遇到流动性危机时，很容易相互“踩踏”，集体暴跌。

接连的打击，让唐煜再度处于难堪的境地。

邵冲出其不意地偷袭，有力打击了黑杰克的嚣张气焰。

这是一次漂亮的反击，人民币几乎是置之死地而后生。

袁得鱼忍不住给邵冲打电话：“干得不错啊!”

邵冲冷笑了一下：“还轮不到你夸我。我只是借着这个行动宣告，人民币贬值可以，必须是我们自主的贬值，想做空人民币，还想让人民币崩溃式贬值，想都不要想!”

袁得鱼不由得佩服，同时，他也能预感到，这么做下去，可怕的危险也会向邵冲靠近。

黑杰克望着这次的“踩踏”，冷笑了一下，自己怎么可能没留后手呢?

五

谁也没想到，远在欧洲的英国脱欧公投成了一个导火索。

2016 年 6 月 23 日，英国进行是否留欧的公投，不管是民调，还是权威机构的预判，都指向一个结果——英国公选必然留欧。

这天，天气预报明明预告是晴天，却下了非常大的雨。

很多年轻人本不乐意出门，所以这场公投参与的人很多是老年人与贫苦的人们，他们都站在脱欧一方。老年人主要为了弥补当年他们没有做正确决定的遗憾：当年他们不想进入欧盟，可没有参与投票，英国自动进了欧盟后，后来移民问题等突出。他们还觉得，英国昔日欧洲霸主的地位因为欧盟而不复存在。这些人一直不喜欢加入欧盟，认为加入欧盟会给英国拖后腿。

年轻人享受在欧盟的一些特殊待遇，他们不太在乎那些纷扰对他们的影响，不管是过多的补助，还是那些被媒体夸大的移民问题。他们觉得，这些对他们无忧无虑的生活并无太大影响。

公投前一天，欧美股市还沉浸在热闹的行情之中，机构投资者几乎都在做多，标准普尔500指数（S&P 500 Index）、纳斯达克指数（NASDAQ）、日经指数（Nikkei Stock Average）、金融时报工业股票指数（FT30），无一例外都是冲高阳线。

公投从上午9点开始到晚上10点结束。这个时间段，除了欧洲本地的一些国家，最大的莫过于相隔8小时的中国市场。

在中国市场，A股原本微微上扬，而当第一个选区在北京时间10点左右公布结果时，市场有一些震颤，微微下跌，然而很快又稳住了。

大约在12点，越来越多的选区开始公布结果，原本留欧占绝对优势的选区，好几个都仅以微弱的优势取胜。此时，选票已经过半了，剩下的大部分选区都是摇摆派。

已经只剩最后一小时了，票选结果还是留欧。

袁得鱼一直在关注这个公投。

最后半小时，他仍然没有放松。他想起魏天行临死之前，与他所说的话："这世界上没有绝对的概率！为什么总有黑天鹅事件？因为你从来没想过它的存在。有的失败是无知造成的，人距离真相可能一直存在无限的距离。"

袁得鱼隐隐感觉到，那些对手们在经历了一顿暴揍后，早就按捺不住了。他们在静悄悄地布置什么，作为强大的对手，总能尽最大能力设计一切。

果然，有时候，很多事情就差一口气。

德国突然传来非法移民恐怖袭击的消息，这让英国本地人对非法移民的反感情绪再度快速蔓延开来。欧盟国家都对移民政策保持开放的立场。而这次爆炸，像是可怕的触点，一下子强化了人们对留欧的疑虑——移民问题。

恐怖袭击爆发的时候，正好是投票的最后半小时。

日经指数最快有了反应，立马飞速直下，上证综指也直接下滑 6%。

邵冲有些吃惊，因为公选完全不是自己预想的结果。

尘埃落定：以微弱优势，公投结果是支持英国脱欧。

全球市场趋势蔓延：英镑创下 1987 年以来最大跌幅，一下子回到 43 年前；日经指数下跌 11% ……所有国家都恐慌了，股价飞速下跌。

黄金、美元、日元这类避险资产逆势上扬，黄金原本已经在 1 296 美元高位，又重新创出了三年新高，直接刷到 1 300 美元。

看到英镑资产急剧缩水，英国民众才傻了眼，很多人跪在投票箱面前，说是否还有一次机会，然而一切都来不及了。

很多事情就是这样不可逆转。

有时候，历史并不完全是由必然事件构成的，可能是由一个个极小偶然事件促成的。

全球大部分货币下跌，在这种危险时刻，美元倒格外坚挺。

尽管人民币相对美元，原本还在 6. 57，很快就破到 6. 65。

更让邵冲想象不到的是，在冲击下，中国爆发了债券危机。

债务危机的导火索竟然还是绿风地产债违约事件。

因为绿风地产将地皮押给了泰达信托，所以这笔到期的资金应由泰达支付，泰达是这笔债券的实际出资方。

然而，泰达信托因为此前疯狂做空绿风地产，已经没有多少现金。绿风地产回笼的资金，又疯狂地抢拍新的地皮，其资金链处在紧绷状态。

这一切正中黑杰克下怀，也是黑杰克一手策划的。

黑杰克的直觉告诉他，是否留欧的公投，一直摇摆不定。如果煽动一下，必然会出现对自己有利的消息。他没想到，最后是以德国非法移民爆发的恐怖袭击开始。

不管以何种形式诱发，全球金融震荡正是他想要的结果。

只要全球金融震荡，原本即将崩裂的绳索就容易断开。

唐煜气得咬牙切齿。黑杰克授意他做的融券，难怪一直见死不救，原来就是想让他没有足够的资金兑付。

所幸，绿风地产这笔债违约的规模并不大，泰达信托很快也向其他机构周转了，但还是超过兑付时间——这在中国市场，是常有的事。

可黑杰克故意小题大做，英国媒体很快将这件事概括为“绿风地产债违约事件”。

毕竟，AA+级别的公司债券违约在中国市场是第一次。

有时候，改变一个人的逻辑就是那么简单。持续了那么多年的刚兑，从来就没有人觉得不对，似乎很多理由都可以作为支撑，比如特定的中国环境。然而，刚兑危机一旦发生，人们都纷纷议论这事迟早会来临，天下没有那么高的无风险收益市场。

网络时代，改变人的想法甚至只需要一天时间。

最可怕的是信心开始动摇。

国人赖以自豪的最大财富——房产财富的效应已并不明显，很多人看到绿风地产债违约事件爆发后，担心自己是否接了地产最后一棒。还有一些曾经依靠无风险收益的投资者一时失去了方向，他们只能寄希望于将人民币资产转向海外，甚至越有阻力，转出的念头就越坚定。

邵冲意识到，原本爆发在欧洲、日本的债务危机，恐怕在中国也要爆发了。

他知道，债务危机的真正源头并不是绿风地产，而是黑杰克发起的加息风暴，以及早在希腊危机就酿成的脱欧事件，加上英国脱欧，一环接一环地给欧洲冲击。

他们的目的只有一个：击败欧元，打击人民币，继续打造强势货币。

只是债务危机作为中国经济多米诺骨牌中的最后一块，原本坚不可摧，然而，只要出现第一次债务违约，就像有传导器，即便绿风地产债违约事件发生后很快平息，打破债券刚兑“魔咒”，原本岌岌可危的债券市场，也真的会出现一个接一个的违约事件，对人民币资产再度形成强烈冲击。

人民币开始以惊人的速度下跌，原本兑美元是6.73，在一分钟后就变成6.81，马上又跳到6.83、6.84……

嗅觉灵敏的邵冲发现，一些小银行已经资金储量不足，开始出现了挤兑事件。

货币引发的恶性通缩发生了。

很多人眼睁睁地看着人民币对外贬值，对内更贵，不管是否能流通出去，都跑到银行兑换外币。

中国货币体系在崩溃的边界。

邵冲站在央行外汇大牌子下，看着不断变化的汇率走势——这是极其可怕的走势，人民币如同直线坠落，贬值到6.97。

这也意味着，所有人民币资产在这短短三天时间，直接贬值超6%。

加上2015年汇改，人民币资产已经贬值15%。

人民币的急速贬值形成了换汇恐慌，几乎所有人都在不断换汇。即使一辈子用不上美元的人，此时也不愿意让出这个机会，都赶紧换美元。

一想到原本已经稳定的外汇存款又开始告急，一向沉着冷静的邵冲急出了一头冷汗。

六

邵冲与山口约见在洋滩悦榕山庄旁的一座洋房，距离英国领事馆洋滩老洋房不远。

这里是山口在佑海的金融会所，古董布满了房间，烘托出怀旧的氛围。

这里的建筑似佑海石库门的风情——青砖白瓦，红色木门，金色镶边的竹笼，雕花装饰的盒子……堆砌出民国的精致。

山口先到了，他正饶有兴致地在逗鸟。

若只看清瘦的背影，会错以为这是一位飘逸的灰发少年。

然而，当他转过身时，那冷若冰霜的面庞却让人不寒而栗。

“邵总，别来无恙。”山口坐在一个简约的皮质与竹质构成的沙发上，端起一个斟满黄酒的小酒杯，“这黄酒，微微抿上一口就上头，非常直接，不像有些酒循循善诱，你喜欢哪一种？”

“山口先生，我知道你父亲是个藏酒之人。”

“你知道黄酒什么最重要吗？”

“原料？”

“是温度。温度决定味道的层次，没有合适的温度，再精心酝酿的原浆，也无法左右其味道的层次。”

邵冲无心听他关于酒的感受，单刀直入：“山口先生，您怎么看现在的全球市场？”

“果然直接，你看这个——”山口向邵冲抛出一份厚厚的资料。

邵冲翻了一下：“这不是特别提款权（Special Drawing Right，简称 SDR）吗？”

“你以为我闲着吗？你以为中国进入特别提款权，是运气吗？”

邵冲盯着山口，说：“这个特别提款权，确实让我们在参与国间有了货币兑换能力。目前，特别提款权的价值是由美元、欧元、人民币、日元、英镑这五种货币构成的一篮子货币的当期汇率确定，权重分别为41.73%、30.93%、10.92%、8.33%和8.09%。对中国来说，直接进入10.92%，是一个货币进入国际视野非常重要的象征。可现在，那么短时间内，人民币就贬值了6%……”

“你担心人民币资产贬值过快，撑不起这个比例配置？”

“你不这么觉得吗？”

“如果我是你，可能不会那么着急……”

“不急？别的先不说，R基金的对外业务在人民币出现贬值初期就受到影响，原本签署的海外项目纷纷违约，何况是现在？当时我们不是说好，一起支撑人民币汇率，推动人民币国际化吗？”

山口没有正眼看邵冲，似乎一直在想着自己的心事，忽然他抬起头，冷冷地说：“你有没有觉得，现在才是契机？”

“契机，什么意思？”

“你看，不少国际炒家都在抛售人民币资产，一下子打开了人民币的贬值通道。从目前看，人民币的下跌走势完全不可遏制。”

“可我们好不容易进入了特别提款权，已经实现了人民币国际化的重要一步，再支撑一下不就……”邵冲忍不住说。

“你错了，特别提款权更讲究规则，比如货币本身值多少钱，在一个透明的体系下现出原形，难道不更重要吗？”

邵冲想起袁得鱼，曾提醒过他，要提防山口。

面对一次人民币极速贬值，邵冲分明感觉到无奈的痛苦。

最痛苦的在于，他全心全意将人民币带入特别提款权，当然，山口也是最重要的推手。然而，如今却因为特别提款权讲究的规则，让自己失去了对人民币应有的控制力。

“给你看一个东西，你就知道我为什么不插手了。”

一面白色的墙上，瞬间投影了一组交易图像——这些密密麻麻的数字就好像很多只手在争抢。邵冲看清了，在灾难发生时，人们抢购的是美元、黄金和日元，人民币是竞相抛盘的对象。

邵冲怔怔地看着，信念在不知不觉中瓦解。

邵冲意识到，自己一直追求的人民币国际化，不是真正的国际化，而是进入资本主义现有的体系。然而，这个体系下，原本的弱者进入规则后，因为规则是原有设计者制定，就算好不容易跻身其中，也被变本加厉地盘剥。

“事到如今，我就不瞒你了。”山口传出可怕的笑声，“老兄，其实黑杰克才是我真正的结盟者，这不是弱者有资格玩的游戏。”

“什么？你们不是说，你们一直痛恨失去的20年吗？你们不是想与我合作，拾回失去的20年吗？你们不是想为斯阔尔协议复仇吗？”

“哈哈哈，那只是我父亲幼稚的想法，我可不这么认为。”

邵冲有些吃惊：“为什么选择黑杰克？”

“为什么不选黑杰克？”

“我们谈了那么长时间，合作了那么久，这……不公平。”

“好笑，这世界上有绝对的公平吗？世界上有不公平的存在，难道不是最大的公平吗？”

邵冲呆呆地望着他，想到自己用心经营多年的人民币国际化蓝图毁于一旦，他在山口这里遭遇了背叛。

他想起，山口曾对他说过，抢夺一个国家的财富最好的方式是用货币。

他呆坐着，眼神愣愣地望着前方。

“已经不错了，没让房地产行业彻底崩塌。我们的计划中，人民币资产加速贬值会更早。”山口抽了一口烟，“好了，你可以走了。你说得对，越来越多人会放弃与你们签协议。因为人民币被反复证明，在危机下分明是弱势货币。连你们自己国人都在抛弃的货币，还值得国际社会珍惜吗？哈哈哈。”

“原来，你把我拽入这个体系，不是让人民币国际化，是想让人民币更快速贬值？”

“哈哈，这就是优胜劣汰，世人发现人民币稳定与需求都不足，自然会把这个币种从全球核心体系中淘汰出去。这个危机点的选择太美妙了，还有什么时候比在你们刚进入这个新体系，就让人民币不堪一击更好的时机呢？再告诉你一个真相吧，我现在就是市场上人民币的最大空头之一，当人民币兑美元破7时候，我反复质押的单边期权将带给我100倍以上收益，哈哈哈。关键是，那些你前不久打爆头的对冲基金，正在卷土重来！”

邵冲感觉两眼发黑。

“可万一，你输了呢？”一个熟悉而坚定的声音传来。

让邵冲与山口吃惊的是，袁得鱼竟然在此时出现了。

原来，袁得鱼的人一直在跟踪邵冲。他们发现他来到这里后，第一时间告诉了袁得鱼。

邵冲怔怔地看着袁得鱼，他已无计可施，内心竟期盼这个年轻人能改变什么。

毕竟，若不是袁得鱼主导的拍地动作，人民币资产或许早就陷入了崩溃——也就在那次，自己了解到这背后的巨大风险，马上给上层发了密报，原本要密集出台的房价降温政策被中断推出。这也是袁得鱼最早提醒自己，不要太信任山口。

邵冲看着袁得鱼，袁得鱼与他静静对视，像是看透了一切。

邵冲打量着眼前这个年轻人，发现他比之前任何时候都自信很多。记得在奥马哈看到他的时候，还是一副很垮的样子。如今，他像是一个很强大的人。

记得多年前，邵冲逼着邵小曼去美国，还让她许下不再与这个年轻人进一步发展的誓言。

自己多么像一个专制的独裁者，为什么会这样呢？

邵冲想起多年前的时光，在那个大宅院。他是那一代最小的孩子，是这个家族九姨太唯一的儿子，是第28个孩子。

他完全不记得父亲的样子，因为在他出生后没多久，父亲就死了。他更多是从照片，与一些历史学家收集的资料中了解他。毕竟这个父亲，是那个时代最有名的民族企业家。

他觉得自己少年时期总是浑浑噩噩。

随着老爷子的死亡，整个家族上演了一出财富抢夺的闹剧。

他母亲进入大家族最晚，没有分得多少财产，就分到两个镯子，后来被人抢了，死在路边。

他成人的时候，家道中落，去贵远插队落户。

幸好他身体强壮，插队的日子也挺过来了。

他后来考上大学，被学校分配到贵远航空研究基地，但他实在不想在大山里待下去，就回到了佑海。

那时候，尽管很多亲人因为财产纠纷形同陌路，可毕竟很多年过去了，一些友善的亲属开始陆陆续续联系，后来有人提出做家谱，就有了一场久违的重聚。

邵冲，就是在那次重聚中，第一次见到了邵小曼的母亲。

那时，邵冲正是20多岁的有志青年。

他忘记自己是怎么迷上那个女子的，但清楚地记得第一次见到邵小曼母亲的情景，她一颦一笑都那么动人，美好的画面在他脑海中反复出现。

他接到一个亲属的通知，说地点在甜爱路上的一间花园酒店。

甜爱路周围有一些花园洋房，那里曾是日租界所在地。

一些住惯老洋房的亲戚搬到了那里。

他很久没有与这些亲戚见面。

那时的邵冲，学究气十足，他一个人呆坐在圆桌边，有些不知所措。

这时，他见到一位气质非凡的美女走到他跟前，心跳立马加速。他很快有些失望，因为这位美女已经是别人的妻子。

那次相遇后，他们保持着纯洁的友情。直到他知道，邵小曼的父亲出轨，这个女子一气之下离家出走。

他最终之所以与山口联手，因为他知道，邵小曼的母亲不是很多人传的在美国而是在日本——这一点，连邵小曼自己都不知道。

山口安排了他们的重逢。

他那时清楚，山口家族集团与日本政府有隐性战略合作，即竭尽全力保证日币稳定，同时能获得最大的利益。

当时他们好不容易支持了一位上任首相，却很快被弹劾，其家族利益面临极大危险。加上复仇情绪与低迷的经济形势，他们开始构建新的计划，一步步实现在政权构架之上的利益和全球拓展的勃勃野心，他们甚至想好了侵略路径。

面对当时不肯加入梭哈牌局的邵冲，老山口说：“现在大家都在说失落的日本，但你要知道，这是暂时的，是为了扩大我们物资在全球的占有份额。我们迟早会重新拥有控制力，不如我们一同联手？到时候，你论文里希望实现的梦想，才有机会顺利推进啊……”

邵冲作为半个学者，听到有机会将自己的理论付诸实践，对他来说是难以抵挡的诱惑。

“更好地控制它，必须增加它的波动，让更多国家觉得它不可捉摸。”

“但这样，不是妨碍人民币国际化吗？谁都喜欢稳定的硬通货。”

“话是没错，但人民币背后的支撑力过于虚弱，需要一段时间调整，这样才更为坚实，昙花一现又有什么意义呢？你看，就像我们长期讨论的那样，我们形成一个联盟，才能更好支撑货币，不是吗？我们曾是美国货币战争的受害者，难道你想让历史在人民币上重演一遍吗？我现在正在拿日本切肤之痛的经历，改变你们的命运……”

邵冲苦笑了一下：“你对袁观潮也这么说的吗？”

老山口有些惊讶：“邵冲，你不要忘了，我们拥有不少政治黑金与人际网络，并非一般的投入才能把你扶持到一个你想都不敢想的位置。”

最后，邵冲答应了，他抗拒不了那女子的柔情。

她轻柔地在他耳边说：“试试。”

邵冲知道，一旦联合，意味着自己的不由自主。可他又说服自己，尽管路径不同，最终都是为了实现伟大的梦想！都说英雄惜美人，自己终究也过不了这个坎。

他想到过去的抉择，忽然露出一丝无畏的笑容。这些年来，每一步确实都是往自己理想的方向去，山坡爬过之后，愿望真的有机会实现，只是临门一脚，被山口正彦这小子偏到另一个方向去了。这可能是当初自己最大的顾虑，最后身不由己，与当年那些“间谍”有什么区别？自己因为理想加入，但这理想现在看来，只是被对方利用的可笑幌子。

“你失望吗?”袁得鱼一字一句地说，将邵冲从记忆与挣扎中拉回。

“失望?”邵冲苦笑了一下，“我早就对这个制度绝望了。因为有自私的人性，目前的制度与体系就无法成功。我原本以为，老山口他们是斯阔尔协定的受害方，他们熟悉旧制度，也知道有能力就可以创造出相对公平的新制度……”

山口正彦狂笑起来，笑声瘆人：“公平的制度？什么是更好的制度？有人类，就会趋利避害，就会互相残杀，胜者为王，就会不平等……”

邵冲无力地说：“错了，可以不那样……前提是，绝对富足……我从不指望仅凭自己能实现，所以我曾天真地以为，联合你们可以，因为你们对那些搞出斯阔尔协议的主导者有仇恨！可你们为何要多次做空中国?”

“哈哈，不是做空中国，而是做空漏洞百出的错误。投资者……难道不是在自我毁灭?”

袁得鱼觉得，这个思路他非常熟悉，分明在伤害，却如救世主般的振振有词。

袁得鱼灵机一动：“山口，你答应我一件事，不要再用期权单边做空人民币了。”

山口诡异一笑：“难道你过来就是为了告诉我，你站错队，快点儿把人民币支撑一下？你活像个可怜虫在求我。袁得鱼，难道你还不了解吗？我们的父亲在我们少年的时候就过世了，我们从小就置身于这个阴冷的世界。”

“阴冷的世界?”袁得鱼真诚地说，“尽管我们的父亲都在帝王医药那场交易中出了事。你至少还有家底，你们整个家族都很强大，你不是还过着王子般的生活？我知道你是投资天才，只是你是不是把方向搞错了？放弃做空人民币，难道不是最好的选择吗?”

山口正彦忽然生气起来，灰色的头发抖动起来，眼神犀利得像要杀人："你们不要指望我会听你们的话。我父亲遭遇车祸，就是你们害的！我父亲的搭档乔死了，你父亲却没有死。这辆车一定有人动过手脚！"

袁得鱼有些迷惑不解："我父亲为了做好帝王医药这局，特意一大早赶回佑海，你竟然还说我们害了你父亲？你有没有想过一种可能，就是你们自己人才是车祸的罪魁祸首！"

山口正彦听到后，像是有一道闪电穿过他的身体。

山口正彦说："我太了解中国，我的高中就是在中国读的，我成绩优秀，被保送到名校。然而，我还是参加了残酷的高考，拿下了全市第一。我本来想了解中国文化，而我发现自己在大学里选修的古文研究，大学教授的解释，我听着都觉得很肤浅，后来去美国学习也是如此。在金融世界，我要做最强大的那个……我对中国所有的了解，都是为了战胜你们而做的准备。"

袁得鱼平静地说："或许你误解了当年发生的事，也误解了你的父亲……"

山口"哼"了一下，斜睨着看袁得鱼："袁得鱼，你太好笑了，你让我撤下做空头寸，难道不是别有用心吗？别以为我不知道你在做什么，你前段时间买了大量人民币波幅期权，现在是市场上最大的主力。你自己在豪赌，知道吗？还有，你敢说你们没有参与整个事件？你此前一手制造的创业板泡沫，后来市场下跌了50%，房地产泡沫也那么大，差不多是在崩溃边缘，英国脱欧、债券风暴，不过是导火索……"

袁得鱼耸耸肩："如果你认为人之间还有信任的话，那就撤下你的做空期权头寸……"

"哈哈哈，你觉得我会相信你的话吗？你个自私的家伙！"

"山口，难道你不想继承父亲的遗愿吗？你父亲希望看到我们共同维护亚洲金融的稳定，你知道吗？"邵冲重复着他的信仰。

山口忽然扯着嗓子大笑不止，笑了好一会儿。

邵冲这时仿佛才刚刚醒悟，原来山口正彦一直对父亲的意外离世无法释怀，他一直认为是他们这群人的自私自利害了他的父亲。

山口对着邵冲冷笑，他至今还记得找到父亲时，父亲挂在树上惨死的样子，眼睛睁得很大，死不瞑目——他一想到父亲滚下山坡所受的痛苦，内心就无法平静。他怎么可能像父亲承诺的那样，联手中国最强的金融势力，对当年的斯阔尔协议进行复仇？

“我知道你一直为你父亲的死耿耿于怀，满足他的心愿不也是纪念他的最好方式吗？”邵冲坚持着，“你看，国际化货币马上就在眼前了。”

“谁说我不做国际化货币？你大错特错，国际化货币与人民币有什么关系？我只需要亚元，而亚元是以日元为核心的。在我亚元的概念里，根本没有人民币的存在，亚元只有强大的亚洲国家才能加入，目前只有三个国家。我费那么多心思，不过是为了从你们这里取得我们曾经失去的财富。大鱼吃小鱼，天经地义！”

邵冲彻底醒悟了，原来自己梦想的设计根本不在山口的计划里。

意识到自己的梦想彻底破灭，邵冲感到无比后悔，也无比羞耻。

山口继续恶狠狠地说：“你论文是建立在香农熵模型基础上的，而现实中，确定性与时间价值本身就有天然矛盾，这根本不可能实现，就好比我们之间的合作一样，你以为的确定性，并非真实的确定性。”

一向儒雅的邵冲忽然脸涨得通红，他冲上前去，用手掐住山口的脖子。

袁得鱼刚要上前，眼前发生的事情让他惊呆了。

一颗子弹，击穿山口的杯子，直接射进邵冲的胸膛。

山口端着枪，捂着脖子：“你们这群手下败将！”

只见邵冲倒在血泊中，脸上浮现痛苦的表情，大口大口地喘息。

“山口，你才是彻底的失败者，你以为胜券在握吗？你转头看……”袁得鱼攥紧拳头说。

夜幕已至，从紧靠洋滩的洋房落地窗，刚好能眺望到金家嘴映射在楼宇上跳跃的数字。

“这是什么？人民币汇率？”

只见映射在东方明珠上汇率数字，显示着6.97，没过一会儿，变成了6.98，一会儿又攀到了6.99……100多倍暴利将至，山口的瞳孔放大了。然而，在6.99时像是静止，过了好一会儿，这个数字丝毫没有任何变化。

“可笑，谁不会花钱在东方明珠上投影，你以为这种把戏能骗过我吗？你的波幅期权早就让你破产了吧！”山口冷笑了一下，打开自己的手机看外汇行情。

他惊呆了——行情与投射在东方明珠上的汇率完全一致，这个数字攀到6.99之后，就再也没上去：“怎么可能？对冲基金不都在集中力量做空吗？”

他赶紧查找人民币稳住的原因。他发现，所有与货币有关的数据中，最重要的一个异常数据是人民币离岸拆借利率原本应该在8%左右，然而，当前突然跳升至30%左右。

这说明有市场主力在不计成本地购买人民币，人民币瞬间变得短缺。很明显，这个主力拥有无限下单的实力，这让刚在做空大战中受过伤的对冲基金大佬们都不敢轻举妄动。

如果这样，就意味着山口买的大量单边期权头寸当天达不到7，但他已经放了数百倍杠杆，实际动用的资金是10亿多美元。

“这就是你不信任人的下场。如果不到7，以你100倍杠杆计算，你的损失将数百亿计。”

他马上打电话问最大的人民币换汇中心专线人员，这个利率是怎么回事。

“啊，我们在10分钟前接到一个巨单，反复自动交易，停也停不下来。我们遇到了真正的大鳄，做这种规模的交易，他们的保证金绝对不可估量。”

这个行情彻底破坏了山口胜券在握的期权单边结构。

袁得鱼低沉地说：“我买了波幅期权，赌的是人民币兑换美元汇率不突破7。”

这意味着如果不冲破7，袁得鱼买下的波幅期权将胜利。

山口赌的是突破7的单边，因为投入成本太大，所以他选择了胜券在握的日内盘兑现收益。然而，眼下的行情与趋势，彻底打乱了他的节奏。

“你们这群骗子，与20年前一样，都是骗子。”他的眼神忽然停在空中，抱起头跪在地板上，他冷笑起来，笑声越来越大，忽然像是一个休止符，轻声说，“对不起了，父亲……”

袁得鱼还没反应过来，只见山口举起枪，对准自己扣动了扳机。

只听“砰”的一声，山口“咚”一下倒地，躺在一片血泊之中。

第十二章　美联储奥秘

不要温和地走进那个良夜，老年应当在日暮时燃烧咆哮；怒斥，怒斥光明的消逝。

——狄兰·托马斯（Dylan Thomas）

《不要温和地走进那个良夜》

（*Do not Go Gentle into that Good Night*）

一

袁得鱼扶起躺在血泊中的邵冲，大声对电话里喊着："赶紧救人！"

邵冲铆足力气，问袁得鱼："刚才……才是怎么回事？"

袁得鱼给他看手机上的数字，异常值又回落到8%——这才是人民币正常的离岸拆借利率。

袁得鱼低下头，与邵冲轻声说："是乌龙指，我没有那么多保证金。我用当年他们对付我父亲的方式，报复了山口。"

原来，袁得鱼冒险使用乌龙指的方式，一手导演了拆借利率的变化。

邵冲眼睛亮了一下："好惊人的演绎！袁得鱼，你……你没让我失望！"

"邵总，你挺住，我带你去医院！"

邵冲摇摇头，他仿佛预感到自己即将死去。事已至此，即使山口的人不杀他，红册子上的人也会毁了他。

邵冲抖抖索索地从口袋里拿出一份特许权协议，这是他准备了很久的设计，他原本想在突发事件时触发红色急救按钮。这是一次独一无二的R基金使用权，用的是最高权力的协议密件——允许做一次保密交易："我事先做过安排，你现在可以用它行使一次运用R基金的权利。我即使走了，这个权利也是有效的。它有内部阈值监控，在合理风控范围内，可随时行使。"

袁得鱼吃惊地望着他，这个男人还是看透了一切，他与山口合作的最坏结果在他意料之中，他只是没想到，这份特权竟然转到了袁得鱼手上。

“告诉我，20 年前究竟发生了什么?”袁得鱼对着虚弱的邵冲问道。

“哎，没想到，我自己也没躲过那一劫。”邵冲的声音越来越虚弱，“当初，认识你爸爸的时候，你爸爸的第一句话就很感动了我。他说，他看过我的博士论文，打破既有规则，也是他的梦想。记得那时，他还在日本留学。其实，我做这么多事，只是为了实现这个理想。”

袁得鱼看着奄奄一息的邵冲，听他说着自己的设想。

邵冲原本的构想是以中日两国为主，建立一个东亚自由贸易区，互相采购彼此的货币作为储备货币，创造一个区域货币——亚元。然后，以丝绸之路的形式扩展到全球，那篇博士论文——《人民币的“丝绸之路”》描述的就是这样大胆的想象。

如果不是因为邵冲的名字出现在交割单上，袁得鱼恐怕也会对这样学者型的政治家有些敬畏。尽管袁得鱼知道自己与他不同，邵冲是货币集权派，希望通过汇率大战，让人民币掌握更多控制权。在袁得鱼心中，某种环境下的货币是可以获得自由的。

袁得鱼记得，邵冲在他写的一本书中提到，如果要实现人民币国际化，必然要在境外投放大量人民币，可投放大量人民币，又会使人民币容易被做空。量越多，护盘就越困难。对于邵冲而言，护盘不是他追求的，他只希望在人民币国际化之前，紧跟美元指数的趋势。

如果人民币一直贬值，必然不符合人民币国际化的战略，因此，得时不时回收境外人民币的流动性。所以，对邵冲来说，对人民币进行一次性的贬值到位，是在这个流动性回收框架中的战略选择,这样，空头无法做空人民币。人民币贬值到位后，汇率稳定。在稳定的汇率支持下，人民币再开启第二次国际化，由此更稳健地走向国际化，便事半功倍。美元加息也是如此，美元在全球货币定价权上再次变得主动，为之后美国自己的经济改革提供了货币空间。

然而，那篇博士论文，袁得鱼并没有找到，或许，它像邵冲心底的东西，尘封在一个深处。

袁得鱼默默流下眼泪，他对邵冲说："对不起，我一直误解你，你是一个真的勇士！"

邵冲微微一笑，眼睛慢慢闭上。他想着人民币坚挺的独立行情，不管是昙花一现，还是以什么方式实现，这都让他有一丝宽慰。

邵冲眼睛迷离起来，像是坠入了一个梦境。他自己也没想到，内心深处想念的依旧是他挂念多年的美人——邵小曼的母亲。他们在第一次相遇的甜爱路上，一直往前走着，悬铃木的树叶纷纷扬扬地飘落……他希望这画面永远不要结束。

人类逃不过死亡。

只求死亡变作永恒的安详。

或许，从见到那个石库门旁的倩影开始，自己的命运已经不属于自己。

袁得鱼刚要起身，发现一群人包围了他们。

这些人袁得鱼认识，是唐煜的手下。

袁得鱼抬起头，惊讶地看见邵小曼站在自己跟前，唐煜在她身后。

原来，唐煜一直派人跟着袁得鱼。

当唐煜知道袁得鱼买了大量人民币波幅期权时，预感这将是一次狠狠教训袁得鱼的机会。

邵小曼在美国就发现前去谈判的邵冲有些恍惚，知道最近他主持的主权基金因为屡遭违约损失巨大后，想回国看他，可一时没联系上。

问到唐煜，唐煜直接告诉了她会面地点，他们就一起赶来了。

谁都没想到，会见到眼前这一幕。

邵小曼一进来，就见到两个人在血泊中，那个无助的身影竟然是袁得鱼。

袁得鱼抱着那个躺在血泊中的人，邵小曼一下子就认出来了。

邵小曼扑到邵冲面前："爸爸，你怎么了？你们在干什么？赶紧叫救护车！"

"我已经叫了。"

"袁得鱼，你到底干了什么？"唐煜马上推了袁得鱼一把。

袁得鱼还陷在悲痛中，自言自语道："邵总，你原本，不用这么绝望的。"

"就是你害了他！"唐煜疯狂地叫起来，他朝着邵小曼说，"你知道袁得鱼干了什么吗？他把你爸爸辛辛苦苦构建的人民币国际化计划全都毁了。主权基金 R 基金亏损了几百亿元，袁得鱼就是凶手，搞得你爸爸整个人都毁了。"

邵小曼怔怔地看着袁得鱼。

唐煜对邵小曼继续激动地说："你知道吗？袁得鱼买了大量波幅期权，他把所有赌注都押上了。他必须操纵汇率才能赢得这场赌局，你看到刚才的汇率数据了吗？就是他在一手操纵！"

随即，唐煜又恶狠狠地对着袁得鱼说："你不需要再辩解了，就是你，杀害了邵总！你亲手杀害了邵小曼的父亲！你杀害了邵小曼唯一的亲人！"

"小曼，我买波幅期权，是赌人民币稳定的。做单边趋势的不是我，你爸爸……"

邵小曼用力推开袁得鱼："袁得鱼，我不想看到你，你现在说什么我都不会信的！"

袁得鱼一时百口莫辩，可他看着邵小曼那么伤心，那么失控，很想安慰她，可她听自己说吗？极度悲伤的邵小曼根本听不进去！

"记得我对你说的话吗？你忘了吗？不要伤害我的爸爸！不要伤害我的爸爸，这是最后的底线！"邵小曼满脸泪水。

"小曼，我记得你说的那句话：爱所有人，信任一些人，不伤害任何人。"

邵小曼忍不住发声大哭起来，她从没哭得这么伤心，这么绝望。

正在这时，袁得鱼的余光看到唐煜得意的眼神。他意识到唐煜现在变成了极其可怕的人。或许，真正干掉邵冲的不是山口，而是唐煜。

唐煜为代表的量化对冲基金，在邵冲之前发动的流动性边际紧缩政策环境下，全部陷入策略踩踏，唐煜几乎丧失了翻身机会。黑杰克一手主导的绿风地产债违约事件，让他意识到，自己只不过是黑杰克丢掉的棋子罢了。他现在犹如一具行尸走肉，下一刻，什么可怕的事都做得出来。

邵小曼一直在抽泣，她想用力忍着，还是时不时地放出哭声，这样反倒让人更加心疼。

唐煜兴奋地说："袁得鱼，你真的是变本加厉了，连邵小曼的亲人你都不放过！"

此时此刻，袁得鱼已不想辩解："你如果那么讨厌我，那我就跳江，东江就在不远处，可以了吗？"

唐煜故意激将道："得了吧，你以为这样就能让邵小曼原谅你吗？你不要演苦肉计了！刚才我们也听到了，你只是'乌龙指'而已，看我们这次不把你的波幅期权打穿！"

"你真的这么想吗？"袁得鱼斜着嘴笑起来。

唐煜不知他为什么还这么镇定。

他看袁得鱼望着佑海明珠，也不由自主地望去。他看到佑海明珠上数字的变化后，惊讶极了——照理说，人民币理应恢复极速贬值通道。然而，人民币价格却忽然上升了，6.98、6.97、6.95……很快就落到6.90了。

"这……这怎么可能？"唐煜惊呆了。

唐煜接到一个电话，电话那头的消息人士说："查清楚了，一开始是乌龙指，不过后来，这个乌龙指的动作启发了管理层，管理层真的开始大量回购人民币，把人民币汇率稳住了。"

"这……"唐煜语噎。毕竟，他把最后的头寸都放入了与山口一样的单边期权上。

救护车来了，他们将邵冲抬上车。

邵小曼上了车，袁得鱼想陪她，她推开他，唐煜想上车，小曼也摇摇头。

她擦了眼泪，望着袁得鱼，冷静地说："袁得鱼，这下你满意了吧？你想解决的人都解决掉了。哈哈哈，这太讽刺了，我怎么会这么蠢，竟然与仇人相处到现在！"

袁得鱼记得，邵小曼以往每次见他时，眼里总透出欣喜的光亮，再疲惫，也遮掩不住秋波流转。然而，此刻邵小曼看他的眼神，如此冰冷。这不是他认识的邵小曼。

心死，远比咆哮可怕。

救护车启动，依稀看到邵小曼迷人的侧脸，齐耳短发，利落动人。只是与往日相比，她明媚的眼睛蒙上阴霾，透出一丝难以抹去的哀伤。

袁得鱼清楚地记得，那天刚下完一场滂沱大雨，空气里隐约浮出雾气，几只不怕水的野鸽从眼前飞过，"扑棱"翅膀的声音仿若还在耳边，邵小曼听完他说做自己女朋友的那一刻，笑靥如花，就像是昨日定格的美好画面。

袁得鱼忍着巨大的悲伤——他之前没想到邵冲与山口合作，更多是为了人民币国际化，为此他潜伏那么久。也正是那么久，邵冲在知道真相的那一刻，即便自己猜过这个结局，仍被彻底激怒了，还中了山口正彦的一枪。这一切发生得太快了。

"把手都举起来！"

正在这时，警察来了，带头的仍是上次见过的平头阿德。

阿德扫了一圈："怎么又是你们！"

晚上，录完口供后，他们都没什么事。

袁得鱼半夜从公安局出来时，外面已经漆黑一片。

他收到短信，是同事发来的，邵冲抢救无效死亡。

袁得鱼知道，从今日今时起，自己与小曼恐怕再也无法回到从前了。

他落寞地走在街上。

二

袁得鱼面临新的压力。

2017 年，全球经济进入复苏通道。

美国的新经济振兴计划，吸引了很多资金回流到美国。

美国在经济低迷期，通过货币宽松政策，向很多国家低息借了钱。中国在这段时间，通过大量劳动密集型产品的销售，成为全球最大的美元外汇储备国。然而，美元价值回升的时候，大量美元从中国外汇储备池涌出。

更麻烦的是，日本不再向中国出口到日本的产品提供低税政策，美国在进出口方面，也给中国施加压力。因为 2016 年 12 月中国加入世界贸易组织（WTO）的“替代国”条件到期。中国加入 WTO 已经有 15 年，理论上，已自动过渡为“市场经济资格”。然而，欧美日等国家，投了反对票，不承认“中国市场经济地位”。这意味着在跨国反倾销政策上，中国无法得到有效合理的补偿。

这是硬通货的优势，拥有硬通货的国家，借着低息的钱，利用便宜的发展中国家用苦力换来的低额外汇产品，更好地在低迷经济期顺利过渡。然而，一旦经济复苏，货币强势国又运用货币优势，一边打击劳动密集型资源国的产品，一边让高效的生产能力重新回到国内，继续稳固技术更高的产品与服务的地位，经济会越来越发达。

袁得鱼发现，有一个他目前想不清楚的问题，如果不解决，他将无法应对未来的挑战。

海元王牌自营团队发现了期货市场的异常——黑杰克一直做多商品期货。

商品期货市场低迷了五六年，2016 年开始波动逐渐变大，就好像一个平静了很久的水池，开始被搅动起来，虽然比起历史的起伏，更像是涟漪，可水毕竟被搅动起来了。

袁得鱼意识到，全球开始通胀，资源品的价格开始触底回升，黑杰克再次掌握了主动权。袁得鱼一筹莫展。

袁得鱼想到了一个人，或许那个人有他想要的答案。

这也不知是袁得鱼第几次到美国哥伦比亚大学了。

他静静地等了两天，终于等到金羽中副教授的课，她披肩长发，穿着素雅，讲课时，眼睛很亮，依然是悠然自得的神情。

她在尤利斯大楼教现代经济学，这是一堂典型的小课，只有十几个人，是博士以上圈子的学术研究会。

有两个学生在讨论他们最新的论文，老师、同学时不时在下面提问，讨论氛围非常激烈。

袁得鱼一边听，一边看资料。

终于等到下课，袁得鱼走到金羽中身边。

金羽中非常投入，还沉浸在刚才讨论的论文数据与论证里，顺手记下几个灵感，写完后，才抬起头："嘿，是你。"

"是否有时间，我请你吃饭？"

吃饭的时候，他平淡地说了前段时间自己做的一些事。

"天哪，真的很可惜，邵冲的论文，我反复读过多次，尽管在建模框架上，比现代论文的数理方面稍微弱一些，但在构思与数据证明上，都可以说是全球一流的水准。"金羽中的学术气质，却无法掩饰她清秀耐看的脸。她沉静了一会儿，继续说，"我有时候也在反省，我是不是太置身事外了？我理论经验一大堆，但宏观经济学的关键还是实践，这也是凯恩斯厉害之处。他的理论与实践，都非常完美，私底下他还是位投资高手。"

"学术圈真好，都是思想的火花。现在平台那么畅通，你们的真知灼见，很快会被有识之士挖掘成为市场实践。你看，我这不就来了吗？"

"难得还有像你这样对学术有兴趣的老板！"

"你见过邵冲的博士论文？可那篇论文我怎么也找不到。"

"很早之前读过，是在我们学校的图书馆里看到的。你可能想象不到，哥大拥有一个规模不小的东亚图书馆，收藏了冷门的资料，很早的一些研究亚洲的文献也都收藏了。”

袁得鱼终于见到了那篇论文，是扫描版，在资料硬盘里，原版估计难寻踪迹。他还不经意地发现了邵冲早期的一系列论文。

他在电脑前认认真真地看，不由得泪流满面。尽管邵冲在弥留之际说了一个大概，但真正看到那么系统的论文时，袁得鱼还是颇为震惊的。

他原以为，邵冲的“丝绸之路”更集权，其实与自己内心所想竟是殊途同归，奔往的方向，是瑰丽的图景——出自《道德经》，也是《货殖列传》的开头：“至治之极，邻国相望，鸡狗之声相闻，民各甘其食，美其服，安其俗，乐其业，至老死不相往来。”

据传统而言，这是难以达到的。邵冲论证下来，通过“货币的丝绸之路”，可以实现这一图景。

袁得鱼从图书馆走出，脑海中各种想法在撞击。

“嘿，知道吗？平时，我与爸爸一直在交流，他每次都说有启发。”

“你们最近有什么重大研究？”

“有不少，你要听哪一个？”

“对了，刚才你们课上在讨论不同国家的货币流通方式吧？”

“是的，各个国家货币发行的思维不同，美国通过买卖国债发行货币，英国通过贴现票据发行货币，中国通过买卖外汇发行货币。美国美联储通过购买商业银行债券印制美元，发给商业银行，商业银行通过杠杆创造货币，发给贷款企业，让企业生产制造，产生利润。如果货币发行过多，美联储通过低价发行国债收回多余流通的货币。中国是企业通过商品出口赚取外汇，但外汇没法买卖商品，得通过中央银行换取人民币，中央银行通过收取的外汇印制人民币，发行给贷款企业，创造利润。如果外汇越来越多，货币也会增多，中央银行没有退出机制，有时通货膨胀很厉害。”

“这挺有意思，观察美元，主要看国债；观察人民币，主要看外汇占款。难怪邵冲掌控了核心。可为什么不同国家会有不同的选择呢？”

“这是不同源的文化吧，货币本身是可以调控的自循环系统，不分高下，就好比一个《论语》，一个《圣经》。”

金羽中这句不经意的话却击中了袁得鱼。

他们又聊了好一会儿。

“吃完饭出去走走？”

“你想去哪里？我下午正好去华尔街附近，到那边走走？”

他们来到曼哈顿的南边，穿过三一教堂，是“9・11”纪念中心，那个有鱼骨架的纪念堂也已经开门营业。世贸中心那两个大方形地基，早已被改造成巨大的方形水池，水池四周的大理石墙壁，刻着每一位死亡者的名字，永远有祭拜者与安放在大理石缝隙中娇弱的鲜花。

“对了，你有兴趣去美联储吗？我正好在安排一个展览，今天要过去与他们聊聊，你有时间的话，就一起去吧。”

“好啊。”

美联储位于纽约下城，在密密麻麻的高楼中间，周围是狭小的过道。这栋古朴的大楼，飘扬着美国国旗，仿佛是一种权利的象征。

袁得鱼来到美联储，登记过后才可以进入，一进门就看到很多保镖。

他们到的地方是一个内部博物馆，最先看到的是一个宽阔挑高的空间，很多物品陈列在木质柜子中，最中间的一个圆形大箱子吸引了袁得鱼的注意。

这是一个金砖展示柜，从中间的洞口进去，里面是一个大金砖。尽管是激光灯照出的效果，它却非常逼真，并360度慢慢转动，仿佛为了让人看个仔细。

他看完第一个区域的历史展示，右拐进入第二个区域——最先进入视野的，是一个巨型的玻璃平台，里面有一半碾碎的百元美元，展示着美元回收的过程。

他在下面看到一张地图，绘有货币制造的几块区域——正是从这里，传输出去了源源不断的货币。在架子旁边，是时下美联储主席耶伦（Yellen）近期做公布利率决策的讲话录像——这在近些年，越来越牵动全球的货币信息。对于美联储来说，这是一个常态的、拥有悠久历史的例会。

他们跟随工作人员进入电梯。电梯下降时，有些微微晃动，让袁得鱼感受到这个建筑的历史。

当电梯一打开，眼前的景象让袁得鱼吃惊了——一个巨大的铁门打开着，是有好几米厚的铁门。

铁门旁是沉重的轮盘锁，里面是一个个浅绿色的房间，每个房间都有栅栏，还有一层层网状的护栏，许许多多铁铸的架子密密麻麻排列着，上面堆砌着金砖。

“这里是金砖存放的地方。”工作人员介绍着，“这里不单有美国的黄金储备，还有其他国家托管在这里的储备。”

参观区仅展示一个框架，架子上展示的只是很少的一部分，大量金砖摆放在仓库深处，每个区域都有两三个人在走动，时不时地巡逻。

“这里大约有多少金砖?”袁得鱼忍不住问。

“这里有 122 个房间，传说有 8 300 吨黄金，占全球储备量的 30% 左右。”

“这是不是意味着，货币哪怕是最硬通货美元，都是建立在国家信用基础上的? 原来有金本位做支撑，自从布雷顿森林体系（Bretton Woods Sytem）结束后，谁也不知道全球的实际财富是多少。”

“怎么说呢? 可以知道区间吧。”

这句话似点醒了袁得鱼，他忽然想到了黑杰克的破绽。

袁得鱼与金羽中穿过曼哈顿的高线公园——那是一条横亘在闹市的空中走廊。这或许是纽约的迷人之处，附近的华尔街是不见血的金融战场，而这里是大街上可以随意涂鸦的格林尼治（Greenwich）艺术村、苏豪（Soho）休闲区、切尔西市场，还有略带忧郁的小资码头。

“你知道这里我最喜欢哪个地方吗？跟我来。”

他们穿过空中走廊，在一个方形的建筑物前停了下来。

“袁得鱼，尽管你什么也没对我说，但我能感受到，你压力很大，你总在金融战场的第一线，让人透不过气吧？今天，我请你看一出沉浸式戏剧。”

这个切尔西附近的建筑，每天只上演一出戏——《不眠之夜》（*Sleep no more*），这个根据莎士比亚的《麦克白》改编的戏剧，每个观众需要戴着面具，变成幽灵，目睹一切的发生。观众会进入不同的电梯层，进入不同剧情中。

入场后，袁得鱼与金羽中从电梯里出来，喝了一点儿甜酒，戴上面具，一起畅游在剧情中，他们跟随主角奔跑，与主角一起舞蹈，发现房间里的秘密，像探索未知的孩子。

他们看到最后的审判，就散场了。

袁得鱼意犹未尽：“预言究竟是成就了麦克白，还是毁灭了麦克白？”

金羽中点了点头：“麦克白成了王，反倒被诅咒，他焦虑又痛苦，后来什么都不是。”

“哈哈，我带你从另一个角度看看曼哈顿吧。”袁得鱼带她朝哈德逊河那边的大草坪走去。

大约10分钟，一架螺旋桨直升机停在他们面前。

袁得鱼绅士地做了个邀请动作。

飞机穿过哈德逊河上空的时候，眼前的曼哈顿岛渐渐变成椭圆形的星光，华尔街高耸如林的大楼成了光怪陆离的光影、几何形状的镜面，即使One 57这样的顶级豪宅，也只是勾勒了蓝白相间的有趣的几何图形。

“很多顶级的投资家住在这里。”

“可一切都虚妄，不是吗？”

袁得鱼笑笑：“你的口气，让我想起一个人。”

他们回到地面，依依不舍。

“谢谢你带给我这难忘的一天。”金羽中颇有些深情地望着他。他们交流不多，却像是亲密无间的朋友，她自然地举起双臂。

袁得鱼紧紧抱了她一下：“是我该谢谢你。”

回中国的飞机上，袁得鱼睡着了，《不眠之夜》里群魔乱舞的样子，在梦境里挥之不去。

三

美国进入加息周期后，一直未停歇。

黑杰克感觉一切都在自己的掌控之中，尤其对贵金属期货了如指掌。

黑杰克眼中，全球实际利率边际上升，与全球流动性边际拐点是一个意思。

就“边际”而言，并非全球所有国家都处在“由松到紧”的拐点，这是他套利的空间。

欧洲、日本央行的货币宽松程度由加强转向维持现状，是 L 型拐点而非 V 型拐点。美联储一直是全球央行流动性边际拐点的领头羊，美国是全球唯一由货币宽松开始转向货币紧缩的国家，与其他国家央行的 L 型拐点相比，美联储是真正的 V 型拐点，这直接导致美元指数走强。

全球还在动荡之中，继英国脱欧之后，意大利、法国等都纷纷脱离欧盟，欧盟的即将解体也让美元继续走强，黄金作为负相关资产，如预期下跌。

美股格外强劲，做空方伺机行动却没有任何可乘之机。

不过，市场总有回调的时候——2017 年 8 月 10 日，纳斯达克大跌 2.13%，为两个月最大单日跌幅；波动率指数（VIX）升幅达到继英国脱欧以来最高；布伦特原油大跌 4.2%，为两个月最大单日跌幅。

市场一片恐慌，纽约金（COMEX 黄金，纽约商品交易所的一个交易品种）下跌0.7%，为近一年来最大单日跌幅。

黄金面临历史最糟糕情景，2016年布局黄金的逻辑应是动荡，毕竟黄金是历史上公认的避险资产。然而，随着美国加速的加息节奏，市场已经出现了不利于黄金的情况——全球实际利率边际上升，美元走强。黄金一般都近似看作是“美元零息债券”，影响因素有美元、利率、债券。黄金价格与美元指数负相关，与名义利率负相关，与通胀正相关，与避险情绪正相关。

黄金价格开始下跌周期，到了2018年年初，黄金价格更会连续暴跌。

除了黑杰克等一些提前布局的大佬之外，很多市场人士猝不及防地遭遇“黄金大坑”。

贵金属期货市场上，黑杰克屡屡得手。

看到黑杰克如此称心如意，袁得鱼想起了一个人——期货界大佬盖瑞，虽然很久以前，他们曾在螺纹钢期货上有过一次合作，那次算是袁得鱼送给他的一份“小礼”。

袁得鱼打电话给盖瑞：“合作一场如何？”

盖瑞一口回绝：“老兄，在这个趋势市场赚大钱太简单了，干吗还要与你合作？”

黑杰克果然组织了第二轮商品期货进攻。

资源类期货都纷纷上涨，上涨速度前所未有。

期货市场的波动性让盖瑞这些大佬们又捞金无数。

然而，就在所有人呼喊资源价格随着经济变暖，触底回升的时候，黑杰克所在的JR公司发布了一个《页岩气2020发展报告》（*Development of Shale Gas in* 2020），里面探讨了新能源技术可能带来新的能源格局。

这无疑对当前的资源类期货价格造成极大冲击。

已经持续一年多的大宗商品牛市，价格如同瀑布一样倾斜而下。

尽管袁得鱼没在这一波调整中受伤，可他担心的事还是发生了，越来越多的财富向黑杰克涌去。

盖瑞瞬间亏损巨大。

盖瑞终于打电话过来："我掉到阴谋里了，我看到的全是支持商品牛市的消息，真是措手不及啊。得鱼，你上次说的合作，我一直在认真考虑哦。"

袁得鱼看了资源类期货的盘面，全部在疯狂下跌。

袁得鱼打电话给纽约邻近斯坦福德（Stanford）的一个小镇上的朋友，他告诉袁得鱼，他这边都在疯狂做空能源期货。他这个小镇因做大宗商品闻名，距离格林尼治不远，这是一次全球性做空。

黑杰克坐在办公室里，搂着两个美女，像是在玩小猫。

他看着巨大的屏幕，全球一个个期货大佬猝不及防地爆仓，使他心里非常痛快。

黑杰克转头看另一个屏幕，一个信号吸引了他的注意——不知不觉，已经有人在布局粮食期货，以大豆、玉米为领头品种。

粮食价格的上涨，黑杰克觉得诡异。

相对于其他商品期货，粮食算得上是价值洼地。事实上，粮食正是黑杰克下一步棋。他知道，在通胀周期中，粮食价格必然会成为最敏感的价格之一，尽管预先布局，但他整体判断，粮食供需目前还算平衡，没到价格操作的最好时机。

他没想到的是，有人竟然捷足先登了，还是以惊人规模入场，这显然是不顾一切地人为操纵。

他让艾尔莎查最近交易活跃的几个大佬账户，没异样，他熟悉的炒家没有新动作。

黑杰克仔细翻了一下，发现粮食期货背后竟然有中国主权基金R基金的影子——它神不知鬼不觉地偷偷抄底了。

艾尔莎吃惊道："真是天量，难道R基金想用这个方法弥补人民币大幅贬值的损失吗？"

黑杰克道："货币是与实际财富挂钩的，就算没有纸面财富，国家的潜力、实力，都是货币的信用保证。粮食是实实在在有价值的实物，它用这招挽回人民币的损失倒也合理。"

黑杰克他们发现为时已晚，粮食期货已彻底引爆，涨势之火已蔓延开来。

一时间，中国最大主权基金R基金抄底大宗粮食商品的事传遍全球。

艾尔莎不敢相信粮食上涨的速度：“怎么可能？这样大规模地引爆，必须与四大粮商合作。袁得鱼怎么可能有那么高的效率？我们上次与ABCD四大粮商聊的时候，还不是这样的。我们已经与另外三家都谈好了，C在对外封闭期，为了与C的负责人见面，还等了三周时间，我们是他们见的第一个机构，应该没人比我们更快了。这……这怎么可能？”

黑杰克意识到，在他们大玩资源类期货的时候，对方乘虚而入，先下手为强，实实在在地获得了先发优势。

海元办公室里的韩鉴同样发出感慨：“老大，你的速度怎么那么快？”

袁得鱼说：“因为大多数人会谈四家，我只重点找了一家谈。那四家各有优劣，于是我投了飞镖，最后，选择直接与C谈，把利益放大让它自动启动ABCD内部的缔约。一般的利益，它们可以分头消化，利益足够大的时候，谈一家就相当于与四家谈了。它们倒也痛快，所谓的三周紧闭期，分明在帮我们拖延对手的时间。”

一个月前，袁得鱼看着邵冲给他的那个主权基金使用权的信封，发现上面有一句话：“到最后，都是货币游戏，如果控制了石油，你就控制了所有国家；如果控制了粮食，你就控制了所有人类。”

于是，在资源类期货还没开始下跌时，袁得鱼就去找粮商C谈。

基本稳操胜券后，刚好资源类期货失手的盖瑞，答应与袁得鱼联手在粮食期货上大干一场。

在粮食期货上，袁得鱼启用了邵冲授予他的一次“特许权”。

四

袁得鱼联手世界四大粮商，并没让黑杰克失去方寸。

黑杰克很快发现，袁得鱼做的远非垄断粮食那么简单。除了粮食外，多数资产都在下跌，却有一类资产在上升。

他一直觉得那是不主流的东西，当下却吸引了很多投资者的目光。

这是一个新型电子货币，叫“乐子”，诞生于一个民间的开源平台。这段时间，这个货币借用道乐科技平台，在短短一个月内，就成了全球应用最广的电子货币之一。

艾尔莎拿了一堆资料过来：“老大，这是你让我找的有关‘乐子’的所有资料。对我们很不利，这个货币背后的确有袁得鱼的参与。”

“乐子”的暗中推进，缘于不久前袁得鱼接到的一个陌生电话。

“袁先生，您好，我是费先生的助理。我们现在正式通知您，道乐科技有一些优先股在发行，您作为我们的原始股东方，可以优先参与。另外，费先生说，下个月正好是我们上市四周年，诚邀诸位一起共进晚餐。费先生想问您，近日是否有时间，他想与您单独共进晚餐。”

“非常乐意。”袁得鱼爽快地答应了。

当年帮费基解决股权一事，还恍如昨日。

那次在洛杉矶，米尔顿猜道乐的股权困境是“契约”问题后，袁得鱼直截了当地说：“有没有办法让道乐科技的管理团队成为真正控制人？”

袁得鱼知道，尽管费基的团队是公司发展最关键的力量，然而，在公司发展过程中，为了渡过危机，他们的总股份比例降到10%以下。费基是8%，管理人团队股份合起来也只是公司第三大股东，在上市之前，他们急于突破这个受限制的股权框架。

或许，对于很多公司而言，这样的股份不算合理，管理人股份在逐步稀释。当袁得鱼了解到，费基主要是想将道乐科技的金融板块分离出来，不由陷入深思。的确，如果这样，费基必须掌握绝对主动权。金融板块分离是费基的暗棋，是不便和盘托出的。不然，谁都认识到这部分的价值，股权将更难调整。在袁得鱼看来，金融板块若独立，未来有可能是道乐科技价值的无限倍。费基恐怕也是这样考虑的。

米尔顿分析说："这很难，目前 YO 是道乐的最大股东，在很多年前就已确定，毕竟当时道乐差点儿把钱'烧'完，没有 YO 的资助，也不会有现在的道乐。客观上，YO 公司的其他业务都在萎缩，目前最有价值的资产也就是道乐，所以 YO 绝不会轻言放弃。"

"是这样，费基也说了。他们与 YO 谈过，YO 说拿到当前估值 100 倍的现金才考虑。"

"你们考虑过第二大股东吗？"

"你是说硬银？我也提了。费基说，硬银更稳定，给道乐初期发展的帮助更大。不过，我也认为，硬银作为一家趋利避害的投资公司，在利益关系上没有 YO 对道乐的依赖性大，可能是更好的切入点。"

大家都知道，硬银是山口家族知名的财务运作公司之一。目前山口家族的股权部分，一直由山口正彦的弟弟山口正龙主管，那个弟弟并没有正彦的天赋，又极想证明自己。

米尔顿又提了一个关键点："你觉得费基到底是更希望金融板块转移还是拥有更多道乐科技股份？"

"难道不可以先在道乐科技股权上有控制力，再实现第二步吗？"

"看来，你也想到了破解契约的秘密。"

米尔顿拿到资料后，在合同上画了几条关键线。

……

记忆拉回现实。

此时此刻，道乐科技的出现正是时候。

袁得鱼见到了费基，他坐在一个有设计感的纯白色办公室里，费基似乎很喜欢他的办公椅，自如地左右转动着，突然费基“哟”的一声，差点儿从椅子上跌下。

袁得鱼赶紧去扶，发现眼前的费基不见了。

真正的费基在他身后笑：“哈哈，这是我们新开发的虚拟现实（Virtual Reality，简称 VR）技术，很逼真吧？”

“不错！我正好要与你谈另一个虚拟的东西。”

“什么？”

“虚拟货币。”

“哦？我能帮你什么忙？”

“大家都知道，你们拥有用户人数最多的支付平台。我现在想用你们这个平台，推行一个全新的货币——乐子。”

“这与我们现有的电子支付平台有什么不同？”

“它是独立的电子货币。你看，现在的道乐支付平台其实是人民币、美元等货币的一种电子支付方式，然而，乐子本身是一种新的货币。而且，与现有货币没有冲突，你就当多了一个类似美元、人民币的币种，与你们相互交融。”

“这对我有何意义呢？”

“‘乐子’的所有者，是你兑现给我的那部分股份的持有人。”

“难道不是你吗？”

“我会注册一个公司，把股份都转给这个公司。”

“那这个公司的所有人是谁呢？”

“这个我现在不方便说，但你看，拥有道乐科技股份的人，是‘乐子’的所有人，所以‘乐子’也是你们公司的一部分，甚至是你们公司增值的一部分，不是很美妙吗？”

“那这个货币，与我们在一些支付平台上使用的电子货币最大的不同是什么呢？”

“它是开源平台，谁都不知道是谁生产了这个货币。”

“这让我想到比特币（Bitcoin）。”

“可比特币没有你们这么强大的支付平台，还是有区别的，你以后会知道。”

“好吧，推广时期的费用，我还是照收不误的。”

“没有问题，给‘乐子’一个月的推广时间。”

“成交!”

在推行过程中，喜欢“乐子”的人越来越多，“乐子”仿佛是一个有生命的货币，自己在生长。

这或许是费基自己都没想到的，他原本以为“乐子”就像普通电子货币一样，多数人很快喜新厌旧，类似网上商户做的兑换积点。可他很快反应过来，差异在于那些是闭合体系，“乐子”与此前电子货币的最大不同，即它是开合体系货币，很快有了自己的兑换比例。

一个月一到，费基关闭了“乐子”在道乐平台上的交易功能。没想到，这一举动引起了很多人的抗议。他只好继续开放，反正对道乐科技而言，这并无明显坏处。

“乐子”在短短的时间内，迅速成为全球使用最普遍的电子货币之一。

黑杰克发现“乐子”后，不由得感慨道：“袁得鱼真是一个奇特的对手！要创造一个真正的公平货币，创造者本身就是上帝，有意思！这才我想要的真正决战的对手。”

艾尔莎问：“为什么有人会用这种来历不明的电子货币呢?”

“货币流通的关键在于，是否有人信任并接受这个货币。袁得鱼正好趁这段时间，找到了非常强大的切入点。”

“你是说通货膨胀?”

“是的。这一波通货膨胀，很多国家的货币都在贬值，物品的价格在飞速上升，但是‘乐子’一直稳中有升。这些货币的使用者发现，自己若用‘乐子’支付，在这波通胀中，货币的价值没有变化，它会随着通胀做自动调整。”

艾尔莎说：“我明白了，比如买一个面包是10元钱，因为快速通胀，标价很快就成了 12 元，‘乐子’这个货币自动上涨 20%，对消费者而言，依然只需支付 10 元。所以，发现这个秘密之后，更多人都默默接受了这个秘密，以至于这一个月有越来越多的人都迫不及待地将现金换成‘乐子’。可是，它是怎么做到保持价值的呢？”

黑杰克突然想到什么，自信地说：“我们的盟友——山口集团是道乐科技的大股东，这个‘乐子’属于道乐科技旗下的金融板块——乐支付，我们干预一下。”

艾尔莎整理了资料，当黑杰克拿到手里的时候，不由得震惊了——乐支付已经完全从道乐科技中独离出来，费基是这个乐支付的绝对控股股东，道乐科技持有 20%，山口集团的硬银在这个金融板块完全没有话语权。

黑杰克一边看，一边气得手发抖。

创始人费基是这么做的，他在其他股东完全不知情的情况下，把道乐金融板块资产完全转移了——是的，就是这么没有“契约精神”，或者说没有应有的“契约精神”。

利用的点就是多次更换公司章程。在很多股东手里，还是第一份或早期的公司章程，谁也不清楚到底哪份公司章程是最终版。

费基钻了管理控制权拥有修改章程并拥有 10 天临时有效试用期的空子。新的公司章程故意削弱了董事会对旗下业务模块转移的规定——原本要求每个董事会股东都同意，新章程则规定非公司主营业务，在公司占 20% 股份即可由管理层自主变更。从新章程修改到股东对新章程的反馈期间，即在 10 天临时有效期内，可按新章程运作——这个准备已久的变更就在 10 天内完成了。

对章程的修改，很多大股东并未注意，以至于这个金融板块的转移一直处在“地下”，无人知晓。很多股东与投资者是在季报与年报出来后才知道，这至少已滞后了一到三个月。

最早在季报公开时，硬银一个做过审计工作的员工发现，金融板块已经转移，尽管道乐科技旗下仍有金融业务部，可最核心的乐支付已经转移走了。

硬银代表在董事会上提到这个转移。费基说，在最新的章程上，自己与管理团队可以对公司非主营业务进行调整，而且，道乐科技持有乐支付20%股份，完全符合章程规定。大家如有异议，可以向市场监督管理局提出意见。

硬银的拍板人山口正龙根本听不进底下人的建议，在他看来，乐支付背后的技术不难，如果他们想在道乐科技上再设有自主产权的支付功能，也无须投入太大。

为了避免这样的事发生，董事会把章程改成了之前的版本，但金融板块的变更已成事实。

黑杰克摇了下头："迟了，迟了。"

"到底发生了什么？我们是不是要起诉他们？"艾尔莎问道。

黑杰克冷笑了一下："他们是在章程过渡期完成的变更，完全合法。这种先上车后买票的招数，只有一个人想得出来。"

他立即就想到了米尔顿。

当年那个家伙用类似的办法，搞定了很多难做的垃圾债交易。

艾尔莎尽量沉住气："我问问硬银，确定它是不是道乐科技大股东。"

艾尔莎给硬银打完电话后，怔了怔："硬银连前十大股东都不是。我刚问了硬银的投资部，他们已经全部退出了道乐科技。山口正龙说，金融大战的战略布局是你的事，他没兴趣，他只关心他们家族眼前的利益。"

"这个人太傻了，道乐科技是全球最大的互联网商务公司，他哥哥绝不会轻易放手这块重要资产，他为什么要减持？"

"道乐趁机理顺了股权。"

资料显示，就在前不久，道乐科技高管组成的道乐科技合伙人团队，同意从硬银集团手中购买硬银持有的价值80多亿美元的道乐科技部分股票，所需资金由道乐科技自有现金支付。

此次回购使道乐科技的投票权发生变化：交易完成后，道乐科技超过YO成为第一大股东，由此，道乐科技的控制权问题得到解决，管理层确立了对公司的绝对控制权。费基心系的股权变更终于完成。

“之前怎么也不会想到这家公司会与我们有什么关系，一疏忽，没想到就后患无穷。”

艾尔莎搜索着信息，说：“查到了，原来是当年只负责股权的山口正龙用一大笔钱买了斯宾特（Spint）。这是米尔顿他们大力推荐的，他们知道正龙是军事迷，说是千载难逢的好机会，而且是低价转让。没想到这家公司一直巨亏，救也救不回来。他就任性地卖了道乐科技股份填坑，还说道乐股价涨得那么多，也值了。”

“就那个破烂军事飞行公司？这明显是中了圈套啊！”黑杰克差点儿晕厥。

“是的，道乐科技反应很快，趁着硬银管理混乱时立马买下股份。因为这场交易是现金支付，股权变动中还有一个受益人，是担负巨额融资责任的袁得鱼。”

“难怪‘乐子’那么顺利地在道乐科技上推广！”

“不过，费基等这个机会也等了很久，米尔顿一直在暗中相助。”

“真是阴魂不散。”黑杰克苦于无米下锅，他没想到自己深度合作的硬银，已经没有道乐科技的股份。不过，他也清楚，这是垃圾债帮对他的报复。

冤冤相报何时了。

黑杰克在加息周期启动后，就意在报仇。

他还记得2008年可怕的资本市场。当时，雷曼兄弟这家有“19条命老猫”之称的老投行，在强硬派福尔德（Fuld）带领下，一路走向巅峰。然而，雷曼兄弟作为衍生品业务最为激进的金融机构，并未能在2008年这场风暴中独善其身。7 000多亿美元的衍生品合约，意味着5 000多亿美元负债，82亿美元的亏损。福尔德搏命奔波，也未能抵挡倒地不起的命运。

金融机构即使做到巅峰，终究得靠人脉。

无奈雷曼兄弟平时疯狂抢夺生意，得罪了不少同行，连它自己都没想到，它竟然像当年那个容易得罪人的所罗门兄弟公司（Salomon

Brothers）那样，倒下得那么干脆——在雷曼倒下的后一秒，美国政府就出手救美国国际集团等金融机构，它们喘着粗气庆幸躲过一劫时，也没多少人为雷曼兄弟的命运感到惋惜。

当时美联储主席伯南克（Bernanke）那句话“如果再不救市，美国将不复存在”让人深刻感受到，金融危机已经让美国到了一个生死存亡的时刻。

黑杰克倒是在那波危机中化险为夷，他的崛起靠的正是他们不可思议的风控机制。

然而，黑杰克也遭到了重创——一群资本市场的老家伙，一直在向美国监管机构投诉，说黑杰克才是次贷危机的始作俑者。

在黑杰克心里，这帮老家伙自然就是最爱制造灾难，喜欢在灾难中大发横财的垃圾债帮了。

这无疑是罪恶的种子。

当年，米尔顿的门徒把黑杰克的“阴谋”公之于众，说黑杰克故意这么做，其实早就知道次贷的风险，然而，为了自己谋得更大利益，还是不遗余力地将最危险的金融产品卖出，把危机转嫁给其他机构与个人。

这场闹剧让黑杰克一度非常难堪，也被罚了不少钱。

他心里清楚，这个仇非报不可。

连环加息正是对垃圾债商业模式一次最直接的爆击。毕竟，垃圾债的赢利模式，说简单一些，类似于企业高利贷服务。因为那些想发债的公司信用差，自然会给投资者更高回报。那些专业垃圾债机构，除了有非凡的鉴定能力外，还擅长为债券打包；有些机构以各种方式做债务周期延长或重组。对整体的垃圾债组合而言，中长期总能获得不菲的回报。

对于垃圾债而言，最核心的筹码是拿到周期较长、回报可观的债券。比如市场上债券票息是4%，而垃圾债往往在7%以上。当然，要拿到好的筹码，也会搭送一些真正垃圾的“货色”。专业垃圾债机构通过杠杆方式，提升好筹码的回报，再通过资本运作，将差筹码的风险控制在一定范围内。

对于垃圾债而言，频繁加息是非常直接的利空，加息让债券票息一下子提升，导致债券现值降低，那些被长期持有的重仓品种，收益必将大缩水。

果然，在黑杰克启动快速加息周期后，经验老到的米尔顿也措手不及，资产急速缩水。

尽管，此前黑杰克他们一直在鼓吹加息，垃圾债交易者并不为所动，他们坚信美国不至于走到密集加息这一步——毕竟从 2008 年到 2015 年，美联储一直维持着超低利率。持续的货币宽松市场，更是给垃圾债的扩张提供了肥沃的土壤，已经有了思维的惯性。那些信誉不太好的企业发行垃圾债，总有办法周转。

谁料，黑杰克暗中推动的密集加息，让市场一下子逆转了。

随着美国货币政策的收紧，投资者自身的资金成本上涨，风险偏好降低，危机之后最大的资金流入市场——垃圾债市场，开始抛售。

毕竟这一切发生得太快。要知道，在太平盛世下，他们长期使用的杠杆比例已经达到 1∶9 以上。

加息对垃圾债投资者而言，是一场致命的打击。垃圾债公司持有很多长期债券，加息势必造成波动。

波动一加剧，市场紧张的情绪再次被点燃。敏感的美国垃圾债市场遭遇恐慌性的抛售潮。

最高峰时，美国高风险债券价格一度跌至六年新低，甚至投资级的债券市场也开始受到波及。

米尔顿可以控制一些经验丰富的老将，却无法控制那些市场的新进者，波动无法抑制。更麻烦的是，新进者掌握的资金规模比他们的大。

垃圾债市场陷入“踩踏”。

“垃圾债之王”麾下的门徒，无一例外屡屡遭遇爆仓。

加息周期对各类对冲基金策略都是无情打击，毕竟资本市场联动性越来越强。随着垃圾债策略引发的波动，全球各种策略都出现了踩踏。

如果说当年邵冲做的国内流动性边际收紧，对大量对冲基金来说已经是颗炸弹，那么全球流动性危机，对垃圾债为代表的投资策略就相当于原子弹了。

垃圾债是所有对冲策略的“重创之地”，这些垃圾债高手在爆仓时发出沉闷而痛苦的叹息。

毕竟，米尔顿的门徒在垃圾债中的业务量占到73%，涉及资金达到3 000亿美元。要知道，2008年爆发的次贷危机，破产的雷曼兄弟，负债也不过是这笔资金的零头。而那时，垃圾债帮利用危机赚了大量的钱。

如今，因为同样的赢利模式，他们面临生死存亡的危险时刻。这似乎印证了那一句话：“出来混，迟早都要还的。”

遭到重创的米尔顿给袁得鱼打电话：“道乐科技转出金融部分只是第一步。我要把你上次提到的项目做到极致，让硬银股权一点儿不剩，也让它的联盟者黑杰克没有任何可乘之机！”

“手下败将只会像狗一样狂咬。”黑杰克想到米尔顿他们毕竟是伤筋动骨，而自己不过是失去了一次可利用的平台，不由得淡定起来，思索着下一步计划，“查一下，乐子货币背后挂钩的是什么？”

艾尔莎研究了一下：“是粮食，货币与粮食商品的价格涨幅几乎一致。具体来说，他们将乐子与粮食价格挂钩起来了。难怪他们之前与ABCD谈判，疯狂布局粮食。”

黑杰克狞笑起来，心想，粮食毕竟是我黑杰克的主战场，在利益驱动方面，哪有搞不定的道理，之前不过是没把粮食提上作战日程：“看来我不得不出手了，上次算是饶过了他们。人们的记忆为什么就那么短暂？他们难道忘了2004年的大豆乱局吗？”

大豆乱局发生于2001年中国加入WTO之后，大豆因为是WTO的承诺项目，美国被允许向中国出口大豆。

因为美国大豆种植科技化、规模化程度较高，优势明显，加入WTO后，中国对进口美国大豆的关税大幅下调，国内的配额取消。

中国大豆产业彻底改变，而1995年之前，中国一直是大豆净出口国。到了2000年，中国大豆年进口量更是首次突破1 000万吨。大豆进口量一直直线攀升，中国反而变成大豆进口国。

2003年8月，美国农业部以天气影响为由，对大豆月度供需报告做出重大调整，将大豆库存数据调整到20多年来的低点。

供应量的大大减少，使芝加哥期货交易所的大豆价格迅速反应，价格连续上涨，且猛涨近一倍。从2003年8月最低点的约540美分，一路上涨到2004年4月初的1 060美分。

大豆价格的持续暴涨，给很多国家造成了极度恐慌。

中国作为最大的大豆进口国，在恐慌之下，企业纷纷加大采购力度。

2004年年初，中国企业向美国购买了800多万吨大豆，折合成人民币约是4 300元一吨。

谁想2004年4月，美国农业部又调高了大豆产量数据，大豆价格猛然直线下降，跌幅近50%。

那场战役，正是黑杰克成名之战之一，他率领全球对冲基金大力沽空。巨大的价格落差，把中国许多粮食贸易商逼向绝境，每一吨进口大豆亏损达到500至600元。

黑杰克故技重施。

毕竟美国是粮食的最大出口国，黑杰克通过游说，农业部又调高了产量数据。尽管ABCD与袁得鱼有潜在联盟，粮食价格还是巨幅下跌。

盖瑞产生了不祥的预感，他表示要马上撤走："得鱼，感觉很不好，让我想到当年粮食市场上中国与国际资本的第一次较量，那场大豆乱局太可怕了。"

盖瑞现在想来，仍然惊魂未定。

其实，那场大豆乱局也在袁得鱼心里留下了一道烙印，那是中国金融市场的惨痛教训。当年，他流浪在南方，主要玩的就是期货。当时的他像一只无情的野兽，练就了盘感，逃脱了危险，也看到无数悲剧上演。

袁得鱼说："好吧，也多谢你之前帮我们一起做大了粮食市场，让'乐子'顺利挂钩。在你走之前，能否告诉我，你交易胜率那么高的奥秘吗？"

"很简单的道理，三个字——基本面，就好像你玩德州扑克，你可能靠吹牛连赢好几把，可往往最后获胜的关键，还是你手上有无硬牌。当然，走得快也是我获胜的原因之一。最后，也是很重要的，就是运气。很多人不愿意承认这玩意儿，他们说运气最难琢磨，最不受控制，但是一些品格或习惯却容易产生运气。运气，往往是那个决胜点。"

盖瑞退出了。

紧接着，粮商C也退出了。

在袁得鱼的逼问下，C的代表说了实话："老兄，我们以为黑杰克没有重视这个市场，你当时提出的规格比他们高出太多，可他们现在态度不一样了。你知道，黑杰克一直以来都是我们最大的消费商，我们不打算顶住价格了。"

袁得鱼理解，毕竟此前，黑杰克与四大粮商合作过多次，尽管在这一轮他承诺了巨大回报，但以黑杰克的实力，显然可以兑现更多。

粮食价格果然动荡起来。

所幸，有盖瑞敏锐的直觉提醒，袁得鱼及时做了锁仓处理，亏损不多。

只是，面对黑杰克，袁得鱼感觉自己完全被动，关键是，如果再这样下去，"乐子"很快会出现信任危机，这是货币最忌讳的。

黑杰克果然是很难对付的对手。

以袁得鱼目前的资金实力，还能为"乐子"顶一段时间，然而，这终究不是办法。

袁得鱼躺在懒人沙发上，心想，现在怎样做才能使乐子成为很硬的通货呢？

尽管，与金羽中的美联储之行给了他一些灵感，但是，还有细节问题没有解决。

“乐子”贬值在即，一切即将功亏一篑。黑杰克通过反手垄断粮食的方式，夺了控制力。

袁得鱼花了大量成本，为了做好粮食期货，用主权基金 R 做背书，取得了 ABCD 的信任，并启用了那唯一一次的资金使用权。

然而，那么大的投入与付出，还是没能把粮食价格稳住。

他正一筹莫展的时候，看到自己的手机亮了，竟然是黑杰克：“多谢你啊，袁得鱼，你干脆把‘乐子’的使用权交给我，我会好好感谢你之前所做的铺垫，哈哈哈……”

“见鬼去吧！”袁得鱼死也不会交出“乐子”的电子货币使用权。可他明显感觉，“乐子”就快顶不住了，人们如果发现粮食的问题，就会抛弃“乐子”，这么想着，他感到很绝望。

几乎所有的资产都在疯狂下跌，去哪里才能找到稳定上升的资产呢？

袁得鱼惘然若失，怀疑自己是否要彻底输了。

每逢低潮期，袁得鱼总会想到一个人。

他跑到医院，去看很久没有探望的许诺。

他很想找个朋友倾诉。许诺，或许是最好的交流对象了。

许诺的身体状况比之前好很多，已苏醒过来，只是记忆还有些问题。

她看着袁得鱼有些伤心地望着她，却完全不记得他：“先生，你怎么啦？你好像不是很开心，我……我给你唱首歌吧！”

病房里，一支歌回荡在空中，是那首《红河谷》，许诺的声音甜美动听：“人们说/你就要离开村庄/我们将怀念你的微笑/你的眼睛比太阳更明亮/照耀在我们的心上……”

许诺唱完头一歪："你有没有开心点儿？"

袁得鱼不知为何，更加难过了。

许诺很快闭上眼睛，睡了过去。

袁得鱼一直陪在她身边。

渐渐地，天黑了下来，房间很暗，只有心电图仪器灯光在黑暗中闪烁，夜晚的特护病房非常安静，甚至听得到点滴滴下的声音。

许诺沉睡着，她的手不时握一下，像是要抓住什么，眉头也随之微微皱起。

护士走来，见状，立马将一个"鱼"形玩偶放在她手里，她平静下来，露出浅浅的笑意。

一个灵感闪过，袁得鱼想到了什么。

或许，现在等待他的，就是一份运气了。

五

黑杰克很快发现，自己对粮食价格开始失控，价格又开始继续上涨。

黑杰克看了近期的数据，倒吸一口气："怎么回事？价格怎么不听使唤了？"

"不知道他们用了什么办法，除了 ABCD 外，其余大佬也参与了这场粮食大战，听说此前的盖瑞也回来了。"

"他们为什么又回来了？盖瑞不是已经明确表示不掺和了吗？"

"我问一下。"艾尔莎打了几个电话，不由得冒出冷汗，"他们是为了更大的利益。袁得鱼将一个新的商品期货交易品种完全送给了他们，交换条件是抬升三个月的粮食价格。很多人都知道，这是一场好买卖，因为新的商品期货交易品种带来的是永远的机会。"

黑杰克完全没想到，袁得鱼出了这么个奇招，把"乐子"又稳住了。

他的美元独霸计划在某种程度上已经被瓦解，对方用的猛招，竟是他从未想到过的电子货币。

他以为邵冲之后，人民币国际化彻底败了，没想到以变相的方式重新崛起——关键还是另一个全新的货币，这或许比单纯的人民币的含义更深远更丰富。

黑杰克不由得好奇："那究竟是什么新的商品？"

此时此刻，袁得鱼在海上，在一条渔船上。

与他一起在船上的，还有金羽中。

"你怎么会想到买下这条渔船的？"

"很久以前了。我那会儿在希尔克内斯，觉得自己与大海很近。可能是我小时候在海边生活过吧，当时姑妈收养了我，我就成天跑到海边玩。"

"没想到，你还有那样一段生活。"

"是的，不过我也没想到，北极圈的休假给了我启发。"

海水浅蓝色，清澈见底。他们的船渐渐接近一个小岛。

小岛上有个很大的岩洞，穿过的一瞬间，各式各样的鱼从空中落下，如下雨般。

"啊，这是什么？"

"哈哈，你们别闹了！"袁得鱼笑着说。

岩洞高处，探出几个脑袋，那是海元自营部的熟悉面孔。

他们纷纷跳到渔船上。

"嗨，金教授好！"大家与金羽中打招呼后，便跑到甲板的另一侧，只留下他们两个在船头。

"我曾为了做一款特殊的鱼子酱，来过这里。我当时就在想，为什么大豆、猪肉都有期货，鱼却没有呢？因为它难以有标准化的产品与标准化的存储方式。然而，做鱼子酱的过程给了我启发。我研发出了大小差不多的鲑鱼作为产品，储存在海边的仓库。我曾经的合作伙伴火鸟物流帮我一起开发了规范的仓储方式。我后来跑到芝加哥商品交易所，对他们说，开发一个新的商品期货交易品种吧！"

“后来呢?”金羽中饶有兴趣地问。

“他们一开始没答应，因为他们认为不可能有交易量，再说也没有现货商。”袁得鱼慢慢地说，“一开始，我也觉得难度不小。但我没想到，偶遇的一对父子帮了我大忙。与他们分开的时候，我帮他们成立了一家公司，希望他们想办法把全球有鲑鱼的海域全都承包下来，我向他们提供资金，后来我就没在意这个事。”

“你倒是大方。”

“再后来，我去看望一个生病的朋友，她没说任何话，却提醒了我，我还有这家公司。你猜怎么着，我回来后，打开久未查看的公司账号，竟然发现我挂钩的巨额资金账户里的钱，竟然用得差不多了。因为当时我找了第三方公司做管理，如果不是约定的买卖与合理的价格，资金是无法启用的。也就是说，他们真的在这段时间，做成了这件事——我的公司承包了全球一片又一片可捕捞的海域。我与他们重逢后发现，原来我几乎成了全球渔业最大的海域拥有者，自然也是最大的鲑鱼承包商。这也意味着，我无形中成了这个品种最大的现货商。于是，我转让了不少现货给盖瑞。期货圈的一些大佬朋友知道后都很兴奋。就这样，我们拥有了一个期货新品种，英文名是——FISH（鱼）。”

“天哪，原来有段时间，鲑鱼的价格浮动很大，是你们干的。”

“哈哈，我们制造了波动，很多市场下游的人受不了价格的波动，需要用期货品种做对冲，也促使芝加哥期货交易所快速接受了这个新的交易品种。被接受后，我们就迅速在全球其他期货交易所推广新品种。”

金羽中这才明白过来，原来袁得鱼自创了一个期货交易品种，她不知道这算不算做金融的最高境界。

“为了交易方便，我把期权还有其他金融衍生品都设计好了。交易海洋产品的关键在于，需要创造一种可拆分的交易方式，让原先不可能完成的品种，变得可交易。这可是受到你那次课的启发哦，不然以我的数学能力，怎么可能自己创建什么交易公式！”

“可我不记得我们当时讨论过交易公式。”

“当然不可能直接拿来用，变通了一下，就出来了。”袁得鱼指了指自己的脑袋，“再说，我们这里人才济济，大家头脑风暴了一下。”

金羽中回头看了一眼自营部的青年才俊，不由得感慨道：“我真要考虑假期是不是要跟你们学习一下。”

“欢迎随时过来指导我们。”袁得鱼递给她一勺鱼子，“尝一下。”

金羽中轻轻咬了一口，鱼子满是鲜味，透出沁人心脾的香气：“对了，我有个问题，你哪有那么多钱买下那么多海洋捕捞权？”

袁得鱼笑了笑：“很巧，与你上次的比方正好有关系。你说，不同的货币方式就像《圣经》与《论语》，只是不同的源头罢了。”

“这……”

“不知道是不是巧合，你说的这两本经典，正好与我师父的资金账户密码的谜面有关，也是我解开账户的奥秘。”

金羽中有些不知所云。

“你看，现在全球货币结构是以美元这一强势货币为主导的，这个结构像不像三角金字塔？我们现实中的财富结构是按金字塔分布的。然而，当物质无限丰富的时候，就有希望抵达另一个状态——共荣的环形世界，这也是邵冲在他的论文中提到的核心观点，是很多人梦寐以求的世界。你设想一下，未来形成这样一个秩序——每个人凭借自己的才能，在新货币系统上进行交换，获得所需的物质，每个人畅快地进行创造，享受生活的乐趣。那样的世界，是不是更圆融？我将红册子折叠翻转出答案的形状——圆形，瞬间就找到了那个账户与密码。”

袁得鱼记得，看到红册子上显示的答案后，他便让谜底变成碎片，随风飘散。

六

黑杰克知道新品种是什么后，整个人完全瘫软下来。

他完全没想到，袁得鱼重构一个秩序，阻止了他对中国乃至全球的进攻。

果然，有了海洋权为基础的“乐子”走势非常坚挺，气势如虹的新电子货币以飞快的速度强势发展。

美元的走势反而削弱，甚至屡次下降。为了降低资产震荡，人们纷纷将美元和本国货币兑换为平稳的“乐子”。

在美元上放了巨大头寸的黑杰克只好认输：“不可思议，我好不容易制造的动荡，却被电子货币所吞噬。”

这场金融大战以颠覆金融秩序而告终。

新秩序下，原先的垄断势力变得日渐式微。

黑杰克看到手里大量在急速贬值的美元，哭笑不得。

他自己也知道，美元的很多价值是体系垄断带来的。现在，它正恢复到一个常规的区间，从原本挂钩的金本位到以国家信用为核心的国债体系，再更替到目前互联网世界中相对公允的价值。

他感到好笑的是，自己制造出来的全球动荡，竟为袁得鱼的新货币做了嫁衣。

黑杰克原本最爱嘲笑那些不会变通的投资者，然而，当他发现自己要被原先秩序摒弃时，极度抵触。他对自己狠狠地说：“不行，他们必须坚守原本的规则，这个态势必须扭转过来！”

黑杰克召集了一些力量，既然趋势已经形成，不如控制这个电子货币的发行权，以致完全控制这个正在形成的最强势货币。

袁得鱼望向静静的海面，甲板后方时不时传来笑声，海里泛起的雾气中，透出那几个年轻人的脸。

陈啸与冉想并肩站在甲板上，呼吸着略带海水味的空气。

他们的关系不知什么时候开始有了异样，经过严峻的战斗，形同“战友”的他们，也更熟悉与了解彼此。

冉想发现，陈啸不像自己原以为的那么浮夸了。

陈啸发现，冉想也不是内心自负的千金，也没那么自我了，且有太多可爱之处。

袁得鱼想起，自己去看许诺前，很是绝望，想不到任何能反击的办法。在一个那么大的趋势下，再多反向资金投入下去也是枉然。

然而，许诺摸小鱼玩偶的那个小动作，提醒了袁得鱼那件往事。他自己都不知道，当时创建的那家公司会怎样。他当初只是凭着信任，交由那个老渔夫的家人管理。他自己也没想到，这家公司竟然帮他收下了那么多海洋捕捞权——很多投资高人认为，海洋权几乎等同于碳交易，不仅可以作为一个商品期货品种，还是完全独立出现且拥有无限价值的稀缺性物质——碳代表空气，黄金代表大地，鱼代表海洋。

袁得鱼从不经意收购海洋捕捞权开始，将被动变为主动，是他自己也没想到的结局。

知道拥有那么大片海洋的海洋权后，他把这个独有的商品权与“乐子”挂钩。

他没想到，日本、俄罗斯、韩国、澳大利亚也都接受了这个新型货币，欧洲一些国家也参与了进来。

它们主动进来的动力是越早参与，越有定价权。

全球金融亟待一场变革，原本强硬的霸权货币政策已无法持续。

未来，人们将迎来无限充盈的物质世界。

货币只是变成电子形式罢了，或者说，是换取资源的一种方式。

袁得鱼感觉到，无论如何，他胜利了。

至于魏天行此前悉心管理的苹果信托，袁得鱼也以非常高的价格清了盘，用“乐子”的方式，兑现了收益。他不用知道对方是谁，货币接受的另一头可以只是一个验证过生物信息的账号数字。

袁得鱼得感谢苹果信托背后的所有人，因为他们提供了最原始的资源与资金。所幸，这次金融大战结束之后，他们也不会再来找他了。

袁得鱼有种无比清晰而强烈的感觉，就是他做成了一件事，一件非常了不起的事。这件事情的影响，可能要在未来很长时间之后才能充分显现出来。

他自己也知道，这件事情在这个世界上可能只有少数几个人才能完成，好像一个伟大的导演要完成一部电影，每个环节都得小心翼翼，丝丝入扣，几近完美，而真要成为杰作，又需一两处不可预设的神来之笔；也好像一个顶尖棋手，清楚接下来布局的无数走向与可能，对手也随时能捕捉到自己的变化着数，输赢仅在一念之间，只能在细微的走向差异之中，出其不意地迅速给对手一击……

“爸爸，我做到了！”袁得鱼张开双臂，向宽广的大海大声喊道。

七

袁得鱼听到奇怪的声音，他转过身，发现一艘游艇正在靠近他们，冤家路窄，竟然是唐煜。

原来，自唐煜被黑杰克踢出局后，背负重债，潦倒多日。

前些日子，他在大街上坐着，胡子拉碴，眼神涣散，啃着脏兮兮的面包……随着由远及近的“踏踏”声，一双精美的高跟鞋在他面前停下。

唐煜困惑了一下，抬头向上望，是高挑精干的艾尔莎。

她笑得颇为诡异：“唐煜，没想到我们又见面了。要不要一个新机会？每个人都有软肋，袁得鱼也是如此。黑杰克说，有个事情只有你做才行！”

唐煜一听到“袁得鱼”三个字，整个人就像要燃烧起来。他摸了一下干干的嘴，面包屑掉了下来，他顾不上黑杰克之前如何对待他，就直接点点头。

此刻，游艇上的唐煜一改颓废模样，冲袁得鱼大笑：“你怎么有工夫到这里来？”

袁得鱼冷笑道：“你成天搞这些跟踪伎俩有意思吗?”

“袁得鱼，有正经事找你商量，你赶快上我的船!”

袁得鱼完全不予理睬，拉了一下油门杆，船飞速前进。

“你看，这是谁?”唐煜大喊道。他竟从游艇舱内，拖出一个女子。她的手被捆绑着，清秀的眉毛皱了皱，显出痛苦的神色。

袁得鱼完全没想到的是，这个女子会是邵小曼！唐煜竟然会这么做!

只见唐煜涨红了眼睛，略长的头发被风吹起来，活像个亡命之徒。

邵小曼挣扎了一下：“唐煜，你怎么这么混蛋!”

唐煜禁不住微微发抖，鼓起勇气辩驳道：“能怪我吗，邵小曼?是你自己喝醉了!”

邵小曼狠狠地望着唐煜：“是的，我现在很颓废，我每天喝很多酒，我神志不清，傻到你说你想振作起来，就陪你到有海的地方转转，散散心。是的，爸爸死后，我也不想在金融圈待下去了！我每天都在家里沉沦，因为我厌倦了！我厌倦了你们在金钱上你死我活的厮杀！有意思吗？你们在证明什么?”

“邵小曼，你知道我喜欢你什么吗？我就喜欢你自信的样子！你都这个样子了还咄咄逼人!”

邵小曼眼帘轻垂，模样凄美，面如死灰，轻轻地说：“别把我当什么人质了，直接杀了我吧!”

唐煜一时不知所措，身体就像是僵硬了，一动不动。

这时，空气中卷起一阵风，一架直升机正向他们靠近。

直升机上的黑杰克拿着扩音对讲机说：“唐煜，拿出合同，让他把那个拥有‘乐子’所有权的公司股权都交出来。”

唐煜依然呆在那里，像是在思考什么。

直升机上的机枪“哒哒哒”地朝船上扫射子弹，把船上的人都吓了一跳。

驾驶舱里的艾尔莎冷笑了一下，她一直就有“女杀手”的气质。

唐煜忽然“哈哈”大笑起来：“好吧，我什么都没有了！我连自己珍惜多年的爱情也不要了，我还有什么好担心的！这唯一的机会，是老天赏赐的！黑杰克，你不要忘了答应我的事，你说把泰达的债务一笔勾销！哈哈，我就是贱命一条！”

说完这些奇奇怪怪的话后，唐煜换了一个人似的。他直接拿出枪，对准邵小曼的头：“袁得鱼，把公司股权交出来，不然……”

“你真是懦夫！你只会在女人面前耀武扬威，你以为我不知道你对许诺做了什么吗？你以为你再次暴力，就可以伤害我们？你其实才是最大的受害者！哦不，是你的孩子！”

“你……你说什么？”

“就是你活活杀害了自己的孩子！”

“你……你是说，许诺怀了我的孩子？”唐煜第一次知道这件事后，心竟然有些撕痛。

甲板后面的丁喜冲上来：“你这个禽兽！”

唐煜干笑了几声：“禽兽又如何？难道做好人就能有更多选择吗？”

袁得鱼看了看渔船周围，发现除了上空的火力，还有两艘战斗舰艇，他们这只渔船已经被包围了：“你们派出一支战斗队来对付我，也太高估我了！”

丁喜、韩鉴、陈啸与冉想前所未有的恐惧，长期在象牙塔里的金羽中更从未见过这样的场面，浑身瑟瑟发抖。韩鉴说：“这绝不是正常的金融机构实力，简直是金融黑帮，黑杰克太可怕了！”

唐煜步步紧逼：“赶紧过来签！”

袁得鱼丝毫不胆怯：“这样可以吗？我到你们的游艇上，前提是，必须让邵小曼到我们的船上，让他们这些人安全离开。”

唐煜看了一眼空中的黑杰克。黑杰克对他做了一个奇怪的手势。

“我人都在你们游艇上，有什么好担心的？”

唐煜点点头，他身后的打手将已靠近的袁得鱼拉上游艇。

袁得鱼走近邵小曼，只见她清澈的眼睛里都是忧郁。

袁得鱼内疚地说："对不起，我总是给你带来伤害，我发誓，今后再也不会伤害你了！"

邵小曼愣了愣，嘴唇翕动了一下。

"怎么还不放她走？"

"拿好这个，先签好协议……"

"你们这艘游艇有这么多人，有什么理由担心我不签，非得把邵小曼押在这里？"

话音刚落，那些打手向袁得鱼聚拢过来。

袁得鱼忽然对着渔船说："朋友们，再见了！"

唐煜还没反应过来，袁得鱼就一把夺过唐煜的枪，一下子对准自己的头："放了邵小曼，不然我直接开枪，你们什么都得不到！我早已备份了我的遗嘱，如果我不转让，这个所有权也绝不会到你们手上！还有，我猜到迟早会有事情发生，你们看这个！"

唐煜一抬眼，就看见不远处有个飞行器，上面还有一个摄像头。

"正在直播，现在全世界所有人都能在网络上看到我们的动态。"

"嗖"一下，飞行器立即被人打爆。

"你以为只有这一个吗？它们分散在各处，有些在你们看不见的地方。"

"袁得鱼，你这是什么意思？"

"赶紧放了邵小曼！不然你们什么都得不到！"

唐煜只好放下枪，将邵小曼双手解开。

没想到，只听到两声枪响，不偏不倚地击中唐煜左后背，直接穿透了身体。

唐煜从余光中分明看到，是一个手下朝他开的枪。

这么多人中，有自己的手下，也有黑杰克的人，这开枪的竟然是自己人。

他眼睛模糊起来，依稀听到那个人的话："黑杰克刚才做手势，说不放那个女的。如果不打死唐煜，那女的一走，黑杰克他们，就……就会打死我们！”那个人声音发抖，害怕极了。

邵小曼惊恐地看着唐煜倒在地上。

唐煜脸色煞白，艰难地张开嘴：“邵小曼，我……我爱你！我……我是不会真的伤害你的，我只是不想泰达在我手里倒掉。我刚才……刚才……只是吓吓他！”

邵小曼哆嗦着嘴唇，不知说什么才好，看到唐煜这样，她也揪心地难过。

唐煜流下眼泪：“我一直很努力，可我的努力，你永远看不到。在你眼里，只有那个人。我一直很嫉妒，一直想证明给你看。我现在……现在就再也用不着证明了，是吗？”

邵小曼痛哭起来。

“小曼，不要哭，你哭只会让我难过。我想全世界的人都听到我对你的表白，对不起，我没有办法再保护你了，也没有一个人会傻乎乎地，坚持证明什么给你看！”

唐煜慢慢闭上了眼睛。

邵小曼抽泣到无法控制。

袁得鱼也很难过，他强忍住眼泪，用枪抵着脑袋：“你们不准伤害她，不然我就开枪。”

黑杰克只好作罢：“算了，让那个女的走吧！”

袁得鱼将她扶到渔船边，韩鉴与陈啸他们将她拉了上去。

“别了，小曼。”袁得鱼轻声说。

邵小曼依旧低着头，没说任何话。这一刻，袁得鱼仿佛感受到了“胭脂泪，相留醉，几时重？自是人生长恨水长东”的无奈。

可能是唐煜突然被击毙，也可能是忌惮直播，黑杰克终究还是让那艘渔船安全离开了。

袁得鱼默默地望着渔船渐行渐远，很多人都担心他，而他只看到邵小曼忧伤凄美的侧脸。

袁得鱼回到游艇中间，一群人上来围住他，用枪抵住他的头，逼他在文件上签字。

渔船上的那群人在若干年后，依然记得那个场景，在遥远的海面上，一艘游艇在海上爆炸，一团火球在海面上升腾起来，在海面上形成一波热浪，他们的船体也剧烈摇晃。

冉想打开手机上的直播，一群人围过来看。

只见延时的画面上，袁得鱼点燃了身上取出的一个爆炸物，朝直升机扔去，黑杰克所在的直升机立马爆炸，摇晃了几下后坠落。随后，他又将另一个爆炸物点燃，扔在船上，游艇即刻爆炸。

原本在海上的战舰，盘旋了许久，终究撤走。

也不知过了多久，袁得鱼在海上醒来，发现自己躺在一块船体的残骸上。

他不知道为什么自己总是那么好运，原本以为自己在轰炸声中失去意识后，这个世界就没有自己了。

他恍然想起，自己经历了一场金融大战。

他承认自己运气不错，毕竟要成为那个人，需要一些运气，也或许，运气是他无形在吸引的东西。

他不知道，自己为何要成为那个人，就像被选中一样。那个人，似乎不只是他自己，而是太多太多必然或偶然、太多太多的其他人、太多太多的时间融汇交织在一起，叠加而成的一个人。

他辛苦地赢得了这场鏖战，未来的事情，或许会在正常轨道上。

新的秩序，即便起初并非完美，却是大趋势的新起点。

过往的秩序，渐渐消亡。

他随波而行，眼前浮现出繁华的幻境——巴洛克式的宫殿，摇晃的琼瑶美酒杯，轻歌曼舞的迷离光影，纵情声色的肉欲缠绕……那是人类的无限欲望。

透过繁华，眼前浮现出孤零零的太阳，非常大，如同他少年时站在弄堂深处，不经意间见到的那巨大的橙色悬日，不偏不倚地挂在铁轨上方。

他穿过弄堂狭长的小径，悬日的余晖落在罪恶的铁轨上。一段段梦境，升起，落下，延长，不知何处才是拼接的终点。

自己像是回到了少年时代，父亲牵着自己的手，向前方走，那只大手如此温暖。

他们在城隍庙游玩，他好奇地看着摇箱式爆米花机，有些害怕爆米花机发出的响声，却又忍不住要看着。

那个爆米花机没有喷出爆米花，却喷出好多好多钞票，很多人冲上前争抢。他站在一旁，看着他们抢夺。

袁得鱼抬起头说："爸爸，他们为什么要抢？"

父亲说："钱能换来好东西。"

袁得鱼问："那没有钱，这个世界会不会好一点儿？"

他面前闪现出一个女孩，她冲他微笑，眼睛清澈而透亮。她的气质是调皮的，而在他面前却是无尽的温柔。她会好起来的，将与丁喜快乐地生活。还有那个女孩，那么美，离别时却是那么忧伤……

记忆不是连续的，是一段一段的，犹如一组组自由切割的电影镜头。又是那个反复出现的场景——少年时的他，追着太阳奔跑，来到铁轨旁，火车恰好开过……

就在袁得鱼无比孤独、无比寒冷的时候，父亲不知从哪里出现了，一下子将他抱起，他心底突然温暖起来。

这时，他听见火车的声响，"哐当哐当"……

只是，那个声音不再让人惶恐。

"爸，我来了。"他轻声说。

第十三章　父亲的幽灵

凡是过去，皆为序曲。

——莎士比亚《暴风雨》(*Tempest*)

一

在金融公安局的办公室里，有两个人在对话。

“不可思议啊，整件事情。”警察阿德坐在办公室里说，他端着一个很大的水杯，对面的同事头发乱蓬蓬的。

“这不科学啊，他为什么这么做呢？”

正在这时，一个女子突然闯了进来：“对不起，有点儿冒昧，能帮我一个忙吗？”

女子自我介绍说她叫金羽中。

“我知道你，你是年轻的经济学家金羽中，26 岁就成为哥伦比亚大学商学院最年轻的助理教授，也是海上爆炸案在场人之一。”

金羽中坐下来，靠在椅子上，像是回味着什么。

她慢慢描述自己这些日子的经历。

金羽中说，有一天，她心紧抽了一下，像是被什么东西击中。

她恍然环顾四周，预感有什么事情发生。

金羽中这天正好没课，站在公寓的大落地窗边，喝了一口美式咖啡，苦味有些不够。

落地窗正好对着中央公园，公园里的一个大水池旁，很多小孩在那里嬉戏。

当天的《华尔街日报》（*Wall Street Journal*），头版有一篇醒目的报道，配图是袁得鱼握紧拳头的照片，报道的标题是《中国小子，下一个金融之王？》。

她接到电话，竟然是袁得鱼打来的，于是，她随他去了附近的海边，袁得鱼带她上了渔船。

金羽中不知道，袁得鱼为什么会孤注一掷。

她也从未想到，袁得鱼会点燃爆炸物。

他们当时在另一艘船上，所有人见到那条游艇炸飞了。她惊叫起来，她无论如何也没想到，袁得鱼会这样死亡。

她说自己对袁得鱼并不了解，只知道他当时到纽约找她时，曾提过想买靠近海的房子。因为打开窗户，就能看到大海。他说，他想在房子周围，栽满各种各样的鲜花。他喜欢大海。

在短短的三次接触中，金羽中只是觉得，一直有大战等待着他，袁得鱼却出人意料地平静。

她后来是通过报纸，才知道袁得鱼做的一切是那么惊心动魄。

两个警察面面相觑："你怎么想到来找我们?"

"有事相求，你们不是在公开媒体上发布消息，说想知道当时的情况吗?"

瘦子不由得说："是的，我们只知道黑杰克输了，却不知道，袁得鱼究竟是怎么赢的。"

"货币的关键，不是'存在'，而是'价值'，这也是比特币波动剧烈的原因。但是，袁得鱼却找到了一条正确的路径——货币挂钩实物。历史曾选择了黄金，这是传统的模式。你看，全球各地的人们，在很多年前选择货币的代表时，最终都选择了黄金，这是神奇的默契与自然选择。然而，袁得鱼却做出了一个突破，他让货币挂钩的是一个无限物质——海洋。你肯定会问，这个价值怎么衡量呢？是的，这的确是不可衡量的，但可以通过一些现代公式，把这个价值衡量出来，主要的维度是时间。在现代金融中，一个东西的价值是由两个维度组成的，时间与利率。然而，在袁得鱼的货币世界里，只有时间是价值的唯一计算方式，这仅在无限富足的物质世界可以做到。"

"听起来很高级，不是很明白。"

"看起来，他挂钩的是海洋，事实上，他在造一个海洋，以及对应海洋价值的新型货币。而他，正是通过这个货币奇袭成功的。"

“那么，他去哪里了呢？”

“创造者，本身就必须是上帝！”金羽中说完后，自己都有些惊诧。

警察立即接着说：“你是不是想说，就像他的父亲当年一样？”

金羽中点点头：“我只记得，袁得鱼当天说，突然明白了他父亲的用意。他说在上船前，他坐在自己家的落地窗边，哭哭笑笑了整整三天。我很想知道，他当时明白了什么。”

“原来你过来，是想问我们能否还原当年的情景？”

“是的。”

一大沓资料呈现在金羽中面前。金羽中读起来，很快沉浸其中。不看不知道，原来这个计划酝酿的时间竟然那么长。

二

1995 年 5 月 27 日，临近傍晚，下了很多天的雨突然停了。

自袁得鱼与父亲 4 月来到嵊泗，没享受几天清爽的天气，嵊泗就很快变得潮腻起来。

雨不大，一直淅淅沥沥地下着，没有任何间断的迹象，好像下雨的日子才是常态。

袁得鱼见雨停了，一下子兴奋起来，说：“我要去捉蟋蟀。”

袁观潮点点头，一起出了门。

他们在一个离半山酒店不远的亭子停下来。这是一个悬空的亭子，横梁上的雕刻颇为精致，简单的白匾上有两个字——“止境”。亭子正中有一张大方石桌，围绕着四个石凳，像是古人下棋的场所。

他对袁得鱼说：“你自己去玩吧，我在这里坐一会儿。”

袁观潮在那里静静坐着，天渐渐黑了下来。

他抬起头，饶有兴趣地仰望着星空。久违的夜空，有星星的闪烁。

正在这时，一辆黑色轿车打破黑夜的寂静，径直开来，近看是一辆皇冠轿车，黑色牌照。

没想到的是，车在距离亭子不远处的小路上停了。

从车上下来一个男子，瘦高个儿，身材挺拔，穿着西装，他先是往亭子张望了一下，果断向前走，大声问："请问阁下是不是袁先生？我们刚才去酒店，他们跟我们说，你们沿着山道往上走了。"

袁观潮没理会。

那个瘦高个儿似乎认出来了，他从车里扶起一个身材略胖的中年男子。他的长相有点儿古怪，可能是因为僵硬的表情。总之，粗糙的五官放在一个很圆的脸上，再加上这样的表情，多少有点儿死气沉沉。

他们很快穿过一小片树林，来到亭子。

"请问是袁先生吗？幸会幸会！"来者作揖。

"你们不知道，我一向不接待黑牌照的车吗？"袁观潮没有看他们一眼。

这时候，袁得鱼正好从山林里捉蟋蟀回来，看到这两个不速之客倒也不觉得惊讶，大方地在袁观潮身边坐下。

尽管袁得鱼只是与他们简单地交流了几句，中年男子就发现这孩子并非等闲之辈，不由得若有所思。

袁观潮觉得两人有些不凡，便让袁得鱼先回去了。

那个瘦高个儿鞠了一躬："非常冒昧，打搅您了。"说话略带广东口音。

那个中年男子也鞠了躬，不折不扣的90度。

袁观潮心想，这个时候前来，应当是因为帝王医药吧。但这两个人看起来与他身边的炒客不同，瘦高个儿头发梳得光亮，30多岁，看起来很精干。中年男子虽然看起来奇怪，但也有种沉稳的气场，看得出不是一般人。

瘦高个儿开始自我介绍："您好，我是高盛亚太区投行部的乔，目前在香港工作。我们约您很久了，一直没机会见面。这次恕我们冒昧，这是我们一个大项目的投资者——山口直木。"

“请问，你们确定是找我吗？”

瘦高个儿露出笑容，笑得很舒服：“是啊，实在抱歉，我也知道，这段时间，您想好好休假。能见到您，真的是我们的荣幸。”

“请问是什么事？如果是帝王医药，请原谅我无可奉告。”

瘦高个儿说明了来意：“我们不是为了帝王医药，但与帝王医药有点儿关系。”

那个山口像是懂中文，在一旁微微点头。

“我说了，我从来不与黑牌车的人交流。”袁观潮有自己的坚持。

“好吧，我们知道，这样有些失礼，但我们这次来，与您儿子也有关系。”瘦高个儿直接切入。

这时，袁观潮才不情愿地与他们对视起来，在石桌边终于形成一个交流的姿态。

瘦子做了个请的姿势：“是这位先生非要让我找到您。”

他们面对面坐着，山口示意乔回避。

乔心领神会地离开了。

山口说起蹩脚的中文，偶尔还会蹦出一两个成语：“您之前在日本留学，您在日本的时候，日本经济已经在衰退，您也知道，日本经济之前是多么繁荣，每个人都很富裕，人们生活得很幸福。然而，日本一下子就失落了，从快速增长到负增长，仿佛一夜之间。”

袁观潮点头：“是的，因为斯阔尔协议。当时，日本的商品很受欢迎，其实现在也如此，日本出口的商品流向全世界，挣了非常多外汇。日本很快成为美国国债最大的持有国，开始疯狂地在美国买各种资源，因为对日本而言，这些资源都太便宜了。”

“但你也知道后果，日本之后就进入了衰退长周期。签了斯阔尔协议后，日本货币立马升值，严重打击了出口。经济往往就是一个循环，一下子断了一个环节后，经济就立马失控；一个灾难发生的时候，一系列的灾难都会发生。如今，经济并不是一下子能恢复得过来的。”

袁观潮有点儿不解：“这与你们来有什么关系？”

山口说："是这样，我们家族最早做的是汽车配件生意，你要知道，制造业最早感觉到经济的寒冬，于是我对国际经济问题做了研究。你也知道，我们日本人喜欢钻研，一旦钻研起来，是非常认真的。然后，我逐步把视线放到亚太，有了一个发现。"

"愿闻其详。"

山口说："中国有一天也会遇到相似的困境，在未来某一天。当前，中国最大的资源是人口，如果日本靠技术与专业形成出口优势，那中国的劳动力会成为你们的出口优势。然后，中国就会大量出口产品，总有一天，中国会像日本一样，成为美国最大的债权国。"

"或许是。"这与袁观潮的预判是相似的。

"美国经济其实也很多次面临危机，然而，黑杰克他们推动的多发货币将部分灾难转嫁到别处——比如将通胀转到一些新兴国家。这样，本来好端端的国家反而遭遇更深的经济危机，然而始作俑者往往安然无恙，这与世界上很多事情一样，谁最早掌握秩序，谁就处在金字塔的优势位置。"

"金字塔？"

"是的，最典型的金字塔。"

"但我们即使知道这么回事，也无济于事。"经验丰富的袁观潮有些无奈。

"并不是这样的，是可以改变的。"

袁观潮看着认真起来、声音变大的山口，他能感觉到他的真诚。

山口继续说："我小时候与父母来到中国，读了很多中国的书，我最喜欢的，你肯定想不到，是《论语》。《论语》中虽然有些相对保守的东西，但它的精髓是建立一种相安无事的秩序。如果每个人都遵守，你会看到一个浑然天成的世界。"

"但，这或许是违背人的本性的。"袁观潮说，"人的本性就是掠夺，人性就是恃强凌弱，就是无限趋利。"

"这是因为我们已经被这样的文化浸透了，我们以为整个世界就是这样。如果我们从小都在另一个更好的秩序中，或许就不是这样。

人们会觉得，这样才是舒服的。”

“抱歉问一下，你为什么要找我？”

“因为《论语》是中国人的文化，我想最好还是让中国人来做这个事。”

“什么事？”

山口说了他的构想，但还是让袁观潮震惊了。他甚至觉得，山口说的只是其中一小部分。他说的口气，竟那样云淡风轻。

袁观潮明白了山口的来意，或者说，山口代表了一部分想报复美国货币强权派的力量，但大多数日本人很少萌生山口这样的想法。即使这样想，真正有执行力的也少之又少。

山口的思路简单来说，是直接找一个最接近日本未来路线的国家，而这个国家本身的经济潜力不容忽视，他就可以在每个发展阶段都赚到那份可以预见的钱。

最为关键的是，山口找到了与当前金融体系迥然不同的文化，而这文化的源头恰好在中国。

但是，山口交给他的事令他有了无限压力。

山口说：“袁总，难道你对这样的金融体系不绝望吗？”

“你希望我做什么呢？”

山口见袁观潮的态度缓和下来，不慌不忙地维持着缓和的语调：“我当然找了不只你一个人。就你身边的人而言，我还找了唐子风。”

“唐子风？”袁观潮才明白，唐子风为什么一直竭力拉自己进入帝王医药的局。

“其实，帝王医药不是关键，因为我们胜券在握。我们故意给当地政府透露了一个消息，收购方——汇星集团其实由一家名为星风集团的公司所控制，而这家星风集团的实际控制人是我们日本人。当地政府极度不愿意被收购，可又非常无奈，所以必然是没有补贴资金才是。”

袁观潮顿悟，他们这么做是故意倒逼政府保持贴现，因为政府不想把公司给日本人，这么一来，倒是试探出了的确没钱，他们胆子就大了起来。当时持市场观点的人都在赌收购，因为汇星集团提出了一份非常可观的对价，一旦成功，几乎市场上所有参与者，都几乎可以在短短一个月时间内，无风险套利30%以上，然而，仍有不少人力挺当地政府会贴现，这才是近期市场震荡的根源。但是，这个答案其实在一开始的时候，就早就被设计好了，目的应该是掀起一场战争，或者说是日本这股势力在中国的试局。

袁观潮有点儿怨恨唐子风，他想起帝王医药是由唐子风的泰达证券承销。袁观潮甚至相信，早在多年前，帝王医药就被设计好了。

他想起，一个多月前，他参与的七牌梭哈局，约定的基调是联手做多局，尊重市场，认为政府不会为了这样一个公司而倾注多大的财力，更何况，当地政府财政岌岌可危。

在他那些“同门”看来，袁观潮终究选择远离人群，是因为他不想操纵市场。

事实上，袁观潮这些天一直有种不安的感觉，这种感觉已经很少出现，上一次出现，还是他预感日本金融危机爆发的时候。如今，见到山口，他觉得他不安的原因至少应验了一半。

“我是否可以说，七牌梭哈局的其他几位都将知道接下来会发生什么，都知道自己该站在什么阵营？”

山口点点头。

袁观潮一丝苦笑。

“我找你，不是为了帝王医药，因为帝王医药可以说从上市那天起，就被设定好了命运。我们希望你做空，成为其他人最大的对手盘，掀起更大的惊涛骇浪。现在市场上都认为你是最大的多头，如果你都是空头了，将多有意思。你的损失，我们收购成功后自然会补偿给你，但自此我们就联合在一起了。我们是为了更长远的目标，难道你不这么想吗？”

“你还有什么想说的吗？”袁观潮冷冷地说，表现出逐客的意思。

“有一件事，你可能会有兴趣，事关你儿子……”

……

两人聊完后，乔回来了。

山口静静等待袁观潮的选择，那少年机敏灵动的样子又重现眼前，他心中浮现出了答案。

三

这天晚上，恐怕是袁观潮最痛苦的一夜。

他坐在长廊的藤椅上，望着又下起的淅沥淅沥的雨，阴黑的模样令人绝望。

很多人曾问他，为何会预见 1987 年的股灾？

他对此总是一笑而过，因为他知道，不是他有多高明的预见，而是他知道周期背后的规律。在很多金融高手看来，宏观选择时无异于赌博，因为你永远无法预见下一刻会发生什么。就好比，你无法预见战争什么时候爆发，可能一个偶然的因素，战争就被一触即发，而打战又可能引发油价飙升。

然而，在袁观潮看来，在一个稍短的时间内，你无法看清趋势与未来。但是，如果时间拉长，就有规律可循，就像一年四季一样，经济也有春夏秋冬。即使是打战这件事，时间一长，也是必然的一环，如果是为了不可调和的矛盾，战争更是迟早会发生。总之，任何事情不可能毫无根据，所以在很多人眼中，再偶然的战争也应该存在于预见体系里。

年轻时，袁观潮痴迷于江恩（Gann），他觉得这个人简直像神一样的存在。

江恩的波浪理论就是试图探索经济与交易数字之间的规律。虽然不能说百分百准确，但江恩至少寻找到一种胜率，这也是他为什么能通过交易，成为当时顶级富豪的原因。

袁观潮后来痴迷于各种周期理论，尤其是长周期。俄国经济学家康德拉季耶夫（Kondratieff），1926 年提出的长波理论，与袁观潮的想法不谋而合。

这个理论认为，长波周期的推动力是创新与主导产业的演化，随着科技应用经历大幅扩展、平稳增长、矛盾爆发、衰退，再重新进入新的核心科技突破这样的长波周期循环，经济会自发形成复苏、繁荣、衰退、萧条这样一个轮回。

同时，由于技术创新的应用实践较长，“康波周期”（Kondratieff Waves）通常经历20～30年的上升，紧接着是20～30年下降的长周期波动。经济学家无一例外地会在周期研究上有自己的高见，包括后来的熊彼特等都在周期理论上有自己的见解。

袁观潮在这个基础上，加入了一些变量，经过一番努力，形成了自己的一套观察经济周期的方法。

他永远无法忘记1987年10月19日的那个星期一。

那天恐怕是很多金融人士无法抹去的黑色记忆。

那天，是他第一次到东京交易所实习，也是他第一次见到唐子风。

袁观潮多少有点儿兴奋，因为据他预测，有一场股灾将不可遏制地要发生。

他抬头看见了一个信号，不由得自言自语道：“很快就会出现股灾吧？”

这时，他发现旁边有个与他差不多大的青年，好像是听到了他的话，诧异地看了他一眼。

没想到，很快就有交易员大声说：“天啊，我一生中没见过那么多卖单，好像整个世界都没有人在买。”

这是袁观潮第一次经历股灾，而且就身处交易旋涡——证券交易所。

四处都是哀号，很多人直接瘫软在地上，日经指数就像一个遇到真空的风筝，直线掉落下来——一下子跌了620点。

“天哪，美国标普500指数也狂跌了1 000点！”

“全球股灾！股灾！股灾！”

第二天更是惊人，日经指数又暴跌3 800点，两天就暴跌了将近

17%。

无数人哭天抢地。

袁观潮觉得场面太过残忍，他转过身，不忍心看。

这时，那个青年挡住他的去路：“你为什么会知道有股灾？”

袁观潮本来不想多说什么，但青年一副打破砂锅问到底的架势：“如果有个富商，问你借钱，你会不会借？”

唐子风的回答不得要领：“应该会吧，我猜他应该就是周转一下。”

袁观潮继续说：“如果那个富商后来不仅不还你钱，还继续问你借，你会怎么办？”

唐子风说：“那肯定不借了。”

袁观潮说：“那个富商就是美国。”

唐子风以为袁观潮做空赚了很多钱，袁观潮耸耸肩，表示对赚“灾难钱”并不感兴趣。

袁观潮看穿一切地说：“知道为什么他们哭成这样吗？因为每一轮暴跌之前，整个市场美好得就像春天一样，泡沫总是美丽的，人们在泡沫之上时，就像腾云驾雾。可不知不觉，泡沫破了，你‘嗖’的一下落到了地上，不，是深渊，这种落差实在太可怕了。”

那次让袁观潮最为兴奋的是，他的宏观体系得到了重要的验证。

事实上，金融最核心的影响要素本质上是相通的。

从那时起，唐子风发自内心地钦佩这个人，并与他成为至交。但按照唐子风好胜的性格，他也将袁观潮作为自己潜在的对手。最让唐子风受不了的是，他从未对人说过，他认为袁观潮抢了他的女人。

袁得鱼的母亲，也是他们那批一起去日本培训的中国学生之一。

唐子风一直与她一起出行，然而，就在一次聚餐之后，唐子风发现了她的变化。

终于有一天，他鼓起勇气向她表白。

然而，她告诉他，她已经有喜欢的人了。

没过多久，唐子风看到她欢快地坐在袁观潮的自行车上，那是他从未见过的笑容，他的心仿佛碎了。

后来，唐子风很快结婚，娶了在别人眼中门当户对的女孩。

尽管唐子风与她在家庭聚会中还是欢快畅聊，但每次见到她，他心里仍然有一种难言的情结。

没什么放不下的唐子风在生意场上俨然是个交际高手。他在风月场子混迹的时候，认识了来自香港高盛的乔。

乔当时的目标就是网罗正在崛起的金融新兴势力，当时在交易所担任副总的唐子风自然成了他的目标。

当乔把帝王医药的生意和盘托出的时候，唐子风很是惊讶。

乔他们愿意给唐子风提供一笔不菲的启动资金，这笔资金是当时唐子风在交易所收入的10倍还多。这才让唐子风安心下海，创建了泰达证券。

唐子风觉得自己还是晚了一步，那时的袁观潮凭借自己的实力，已经把海元证券做得很有起色。

唐子风正式承销帝王医药的时候，他便想方设法把袁观潮拉入局中。

让他没想到的是，他们几乎同一时间，失去了他们的妻子。

唐子风的妻子是死于车祸，而袁观潮的妻子，在唐子风眼中，是死于完全可以避免的医疗事故。

唐子风以为自己早就忘了过去，但他站在灵堂里，看到那张曾经令自己魂牵梦萦的脸，心中似在滴血。

那时，帝王医药已经很火爆。

以唐子风对袁观潮的了解，如要彻底扳倒他，只有一个办法——请君入瓮。

袁观潮却一直排斥。

唐子风颇为无奈，只好先安排了一个饭局，准备让袁观潮与邵冲见面。

可是，袁观潮还是拒绝了饭局。

袁观潮完全没有想到，他接到的电话是邵冲的秘书打来的。

他想起，自己读过邵冲的几篇论文，都发表在一些重量级的经济学刊上。邵冲的一些想法，与他的也是不谋而合。

邵冲又被誉为“最有才情的金融官员”。

尽管两人都在一个圈子，可袁观潮却没见过邵冲。

从后来发生的事情看，那恐怕是一个非常关键的夜晚。

那是袁观潮第一次见到邵冲。

邵冲 40 岁左右，已经有些白头发，但比想象中年轻，透出一股书卷气，为人不低调、也不张扬，有时候即使不说话，也给人一种沉静的霸气。

邵冲与袁观潮一起喝茶。

这可能是袁观潮做海元证券以来，和别人最为投机的一次聊天。

他们聊了对金融的想法、对中国经济发展的看法，袁观潮感觉相见恨晚。

就在他们见面后的周末，一起参与了七牌梭哈的牌局。

唐子风在局中，心里想着这真有意思。

牌局结束，袁观潮奔向嵊泗，决心将这件事先放下。

很多人以为他是远离，其实，袁观潮知道，要打好一场大仗，最重要的是先养精蓄锐。

他认为，只有远看，才能更清晰地发现一切事物的走向，也最能接近真相。

然而，在与这两个赶到嵊泗的人深聊之后，袁观潮发现，很多事情，自己还是想简单了。

可以说，对他而言，这是一个死局。

四

不难看出，这两个人是七牌梭哈的幕后主使者。

袁观潮觉得有些讽刺，除自己外，牌局的六人其实只是幕后主使者推出的一个先行战队，说得难听点儿，就是排头兵。

要不是那天，袁观潮还不知道，这个局里几乎无一例外都是有头有脸的人物。对这些人来说，这个局是利益巨大的名利场，荡漾的野心就是最好的质押物。

幕后主使者的经验是，只要他们深入其中，定能体会参与的美妙。

袁观潮觉得自己进入这个局，简直是羊入虎口，他多少有些失落，难道只能听从他们的安排吗？一个灵感闪过，可以不让日本这股势力染指帝王医药、政府还能主导一切，他兴奋不已，可是，如果真要天衣无缝地留下那笔巨款真的太难了！袁观潮想到一个解脱的方法，不由得打了个冷战。他意识到，这是一场惊天豪赌。

袁观潮从藤椅上站起，在走廊上来回走动。

他不经意地走到走廊的尽头，看到一间很大的书房，外面有一片竹林，很是古朴。

他看了看书房门口的介绍，原来这个书房里的不少东西是军队在这里驻扎的时候，军官留下的。因为这个书房有特色，每年都会有不少人捐书或一些文化物品，基本是军事战略书，或是将领等的书信与文集。

他走进细观，忽然看到墙上一幅书法的拓片。这笔迹无人不熟悉，写的是一首叫作《七绝·屈原》的七绝："屈子当年赋楚骚，手中握有杀人刀。艾萧太盛椒兰少，一跃冲向万里涛。"

他看了之后，觉得又惊又好笑。

他马上回到房间，从自己看的书中翻出了一本书——《离骚》。

不知为何，他忽然觉得有一种深层次的痛苦在渐渐消失，可能是因为他的脑海中慢慢有了答案。

他取出那两个人为了博取信任与彰显实力，给他的红册子。

那天晚上，他将红册子里的名字与编号进行重新组合，进行了新的折叠，将账户与密码隐藏其中。

他做了一些处理，让这本红册子看起来是空白的。他知道，袁得鱼一定能将它解开。

他小心翼翼地把它藏在袁得鱼放兵器小人的木盒子里。

他闭起眼睛，用尽全力，结合这两个人给他提供的重要线索，做了复杂的推算——此时，数年的风云涌现，悲欢离合，长短周期相互交织的弧线……一一在他脑海中闪过。如果没有推算错，20 年后将开启一场彻底的、全球范围的高规格金融决战，这场巅峰对决将决定中国的真正崛起与未来。

他用体系中的另几个方法，再次演绎了一番，推算出来，也差不多是这个时间。

袁观潮内心觉得好笑，自己前期苦心研究的经济周期体系，在眼下，竟然也只是给他了一个时间答案，而自己却有太多无可奈何。

他想了想，到关键时候，袁得鱼是 37 岁，也应是他的巅峰时期。

如此看来，答案已经显而易见了。

他平静下来，又想起那首诗，不由得称赞。

他将这首诗，完整地写在《离骚》上。

屈原自投汨罗江，用传统的眼光看，他是为了坚持自己的理想，用自杀的方式，了结自己的一生，非常可惜。但他的自杀，难道不是另一种流芳百世吗？他高过一切武器的“杀人刀”——那部《离骚》，是精神与文化的力量，这才是最有穿透力的。而自己，有什么可以留给儿子的呢？

深思熟虑后，他心生一计。

他将七牌梭哈的那张交割单小纸条取出，在上面又写了什么，塞进手表里，并在笔记本上写了做空的战略。他在笔记本中写画了几个数字，构思出一场惊心动魄的决战。

他希望儿子能在关键时刻，得到这笔巨款。如果不出意外，这笔资金到那时候应有几百亿元了。

这或许不是最关键的，他留给儿子最多的是一种精神上的支持。如果要达成遥远的目标，还必须有无比卓越的技能。

尽管他也不确定，20 年后究竟会发生什么。

五

翌日一早，唐子风给乔打了电话："如何，你们说动他了吗？"

乔说："他还没给我们准信，但我们想办法让他先回佑海，这完全不按常理出牌。"

唐子风轻声说了句："知道了。"

袁观潮与山口坐在后面，乔坐在副驾驶位上，他们已经在回佑海的路上。

袁观潮在车上一直沉默。

那天的雾特别大。

乔发现，雾已经大到伸手不见五指了。

这时，山口突然提出要休息片刻，让其他人先走。袁观潮如果想开战，就不会耽误时间。

乔点点头，心里觉得奇怪，还没反应过来，谁料这辆车在转过一个山坡弯道后，速度越来越快。

乔说："天哪，请开慢点儿。"

司机冒出冷汗："刹……刹车失灵了！"

前方还有个弯道，司机飞快地转动方向盘，终于通过了，但因为是下坡，车速还是越来越快。在前面一个弯道时，车几乎是 180 度开过，速度更是无法控制。

当袁观潮醒来时，发现自己的头与肩膀有点儿擦伤，但并不严重。他运气不错，车滚下山时，他从松开的车门掉落，摔到山坡上。他扒开草，发现车翻滚在半山坡上。

袁观潮艰难地爬了起来，他想到刚才山口的临时离开，立马感到后怕。正在这时，有个微胖的身影向他扑来。

袁观潮一闪身，果然是山口，山口眼睛里透出邪恶的光，恶狠狠地向他袭来。原来山口根本没离开，一直在暗中观察车的动向。看山口眼里的杀气，像是要置自己于死地，这与前一晚他温文尔雅的样子大为不同。大概袁观潮的不表态在山口看来，就是拒绝。山口担心袁观潮知道太多，所以想灭口，再说，他们已安排魏天行代表海元出战。

就在山口掐住袁观潮脖子的时候，袁观潮拼命狠狠蹬了一下腿，山口没控制好平衡，整个人滚了下去。袁观潮向下望去，山口已经坠亡，挂在树上，恰好在翻车位置的下方。

正在袁观潮喘气的时候，抬头看到匆匆赶来的魏天行。魏天行惊愕地站在他面前，不敢相信眼前的一切。

要知道，就在半小时前，魏天行刚与山口见了面。

魏天行抵达半山的一处丛林，说："出来吧，是我。"

这时，一个微胖男子走出来，是山口。

"接下去按原计划，你来操盘。你的角色，我已经用书信的方式告知我儿子了，他知道最后实际操盘的人是你。"

"乔不是你的搭档吗？他也在车上？"魏天行震惊地问。

"是我之前太大意了，尽管每次深入交流的时候，我都把乔支开了，但毕竟他也是有心人，能猜出一二。这几天，我才发现这小子在与他们总部沟通，使黑杰克蠢蠢欲动。我不想让黑杰克参与进来，他们太强大，太麻烦了。乔的工作，就是让我顺利找到你们，他的任务完成了。"

"你不觉得，你自己动手很危险吗？"

"别忘了，我们是做汽车配件起家的，我对自己掌握多大程度的风险，还是有信心的。"山口想到什么，对魏天行说，"你过会儿假装去救人吧，这样才容易圆回来，我一会儿自己回去。"

魏天行离开没多久，就听到车子翻滚的巨响，他闭起了眼睛。

"袁观潮，我一定要找到他！"他跑到草丛中找人，谁想看到了这一幕。

袁观潮精疲力竭，他看着魏天行说："山口还是信你，毕竟你把他们带到这里，也谢谢你，告诉我要小心。"

魏天行长叹一口气，点点头："你赶紧回佑海吧，以你的方式战斗，剩下的我来处理。"

袁观潮愣了一下："你不走吗?"

魏天行摇摇头："不，我要救车里的人。"

"照顾好我的儿子。"

"袁总!"魏天行一听到这句，有不祥的预感。

他似乎见到袁观潮眼睛有些泛红，可他很快转身，上了魏天行开来的车。

魏天行不敢往下想，目送他远去。

他回过神，赶紧去车祸现场，驾驶座与副驾驶座上的两个人伤势很重。

魏天行见到重伤的乔，他已奄奄一息。乔所能怀疑的只有唐子风，尽管他不知道唐子风为什么这么做，可唐子风是唯一清楚他们行程的人。

乔吐出最后一口气。

后来，魏天行一起协助医生，将乔背进急救室，但医生已经无力回天了。

警察来了，问了魏天行几个问题，没太多疑点，只是发现，这是一起有预谋的车祸。

5 月 28 日，帝王医药股价震荡剧烈，多空双方可谓剑拔弩张。

袁观潮有些恍惚，他唯一清楚的是，这是一场恶战，他已经没有选择了。

最后一天，他将那个账户的头寸改变了方向。

他早就知道，这些人最后都会倒戈，但他只有这么做，才能把市场上所有的多头都稳住。既然多空对决，本质上就是一场完全脱离基本面的零和游戏。

最终，最后 9 分钟被宣布失效的时候，他整个人像虚脱了一样，汗如雨下。

袁观潮哭笑不得，他知道，能主导如此决定的，除了邵冲这样级别的人，还能有谁呢？自己最早入局的源头，不也正是邵冲冠冕堂皇的论文，或者说是论文背后伟大的理想吗？

然而，一切都无法脱离巧妙的布局。

与其说布局，不如说是每个人趋利的本性。很多人因为不在这个圈子里，指责不公平，然而，一旦身处利益圈，谁能保证不做更可怕的事呢？

袁观潮即使再强大，又有什么力量可以保护自己？

所幸，这一切是袁观潮预料到的，他把能做到的最大利益转移到红册子的秘密账户上。表面上，他所做的，与山口期待的方向一致，可最核心的部分资金将转到当地政府账户上。圆上这一切，剩余的将成为火种，无限放大……

袁观潮收拾了一下自己，他想到了山口的死，顿觉自己的双手沾满鲜血。他更绝望的是，长时间以来，全球难以冲破的禁锢。或许，唯有如此，才有希望一搏。毕竟，在那个夜晚，他早已想好了自己的结局，他失魂落魄地走出办公室。

我的孩子，父亲只能留给你这么多了。

在下一轮大周期的危机点，你必不辜负我。

袁观潮泪如雨下，走向铁轨。

六

金羽中听罢之后，久久不能回神："这也太神了，尽管我知道真正的智者是预言家，但袁观潮预料到了未来的变化。"

她知道，按周期理论看，这个预见是可能的。目前最像 1940 年康波衰退的尾部，大型经济危机的后期，多个长期结构化问题严重，新型刺激性政策被广泛应用却依然无解。当年是凯恩斯，现在是量化宽松（QE，一种货币政策），利率持续10年处于低水平。

然而，此后社会矛盾激化，1930年后恶性通胀，而后导致战争。战争一方面需求极大，同时，推动技术发展，从而开启新一轮康波。

1945年后的资产价格表现是商品价格持续上涨，利率持续上升，持续时间长达20年。股票在前五年战争过程中总体平稳，结构极大分化，之后是20年长期牛市。

早几年，有对冲基金高人曾说过，全球央行失去刺激经济增长的能力，债券市场处于相当危险的境地。在全球负利率债券规模超过11万亿美元的时候，像美联储、欧央行和日本央行这样的主要央行正面临一个困境，即央行“刺激经济和推升全球资产价格的能力”已经“达到极限”，因为从债务周期里榨不出什么了，没法大幅降息。毕竟息差是有限的，QE也有限。从全球范围看，那些过去支持的力量不复存在。在债务周期的尾部，一切增长率都会比人们习惯的低。

这正是这次经济危机爆发的核心，也是货币改革的土壤。

这与当年的周期相似——1935年，债务和资本开支拉动的增长是有限的。当极限来临，意味着债务超级周期上行阶段的结束。当年，这种局面被称作“推绳游戏”。这反映了当利率过低、风险溢价过低，令QE难以发挥作用的时候，全球主要央行宽松的能力大为减弱。

前段时间，债券、股票等各类资产的预期收益率低得可怜，并不比现金的预期收益率高多少。结果，资产价格很难再上涨，反而容易回落。所有资产的价格下跌，对全球经济产生负面影响。

对债券投资者来说，这是为加息和更高通胀做准备的时候了。投资者需缩短投资组合的拥有期，持有现金以对抗波动性。

黑杰克利用利率触底周期的重要转折点，作为大事件的开端，此时全球防守情绪蔓延。20世纪90年代，袁观潮经历极端的利率波动，全球债券市场经历连续两个月的惊涛骇浪，足以让他预知将来。

他的努力，以及不惜牺牲生命，只是为了避免一场可能流血的战争。

最好的破解方式，就是建立新的金融体系，以及用新的货币适应未来，利用生产，打破供给矛盾周期带来的周而复始的经济危机。

金羽中想起什么：“你们还记得，邵冲最早的论文是什么吗？”

他们说：“嗯，我们也收集了资料，外面找不到了。”

金羽中忽然激动起来，明白他们原来是一脉相承的。如果没记错，邵冲的论文写得很有诚意的系列大题目是“货币无限化探究”，其核心是讨论公平货币，里面首次提到虚拟货币能成为相对公平的货币，能享受全球最通畅的流通方式。

他想起，袁得鱼在东亚图书馆看完论文之后，静静思考的情景，他思考的时间是那么长。

金羽中觉得有一丝难过，他们这群人以迭代的努力，完成了最后的使命。

阿德点点头：“明白了，袁观潮让他们形成了一个最强的格局。他们这些大鳄，分别成为最强大的人，在重大拐点时，将作用发挥到极致。袁得鱼最早用复仇的恨，贯穿了他们的力量，最后促成新的体系。这是袁观潮从那首诗中领悟到的，比生命本身更重要的不断穿透与传承的力量。”

胖子点了一下头：“这个案子，我们终于可以结束了。”

一个平常的夏日清晨，金羽中伸了个懒腰，推开了窗户。

窗外是绿意满满的中央公园美景。

她看到门禁有灯光闪烁，一个黑黝黝的小伙子在屏幕上咧开嘴对她说：“你有个包裹，我过会儿上楼，要不要顺道给你捎上来？”

“好的。”金羽中点点头。她觉得奇怪，若有论文发表的杂志，一般会提前通知她，她不知道这个包裹是谁寄来的。

小伙子敲了她的房门，将一个普通信封递给她：“早上好！”

金羽中也清晰地回应："早上好！"

她端起咖啡，坐在软绵绵的白色沙发上，盘着腿，将信封打开。

这个信封里是厚厚的合同，是"乐子"货币源代码开放权，对标的是道乐科技的股票转让份额，她倒吸一口气，一共是73 389 994份，怎么回事？

如果按道乐科技最近10天的平均股价，这些份额的价值是30多亿美元。

袁得鱼与费基的交流，让无限开放的货币源代码——"乐子"有了平台，也有了道乐科技对乐子无限推广的可能。

包裹里还有一本书，是《离骚》，扉页上是有手写的《七绝·屈原》："屈子当年赋楚骚，手中握有杀人刀。艾萧太盛椒兰少，一跃冲向万里涛。"

她翻了翻《离骚》，在书的背后竟然还有一句话——"造物主自己必将毁灭"。

她记得，邵冲论文的核心逻辑是，新货币的创始人必须不存在，才能保证相对的公平，总结的一句话是，"造物主自己必将毁灭"。

金羽中停顿了半分钟，不由自主地张开嘴，原来，袁得鱼与他父亲一样，把一切都提前设计好了，包括自己的死。

金羽中坐在地铁里，地铁海报尽是道乐科技在大力推广"乐子"："新的货币——无限富足的世界。"

这个世界还在形成中，但有了完美的开始。当物质世界达到一定程度的富足，新货币就有了存在的可能与基础，最终形成一个近似乌托邦的世界。每个人通过一个自生体系自给自足，在这个世界里以自己独有的方式交换资源，毕竟，每个人都有独特性，不是吗？

她知道，这个货币已经成为大多数人生活中的一部分，且遍布全球。很多人在问，发明者是谁？但谁也不知道。

她宁可相信，袁得鱼只是在哪个地方游荡，在合适的时候，他会重新出现。

她想起，按规定，道乐科技将由这个无形的最大流通股股东带领着，推动货币继续往前发展。谁都无法想象，这个股份公司——“乐子”，其实属于每个拥有“乐子”的人，所以，“乐子”的发行与衍生是自循环系统，且它在开放源里按时间节奏制造。

金羽中看着广告，心想，尽管袁得鱼不在此处，却无处不在。

这是袁得鱼父亲的伟大之处，这样的死，难道不是更伟大的生吗？

地铁里，人们的欢声笑语与隆隆的机械声把金羽中拉回现实世界。

只有一个声音在她耳边低吟：“我死之后，洪水将至。”

后 记

这部小说，断断续续写了近10年。说实话，多年前的小说构思并不成熟，只是隐隐会知道，第三部会有全球格局，中国的顶尖金融高手在全球金融世界里你争我斗，热热闹闹又荡气回肠。还有，所有主要角色最后必须得一一消失。

我之所以坚持这么久，大概是觉得，若能写好一个史诗般的金融小说，简直酷爆了。

我没想到的是，最终完成的时候，竟然写了约100万字，这可比我最早预期的长太多。

尤其是第三部，历时最久。

尽管时间这么久，听起来像我在酝酿伟大作品，事实上，那么久的关键原因是我换了几家公司，但依然全心投入。另外，2015年我在美国纽约待了近一年。要知道，纽约可是全球最好玩的城市之一，怎么能把大好时间拿来写小说呢？

不过，终于完成的时候，我还是挺兴奋的，毕竟完成了人生第一部重要的长篇小说。

谈谈在写第三部的这段时间，我在做什么。

第一，我在美国。

有人问，你去那边干什么？

我在纽约的身份是美国哥伦比亚大学的访问学者。借着身份之便，我见到了很多伟大的投资者，还有形形色色的金融圈高人，比如黑石（Blackstone）的创始人彼得·彼得森（Peter G. Peterson）、潘兴广场（Pershing Square）的创始人比尔·阿克曼……在校园里，我还与希拉里（Hillary）擦肩而过，可惜她后来不是美国总统。

除了纽约，我还去了旧金山、洛杉矶、芝加哥、迈阿密等城市，以及巴菲特的老家奥马哈——也就是第三部开头的地方。

那段时间给了我丰富的灵感，晚上，我经常与华尔街的金融精英们一起打牌。周末我偶尔也会去那些精英家里拜访，也曾坐在高盛高大上的办公室里，幻想着自己纵横捭阖。平时的金融圈挤满了量化投资讲座，普林斯顿、耶鲁校友俱乐部晚宴，还有纳斯达克的酒会……作为一直有心写好金融小说的作者，这段时间与顶尖高手相聚，极大拓宽了写作的空间。

第二，神奇的 2015 年。

不得不承认，2015 年是资本市场非常神奇的一年，很多跌宕起伏的故事冒了出来。我甚至庆幸没有早几年写第三部。这一年可以说是金融题材作品的创作金矿，足以在日后慢慢挖掘。

对于资本市场而言，2015 年的惊险之程度，行情之变化，人心之激荡，不但在中国历史上，而且在全球都是极其罕见的。然而，对于很多参与其中的人而言，感受到的只是财富的缩水，这分明是中国参与全球化资本的过程中，暴露出太多短板而遭受的伤痕累累。

第三，全球速度。

那段时间，我愈发认识到，这个世界确实在发生一场场不见血的战争，金融圈是最重要的战场之一。如果说，过去中国的大量财富是建立在廉价的劳动力基础之上的，那这些财富是否能经历一场场能源战争、粮食战争、汇率战争的考验呢？或许很多人渐渐意识到，这个世界在发生什么，有被动与痛苦，殊不知我们已在快轨上无法停息。

这本书能给我们什么？

看起来，到最后，主人公非常强大，他构建了一个新的金融秩序，尽管是几代人迭代形成的。小说中提到的《论语》，追求的是大同世界；《圣经》是西方文化，呈现的是有阶梯的世界，其最经典的是“马太效应”。这两个世界都崇尚爱，均有伟大之处。小说用看似简单的理念，倾向于中国化的方式（圆融、平等、包容等），构建了一个金融新秩序，这是小说有趣的地方。

我也喜欢小说中的一句话，“不公正就是最大的公正”。有人可能从中看到绝望，可换句话说，既然知道不公正，可以主动跑到不公正的优势端去。在一个阶层还没固化的社会，跃层的跑动一直在发生，这不知是否可以激励一些朋友。

另外，如果沉浸于本书，头脑中会呈现国内甚至全球金融历史与金融体系的清晰画面。你可能也更容易发现，哪里是自己的优势所在，或许你也能随时改变这个世界。

与其他金融书的一个差异是，书的跨度时间很长，故事中的主要人物都一个个死去，每个人都给主人公一些启发或线索。主人公在奋进的过程中，贯穿了很多资本市场的重大事件。到最后，很多人都不在了，是个近似全尽的结局。这样的故事结构，在金融书中是否也算另类？

虽然写作过程有不少艰辛，但写金融小说本身是一种非常有趣的体验，尤其沉浸在天才式的人物中时，好像自己也拥有了非常强大的力量似的。若你发现，第一部的一些内容原来是为第三部铺设的，也就稍稍理解到作者驾驭宏观故事的用心；或你觉得，原来你所处的时代并非那么和平，与财富有关的惊险战斗竟然无时无刻不存在，金融世界距离你其实并不遥远；或你忽然发现，原来金融也并不枯燥与理性，可以那么精彩有趣……那我会感到创作上的满足与荣幸。

我还是很希望《大鳄》能成为一部经典的、史诗般的金融小说。

我会继续写与金融、商业、财富有关的精彩故事。

如果你想了解金融，又想读有趣的故事，就从《大鳄》开始吧！

来吧，进入这个波诡云谲的时代！